O AMOR nos tempos do cólera

OBRAS DO AUTOR

O amor nos tempos do cólera
A aventura de Miguel Littín clandestino no Chile
Cem anos de solidão
Cheiro de goiaba
Crônica de uma morte anunciada
Do amor e outros demônios
Doze contos peregrinos
Em agosto nos vemos
Os funerais da Mamãe Grande
O general em seu labirinto
A incrível e triste história da cândida Erêndira e sua avó desalmada
Memória de minhas putas tristes
Ninguém escreve ao coronel
Notícia de um sequestro
Olhos de cão azul
O outono do patriarca
Relato de um náufrago
A revoada (O enterro do diabo)
O veneno da madrugada (A má hora)
Viver para contar

OBRA JORNALÍSTICA

Vol. 1 – Textos caribenhos (1948-1952)
Vol. 2 – Textos andinos (1954-1955)
Vol. 3 – Da Europa e da América (1955-1960)
Vol. 4 – Reportagens políticas (1974-1995)
Vol. 5 – Crônicas (1961-1984)
O escândalo do século

OBRA INFANTOJUVENIL

A luz é como a água
María dos Prazeres
A sesta da terça-feira
Um senhor muito velho com umas asas enormes
O verão feliz da senhorita Forbes
Maria dos Prazeres e outros contos (com Carme Solé Vendrell)

ANTOLOGIA

A caminho de Macondo

TEATRO

Diatribe de amor contra um homem sentado

COM MARIO VARGAS LLOSA

Duas solidões: um diálogo sobre o romance na América Latina

GABRIEL GARCÍA MÁRQUEZ

O AMOR nos tempos do cólera

Tradução de
ANTONIO CALLADO

77ª edição

EDITORA RECORD
RIO DE JANEIRO • SÃO PAULO
2025

CIP-BRASIL. CATALOGAÇÃO NA PUBLICAÇÃO
SINDICATO NACIONAL DOS EDITORES DE LIVROS, RJ

García Márquez, Gabriel, 1927-2014
G21a O amor nos tempos do cólera/ Gabriel García Márquez; tradução de Antonio Callado. – 77. ed.
77 ed. – Rio de Janeiro: Record, 2025.

Tradução de: El amor en los tiempos del cólera
ISBN 978-85-01-10815-9

1. Romance colombiano. I. Callado, Antonio. II. Título.

16-36030 CDD: 868.993613
CDU: 821.134.2(861)-3

Título original:
EL AMOR EN LOS TIEMPOS DEL CÓLERA

Design de capa, projeto gráfico e composição de miolo: Renata Vidal
Ilustração (adaptada) de capa e miolo: 1evgeniya1 / dreamstime.com

Texto revisado segundo o novo Acordo Ortográfico da Língua Portuguesa.

Impresso no Brasil

ISBN 978-85-01-10815-9

Para Mercedes, é claro.

Vão antecipados estes trechos:
já têm sua deusa coroada.
LEANDRO DÍAZ

Era inevitável: o cheiro das amêndoas amargas lhe lembrava sempre o destino dos amores contrariados. O doutor Juvenal Urbino o sentiu logo que entrou na casa ainda mergulhada em sombras, à qual chegara acudindo a chamado de urgência para se ocupar de um caso que para ele tinha deixado de ser urgente há muitos anos. O refugiado antilhano Jeremiah de Saint-Amour, inválido de guerra, fotógrafo de crianças e seu adversário de xadrez mais compassivo, se havia posto a salvo dos tormentos da memória com uma fumigação de cianureto de ouro.

Encontrou o cadáver coberto com uma manta no catre de campanha onde sempre dormira, perto de um tamborete com a vasilha que havia servido para vaporizar o veneno. No chão, amarrado pela pata ao catre, estava o corpo estendido de um grande dinamarquês preto de peito nevado, e junto a ele estavam as muletas. O quarto sufocante e salpicado de cores, que servia ao mesmo tempo de alcova e laboratório, mal começava a se iluminar com o resplendor do amanhecer na janela aberta, mas era luz bastante para proclamar de pronto a autoridade da morte. As outras janelas, assim como todas as frestas do aposento, estavam amordaçadas com trapos ou seladas com papelão preto, o que aumentava sua densidade opressiva. Havia uma mesa grande atulhada de frascos e vidros bojudos sem rótulo, e duas vasilhas de estanho descascado sob um foco de luz ordinário coberto de papel vermelho. A terceira vasilha, a do líquido fixador, era a que estava junto do cadáver. Havia revistas e jornais velhos em todos os cantos, pilhas de negativos em placas de vidro, móveis quebrados, mas tudo estava preservado da poeira por mãos diligentes. Embora o ar da janela houvesse purificado o ambiente, ainda persistia para quem soubesse identificá-lo o rescaldo morno dos amores sem ventura das amêndoas amargas. O doutor Juvenal Urbino havia pensado mais de uma vez, sem ânimo premonitório, que aquele não era um lugar propício para se morrer na graça de Deus. Mas com o tempo acabou por supor que sua desordem obedecia talvez a uma determinação cifrada da Divina Providência.

Um comissário de polícia se havia adiantado com um estudante de medicina muito moço que fazia sua prática forense no dispensário municipal, e eles é que haviam arejado o aposento e coberto o cadáver enquanto chegava o doutor Urbino. Ambos o cumprimentaram com uma solenidade que dessa vez tinha mais de condolência que de veneração, pois ninguém ignorava o grau de sua amizade com Jeremiah de Saint-Amour. O mestre eminente apertou a mão de ambos, como jamais deixava de fazer com cada um de seus alunos antes de começar a aula diária de clínica geral, e depois segurou a beira da manta com as pontas do indicador e do polegar, como se fosse uma flor, e descobriu o cadáver palmo a palmo com uma parcimônia sacramental. Estava nu em pelo, teso e torto, com os olhos abertos e o corpo azul, e parecia cinquenta anos mais velho do que na noite anterior. Tinha as pupilas diáfanas, a barba e os cabelos amarelados, e o ventre atravessado por uma cicatriz antiga costurada com nós de ensacador. O trabalho das muletas tinha dado uma envergadura de galeote a seu torso e seus braços, mas as pernas inermes eram as de um órfão. O doutor Juvenal Urbino o contemplou um instante com o coração doendo, como poucas vezes nos longos anos de sua contenda estéril contra a morte.

— Poltrão — disse a ele. — O pior já tinha passado.

Voltou a cobri-lo com a manta e recuperou sua postura acadêmica. No ano anterior celebrara seus oitenta com um jubileu oficial de três dias, e no discurso de agradecimento resistiu uma vez mais à tentação de se aposentar. Havia dito: "Terei tempo de sobra para descansar quando morrer, mas essa eventualidade não figura ainda nos meus projetos." Embora ouvisse cada vez menos com o ouvido direito e se apoiasse numa bengala com castão de prata para dissimular a incerteza dos seus passos, continuava usando com a compostura dos seus anos moços o terno completo de linho com o colete atravessado pela corrente de ouro. A barba de Pasteur, cor de nácar, e o cabelo da mesma cor, muito bem alisado e com o repartido nítido no centro, eram expressões fiéis do seu caráter. Até onde podia, compensava a erosão cada vez mais inquietante da memória com notas escritas às carreiras em papeizinhos avulsos, que acabavam por se confundir em todos os seus bolsos, assim como os instrumentos, os vidros de remédio, e outras tantas coisas embaralhadas na maleta atulhada. Não era só o médico mais antigo e esclarecido da cidade, como também o homem mais atilado. Apesar disso, sua sapiência demasiado ostensiva e o modo nada ingênuo que tinha de manejar o poder do próprio nome acabaram por lhe valer menos afetos do que merecia.

As instruções ao comissário e ao praticante foram precisas e rápidas. Não haveria autópsia. O cheiro da casa bastava para determinar que a causa da morte tinham sido as emanações do cianureto ativado na vasilha por algum ácido de fotografia, e Jeremiah de Saint-Amour entendia muito do assunto para não fazê-lo por acidente. Diante de uma reticência do comissário, deteve-o com uma estocada típica do seu modo de ser: "Não se esqueça de que sou eu quem assina o atestado de óbito." O médico jovem ficou decepcionado: nunca tinha tido a sorte de estudar os efeitos do cianureto de ouro num cadáver. O doutor Juvenal Urbino tinha ficado espantado de não havê-lo visto na Escola de Medicina, mas compreendeu de pronto ao notar seu rubor fácil e seu sotaque andino: era sem dúvida um recém-chegado à cidade. Disse: "Não faltará por aqui algum louco de amor que lhe dê a oportunidade um dia destes." E só ao dizê-lo percebeu que entre os incontáveis suicídios que lembrava, aquele era o primeiro com cianureto que não tinha sido causado por um infortúnio de amor. Algo se alterou então na sua maneira de falar.

— Quando encontrá-lo, preste bem atenção — disse ao praticante: — costumam ter areia no coração.

Em seguida falou com o comissário como quem fala a um subalterno. Ordenou-lhe que desse um jeito em todas as instâncias para que o enterro se realizasse nessa mesma tarde e com o maior sigilo. Disse: "Eu falo depois com o prefeito." Sabia que Jeremiah de Saint-Amour era de uma austeridade primitiva, e que ganhava com sua arte muito mais do que carecia para viver, de modo que em algumas das gavetas da casa devia haver dinheiro de sobra para os gastos do enterro.

— Mas se não o acharem, não importa — disse. — Eu me encarrego de tudo.

Mandou que se dissesse aos jornais que o fotógrafo tinha morrido de morte natural, embora achasse que a notícia não lhes interessava de nenhum modo. Disse: "Se for necessário, falo com o governador." O comissário, um empregado sério e humilde, sabia que o rigor cívico do mestre exasperava até seus amigos mais chegados, e estranhava a facilidade com que saltava por cima dos trâmites legais para apressar o enterro. Só não acedeu em falar com o arcebispo para que Jeremiah de Saint-Amour fosse sepultado em terra consagrada. O comissário, mortificado com sua própria impertinência, tratou de se desculpar.

— Minha ideia é que este homem era um santo — disse.

— Era algo ainda mais raro — disse o doutor Urbino: — um santo ateu. Mas esses assuntos a Deus pertencem.

Remotos, do outro lado da cidade colonial, se ouviram os sinos da catedral chamando à missa solene. O doutor Urbino repôs os óculos de meia-lua com armação de ouro e consultou o relógio da corrente, que era quadrado e fino, e sua tampa se abria com uma mola: estava a ponto de perder a missa de Pentecostes.

Na sala havia uma enorme máquina fotográfica sobre rodas como as dos jardins públicos, e o telão de um crepúsculo marinho pintado com tintas artesanais, e as paredes estavam forradas de retratos de crianças em suas datas memoráveis: a primeira comunhão, a fantasia de coelho, o aniversário feliz. O doutor Urbino tinha visto o revestimento paulatino dos muros, ano após ano, durante as cavilações absortas das tardes de xadrez, e havia pensado muitas vezes com um latejar de desolação que nessa galeria de retratos casuais estava o germe da cidade futura, governada e pervertida por aqueles meninos incertos, e na qual já não restariam sequer as cinzas de sua glória.

Na escrivaninha, junto a um pote com vários cachimbos de lobo-do-mar, estava o tabuleiro de xadrez com uma partida inconclusa. Apesar de sua pressa e de seu ânimo sombrio, o doutor Urbino não resistiu à tentação de estudá-la. Sabia que era a partida da noite anterior, pois Jeremiah de Saint-Amour jogava todas as tardes da semana e pelo menos com três adversários diferentes, mas chegava sempre até o final e guardava depois o tabuleiro e as pedras em sua caixa, e guardava a caixa numa gaveta da escrivaninha. Sabia que jogava com as peças brancas, e aquela vez era evidente que ia ser derrotado sem salvação em quatro jogadas mais. "Se tivesse sido um crime, aqui haveria uma boa pista" , disse a si mesmo. "Só conheço um homem capaz de compor esta emboscada de mestre." Não teria podido viver sem averiguar mais tarde por que aquele soldado indômito, acostumado a se bater até a última gota de sangue, havia deixado por terminar a guerra final de sua vida.

Às seis da manhã, quando fazia a última ronda, o guarda-noturno tinha visto o letreiro pregado na porta da rua: *Entre sem tocar e avise a polícia.* Pouco depois acudiu o comissário com o estudante, e ambos tinham revistado a casa em busca de alguma evidência contra o bafo inconfundível das amêndoas amargas. Mas nos breves minutos que durou a análise da partida inconclusa, o comissário descobriu entre os papéis da escrivaninha um envelope dirigido ao doutor Juvenal Urbino, e protegido por tantos selos de lacre que foi necessário despedaçá-lo para tirar a carta. O médico afastou a cortina preta da janela para ter melhor luz, lançou primeiro um olhar rápido às onze folhas escritas dos dois lados com uma caligrafia caprichada, e logo que leu o primeiro parágrafo compreendeu que tinha perdido a comunhão de Pentecostes. Leu com a respiração acelerada, voltando atrás em várias páginas para retomar o fio perdido, e quando terminou parecia regressar de muito longe e de muito tempo. Seu abatimento era visível, apesar do esforço que fazia para ocultá-lo: tinha nos lábios a mesma coloração azul do cadáver, e não pôde dominar o tremor dos dedos quando tornou a dobrar a carta e a guardou no bolso do colete. Então se lembrou do comissário e do médico jovem, e sorriu aos dois das brumas do seu abatimento.

— Nada de particular — disse. — São suas últimas instruções.

Era uma meia verdade, mas eles a acreditaram completa porque ele lhes mandou levantar um ladrilho solto do pavimento e ali encontraram um caderno de contas muito usado onde estavam as chaves para abrir o cofre-forte. Não havia tanto dinheiro como pensavam, mas havia de sobra para os gastos do enterro e para saldar outros compromissos menores. O doutor Urbino já estava então consciente de que não conseguiria chegar à catedral antes do Evangelho.

— É a terceira vez que perco a missa de domingo desde que tenho uso de razão — disse. — Mas Deus entende.

Preferiu por isso demorar mais uns minutos para deixar todos os pormenores esclarecidos, embora mal pudesse suportar a ansiedade de compartilhar com sua esposa as confidências da carta. Comprometeu-se a avisar os numerosos refugiados do Caribe que viviam na cidade, caso quisessem render as últimas homenagens a quem se havia comportado como o mais respeitável de todos, o mais ativo e radical, mesmo depois de se tornar demasiado evidente que havia sucumbido à sedimentação do desencanto. Também avisaria seus parceiros de xadrez, entre os quais havia tantos profissionais insignes como artesãos obscuros, e a outros amigos menos assíduos, mas que talvez quisessem assistir ao enterro. Antes de conhecer a carta póstuma tinha resolvido que ele era o primeiro, mas depois de lê-la não estava mais seguro de nada. De todas as maneiras iam mandar uma coroa de gardênias, pois podia ser que Jeremiah de Saint-Amour tivesse tido um último minuto de arrependimento. O enterro seria às cinco, que era a hora propícia nos meses de mais calor. Se precisassem dele estaria desde as doze na casa de campo do doutor Lácides Olivella, seu discípulo amado, que aquele dia celebrava com um almoço de gala as bodas de prata profissionais.

O doutor Juvenal Urbino tinha uma rotina fácil de seguir, desde que haviam ficado para trás os anos tempestuosos dos primeiros embates, e conseguiu uma respeitabilidade e um prestígio que não tinham igual na província. Levantava-se com os primeiros galos, e a essa hora começava a tomar seus remédios secretos: brometo de potássio para levantar o ânimo, salicilatos para as dores dos ossos em tempo de chuva, gotas de cravagem de centeio para as vertigens, beladona para o bom dormir. Tomava alguma coisa a cada hora, sempre às escondidas, porque em sua longa vida de médico e mestre foi sempre contrário a receitar paliativos para a velhice: achava mais fácil suportar as dores alheias que as próprias. No bolso levava sempre um cristal de cânfora que aspirava fundo quando não tinha ninguém olhando, para se livrar do medo de tantos remédios misturados.

Permanecia uma hora no seu gabinete, preparando a aula de clínica geral que ministrou na Escola de Medicina todos os dias de segunda a sábado, às oito em ponto, até a véspera de sua morte. Era também um leitor atento das novidades literárias que lhe mandava pelo correio seu livreiro de Paris, ou das que lhe despachava de Barcelona seu livreiro local, embora não acompanhasse a literatura da língua castelhana com tanta atenção quanto a francesa. De qualquer forma nunca as lia pela manhã e sim depois da sesta durante uma hora, e à noite antes de dormir. Ao deixar o gabinete fazia quinze minutos de exercícios respiratórios no banheiro, defronte da janela aberta, respirando sempre para o lado em que cantavam os galos, que era onde estava o ar novo. Depois tomava banho, cuidava da barba e engomava o bigode num ambiente saturado de água-de-colônia da legítima de Farina Gegenüber, e se vestia de linho branco, com colete e chapéu mole, e botinas de cordovão. Aos oitenta e um anos conservava o jeito despreocupado e o espírito festivo de quando voltou de Paris, pouco depois da grande epidemia de cólera-morbo, e o cabelo bem penteado com o repartido no meio continuava igual ao da juventude, salvo pela cor metálica. Tomava café em família, mas com um regime pessoal: uma infusão de flores de absinto maior, para o bem-estar do estômago, e uma cabeça de alho cujos dentes descascava e comia um por um, mastigando-os com método em fatias de pão caseiro, para prevenir os sufocos do coração. Só em raras ocasiões não tinha depois da aula algum compromisso relacionado com suas iniciativas cívicas, ou com suas milícias católicas, ou com suas promoções artísticas e sociais.

Almoçava quase sempre em casa, fazia uma sesta de dez minutos sentado na varanda do quintal, ouvindo em sonhos as canções das criadas debaixo da copa das mangueiras, ouvindo os pregões da rua, o fragor de motores com o fedor de óleos da baía, cujos eflúvios esvoaçavam por dentro da casa nas tardes de calor como um anjo condenado à podridão. Depois lia durante uma hora os livros recentes, em especial romances e estudos históricos, e dava lições de francês e de canto ao louro doméstico que há anos era uma atração local. Às quatro saía para visitar os doentes, depois de tomar uma grande caneca de limonada com gelo. Apesar da idade, resistia à ideia de receber os pacientes no consultório, continuando a atendê-los nas respectivas casas, como sempre tinha feito, desde os tempos em que a cidade era tão doméstica que se podia ir a pé a qualquer lugar.

Desde que voltara da Europa pela primeira vez andava no landô familiar com dois alazães dourados, mas quando este se tornou imprestável trocou-o por uma vitória de um cavalo só, e continuou a usá-la sempre com um certo desdém pela moda, nessa época em que as carruagens começavam a desaparecer do mundo e as únicas que ainda perduravam na cidade só serviam para levar turistas a passeio e coroas ao cemitério. Embora se negasse a aposentadoria, estava consciente de que só o chamavam para atender a casos perdidos, mas considerava que isso também era uma forma de especialização. Era capaz de saber o que tinha um doente só pelo seu aspecto, e cada vez desconfiava mais dos medicamentos comerciais e via com alarme a vulgarização da cirurgia. Dizia: "O bisturi é a prova maior do fracasso da medicina." Achava que dentro de um critério estrito todo remédio era veneno, e que setenta por cento dos alimentos correntes apressavam a morte. "De qualquer maneira", costumava dizer em classe, "a pouca medicina que se sabe só a sabem alguns médicos." De seus entusiasmos juvenis tinha passado a uma posição que ele mesmo definia como um humanismo fatalista: "Cada qual é dono de sua própria morte, e a única coisa que podemos fazer, chegada a hora, é ajudá-lo a morrer sem medo nem dor." Mas a despeito dessas ideias extremadas, que já eram parte do folclore médico local, seus antigos alunos continuavam a consultá-lo mesmo quando já eram profissionais estabelecidos, pois reconheciam nele o que então se chamava olho clínico. De todo modo foi sempre um médico caro e excludente, e sua clientela se concentrava nas casas fidalgas do bairro dos Vice-Reis.

Tinha um dia a dia tão metódico que a esposa sabia onde lhe mandar um recado se surgisse algo urgente no transcorrer da tarde.

Quando moço passava algum tempo no Café da Paróquia antes de voltar para casa, e assim aperfeiçoou seu xadrez com os cúmplices do sogro e com alguns refugiados do Caribe. Mas a partir dos albores do novo século não voltou ao Café da Paróquia e tratou de organizar torneios nacionais patrocinados pelo Clube Social. Foi por essa época que chegou Jeremiah de Saint-Amour, já com os joelhos mortos e ainda sem o ofício de fotógrafo de crianças, e antes de três meses era conhecido de quem quer que soubesse movimentar um bispo num tabuleiro, porque ninguém conseguira ganhar-lhe uma partida. Para o doutor Juvenal Urbino foi um encontro milagroso, num momento em que o xadrez se transformara para ele numa paixão indomável e já não lhe restavam muitos adversários para saciá-la.

Graças a ele, Jeremiah de Saint-Amour pôde ser o que foi entre nós. O doutor Urbino se converteu em seu protetor incondicional, em seu fiador de tudo, sem se dar sequer o trabalho de averiguar quem era, nem o que fazia, nem de que guerras sem glória vinha naquele estado de invalidez e descalabro. Acabou por emprestar-lhe o dinheiro para que montasse o estúdio de fotógrafo, que Jeremiah de Saint-Amour pagou com um rigor de pobre soberbo, até o último vintém, a partir do instante em que retratou o primeiro menino assustado pelo relâmpago de magnésio.

A causa de tudo foi o xadrez. A princípio jogavam às sete da noite, depois do jantar, com justas vantagens para o médico em razão da superioridade notória do adversário, mas cada vez com menos vantagens, até que emparelharam. Mais tarde, quando o senhor Galileo Daconte abriu a primeira sala de cinema, Jeremiah de Saint-Amour foi um dos seus clientes mais assíduos, e as partidas de xadrez se reduziram às noites em que não se estreava nenhuma fita. Nessa altura se havia tornado tão amigo do médico que este o acompanhava ao cinema, mas sempre sem a esposa, em parte porque ela não tinha paciência para seguir o fio dos enredos difíceis, e em parte porque sempre lhe pareceu, por puro olfato, que Jeremiah de Saint-Amour não era uma boa companhia para ninguém.

Seu dia diferente era o domingo. Assistia à missa solene na catedral, e depois voltava para casa e ali ficava descansando e lendo na varanda do quintal. Poucas vezes saía para ver um doente em dia de guarda, a menos que fosse de extrema urgência, e há muitos anos não aceitava nenhum compromisso social que não fosse quase obrigatório. Naquele dia de Pentecostes, por uma coincidência excepcional, haviam concorrido dois acontecimentos raros: a morte de um amigo e as bodas de prata de um discípulo eminente. Mesmo assim, em vez de regressar a casa sem rodeios, como previra depois de atestar a morte de Jeremiah de Saint-Amour, se deixou arrastar pela curiosidade.

Logo que subiu no carro fez uma recapitulação rápida da carta póstuma, e ordenou ao cocheiro que o levasse a um endereço difícil no antigo bairro dos escravos. Aquela determinação era tão estranha a seus hábitos que o cocheiro quis ter certeza de que não havia algum erro. Não havia: o endereço era claro, e quem o escrevera tinha motivos de sobra para conhecê-lo muito bem. O doutor Urbino voltou então à primeira folha, e mergulhou outra vez naquele manancial de revelações indesejáveis que teriam podido mudar-lhe a vida, mesmo na sua idade, se tivesse conseguido convencer a si mesmo de que não eram os delírios de um desenganado.

O humor do céu tinha começado a se descompor desde muito cedo, e estava nublado e fresco, mas não havia riscos de chuva antes do meio-dia. Tratando de encontrar um caminho mais curto, o cocheiro se meteu pelas ladeiras empedradas da cidade colonial, e teve que parar muitas vezes para que o cavalo não se espantasse com a desordem dos colégios e congregações religiosas que voltavam da liturgia do Pentecostes. Havia grinaldas de papel nas ruas, músicas e flores, e moças com sombrinhas coloridas e véus de musselina que viam passar a festa dos balcões. Na Praça da Catedral, onde se distinguia a estátua do

Libertador entre as palmeiras africanas e as novas luminárias de globos, havia um engarrafamento de automóveis à saída da missa e não restava um lugar disponível no venerável e barulhento Café da Paróquia. O único carro de cavalos era o do doutor Urbino, e se diferenciava dos muito poucos que restavam na cidade porque mantinha sempre o brilho da capota de charão e tinha as ferragens de bronze, para que o salitre não as comesse, e as rodas e varais pintados de vermelho com frisos dourados, como nas noites de gala da Ópera de Viena. Além disso, enquanto mesmo as famílias mais cheias de si se conformavam com cocheiros que ostentassem uma camisa limpa, ele continuava exigindo do seu a libré de veludo soturno e a cartola de domador de circo, coisas que eram não só anacrônicas como representavam uma falta de misericórdia na canícula do Caribe.

Apesar do seu amor quase maníaco pela cidade, e de conhecê-la melhor do que ninguém, o doutor Juvenal Urbino tinha tido muito poucas vezes motivo como o daquele domingo para se aventurar sem hesitações pela mixórdia do antigo bairro dos escravos. O cocheiro teve que dar muitas voltas e perguntar várias vezes para encontrar o endereço. O doutor Urbino reconheceu de perto a inércia dos pântanos, seu silêncio fatídico, suas ventosidades de afogado que em tantas madrugadas de insônia subiam até seu quarto de envolta com a fragrância dos jasmins do quintal, e que ele sentia passar como um vento de ontem que nada tinha a ver com sua vida. Mas aquela pestilência tantas vezes idealizada pela saudade se converteu numa realidade insuportável quando o carro começou a dar saltos pelo lodaçal das ruas onde os urubus disputavam entre si os restos do matadouro arrastados pelo mar em retirada. Ao contrário da cidade vice-real, cujas casas eram de alvenaria, ali eram feitas de madeiras desbotadas e telhados de zinco, assentados em sua maioria sobre estacas para não serem atingidas pelas cheias das cloacas a céu aberto herdadas dos espanhóis. Tudo tinha um aspecto miserável e desamparado, mas das tavernas sórdidas saía o trovão de música da pândega sem Deus nem lei do Pentecostes dos pobres. Quando afinal encontraram o endereço, o carro ia perseguido por maltas de meninos nus que troçavam dos atavios teatrais do cocheiro, e que este tinha que espantar a chicote. O doutor Urbino, preparado para uma visita confidencial, compreendeu tarde demais que não havia candura mais perigosa do que a da sua idade.

O exterior da casa sem número não tinha nada que a distinguisse das menos felizes, salvo a janela com cortinas de renda e um portão desmontado de alguma igreja antiga. O cocheiro fez soar a aldraba, e só quando comprovou que estava no endereço correto ajudou o médico a descer do carro. O portão fora aberto sem barulho, e na penumbra interior estava uma mulher madura, vestida de preto absoluto e com uma rosa vermelha na orelha. Apesar dos seus anos, que não eram menos de quarenta, continuava sendo uma mulata altiva, de olhos dourados e cruéis, e o cabelo ajustado à forma do crânio como um capacete de palha de aço. O doutor Urbino não a reconheceu, embora a tivesse visto várias vezes entre as nebulosas das partidas de xadrez no estúdio do fotógrafo, e em alguma ocasião lhe havia receitado uns envelopes de quinina para as febres terçãs. Estendeu-lhe a mão, e ela a tomou entre as suas, menos para cumprimentá-lo do que para ajudá-lo a entrar. A sala tinha o clima e o murmúrio invisível de uma floresta, e estava atulhada de móveis e objetos primorosos, cada um em seu lugar natural. O doutor Urbino se lembrou sem amargura da botica de um antiquário de Paris, numa segunda-feira de outono do século anterior, no número 26 da rua de Montmartre. A mulher se sentou diante dele e lhe falou num castelhano difícil.

— Esta é sua casa, doutor — disse. — Não o esperava tão cedo.

O doutor Urbino se sentiu denunciado. Observou-a com o coração, observou seu luto intenso, a dignidade da sua angústia, e então compreendeu que aquela era uma visita inútil, porque ela sabia melhor do que ele tudo quanto estava dito e justificado na carta póstuma de Jeremiah de Saint-Amour. Assim era. Ela o havia acompanhado até muito poucas horas antes da morte, como o havia acompanhado durante meia vida com uma devoção e uma ternura submissa que se pareciam demais com o amor, e sem que ninguém o soubesse nesta sonolenta capital de província onde eram do domínio público até os segredos de Estado. Tinham se conhecido numa hospedaria de viandantes de Port-au-Prince, onde ela nascera e ele havia passado seus primeiros tempos de fugitivo, e o acompanhara até aqui um ano depois para uma visita breve, embora ambos soubessem sem discutir o assunto que vinha para todo o sempre. Ela se ocupava em manter a limpeza e a ordem do laboratório uma vez por semana, mas nem os vizinhos que mais maliciavam tudo confundiram as aparências com a verdade, porque supunham como todo o mundo que a invalidez de Jeremiah de Saint-Amour não era só de andar. O próprio doutor Urbino o supunha por razões médicas bem fundadas, e jamais teria acreditado que tivesse uma mulher caso ele mesmo não o houvesse revelado na carta. Fosse como fosse, lhe dava trabalho entender que dois adultos livres e sem passado, à margem dos preconceitos de uma sociedade fechada em si mesma, tivessem escolhido o risco dos amores proibidos. Ela lhe explicou: "Era seu gosto." Além disso, a clandestinidade compartilhada com um homem que nunca tinha sido seu por completo, e na qual mais de uma vez conheceram a explosão instantânea da felicidade, não lhe pareceu uma condição indesejável. Ao contrário: a vida lhe havia demonstrado que talvez fosse exemplar.

Na noite anterior tinham ido ao cinema, cada um por sua conta e em assentos separados, como iam pelo menos duas vezes por mês desde que o imigrante italiano senhor Galileo Daconte instalou um salão a céu aberto nas ruínas de um convento do século XVII. Viram uma fita baseada num livro que tinha estado na moda o ano anterior, e que o doutor Urbino tinha lido com o coração desolado pela barbárie da guerra: *Nada de novo na frente ocidental.* Reuniram-se depois no laboratório, e ela o achou disperso e nostálgico, e pensou que era por causa das cenas brutais dos feridos moribundos na lama. Tratando de distraí-lo convidou-o a jogar xadrez, e ele tinha aceitado para lhe fazer gosto, mas jogava desatento, com as pedras brancas, é claro, até que descobriu antes dela que ia ser derrotado em quatro jogadas mais, e se rendeu sem glória. O médico compreendeu então que o contendor da partida final tinha sido ela e não o general Jerônimo Argote, como havia suposto. Murmurou assombrado:

— Era uma partida magistral!

Ela insistiu que o mérito não era seu, e sim que Jeremiah de Saint--Amour, já extraviado pelas brumas da morte, movimentava as peças sem amor. Quando interrompeu a partida, por volta das onze e um quarto, pois já tinha acabado a música dos bailes públicos, ele lhe pediu que o deixasse só. Queria escrever uma carta ao doutor Juvenal Urbino, que considerava o homem mais respeitável que havia conhecido, e além disso um amigo da alma, como gostava de dizer, ainda que a única afinidade de ambos fosse o vício do xadrez entendido como um diálogo da razão e não como uma ciência. Então ele soube que Jeremiah de Saint-Amour tinha chegado ao término da agonia, e que só lhe restava o tempo de vida necessário para escrever a carta. O médico não podia acreditar.

— Mas então você sabia! — exclamou.

Não só sabia, confirmou ela, como o havia ajudado a carregar o fardo da agonia com o mesmo amor com que o havia ajudado a descobrir a ventura. Porque isso tinham sido seus últimos onze meses: uma cruel agonia.

— Seu dever era revelá-lo — disse o médico.

— Eu não podia fazer-lhe essa desfeita — disse ela, escandalizada: — eu o queria com todas as forças.

O doutor Urbino, que acreditava ter ouvido tudo, jamais ouvira nada igual, e dito de forma tão simples. Olhou-a de frente com os cinco sentidos para gravá-la na memória como era naquele instante: parecia um ídolo fluvial, impávida dentro do vestido preto, com os olhos de cobra e a rosa na orelha. Muito tempo atrás, numa praia solitária do Haiti onde ambos jaziam nus depois do amor, Jeremiah de Saint-Amour tinha suspirado sem pensar: "Nunca hei de ser velho." Ela o interpretou como um propósito heroico de lutar contra os estragos do tempo, mas ele foi mais explícito: tinha a determinação irrevogável de acabar com a vida aos sessenta anos.

De fato os havia completado a 23 de janeiro desse ano, e então tinha marcado como prazo último a véspera de Pentecostes, que era a festa maior da cidade consagrada ao culto do Espírito Santo. Não havia nenhum detalhe da noite anterior que ela não tivesse conhecido de antemão, e falavam disso com frequência, descendo juntos a torrente irreparável dos dias que já nem ele nem ela podiam deter. Jeremiah de Saint-Amour amava a vida com uma paixão sem sentido, amava o mar e o amor, amava seu cachorro e ela, e à medida que a data se aproximava ia sucumbindo ao desespero, como se sua morte não tivesse sido uma decisão própria e sim um destino inexorável.

— Ontem à noite, quando o deixei só, já não era deste mundo — disse ela.

Tinha querido levar consigo o cão, mas ele o contemplou cochilando perto das muletas e o acariciou com a ponta dos dedos. Disse: "Sinto, mas Mister Woodrow Wilson vai comigo." Pediu a ela que o amarrasse pela pata ao catre enquanto ele escrevia e ela o fez com um nó falso para que pudesse se soltar. Aquele tinha sido seu único ato de deslealdade, e se justificava pelo desejo de continuar recordando o amo nos olhos hibernais do seu cachorro. Mas o doutor Urbino a interrompeu para contar que o cachorro não tinha se soltado. Ela disse: "Então foi porque não quis." E se alegrou, porque preferia continuar evocando o amante morto como ele lhe pedira na noite anterior, quando interrompeu a carta começada e a olhou pela última vez.

— Lembre de mim como uma rosa — lhe disse.

Tinha chegado a sua casa pouco depois da meia-noite. Estendeu-se na cama fumando, vestida, acendendo um cigarro na guimba do outro para lhe dar tempo de acabar a carta que ela sabia longa e difícil, e pouco antes das três, quando os cães começaram a uivar, pôs no fogão a água para o café, vestiu-se de luto fechado e cortou no pátio a primeira rosa da madrugada. O doutor Urbino já tinha percebido há algum tempo quanto ia repudiar a lembrança daquela mulher sem redenção, e acreditava conhecer o motivo: só uma pessoa sem princípios podia ser tão indulgente com a dor.

Ela lhe deu mais argumentos até o final da visita. Não iria ao enterro, pois assim o prometera ao amante, embora o doutor Urbino julgasse entender o contrário num trecho da carta. Não ia derramar uma lágrima, não ia esbanjar o resto de seus anos se cozinhando em fogo lento no caldo de larvas da memória, não ia sepultar-se em vida a costurar sua mortalha dentro de quatro paredes, como era tão bem-visto que o fizessem as viúvas nativas. Pensava vender a casa de Jeremiah de Saint-Amour, que desde agora era sua com tudo que continha, tal como disposto na carta, e continuaria vivendo como sempre e sem se queixar de nada neste morredouro de pobres onde tinha sido feliz.

Aquela frase perseguiu o doutor Juvenal Urbino no caminho de regresso a sua casa: "Este morredouro de pobres." Não era uma qualificação gratuita. Pois a cidade, a sua, continuava a mesma à margem do tempo: a mesma cidade ardente e árida de seus terrores noturnos e dos prazeres solitários da puberdade, onde se oxidavam as flores e se corrompia o sal, e à qual não acontecera nada em quatro séculos, exceto o envelhecer devagar entre louros murchos e pântanos podres. No inverno, uns aguaceiros instantâneos e arrasadores faziam transbordar as latrinas e convertiam as ruas em lodaçais nauseabundos. No verão, um pó invisível, áspero como greda de giz, se enfiava até pelas frinchas mais protegidas da imaginação, alvoroçado por uns ventos loucos que destelhavam casas e carregavam as crianças pelos ares. Aos sábados, o pobrerio mulato abandonava em tumulto os barracos de papelão e latão das margens dos pântanos, com seus bichos de casa e seus pertences de comer e beber, e se apoderava num assalto de júbilo das praias pedregosas do setor colonial. Alguns, entre os mais velhos, ostentavam até poucos anos atrás a marca real dos escravos, gravada a ferro em brasa no peito. Durante o fim da semana dançavam sem clemência, se embebedavam à morte com álcoois de alambiques caseiros, faziam livres amores pelas moitas de icaqueiro, e à meia-noite do domingo desbaratavam seus próprios fandangos com rixas sangrentas de todos contra todos. Era a mesma multidão impetuosa que o resto da semana se infiltrava nas praças e ruelas dos bairros antigos, com tendinhas de tudo que fosse possível comprar e vender, e infundiam à cidade morta um frenesi de feira humana cheirando a peixe frito: uma vida nova.

A independência do domínio espanhol, e a seguir a abolição da escravatura, precipitaram o estado de decadência honrada em que nasceu e cresceu o doutor Juvenal Urbino. As grandes famílias de outrora afundavam em silêncio dentro de suas fortalezas desguarnecidas. Nos altos e baixos das ruas empedradas que tão eficazes tinham sido em guerras e desembarques de bucaneiros, as ervas se despenhavam dos balcões e abriam gretas mesmo nos muros de cal e cantaria das mansões mais bem conservadas, e o único sinal de vida às duas da tarde eram os lânguidos exercícios de piano na penumbra da sesta. Por dentro, nos frescos quartos de dormir saturados de incenso, as mulheres se guardavam do sol como de um contágio indigno, e mesmo nas missas de madrugada tapavam a cara com a mantilha. Seus amores eram lentos e difíceis, perturbados amiúde por presságios sinistros, e a vida lhes parecia interminável. Ao anoitecer, no instante opressivo da passagem para as sombras, subia dos pântanos um turbilhão de pernilongos carniceiros, e uma branda exalação de merda humana, cálida e triste, revolvia no fundo da alma a certeza da morte.

Pois a vida própria da cidade colonial, que o jovem Juvenal Urbino costumava idealizar em suas melancolias de Paris, era então uma ilusão da memória. Seu comércio tinha sido o mais próspero do Caribe no século XVIII, sobretudo graças ao privilégio ingrato de ser o maior mercado de escravos africanos nas Américas. Era além disso a residência habitual dos vice-reis do Novo Reino de Granada, que preferiam governar daqui, frente ao oceano do mundo, e não na capital distante e gelada cujo chuvisco de séculos lhes transtornava o sentido da realidade. Várias vezes por ano se concentravam na baía as frotas de galeões carregados com as riquezas de Potosí, de Quito, de Veracruz, e a cidade vivia então aqueles que foram seus anos de glória. Na sexta-feira 8 de junho de 1708 às quatro da tarde, o galeão *San José*, que acabava de zarpar para Cádiz com um carregamento de pedras e metais preciosos avaliados em quinhentos bilhões de pesos da época, foi afundado por uma esquadra inglesa diante da entrada do porto, e dois longos séculos depois ainda não tinha sido resgatado. Aquela fortuna jacente em fundos de corais, com o cadáver do comandante flutuando adernado no posto de mando, costumava ser evocada pelos historiadores como o emblema da cidade afogada nas recordações.

Do outro lado da baía, no bairro residencial de Mangueira, a casa do doutor Juvenal Urbino se situava em outro tempo. Era grande e fresca, de um andar só, e com um pórtico de colunas dóricas na varanda da frente, da qual se dominava a água parada de miasmas e escombros de naufrágios da baía. O chão estava forrado de pedras axadrezadas, brancas e pretas, da porta de entrada até a cozinha, e isto se atribuíra mais de uma vez à paixão dominante do doutor Urbino, sem lembrar que se tratava de uma fraqueza comum aos mestres de obras catalães que tinham construído no princípio deste século aquele bairro de ricos de fresca data. A sala era ampla, de tetos muito altos como a casa inteira, com seis janelas de sacada sobre a rua, e se separava da sala de jantar por uma porta envidraçada, enorme e historiada, com ramagens de vides e cachos de uva e donzelas seduzidas por flautas de faunos numa floresta de bronze. Os móveis de recepção, até o relógio de pêndulo da sala, que mais parecia uma sentinela viva, eram todos originais ingleses de fins do século XIX, e os lustres eram de pingentes de cristal de rocha, e havia em todos os cantos jarrões e floreiros de Sèvres e estatuetas de idílios pagãos em alabastro. Mas aquela coerência europeia se acabava no resto da casa, onde as cadeiras de braços de vime se confundiam com cadeiras de balanço vienenses e tamboretes de couro de artesãos locais. Nos quartos de dormir havia, além das camas, esplêndidas redes de São Jacinto com o nome do dono bordado em letras góticas com fios de seda e franjas coloridas nas varandas. O espaço concebido em suas origens para as ceias de cerimônia, ao lado da sala de jantar, foi aproveitado para uma pequena sala de música onde se realizavam concertos íntimos quando vinham intérpretes notáveis. Os ladrilhos tinham sido cobertos com os tapetes turcos comprados na Exposição Universal de Paris para apurar o silêncio do ambiente, havia uma ortofônica de modelo recente junto a uma estante com discos bem arrumados, e num canto, coberto com um pano de Manila, ficava o piano que o doutor Urbino não tocava há muitos anos. Toda a casa refletia o bom-senso e as preocupações de uma mulher com os pés bem plantados na terra.

No entanto, nenhum outro lugar revelava a solenidade meticulosa da biblioteca, que foi o santuário do doutor Urbino antes que a velhice o derrubasse. Ali, em redor da escrivaninha de nogueira do pai, e das poltronas de couro almofadado, fez forrar as paredes e até as janelas com estantes envidraçadas, e colocou numa ordem quase demente três mil livros idênticos encadernados em pele de bezerro e com suas iniciais douradas na lombada. Ao contrário dos outros aposentos, que estavam à mercê das comoções e dos maus cheiros provenientes do porto, a biblioteca teve sempre o recolhimento e o odor de uma abadia. Nascidos e criados debaixo da superstição caribe de abrir portas e janelas para convocar uma fresca que não existia na realidade, o doutor Urbino e sua esposa sentiram a princípio o coração oprimido pela clausura. Mas acabaram convencidos das vantagens do método romano contra o calor, que consistia em manter as casas fechadas no torpor de agosto para que não entrasse o sopro ardente da rua, e abri-las de par em par aos ventos da noite. A sua foi desde então a mais fresca no sol bravo da Mangueira, e era uma ventura fazer a sesta na penumbra dos quartos, e sentar à tarde no pórtico para ver passar os cargueiros de Nova Orleans, pesados e cinzentos, e os navios fluviais de roda de madeira com as luzes acesas ao entardecer, que iam purificando com uma esteira de música o monturo estanque da baía. Era também a mais protegida de dezembro a março, quando os alíseos do norte destroçavam telhados e passavam a noite dando voltas como lobos famintos ao redor da casa em busca de uma fresta para se introduzirem. Ninguém jamais imaginou que um casamento fincado sobre tais alicerces pudesse ter algum motivo para não ser feliz.

Em todo caso, o doutor Urbino não o era aquela manhã, quando voltou a sua casa antes das dez, transtornado pelas duas visitas que não só lhe haviam feito perder a missa de Pentecostes como ameaçavam modificá-lo numa idade em que tudo já parecia consumado. Queria dar um cochilo enquanto não chegava a hora do almoço festivo do doutor Lácides Olivella, mas encontrou a criadagem alvoroçada, tratando de pegar o louro que tinha voado até o galho mais alto do pé de manga quando o tiraram da gaiola para lhe aparar as asas. Era um louro depenado e maníaco, que não falava quando lhe pediam e sim quando menos se esperava, mas então o fazia com uma clareza e um uso de razão que não eram muito comuns nos seres humanos. Tinha sido amestrado pelo doutor Urbino em pessoa, o que lhe valera privilégios que ninguém jamais teve na família, nem mesmo os filhos quando eram pequenos.

Estava na casa há mais de vinte anos e ninguém sabia quantos teria vivido antes. Todas as tardes depois da sesta, o doutor Urbino se sentava com ele na varanda do quintal, que era o lugar mais fresco da casa, e tinha apelado para os recursos mais árduos de sua paixão pedagógica até que o louro aprendeu a falar francês feito um acadêmico. Depois, por puro vício da virtude, ensinou-lhe o acompanhamento da missa em latim e alguns trechos escolhidos do Evangelho segundo São Mateus, e tentou sem êxito inculcar-lhe uma noção mecânica das quatro operações aritméticas. Numa das últimas viagens que fez à Europa trouxe o primeiro gramo-fone de manivela com muitos discos da moda e de seus compositores clássicos favoritos. Dia após dia, uma vez depois da outra durante vários meses, tinha feito o louro ouvir as canções de Yvette Gilbert e Aristide Bruant, que haviam feito as delícias da França no século passado, até que as decorou. O louro as cantava com voz de mulher, se eram as dela, e com voz de tenor, se eram as dele, e terminava com umas gargalhadas libertinas que eram o espelho magistral das que soltavam as criadas quando o ouviam cantar em francês. A fama de seus talentos tinha chegado tão longe que às vezes pediam para vê-lo alguns visitantes ilustres que vinham do interior nos navios fluviais, e certa ocasião tentaram comprá-lo a qualquer preço uns turistas ingleses dos muitos que passavam por ali nessa época nos navios bananeiros de Nova Orleans. No entanto, o dia de sua glória maior foi quando o Presidente da República, o senhor Marco Fidel Suárez, acompanhado pelo plenário do seu gabinete, visitou a casa para comprovar a verdade de sua fama. Chegaram por volta das três da tarde, sufocados nas cartolas e nas sobrecasacas de casimira que não tinham tirado do corpo em três dias de visita oficial sob o céu incandescente de agosto, e foram forçados a ir embora tão intrigados como haviam chegado, porque o louro se negou a dizer até mesmo este bico é meu durante duas horas de desespero, apesar das súplicas, das ameaças e da vergonha pública do doutor Urbino, que se obstinara naquele convite temerário contra as advertências sábias da esposa.

O fato de que o louro tivesse mantido seus privilégios depois desse vexame histórico tinha sido a prova final do seu foro sagrado. Nenhum outro animal era permitido na casa, exceto a tartaruga de terra, que tinha reaparecido na cozinha depois de três ou quatro anos em que passou por perdida para sempre. Mas não era considerada como um ser vivo, e sim, antes, como um amuleto mineral da boa sorte, o qual nunca se sabia de ciência certa por onde andava. O doutor Urbino resistia a admitir que odiava os bichos e o dissimulava com toda a classe de fábulas científicas e pretextos filosóficos que convenciam a muitos, mas não a sua esposa. Dizia que aqueles que os amavam em excesso eram capazes das piores crueldades com os seres humanos. Dizia que os cachorros não eram fiéis e sim servis, que os gatos eram oportunistas e traidores, que os pavões eram arautos da morte, que as araras não passavam de estorvos monumentais, que os coelhos fomentavam a cobiça, que os micos transmitiam a febre da luxúria e que os galos eram malditos porque se haviam prestado a que ao Cristo alguém negasse três vezes.

Em compensação Fermina Daza, sua esposa, que então tinha setenta e dois anos e já havia perdido sua andadura de corça dos tempos de moça, era uma idólatra irracional das flores equatoriais e dos animais domésticos, e no início do casamento se aproveitara da novidade do amor para ter na casa um número muito maior destes do que aconselhava o bom-senso. Os primeiros foram três dálmatas com nomes de imperadores romanos que se despedaçaram entre si pelos favores de uma fêmea que fez honra ao seu nome de Messalina, pois mais tempo levava parindo nove filhotes do que concebendo outros dez. Depois foram os gatos abissínios com perfil de águia e posturas faraônicas, os siameses estrábicos, os persas palacianos de olhos alaranjados, que desfilavam pelas alcovas feito sombras espectrais e alvoroçavam as noites com os alaridos de seus sabás amorosos. Durante anos, acorrentado pela cintura na mangueira do quintal, houve um mico amazônico que suscitava certa compaixão porque tinha o semblante atribulado do arcebispo Obdulio y Rey, a mesma candura nos olhos e eloquência nas mãos, mas não foi por isso que Fermina Daza se desfez dele, e sim pelo mau costume que tinha de se comprazer em homenagem às senhoras.

Havia todas as espécies de pássaros da Guatemala nas gaiolas dos corredores, e saracuras, agoureiras, e garças de brejo de grandes pés amarelos, e um veado juvenil que enfiava a cabeça pelas janelas para comer os antúrios dos floreiros. Pouco antes da última guerra civil, quando se falou pela primeira vez numa possível visita do Papa, tinham trazido da Guatemala uma ave-do-paraíso que mais tardou em chegar do que em voltar à sua terra, quando se soube que o anúncio da viagem pontifícia não passara de um embuste do governo para assustar os liberais em confabulação. De outra feita compraram nos veleiros dos contrabandistas de Curaçau uma gaiola de arame com seis corvos perfumados, iguais aos que Fermina Daza tivera menina na casa paterna, e que casada queria continuar tendo. Mas não houve quem aguentasse o contínuo bater de asas que saturava a casa com eflúvios de coroas fúnebres. Também tiveram uma sucuri de quatro metros, cujos suspiros de caçadora insone perturbavam a obscuridade dos quartos, embora conseguissem dela o que queriam, que era que afugentasse com seu bafo mortal os morcegos e lagartos, e as numerosas espécies de insetos daninhos que invadiam a casa nos meses de chuva. Ao doutor Juvenal Urbino, tão solicitado então por suas obrigações profissionais, e tão mergulhado em suas promoções cívicas e culturais, bastava a convicção de que, em meio a tantas criaturas abomináveis, sua mulher era não só a mais formosa no âmbito do Caribe, como também a mais feliz. Mas certa tarde de chuvas, no fim de um dia exaustivo, encontrou na casa um desastre que lhe colocou os pés no chão. A partir da sala de visitas e até onde a vista alcançava, havia uma esteira de bichos mortos boiando num pântano de sangue. As criadas, trepadas nas cadeiras sem saber o que fazer, custavam a se recuperar do pânico da matança.

O caso é que um dos mastins alemães, enlouquecido por ataque súbito de raiva, tinha feito em pedaços tudo que era bicho de qualquer espécie encontrado em seu caminho, até que o jardineiro da casa vizinha teve a coragem de enfrentá-lo e o despedaçou por sua vez a golpes de facão. Não se sabia a quantos tinha mordido, ou contaminado com suas espumaradas verdes, por isso o doutor Urbino mandou matar todos os sobreviventes e incinerar os corpos num campo afastado, e pediu aos serviços do Hospital da Misericórdia uma desinfecção em regra da casa. Só se salvou, porque ninguém se lembrou dele, o cágado macho que dava sorte.

Fermina Daza deu razão ao marido pela primeira vez num assunto doméstico e tratou de não falar mais de bichos por muito tempo. Consolava-se com as pranchas coloridas da História Natural de Lineu, que mandou encaixilhar e pendurar nas paredes da sala, e talvez tivesse perdido as esperanças de ver outra vez um bicho na casa, não fosse o fato de haverem os ladrões uma madrugada forçado uma janela do banheiro e carregado a baixela de prata herdada por cinco gerações. O doutor Urbino pôs cadeados duplos nas argolas das janelas, reforçou as portas por dentro com trancas de ferro, guardou as coisas de mais preço no cofre de valores, e adquiriu o tardio costume de guerra de dormir com o revólver debaixo do travesseiro. Mas se opôs à compra de um cachorro bravo, vacinado ou não, solto ou acorrentado, ainda que os ladrões os deixassem em fraldas de camisa.

— Nesta casa não entrará nada que não fale — disse.

Disse para pôr cobro às argúcias de sua mulher, obstinada outra vez em comprar um cachorro, e sem nem de longe imaginar que aquela generalização apressada havia de custar-lhe a vida. Fermina Daza, cujo caráter rústico se havia matizado com os anos, pegou em pleno voo a ligeireza da linguagem do marido: meses depois do roubo voltou aos veleiros de Curaçau e comprou um louro real de Paramaribo que só sabia dizer blasfêmias de marinheiro, mas que as dizia com voz tão humana que bem valia seu preço excessivo de doze centavos.

Era dos bons, mais leve do que parecia, e com a cabeça amarela e a língua preta, única maneira de diferenciá-lo dos louros de mangue que não aprendiam a falar nem com supositórios de terebintina. O doutor Urbino, bom perdedor, se inclinou ante o engenho da esposa, e ele próprio se surpreendeu com a graça que ia achando nos progressos do louro alvoroçado pelas criadas. Nas tardes de chuva, quando a língua dele se desatava com a alegria que lhe davam as penas ensopadas, dizia frases de outros tempos que não tinha podido aprender na casa, e que permitiam pensar que era também mais velho do que parecia. A última reserva do médico veio abaixo uma noite em que os ladrões trataram de se meter de novo por uma claraboia do eirado, e o louro os afugentou com latidos de mastim que não teriam sido tão verossímeis se tivessem sido reais, e com brados de gatunos gatunos gatunos, duas graças salvadoras que não tinha aprendido na casa. Foi aí que o doutor Urbino se encarregou dele, e mandou construir embaixo da mangueira um poleiro com um recipiente para a água e outro para a banana da Guiné, além de um trapézio para as acrobacias. De dezembro a março, quando as noites esfriavam e não havia como aguentar o sereno devido às brisas do norte, era levado para dormir nas alcovas dentro de uma gaiola envolta numa manta, apesar de suspeitar o doutor Urbino que o mormo crônico do louro podia representar perigo para a boa respiração das pessoas. Durante muitos anos lhe aparavam as penas das asas e o deixavam solto, caminhando com gosto em sua ginga de cavaleiro velho. Mas um dia começou a fazer proezas de acrobata nas ripas do teto da cozinha e caiu numa panela da fervura de carnes em meio à sua própria algaravia naval de salve-se quem puder, e com tanta sorte que a cozinheira conseguiu pescá-lo com a colher de pau, escaldado e depenado mas ainda vivo. Desde então o deixaram na gaiola mesmo durante o dia, contra a crendice vulgar de que os louros engaiolados desaprendem a fala, e só o libertavam na fresca das quatro para as aulas do doutor Urbino na varanda do quintal. Ninguém reparou em tempo que estava com as asas grandes demais, e aquela manhã se dispunham a apará-las quando ele escapou para a copa da mangueira.

Não tinham conseguido pegá-lo ao cabo de três horas. As criadas, ajudadas por outras da vizinhança, tinham apelado para toda a sorte de estratagemas para fazê-lo descer, mas ele continuava teimoso em seu lugar, gritando morto de rir viva o partido liberal, viva o partido liberal, porra, um grito temerário que tinha custado a vida a um montão de bêbados distraídos. O doutor Urbino mal conseguia divisá-lo no meio da galharia, e procurou convencê-lo em espanhol e francês, e até em latim, e o louro lhe respondia nos mesmos idiomas e com a mesma ênfase e o mesmo timbre de voz, mas não se moveu no coração do seu refúgio verde. Convencido de que ninguém ia conseguir demovê-lo com bons modos, o doutor Urbino mandou que se pedisse ajuda aos bombeiros, que eram seu brinquedo cívico mais recente.

Até pouco tempo atrás, com efeito, os incêndios eram apagados por voluntários com escadas de pedreiros e baldes d'água abastecidos onde fosse possível, e era tal a desordem dos métodos que os estragos causados eram às vezes maiores que os incêndios. Mas desde o ano anterior, graças a uma coleta promovida pela Sociedade de Melhoramentos Públicos, da qual Juvenal Urbino era presidente honorário, havia um corpo de bombeiros profissional e um caminhão-pipa com sereia e sineta, além de duas mangueiras de alta pressão. Estavam na moda, a tal ponto que os colégios suspendiam as aulas quando os sinos das igrejas tocavam o alarma para que os meninos pudessem vê-los no combate às chamas. De início era só isso que faziam. Mas o doutor Urbino contou às autoridades municipais que em Hamburgo tinha visto os bombeiros ressuscitar um menino que encontraram congelado num porão depois de uma nevada de três dias. Também os havia visto numa viela de Nápoles, baixando dum balcão no décimo andar um defunto em seu ataúde, pois as escadas do edifício eram tão retorcidas que a família não tinha conseguido levá-lo à rua. E aos poucos os bombeiros locais aprenderam a prestar outros serviços de emergência, como forçar fechaduras ou matar cobras venenosas, e a Escola de Medicina lhes ministrou um curso especial de pronto-socorro em acidentes menores. De maneira que não era um despropósito pedir-lhes o favor de fazerem descer da árvore um louro ilustre, de tantos méritos quanto qualquer cavaleiro. O doutor Urbino disse: "Digam a eles que é de minha parte." E foi para o quarto vestir-se para o almoço de festa. A verdade é que naquele momento, angustiado com a carta de Jeremiah de Saint-Amour, a sorte do louro não o preocupava.

Fermina Daza tinha vestido uma bata de seda, ampla e solta mas descaindo na cintura, tinha posto um colar de pérolas legítimas com seis voltas grandes e desiguais, e uns sapatos de entrada baixa e salto alto que só usava em ocasiões muito solenes, pois os anos já não lhe permitiam tantos abusos. Aquela ostentação de moda não lhe parecia adequada a uma avó venerável, mas assentava muito bem em seu corpo de ossos grandes mas ainda magro e ereto, em suas mãos flexíveis sem qualquer mancha de velhice, em seu cabelo de aço azul, cortado em diagonal à altura da face. A única coisa que ainda lhe restava do retrato de bodas eram olhos de amêndoas diáfanas e a altivez de nação, mas o que lhe faltava devido à idade era compensado pelo caráter e duplicado pela diligência. Sentia-se bem: longe iam ficando os tempos dos corpinhos de ferro, as cinturas estranguladas, as ancas levantadas com artifícios de trapos. Os corpos libertados, respirando à vontade, se mostravam tal qual eram. Mesmo aos setenta e dois anos.

O doutor Urbino a encontrou sentada diante da penteadeira, debaixo das aspas lentas do ventilador elétrico, ajeitando o chapéu de sino com um enfeite de violetas de feltro. O quarto era amplo e radiante, com uma cama inglesa protegida por cortinado de filó cor-de-rosa, e duas janelas abertas para as árvores do quintal onde ressoava o alarido das cigarras estonteadas pelos presságios de chuva. Desde a volta da viagem de bodas, Fermina Daza escolhia a roupa do marido de acordo com o tempo e a ocasião, e a colocava em ordem sobre uma cadeira na noite anterior para que ele a encontrasse ao sair do banho. Não lembrava desde quando tinha começado também a ajudá-lo a se vestir, e afinal a vesti-lo, e tinha consciência de que a princípio o fizera por amor, mas desde uns cinco anos atrás tinha que fazê-lo fosse como fosse porque ele já não conseguia se vestir sozinho. Acabavam de celebrar as bodas de ouro matrimoniais, e não sabiam viver um instante sequer um sem o outro, ou sem pensar um no outro, e o sabiam cada vez menos à medida que recrudescia a velhice. Nem ele nem ela podiam dizer se essa servidão recíproca se fundava no amor ou na comodidade, mas nunca se haviam feito a pergunta com a mão no peito, porque ambos tinham sempre preferido ignorar a resposta. Tinha ido descobrindo aos poucos a insegurança dos passos do marido, seus transtornos de humor, as fissuras de sua memória, seu costume recente de soluçar durante o sono, mas não os identificou como os sinais inequívocos do óxido final e sim como uma volta feliz à infância. Por isso não o tratava como a um ancião difícil e sim como a um menino senil, e esse engano foi providencial para ambos porque os pôs a salvo da compaixão.

Coisa bem diferente teria sido a vida para ambos se tivessem sabido a tempo que era mais fácil contornar as grandes catástrofes matrimoniais do que as misérias minúsculas de cada dia. Mas se alguma coisa haviam aprendido juntos era que a sabedoria nos chega quando já não serve para nada. Fermina Daza tinha aguentado com má vontade o jubiloso amanhecer do marido. Agarrava-se aos últimos fios de sono para não enfrentar o fatalismo de uma nova manhã de presságios sinistros, enquanto ele despertava com a inocência de um recém-nascido: cada novo dia era um dia a mais que se ganhava. Ouvia-o despertar com os galos, e seu primeiro sinal de vida era uma tosse sem som nem tom que parecia de propósito para que ela também despertasse.

Ouvia-o resmungar, só para inquietá-la, enquanto tateava em busca dos chinelos que deviam estar junto da cama. Ouvia-o buscar caminho até o banheiro aos tropeços pela escuridão. Ao cabo de uma hora no escritório, quando ela havia dormido de novo, ouvia-o voltar para se vestir, ainda sem acender a luz. Certa vez, num jogo de salão, lhe perguntaram como se definia a si mesmo, e ele tinha dito: "Sou um homem que se veste no escuro." Ela o ouvia sabendo muito bem que nenhum daqueles ruídos era indispensável, e que ele os fazia de propósito fingindo o contrário, assim como estava ela acordada fingindo que não. Os motivos dele eram certos: nunca precisava tanto dela, viva e lúcida, como nesses momentos de confusão.

Não havia ninguém mais elegante do que ela para dormir, com uma postura de dança e a mão sobre a testa, mas também não havia ninguém mais feroz quando lhe perturbavam a sensação de se crer adormecida quando já não estava. O doutor Urbino sabia que ela permanecia ligada ao menor ruído que ele fizesse, e que inclusive teria agradecido a ele, para ter em quem botar a culpa de acordá-la às cinco da manhã. Tanto era assim que nas poucas ocasiões em que tinha de tatear nas trevas por não encontrar os chinelos no lugar de sempre, ela dizia logo numa voz de quem está entre dois sonhos: "Você deixou os chinelos no banheiro ontem à noite." Em seguida, com a voz desperta de raiva, amaldiçoava:

— A pior desgraça desta casa é que não se pode dormir.

Então rolava na cama, acendia a luz sem a menor clemência para consigo mesma, feliz com sua primeira vitória do dia. No fundo era um jogo de ambos, mítico e perverso, mas por isso mesmo reconfortante: um dos muitos prazeres perigosos do amor doméstico. Mas foi por causa de um desses brinquedos triviais que os primeiros trinta anos de vida em comum estiveram a ponto de se acabar porque um certo dia faltou sabonete no banheiro.

Começou com a simplicidade da rotina. O doutor Juvenal Urbino tinha voltado ao quarto, nos tempos em que ainda tomava banho sem ajuda, e começou a se vestir sem acender a luz. Ela estava como sempre a essa hora em seu morno estado fetal, os olhos fechados, a respiração tênue, e aquele braço de dança sagrada sobre a cabeça. Mas estava meio desperta, como sempre, e ele estava sabendo. Depois de longos rumores de linhos engomados na escuridão, o doutor Urbino falou consigo mesmo:

— Faz uma semana que estou tomando banho sem sabonete — disse.

Então ela acabou de acordar, lembrou, e rolou de raiva contra o mundo, porque na verdade tinha esquecido de substituir o sabonete no banheiro. Tinha notado a falta três dias antes, quando já estava debaixo do chuveiro, e pensou em botar o sabonete depois, mas esqueceu o assunto até o dia seguinte. No terceiro dia tinha ocorrido o mesmo. Para dizer a verdade, não tinha se passado uma semana, como ele dizia para lhe agravar a culpa, e sim três dias imperdoáveis, e a fúria de ser apanhada em falta acabou de enraivecê-la. Como de costume, se defendeu atacando.

— Pois tenho tomado banho todo o santo dia — gritou fora de si — e sempre tem havido sabonete.

Embora ele conhecesse de sobra seus métodos de guerra, desta vez não pôde suportá-los. Foi morar a um pretexto profissional qualquer nos quartos de internos do Hospital da Misericórdia, e só aparecia em casa para trocar de roupa ao entardecer antes das consultas a domicílio. Ela ia para a cozinha quando o ouvia chegar, fingindo qualquer afazer, e ali permanecia até escutar vindos da rua os passos dos cavalos do carro. Cada vez que procuraram resolver a discórdia nos três meses seguintes, só conseguiram atiçá-la. Ele não se dispunha a voltar enquanto ela não admitisse que não havia sabonete no banheiro, e ela não se dispunha a recebê-lo enquanto ele não reconhecesse ter mentido de propósito para atormentá-la.

É claro que o incidente lhes deu a oportunidade de evocar outros arrufos minúsculos de outras tantas manhãs perturbadas. Uns ressentimentos mexeram em outros, reabriram cicatrizes antigas, transformaram-nas em feridas novas, e ambos se assustaram com a comprovação desoladora de que em tantos anos de luta conjugal não tinham feito mais do que pastorear rancores. Ele chegou a propor que se submetessem juntos a uma confissão aberta, com o senhor arcebispo se fosse preciso, para que Deus decidisse como árbitro final se havia ou não sabonete na saboneteira do banheiro. Então ela, que tão boas estribeiras tinha, perdeu-se num grito histórico:

— Que vá à merda o senhor arcebispo!

O impropério abalou os alicerces da cidade, deu origem a cochichos que não foi fácil desmentir, e ficou incorporado à fala popular com ares de teatro de revista: "Que vá à merda o senhor arcebispo!" Consciente de que havia ultrapassado os limites, ela se antecipou à reação que esperava do esposo, e ameaçou mudar-se para a antiga casa do pai, que continuava sua embora estivesse alugada para escritórios do serviço público. Não era uma bravata: queria ir embora de verdade, sem se importar com o escândalo social, e o marido o percebeu a tempo. Não teve coragem para enfrentar seus próprios preconceitos: cedeu. Não no sentido de admitir que havia sabonete no banheiro, pois teria sido um insulto à verdade, e sim no de continuarem morando na mesma casa, mas em quartos separados e sem se dirigirem a palavra. Assim faziam as refeições, contornando a situação com tanta habilidade que se mandavam recados pelos filhos de um ao outro lado da mesa sem que estes percebessem que os pais não se falavam.

Como no escritório não havia banheiro, a fórmula resolveu o conflito dos ruídos matinais, porque ele tomava banho depois de preparar a aula e adotava precauções reais para não acordar a esposa. Muitas vezes coincidiam e se alternavam para escovar os dentes antes de dormir. Ao fim de quatro meses, ele se deitou para ler na cama matrimonial enquanto ela não saía do banho, e pegou no sono. Ela se deitou ao seu lado sem quaisquer precauções, para que ele acordasse e fosse embora. Ele acordou pela metade, com efeito, mas em vez de se levantar apagou a lâmpada da cabeceira e se acomodou no travesseiro. Ela o sacudiu pelo ombro, para lhe lembrar de que devia ir para o escritório, mas ele se sentia tão bem outra vez na cama de penas dos bisavós que preferiu capitular.

— Me deixa ficar aqui — disse. — Tinha sabonete, sim. Quando recordavam este episódio, já no remanso da velhice, nem ele nem ela podiam acreditar na verdade assombrosa de que aquela altercação tinha sido a mais grave de meio século de vida em comum, e a única que motivou em ambos o desejo de dar um passo em falso, e começar a vida de outra maneira. Mesmo quando já velhos e apaziguados evitavam evocá-la, porque as feridas mal cicatrizadas voltavam a sangrar como se fossem de ontem.

Ele foi o primeiro homem que Fermina Daza ouviu urinar. Ouviu-o na noite de bodas no camarote do navio que os levava à França, enquanto estava prostrada pelo enjoo, e o barulho do seu manancial de cavalo lhe pareceu tão potente e investido de tanta autoridade que aumentou seu terror pelos estragos que temia. Aquela lembrança voltava com frequência à sua memória, à medida que os anos iam enfraquecendo o manancial, mas nunca pôde se conformar com o fato de que ele deixasse molhada a beira do vaso cada vez que o usava. O doutor Urbino procurava convencê-la, com argumentos fáceis de entender por quem quisesse entendê-los, de que aquele acidente não ocorria todos os dias por descuido seu, como ela insistia, e sim por uma razão orgânica: seu manancial de jovem era tão definido e direto que no colégio tinha ganho torneios de pontaria para encher garrafas, mas com os desgastes da idade não só foi decaindo como se tornou oblíquo, se ramificava, se tornando por fim um jorro de fantasia impossível de dirigir, apesar dos muitos esforços que ele fazia para endereçá-lo. Dizia: "A privada há de ter sido inventada por alguém que não entendia nada de homens." Contribuía para a paz doméstica com um ato cotidiano que era mais de humilhação do que de humildade: secava com papel higiênico as beiras do vaso sempre que o usava. Ela sabia, mas nunca dizia nada enquanto não fossem demasiado evidentes os vapores amoniacais dentro do banheiro, e então os proclamava como o descobrimento de um crime: "Isso está empestado como uma toca de coelhos." Às vésperas da velhice, esse estorvo do corpo inspirou ao doutor Urbino a solução final: urinava sentado, feito ela, o que deixava o vaso limpo, além de deixá-lo em estado de graça.

Já nesses tempos não cuidava tão bem de si mesmo, e um escorregão no banheiro que podia ter sido fatal o colocou em guarda contra o chuveiro. A casa, por ser das modernas, carecia da banheira de estanho com patas de leão que era de uso corrente nas mansões da cidade antiga. Ele a mandara retirar com um argumento higiênico: a banheira era uma das tantas porcarias dos europeus, que só tomavam banho na última sexta-feira de cada mês, e o faziam além disso dentro do caldo sujo pela própria sujeira que pretendiam tirar do corpo. De modo que mandaram fazer sob medida um grande tanque de pau-santo maciço, onde Fermina Daza dava banho no esposo com o mesmo ritual usado no banho dos filhos recém-nascidos. O banho se prolongava por mais de uma hora, com águas em que se haviam fervido folhas de malva e cascas de laranja, e tinha para ele um efeito tão calmante que às vezes pegava no sono dentro da infusão perfumada. Depois de banhá-lo Fermina Daza o ajudava a se vestir, lhe passava pós de talco entre as pernas, untava com manteiga de cacau as assaduras, punha-lhe as cuecas com tanto amor como se fossem fraldas, e continuava a vesti-lo peça a peça de roupa, das meias ao nó da gravata e o alfinete de topázio. O despertar conjugal se apaziguou, porque ele voltou a assumir a infância que os filhos lhe haviam tirado. Ela, por sua parte, acabou em consonância com o horário familiar, porque também para ela passavam os anos: dormia cada vez menos, e antes de fazer setenta acordava antes do esposo.

No domingo de Pentecostes, quando levantou a manta para ver o cadáver de Jeremiah de Saint-Amour, o doutor Urbino teve a revelação de algo que lhe fora negado até então em suas navegações mais lúcidas de médico e de crente. Foi como se depois de tantos anos de familiaridade com a morte, depois de tanto combatê-la e manuseá-la do direito e do avesso, aquela tivesse sido a primeira vez que ousava olhá-la na cara, e também ela o estava olhando. Não era o medo da morte. Não: o medo estava dentro dele há muitos anos, convivia com ele, era outra sombra sobre a sua sombra, a partir da noite em que acordou perturbado por um sonho mau e ficou consciente de que a morte não era só uma probabilidade permanente, como havia achado sempre, e sim uma realidade imediata. O que tinha visto aquele dia era a presença física de algo que até então não passava de uma certeza da imaginação. Alegrou-o que o instrumento da Divina Providência para aquela revelação surpreendente tivesse sido Jeremiah de Saint-Amour, a quem sempre considerara um santo que ignorava seu próprio estado de graça. Mas quando a carta lhe revelou sua identidade verdadeira, seu passado sinistro, seu inconcebível poder de artifício, sentiu que alguma coisa definitiva e sem retorno tinha acontecido em sua vida.

Contudo, Fermina Daza não se deixou contagiar por seu humor sombrio. Ele bem que tentou, enquanto ela o ajudava a enfiar as pernas nas calças e lhe abotoava a camisa. Mas não conseguiu, porque Fermina Daza não era fácil de impressionar, menos ainda com a morte de um homem de quem não gostava. Sabia apenas que Jeremiah de Saint-Amour era um inválido de muletas a quem nunca tinha visto, que escapara a um pelotão de fuzilamento numa das tantas insurreições de uma das tantas ilhas das Antilhas, que se fizera fotógrafo de crianças por necessidade, chegando a ser o mais solicitado da província, e que tinha ganho uma partida de xadrez a alguém de quem ela se lembrava como Torremolinos mas que na realidade se chamava Capablanca.

— Pois não passava de um fugitivo de Caiena condenado à prisão perpétua por um crime atroz — disse o doutor Urbino. — Imagine só que ele chegou a comer carne humana.

Passou-lhe a carta cujos segredos queria levar consigo para o túmulo, mas ela guardou as folhas dobradas na penteadeira, sem lê-las, e fechou a gaveta a chave. Estava habituada à insondável capacidade de assombro do marido, a seus julgamentos exagerados que ficavam mais arrevesados com o passar dos anos, a uma estreiteza de critério que não coincidia com sua imagem pública. Daquela vez ele havia excedido seus próprios limites. Ela supunha que o marido não apreciava Jeremiah de Saint-Amour pelo que tinha sido antes, e sim pelo que começou a ser depois de chegar sem quaisquer haveres além da mochila de exilado, e não podia compreender por que o consternava daquele modo a revelação tardia da sua identidade. Não compreendia por que lhe parecia abominável que tivesse tido uma mulher escondida se esse era um hábito atávico dos homens de sua classe, inclusive ele num momento ingrato, e além disso achava uma prova desatinada de amor que ela o tivesse ajudado a consumar sua decisão de morrer. Disse: "Se você também resolvesse fazer o mesmo por motivos tão sérios quanto os dele, meu dever seria fazer o mesmo que ela." O doutor Urbino se encontrou uma vez mais na encruzilhada de incompreensão simples que o exasperava há meio século.

— Você não entende nada — disse. — O que me indigna não é o que foi nem o que fez, e sim o engano em que nos manteve a todos durante tantos anos.

Seus olhos começaram a se marejar de lágrimas fáceis, mas ela fingiu que não via.

— Fez bem — respondeu. — Se tivesse dito a verdade, nem você, nem essa pobre mulher, nem ninguém por aí o teria querido tanto quanto foi querido.

Prendeu-lhe o relógio de corrente na botoeira do colete. Arrematou-lhe o nó da gravata e enfiou o alfinete de topázio. Depois lhe secou as lágrimas e lhe limpou a barba chorada com o lenço úmido de Água Florida, e o colocou no bolso do peito com as pontas abertas feito uma magnólia. As onze badaladas do relógio de pêndulo ressoaram no oco da casa.

— Depressa — disse ela, impelindo-o com o braço. — Vamos chegar tarde.

Aminta Dechamps, mulher do doutor Lácides Olivella, e suas sete filhas, cada uma mais diligente do que a outra, haviam previsto tudo para que o almoço das bodas de prata fosse o acontecimento social do ano. A residência familiar em pleno centro histórico era a antiga Casa da Moeda, desnaturada por um arquiteto florentino que passou por aqui como um vento mau de renovação e converteu em basílicas de Veneza inúmeras relíquias do século XVII. Tinha seis quartos de dormir e dois salões de jantar e recepção, bem arejados e amplos, mas não o suficiente para os convidados da cidade, além dos muito selecionados que viriam de fora. O pátio era igual ao claustro de uma abadia, com um repuxo de pedra que cantava no centro e canteiros de heliotrópios que perfumavam a casa ao entardecer, mas o espaço das arcadas não era suficiente para tantos sobrenomes tão grandes. Por isso resolveram fazer o almoço na quinta campestre da família, a dez minutos de automóvel pela estrada real, que tinha um alqueire de terreno e enormes loureiros-da-índia e nenúfares da terra num rio de águas mansas. Os homens da Pousada do Sancho, dirigidos pela senhora de Olivella, puseram toldos de lona colorida nos espaços sem sombra, e armaram debaixo dos loureiros um retângulo com mesinhas para cento e vinte e dois talheres, com guardanapos de linho para todos e ramos de rosas do dia na mesa de honra. Construíram também um tablado para uma banda de instrumentos de sopro com um programa restrito de contradanças e valsas nacionais, e para um quarteto de cordas da Escola de Belas-Artes, que era uma surpresa da senhora Olivella para o mestre venerando de seu marido, que havia de presidir ao almoço. Embora a data não correspondesse a rigor com o aniversário da formatura, escolheram o domingo de Pentecostes para enaltecer o sentido da festa.

Os preparativos tinham começado três meses antes, por temor de que algo indispensável ficasse por fazer por falta de tempo. Fizeram trazer as galinhas vivas do Pântano de Ouro, famosas em todo o litoral por seu tamanho e sua delícia, e também porque nos tempos da Colônia ciscavam em terras de aluvião, e na sua moela se encontravam pedrinhas de ouro puro. A senhora de Olivella em pessoa, acompanhada de algumas das filhas e da gente de seu serviço, subia a bordo dos transatlânticos de luxo para escolher o melhor de todos os cantos do mundo para honrar os méritos do esposo. Havia previsto tudo, salvo que a festa era num domingo de junho de um ano de chuvas tardias. Reparou no risco que corria na manhã do mesmo dia, quando saiu para a missa solene e se assustou com a umidade do ar, e viu que o céu estava denso e baixo e não se conseguia ver o horizonte do mar. Apesar desses indícios aziagos, o diretor do observatório astronômico, com quem se encontrou na missa, lembrou-lhe que na muito aventurosa história da cidade, mesmo nos invernos mais cruéis, jamais chovera no dia de Pentecostes. Não obstante, ao toque das doze, quando já muitos dos convidados tomavam os aperitivos ao ar livre, o estampido de um trovão solitário fez tremer a terra, e um vento de maus bofes desbaratou as mesas e carregou os toldos pelos ares, e o céu despencou num aguaceiro de desastre.

O doutor Juvenal Urbino conseguiu chegar a duras penas em plena desordem da tempestade, junto com os últimos convidados que encontrou no caminho, e queria ir com eles dos carros até a casa saltando pelas pedras através do jardim alagado, mas acabou por aceitar a humilhação de ser carregado em braços pelos homens do taverneiro Sancho debaixo de um pálio de lonas amarelas. As mesas separadas foram arrumadas de novo da melhor maneira possível no interior da casa, até nos quartos de dormir, e os convidados não faziam nenhum esforço para dissimular seu humor de naufrágio. Fazia um calor de caldeira de navio, pois tinham tido que fechar as janelas para impedir que se intrometesse a chuva fustigada pelo vento. Ao ar livre, cada lugar da mesa tinha um cartão com o nome do convidado, e estava previsto um lado para os homens e outro para as mulheres, como era de costume. Mas os cartões com os nomes se confundiram dentro da casa, e cada um se sentou como pôde, numa promiscuidade de força maior que ao menos por uma vez contrariou nossas superstições sociais. No meio do cataclismo, Aminta de Olivella parecia estar em todos os cantos ao mesmo tempo, com o cabelo empapado e o vestido esplêndido salpicado de lama, mas se sobrepunha à desgraça com o sorriso invencível que aprendera com o esposo para não dar prazer à adversidade. Com a ajuda das filhas, forjadas na mesma frágua, conseguiu até onde foi possível preservar os lugares da mesa de honra, com o doutor Juvenal Urbino no centro e o arcebispo Obdulio y Rey à sua direita. Fermina Daza se sentou junto do esposo, como costumava fazer, de medo que ele adormecesse durante o almoço ou derramasse a sopa nas lapelas. O lugar em frente foi ocupado pelo doutor Lácides Olivella, um cinquentão com ares femininos, muito bem conservado, cujo espírito festivo não tinha nenhuma relação com seus diagnósticos certeiros. O resto da mesa se completou com as autoridades provinciais e municipais, e a rainha da beleza do ano anterior, que o governador levou pelo braço para sentá-la ao seu lado. Embora não fosse costume exigir nos convites um traje especial, menos ainda para um almoço campestre, as mulheres usavam vestidos de noite com adereços de pedras preciosas, e a maioria dos homens estava de escuro com gravata preta, alguns com sobrecasacas de lã. Só os de muito traquejo, e entre eles o doutor Urbino, vestiam as roupas de todos os dias. Em cada lugar havia uma cópia do menu, impresso em francês e com vinhetas douradas.

A senhora de Olivella, alarmada com os estragos do calor, percorreu a casa suplicando aos homens que tirassem o paletó para almoçar, mas ninguém se atreveu a dar o exemplo. O arcebispo fez notar ao doutor Urbino que aquele era de certo modo um almoço histórico: ali estavam pela primeira vez juntos numa mesma mesa, cicatrizadas as feridas e dissipados os rancores, os dois lados das guerras civis que tinham ensanguentado o país a partir da independência. Esse pensamento coincidia com o entusiasmo dos liberais, sobretudo os jovens, que tinham conseguido eleger um presidente de seu partido depois de quarenta e cinco anos de hegemonia conservadora. O doutor Urbino não estava de acordo: um presidente liberal não lhe parecia nem mais nem menos que um presidente conservador, só que se vestia pior. Contudo, não quis contrariar o arcebispo. Teria gostado ainda assim de lhe observar que ninguém estava naquele almoço pelo que pensava e sim pelos méritos de sua linhagem, e esta estivera sempre por cima dos azares da política e dos horrores da guerra. Desse ponto de vista, com efeito, não faltava ninguém.

O aguaceiro parou de repente como havia começado, o sol se incendiou de imediato no céu sem nuvens, mas a borrasca tinha sido tão violenta que arrancou pela raiz algumas árvores, e a água represada converteu o quintal em pântano. O desastre maior tinha sido na cozinha. Vários fogões de lenha tinham sido armados com tijolos na parte de trás da casa, ao ar livre, e mal tinham tido tempo os cozinheiros de pôr os caldeirões a salvo da chuva. Perderam um tempo precioso enxugando a cozinha inundada e improvisando novos fogões na galeria posterior. Mas à uma da tarde estava solucionada a emergência e só faltava a sobremesa encomendada às monjas de Santa Clara, que se haviam comprometido a mandá-la às onze. Temia-se que o arroio da estrada real tivesse saído do leito, como ocorria em invernos menos severos, e se assim fosse não seria possível contar com o doce antes das duas horas. Logo que estiou abriram-se as janelas, e a casa se refrescou com o ar purificado pelo enxofre da tempestade. Ordenou-se em seguida que a banda tocasse o programa de valsas no terraço do pórtico, o que só serviu para aumentar a aflição, já que a ressonância dos metais dentro da casa obrigava a que se conversasse aos gritos. Cansada de esperar, sorrindo à beira de lágrimas, Aminta de Olivella mandou que se servisse o almoço.

O grupo da Escola de Belas-Artes iniciou o concerto, em meio a um silêncio formal que obteve para os compassos iniciais de *La Chasse* de Mozart. A despeito das vozes cada vez mais altas e confusas, e do estorvo dos criados negros do taverneiro Sancho que mal cabiam entre as mesas com as travessas fumegantes, o doutor Urbino conseguiu manter um canal aberto à música até o final do programa. Seu poder de concentração diminuía de ano para ano, até o ponto em que precisava anotar num papel cada jogada de xadrez para saber por onde ia. Mas ainda lhe era possível ocupar-se de uma conversação séria sem perder o fio de um concerto, embora sem chegar aos extremos magistrais de um maestro alemão, grande amigo seu em seus tempos de Áustria, que lia a partitura de *Don Giovanni* enquanto escutava *Tannhäuser.*

O segundo número do programa, que foi *A Morte e a Donzela,* de Schubert, pareceu-lhe executado com um dramatismo fácil. Enquanto a escutava a duras penas, através do barulho novo dos talheres nos pratos, mantinha o olhar fixo num rapaz de rosto rosado que o cumprimentou com uma inclinação de cabeça. Já o vira em algum lugar, sem dúvida, mas não lembrava onde. Isto lhe acontecia com frequência, sobretudo em relação ao nome das pessoas, mesmo as mais conhecidas suas, ou com uma melodia de outros tempos, e que lhe provocava uma angústia tão espantosa que se fosse por ela atacado durante a noite preferia morrer a suportá-la até o amanhecer. Estava a ponto de chegar a esse estado quando um fogacho caritativo lhe clareou a memória: o rapaz tinha sido seu aluno o ano anterior. Surpreendeu-se de vê-lo ali, no reino dos eleitos, mas o doutor Olivella lhe fez ver que era o filho do Ministro da Higiene, que tinha vindo preparar uma tese de medicina legal. O doutor Juvenal Urbino lhe fez uma saudação alegre com a mão, e o jovem médico se pôs de pé e respondeu com uma reverência. Mas nem então nem nunca percebeu que era o estudante que havia estado com ele nessa manhã na casa de Jeremiah de Saint-Amour.

Aliviado por uma vitória a mais sobre a velhice, abandonou-se ao lirismo diáfano e fluido do último número do programa, que não pôde identificar. Mais tarde, o jovem violoncelista do conjunto, que acabava de voltar da França, lhe disse que era o quarteto de cordas de Gabriel Fauré, de quem o doutor Urbino não tinha ouvido sequer mencionar o nome, apesar de estar sempre muito atento às novidades da Europa. Voltada para ele, como sempre, mas sobretudo quando o via absorto em público, Fermina Daza deixou de comer e colocou sua mão terrestre sobre a dele. Disse: "Não pense mais nisso." O doutor Urbino sorriu da outra margem do êxtase, e então tornou a pensar no que ela temia. Lembrou-se de Jeremiah de Saint-Amour, exposto a essa hora dentro do ataúde com seu falso uniforme de guerreiro e suas condecorações de quinquilharia, debaixo do olhar acusador das crianças dos retratos. Voltou-se para o arcebispo para dar a notícia do suicídio, mas já a conhecia. Muito se havia falado a respeito depois da missa solene, e inclusive tendo recebido uma petição do general Jerônimo Argote, em nome dos refugiados do Caribe, para que fosse sepultado em terra consagrada. Disse: "A própria petição me pareceu uma falta de respeito." Depois, num tom mais humano, perguntou se se conhecia a causa do suicídio. O doutor Urbino lhe respondeu com uma palavra correta que imaginou haver inventado naquele instante: *gerontofobia.* O doutor Olivella, debruçado sobre os convidados mais próximos, despreocupou-se deles um momento para intervir no diálogo do seu mestre com o arcebispo. Disse: "É uma pena a gente se defrontar ainda com um suicídio que não seja por amor." O doutor

Urbino não se surpreendeu de reconhecer os próprios pensamentos nos do discípulo predileto.

— E o que é pior — disse: — foi com cianureto de ouro.

Ao dizê-lo sentiu que a compaixão tinha voltado a prevalecer sobre o amargor da carta, e não o agradeceu à mulher e sim a um milagre da música. Falou então ao arcebispo sobre o santo leigo que havia conhecido em suas longas tardes de xadrez, falou da consagração da sua arte à felicidade das crianças, de sua rara erudição a respeito de todas as coisas do mundo, de seus hábitos espartanos, e ele próprio se espantou diante da limpeza de alma com que conseguira separá-lo de pronto e por completo do seu passado. Falou logo ao prefeito da conveniência de comprar o arquivo de chapas fotográficas para conservar as imagens de uma geração que talvez não voltasse a ser feliz fora de seus retratos, e em cujas mãos estava o futuro da cidade. O arcebispo se escandalizara com o fato de que um católico culto e militante se houvesse atrevido a pensar na santidade de um suicida, mas ficou de acordo com a iniciativa de arquivar os negativos. O prefeito quis saber a quem havia de comprá-los. O doutor Urbino queimou a língua com a brasa do segredo, mas conseguiu suportá-lo sem delatar a herdeira clandestina dos arquivos. Disse: "Eu me encarrego disso." E se sentiu redimido por sua própria lealdade à mulher que repudiara cinco horas antes. Fermina Daza o notou e fez com que ele prometesse em voz baixa que assistiria ao enterro. Claro que sim, disse ele, aliviado, não faltava mais nada.

Os discursos foram breves e fáceis. A banda dos instrumentos de sopro iniciou uma ária popular, não prevista no programa, e os convidados flanaram pelos terraços cobertos, enquanto os homens da Pousada do Sancho acabavam de drenar o quintal, para o caso de alguém se animar à dança. Os únicos que permaneciam na sala eram os convidados da mesa de honra, comemorando o fato de haver o doutor Urbino tomado de um trago, no brinde final, um meio cálice de conhaque. Ninguém lembrava que jamais o houvesse feito antes, a não ser que se tratasse de um vinho de grande classe para acompanhar um prato muito especial, mas o coração assim lhe havia pedido aquela tarde, e sua fraqueza foi bem recompensada: outra vez, depois de tantos e tantos anos, sentia vontade de cantar. E o teria feito, sem dúvida, a instâncias do jovem violoncelista que se ofereceu para acompanhá-lo, não fosse o fato de um automóvel dos novos ter atravessado o lodaçal do quintal, salpicando os músicos e alvoroçando os patos nos cercados com sua corneta de pato, e parado diante do pórtico da casa. O doutor Marco Aurélio Urbino Daza e sua mulher desceram do carro morrendo de rir, carregando bandejas cobertas com panos de renda. Outras bandejas iguais estavam nos assentos suplementares, e até no chão ao lado do chofer. Era o doce atrasado. Quando cessaram os aplausos e os assobios de uma troça cordial, o doutor Urbino Daza explicou a sério que as clarissas lhe haviam pedido o favor de trazer a sobremesa antes que caísse a tempestade, mas ele se havia afastado da estrada real porque alguém lhe dissera que estava pegando fogo a casa de seus pais. O doutor Juvenal Urbino chegou a se assustar antes que o filho terminasse o relato. Mas sua esposa lhe lembrou a tempo que ele próprio tinha mandado chamar os bombeiros para que apanhassem o louro. Aminta de Olivella, radiante, resolveu servir a sobremesa nos terraços, mesmo depois do café. Mas o doutor Juvenal Urbino e a esposa foram embora sem prová-la, já que mal havia tempo para que ele fizesse sua sesta sagrada antes do enterro.

Houve a sesta, mas breve e malfeita, porque de volta a casa viu que os bombeiros tinham causado estragos quase tão graves como os de um incêndio. Procurando assustar o louro tinham depenado uma árvore com as mangueiras de pressão, e um jorro mal dirigido se meteu pelas janelas do quarto de dormir principal e causou danos irreparáveis aos móveis e aos retratos dos avós ignotos pendurados nas paredes. Os vizinhos tinham acudido ao ouvir a sineta do caminhão de bombeiros, acreditando que era mesmo um incêndio, e se não ocorreram transtornos piores foi porque os colégios estavam fechados domingo. Quando descobriram que não alcançariam o louro nem com as escadas emendadas, os bombeiros tinham começado a derrubar os galhos a facão, e só o aparecimento oportuno do doutor Urbino Daza impediu que mutilassem até o tronco. Tinham prometido voltar depois das cinco horas caso fossem autorizados a podar a árvore, e de passagem tinham coberto de barro o terraço interior e a sala, e destroçado um tapete turco que era o preferido de Fermina Daza. Desastres inúteis, além do mais, pois a impressão geral era de que o louro tinha aproveitado a confusão para escapar pelos quintais vizinhos. De fato o doutor Urbino o buscou entre as ramagens mas não obteve resposta em nenhum idioma, nem com pios e canções, e por fim deu-o por perdido, indo dormir quase às três. Antes desfrutou o prazer instantâneo da fragrância de jardim secreto de sua urina purificada pelos suaves aspargos.

Despertou-o a tristeza. Não a que havia sentido de manhã frente ao cadáver do amigo, e sim a névoa impenetrável que lhe saturava a alma depois da sesta, e que ele interpretava como uma notificação divina de que estava vivendo suas últimas tardes. Até os cinquenta anos não tinha tido consciência do tamanho, peso e estado de suas vísceras. Pouco a pouco, enquanto jazia com os olhos fechados depois da sesta diária, tinha começado a senti-las lá dentro, uma a uma, sentindo até a forma do seu coração insone, seu fígado misterioso, seu pâncreas hermético, e tinha ido descobrindo que até as pessoas mais velhas já eram mais moças do que ele, e que havia terminado por ser o único sobrevivente dos legendários retratos de grupo da sua geração. Quando atentou para seus primeiros esquecimentos, apelou para um recurso que tinha ouvido de um dos seus professores na Escola de Medicina: “Quem não tem memória faz uma de papel.” Mas foi uma ilusão efêmera, pois havia chegado ao extremo de esquecer o que queriam dizer as notas mnemônicas que enfiava nos bolsos, percorria a casa procurando os óculos que tinha no nariz, tornava a dar volta à chave depois de trancar a porta, e perdia o fio da leitura por esquecer as premissas dos argumentos ou filiação dos personagens. Mas o que mais o inquietava era a desconfiança que tinha da própria razão: pouco a pouco, num naufrágio inelutável, sentia que ia perdendo o sentido da justiça.

Por pura experiência, sem fundamento científico, o doutor Juvenal Urbino sabia que a maioria das doenças mortais tinha um cheiro próprio, e nenhum tão específico quanto o da velhice. Ele o sentia nos cadáveres abertos em canal na mesa de dissecção, reconhecia-o mesmo nos pacientes que melhor disfarçavam a idade, e no suor da sua própria roupa e na respiração inerme de sua mulher adormecida. Não fosse ele o que era em essência, um cristão à moda antiga, talvez tivesse ficado de acordo com Jeremiah de Saint-Amour em que a velhice era um estado indecente que devia ser detido a tempo. O único consolo, mesmo para quem, como ele, tinha sido um homem bom de cama, era a extinção lenta e piedosa no apetite venéreo: a paz sexual. Aos oitenta e um anos tinha bastante lucidez para perceber que estava preso a este mundo por uns fiapos tênues que podiam se romper sem dor com uma simples mudança de posição durante o sono, e se fazia o possível para preservá-los era pelo terror de não encontrar Deus na escuridão da morte.

Fermina Daza tinha tratado de restabelecer o quarto destruído pelos bombeiros, e um pouco antes das quatro mandou levar ao marido o copo diário de limonada com gelo picado, e lhe lembrou de que devia vestir-se para ir ao enterro. O doutor Urbino tinha esta tarde dois livros ao alcance da mão: O *Homem, esse Desconhecido,* de Alexis Carrell, e *A História de San Michele,* de Axel Munthe. Este último ainda não tinha as páginas abertas, e ele pediu a Digna Pardo, a cozinheira, que lhe trouxesse a faca de papel de marfim que tinha esquecido no quarto. Mas quando chegou a faca, já estava lendo O *Homem, esse Desconhecido* na página marcada com o envelope de uma carta: faltavam muito poucas para terminá-lo. Leu devagar, abrindo caminho pelos meandros de uma ponta de dor de cabeça que atribuiu ao meio cálice de conhaque do brinde final. Nas pausas da leitura tomava um gole de limonada, ou se detinha roendo um pedaço de gelo. Tinha as meias calçadas, a camisa sem o colarinho postiço e os suspensórios elásticos de riscas verdes pendentes aos lados da cintura, e só lhe aborrecia a ideia de ter de mudar de roupa para o enterro. Em breve parou de ler, pôs um livro em cima do outro, e começou a se embalar devagar na cadeira de balanço de vime contemplando no torpor da tarde as bananeiras da Guiné no pântano do quintal, a mangueira depenada, as formigas de asa de depois da chuva, o esplendor efêmero daquela tarde a menos, já partindo para nunca mais. Tinha esquecido que possuíra uma vez um louro de Paramaribo ao qual amava como a um ser humano, quando o ouviu de repente: "Lourinho real." Ouviu-o muito perto, quase ao seu lado, e logo depois o avistou no galho mais baixo da mangueira.

— Sem-vergonha — gritou.

O louro respondeu com uma voz idêntica.

— Mais sem-vergonha será você, doutor.

Continuou falando com ele sem perdê-lo de vista, enquanto se calçava com muito cuidado para não espantá-lo, e meteu os braços nos suspensórios, e desceu ao quintal ainda enlameado sondando o chão com a bengala para não tropeçar nos três degraus. O louro não se mexeu. Estava tão baixo que ele esticou o bastão para que o louro pousasse no castão de prata, como costumava fazer, mas o louro se esquivou. Saltou para um galho contíguo, um pouco mais alto mas de acesso mais fácil, onde se apoiava a escada da casa desde antes da vinda dos bombeiros. O doutor Urbino calculou a altura, e achou que galgando dois dos degraus podia apanhá-lo. Subiu o primeiro, cantando uma canção de cúmplice para distrair a atenção do bicho arisco que repetia as palavras sem a música, mas afastando-se no galho com passos laterais. Subiu o segundo degrau sem dificuldade, agarrado à escada com ambas as mãos, e o louro começou a repetir a canção completa sem mudar de lugar. Subiu o terceiro degrau e o quarto depois, pois havia calculado mal a altura do galho, e então se aferrou à escada com a mão esquerda e tentou pegar o louro com a direita. Digna Pardo, a velha criada que tinha vindo avisar a ele que já estava ficando tarde para o enterro, viu o homem de costas trepado na escada e não acreditaria que fosse quem era se não visse as riscas verdes dos suspensórios de elástico.

— Santíssimo Sacramento! — gritou. — Vai se matar!

O doutor Urbino agarrou o louro pelo pescoço com um suspiro de triunfo: *ça y est*. Mas o largou de pronto, porque a escada resvalou sob seus pés e ele ficou um instante suspenso no ar, e então conseguiu perceber que se matava sem comunhão, sem tempo para se arrepender de nada nem se despedir de ninguém, às quatro e sete minutos da tarde de domingo de Pentecostes.

Fermina Daza estava na cozinha provando a sopa para o jantar, quando ouviu o grito de horror de Digna Pardo e o alvoroço da criadagem da casa e depois da vizinhança. Atirou a colher de pau e tratou de correr como pôde com o peso invencível da idade, gritando feito uma louca sem saber ainda o que acontecia debaixo da copa da mangueira e o coração lhe estourou em estilhaços quando viu seu homem estirado de costas no lodo, já morto em vida mas resistindo ainda um último minuto à chicotada final da cauda da morte para que ela sua mulher tivesse tempo de chegar. Chegou a reconhecê-la no tumulto através das lágrimas da dor que jamais se repetiria de morrer sem ela, e a olhou pela última vez para todo o sempre com os mais luminosos, mais tristes e mais agradecidos olhos que ela jamais vira no rosto dele em meio século de vida em comum, e ainda conseguiu dizer-lhe com o último alento:

— Só Deus sabe quanto amei você.

Foi uma morte memorável, e não sem razão. Mal acabados seus estudos de especialização na França, o doutor Juvenal Urbino se tornou conhecido no país por haver conjurado a tempo, com métodos inovadores e drásticos, a última epidemia de cólera morbo que flagelou a província. A anterior, quando ele ainda estava na Europa, causara a morte da quarta parte da população urbana em menos de três meses, incluindo aí seu pai, que foi também um médico muito estimado. Com o prestígio imediato e uma boa contribuição do patrimônio familiar fundou a Sociedade Médica, a primeira e única nas províncias do Caribe durante muitos anos, e foi seu presidente vitalício. Conseguiu a construção do primeiro aqueduto, do primeiro sistema de esgotos, e do mercado público coberto que permitiu o saneamento da podridão que era a baía das Ânimas. Foi além disso presidente da Academia da Língua e da Academia de História. O patriarca latino de Jerusalém o fez cavaleiro da Ordem do Santo Sepulcro pelos serviços prestados à Igreja, e o governo da França lhe concedeu a Legião de Honra no grau de comendador. Foi animador ativo de todas as congregações religiosas e cívicas existentes na cidade, e em especial da Junta Patriótica, formada por cidadãos influentes sem interesses políticos que pressionavam o governo e o comércio local com iniciativas progressistas demasiado audaciosas para a época. Entre estas, a mais memorável foi o ensaio de um globo aerostático que no voo inaugural levou uma carta até São João da Ciénaga, muito antes de se pensar em correio aéreo como uma possibilidade racional. Também foi sua a ideia do Centro Artístico, que fundou a Escola de Belas-Artes onde ainda funciona, e patrocinou durante muitos anos os Jogos Florais de abril.

Só ele conseguira o que não tinha parecido impossível durante um século: a restauração do Teatro da Comédia, convertido em rinha e granja de galos de briga desde os tempos da Colônia. Foi a culminação de uma campanha cívica espetacular, que envolveu todos os setores da cidade sem exceção, numa mobilização multitudinária que muitos consideraram digna de melhor causa. Mesmo assim, o novo Teatro da Comédia se inaugurou quando ainda não tinha cadeiras nem lâmpadas, e os espectadores tinham que levar em que sentar e com que se iluminar nos intervalos. Foi imposta a mesma etiqueta das grandes estreias da Europa, que as damas aproveitavam para exibir seus vestidos longos e seus abrigos de pele na canícula do Caribe, mas foi necessário autorizar também a entrada dos criados para que carregassem as cadeiras e as candeias, e quantas coisas de comer parecessem necessárias para resistir aos programas intermináveis, alguns dos quais se prolongaram até a hora da primeira missa. A temporada se abriu com uma companhia francesa de ópera cuja novidade era uma harpa na orquestra e cuja glória inolvidável era a voz imaculada e o talento dramático de uma soprano turca que cantava descalça e com anéis de pedras preciosas nos dedos dos pés. A partir do primeiro ato mal se enxergava o cenário e os cantores perdiam a voz devido ao fumo de tantas lâmpadas de azeite de coco, mas os cronistas da cidade se encarregaram muito bem de apagar estes inconvenientes miúdos e de exaltar as magnificências. Foi sem dúvida a iniciativa mais contagiosa do doutor Urbino, pois a febre da ópera contaminou até os setores menos informados da cidade, e deu origem a toda uma geração de Isoldas e Otelos, e Aídas e Sigfredos. Não obstante, jamais se chegou aos extremos que o doutor Urbino teria desejado, de ver italianizantes e wagnerianos se enfrentando a bengaladas nos intervalos.

O doutor Juvenal Urbino jamais aceitou postos oficiais, que lhe ofereceram amiúde e sem condições, e foi crítico encarniçado dos médicos que se valiam do prestígio profissional para escalar posições políticas. Embora sempre o tivessem por liberal, e costumava nas eleições votar nos candidatos desse partido, era mais liberal por tradição que por convicção, e foi talvez o último membro das grandes famílias a se ajoelhar na rua quando passava a carruagem do arcebispo. A si mesmo se definia como um pacifista natural, partidário da reconciliação definitiva de liberais e conservadores para o bem da pátria. E sua. conduta pública era tão autônoma que ninguém o contava como seu: os liberais o consideravam um reacionário das cavernas, os conservadores diziam que só lhe faltava ser maçom, e os maçons o repudiavam como um clérigo emboscado a serviço da Santa Sé. Seus críticos menos sangrentos achavam que ele não passava de um aristocrata extasiado com as delícias dos Jogos Florais, enquanto a nação se esvaía no sangue de uma guerra civil interminável.

Só dois atos seus não pareciam conformes a esta imagem. O primeiro foi sua mudança para uma casa nova num bairro de ricos recentes, em troca do antigo palácio do Marquês de Casalduero, que tinha sido a mansão familiar durante mais de um século. O outro foi seu casamento com uma beleza do povo, sem nome nem fortuna, de quem troçavam em segredo as senhoras de sobrenomes grandes até se convencerem à força de que a outra punha todas elas no chinelo com sua distinção e seu caráter. O doutor Urbino levou sempre em boa conta esse e muitos outros percalços de sua imagem pública, e ninguém era mais consciente do que ele próprio de ser o último protagonista de um nome em extinção. Seus filhos eram dois fins de raça sem nenhum brilho. Marco Aurélio, o varão, médico como ele e como todos os primogênitos de cada geração, não tinha feito nada notável, sequer um filho, passados os cinquenta anos. Ofélia, a única filha, casada com um bom bancário de Nova Orleans, tinha chegado ao climatério com três filhas e nenhum varão. Não obstante, apesar de lhe doer a interrupção do seu sangue no manancial da história, da morte o que mais preocupava o doutor Urbino era a vida solitária de Fermina Daza sem ele.

Em todo caso, a tragédia foi uma comoção não só entre sua gente, como afetou por contágio o povo simples, que ganhou as ruas na ilusão de pelo menos sentir o resplendor da legenda. Foram proclamados três dias de luto, hasteou-se a bandeira a meio pau nos estabelecimentos públicos, e os sinos de todas as igrejas dobraram sem pausas até que foi selada a cripta no mausoléu familiar. Um grupo da Escola de Belas-Artes fez a máscara mortuária do cadáver para servir de molde a um busto de tamanho natural, mas se abandonou o projeto porque a ninguém pareceu apropriada a fidelidade com que ficou plasmado o pavor do instante derradeiro. Um artista de renome que estava aqui por casualidade de passagem para a Europa pintou uma tela gigantesca de um realismo patético, na qual se via o doutor Urbino trepado na escada no instante mortal em que estendia a mão para agarrar o louro. A única coisa que contrariava a verdade crua da sua história é que ele não trajava no quadro a camisa sem colarinho e os suspensórios de riscas verdes, e sim o chapéu-coco e a sobrecasaca de lã preta de um clichê de jornal dos anos do cólera. Este quadro se expôs poucos meses depois da tragédia, para que ninguém deixasse de vê-lo, na vasta galeria de *O Arame de Ouro,* uma loja de artigos importados onde desfilava a cidade inteira. Passou logo para as paredes de quantas instituições públicas e privadas se julgaram no dever de render tributo à memória do patrício insigne e afinal foi dependurado com uma segunda homenagem fúnebre na Escola de Belas-Artes, de onde o tiraram muitos anos depois os próprios estudantes de pintura para queimá-lo na Praça da Universidade como símbolo de uma estética e de uma época tediosas.

Durante seu primeiro instante de viúva se viu que Fermina Daza não ficava tão desamparada como temera o esposo. Foi inflexível na determinação de não permitir que se utilizasse o cadáver em benefício de nenhuma causa, e o foi inclusive com o telegrama do Presidente da República, que mandava expô-lo em câmara ardente no salão nobre do palácio do governo local. Com a mesma serenidade se opôs a que fosse velado na catedral, como lhe pediu o arcebispo em pessoa, e só admitiu que ali ficasse durante a missa de corpo presente dos ofícios fúnebres. Apesar da mediação do filho, aturdido diante de tantas solicitações diversas, Fermina Daza se manteve firme em sua noção rural de que os mortos não pertencem a ninguém além da família, e que ele seria velado em casa com café torrado pelas criadas e os costumeiros bolinhos de farinha de trigo e queijo, e com a liberdade de cada um para chorá-lo como quisesse. Não haveria o velório tradicional de nove noites: as portas se fecharam depois do enterro e só voltaram a se abrir para visitas íntimas.

A casa ficou debaixo do regime da morte. Todo objeto de valor foi posto em lugar seguro, e nas paredes desnudas só ficaram as marcas dos quadros desprendidos. Da sala aos quartos, as cadeiras da casa e as tomadas de empréstimo aos vizinhos estavam colocadas contra as paredes e os espaços vazios pareciam imensos e as vozes tinham uma ressonância espectral, porque os móveis grandes tinham sido removidos, salvo o piano de cauda que jazia em seu canto debaixo de um lençol branco. No centro da biblioteca, sobre a escrivaninha do seu pai, estava estendido sem caixão aquele que fora Juvenal Urbino de la Calle, com o último espanto petrificado no rosto, e com a capa preta e a espada de guerra dos cavaleiros do Santo Sepulcro. A seu lado, de luto íntegro, trêmula mas muito senhora de si, Fermina Daza recebeu os pêsames sem dramas, mal se movendo, até as onze da manhã do dia seguinte, quando se despediu do esposo no pórtico dizendo-lhe adeus com um lenço.

Não lhe tinha sido fácil recuperar esse domínio a partir do momento em que ouviu o grito de Digna Pardo no quintal e encontrou o ancião de sua vida agonizando no lodo. Sua primeira reação foi de esperança porque ele tinha os olhos abertos e um brilho de luz radiante que ela jamais lhe vira nas pupilas. Rogou a Deus que lhe concedesse ao menos um instante para que ele não partisse sem saber quanto o amara por cima das dúvidas de ambos e sentiu a premência irresistível de começar a vida com ele outra vez desde o começo para que se dissessem tudo que tinham ficado sem dizer, e fizessem bem qualquer coisa que tivessem feito mal no passado. Mas teve que render-se à intransigência da morte. Sua dor se descompôs numa cólera cega contra o mundo, e até contra ela própria, o que lhe infundiu o domínio e a coragem de enfrentar sozinha sua solidão. Desde então não teve trégua, mas se preveniu contra qualquer gesto que parecesse alarde de sua dor. O único momento de um certo patético, aliás involuntário, foi às onze da noite do domingo, quando entrou na casa o ataúde episcopal recendente ainda a verniz ordinário, com alças de cobre e forro de seda acolchoada. O doutor Urbino Daza mandou fechá-lo logo, pois o ar da casa estava rarefeito com o vapor de tantas flores no calor insuportável, e ele achava ter notado sombras arroxeadas no pescoço do pai. Uma voz distraída se ouviu no silêncio: "Nessa idade a gente já está meio podre em vida." Antes que fechassem o caixão, Fermina Daza tirou sua aliança e a colocou no marido morto, e depois lhe cobriu a mão com a sua, como sempre fazia ao surpreendê-lo divagando em público.

— Muito em breve nos veremos — lhe disse.

Florentino Ariza, invisível em meio à multidão de figurões, sentiu um toque de lança nas costas. Fermina Daza não o notara no tumulto dos primeiros pêsames, embora ninguém fosse estar mais presente nem ser mais útil do que ele nas emergências daquela noite. Foi ele quem pôs ordem nas cozinhas apinhadas para que não faltasse café. Arranjou cadeiras suplementares quando não bastaram as dos vizinhos, e mandou pôr no quintal as coroas excedentes quando não cabia na casa mais nenhuma. Tratou de ver que não faltasse conhaque para os convidados do doutor Lácides Olivella, que tinham recebido a má noticia no apogeu das bodas de prata, e vieram em batalhão continuar a pândega sentados num círculo debaixo do pé de manga. Foi o único que soube reagir a tempo quando o louro fujão apareceu à meia-noite na sala de jantar com a cabeça levantada e as asas abertas, o que causou um calafrio de estupor na casa, pois parecia uma exortação à penitência. Florentino Ariza o agarrou pelo pescoço sem lhe dar tempo de gritar uma só de suas instruções insensatas e carregou-o para a cocheira numa gaiola coberta. Desta forma fez tudo, com tanta discrição e tamanha eficácia, que a ninguém ocorreu pensar que fosse uma intromissão em assuntos alheios, e sim, pelo contrário, uma ajuda inestimável naquela hora má da casa.

Era aquilo que parecia: um ancião serviçal e sério. Tinha o corpo ossudo e reto, a pele parda e glabra, os olhos ávidos por trás dos óculos redondos e pequenos com armação de metal branco, e um bigode romântico de guias engomadas, um pouco antiquado para a época. Tinha as últimas mechas de cabelos penteados da testa para o alto e grudados com gomalina no centro do crânio reluzente como solução final de uma calvície absoluta. Sua gentileza natural e suas maneiras lânguidas cativavam na hora, mas também eram tidas como duas virtudes suspeitas num celibatário empedernido. Tinha gasto muito dinheiro, muito engenho e muita força de vontade para que não avaliassem os setenta e seis anos que já tinha feito em março último, e estava convencido na solidão de sua alma de haver amado em silêncio muito mais do que alguém jamais amara neste mundo.

Na noite da morte do doutor Urbino estava vestido como o surpreendeu a notícia, que era como sempre estava, não obstante os calores infernais de junho: de lã escura com colete, um laço de fita de seda no colarinho de celuloide, um chapéu de feltro, e um guarda-chuva lustroso e preto que também lhe servia de bengala. Mas quando começou a clarear desapareceu do velório durante duas horas, e retornou repousado com os primeiros sóis, bem escanhoado e cheirando a loção de barba. Trajava uma sobrecasaca preta dessas que ainda só se usavam nos enterros e ofícios da Semana Santa, colarinho mole com plastrom de artista em vez de gravata, e chapéu-coco. Também trazia o guarda-chuva, no caso não só pelo hábito, pois tinha certeza de que ia chover antes das doze, o que informou ao doutor Urbino Daza para o caso de ser possível antecipar o enterro. Foi o que tentaram, de fato, porque Florentino Ariza pertencia a uma família ligada à navegação e ele próprio era presidente da Companhia Fluvial do Caribe, o que permitia supor que entendesse de prognósticos atmosféricos. Mas não conseguiram harmonizar a tempo as autoridades civis e militares, as corporações públicas e privadas, a banda militar e a das Belas-Artes, as escolas e congregações religiosas que já estavam de acordo para as onze, de modo que o enterro previsto como um acontecimento histórico acabou em debandada devido ao aguaceiro arrasador. Foram muito poucos os que chegaram chapinhando na lama até o mausoléu da família, protegido por uma paineira colonial cuja copa se estendia para lá do muro do cemitério. Debaixo dessa mesma copa, mas na parcela externa destinada aos suicidas, os refugiados do Caribe tinham sepultado na tarde anterior Jeremiah de Saint-Amour, e seu cão junto a ele, de acordo com sua vontade.

Florentino Ariza foi um dos poucos que chegaram até o final do enterro. Ficou ensopado até a roupa de baixo, e chegou espavorido a sua casa de medo de contrair uma pneumonia depois de tantos cuidados minuciosos e precauções excessivas. Mandou reforçar uma limonada quente com uma dose de conhaque, tomou-a na cama com duas pastilhas de fenaspirina e suou mares enrolado num xale de lã até recobrar o bom clima do corpo. Quando voltou ao velório foi de ânimo forte. Fermina Daza tinha assumido de novo o comando da casa, que estava varrida e em estado de receber, e tinha posto no altar da biblioteca um retrato do esposo morto pintado a pastel, com uma tarja de luto na moldura. Às oito havia tanta gente e o calor era tão intenso como a noite anterior, mas depois do terço alguém fez circular a solicitação de que todos se retirassem cedo para que a viúva descansasse pela primeira vez desde a tarde de domingo.

Fermina Daza se despediu da maioria junto ao altar, mas acompanhou o último grupo de amigos íntimos até a porta da rua, para fechá-la ela própria, como era seu costume. Dispunha-se a fazê-lo com o último alento, quando viu Florentino Ariza vestido de luto no centro da sala deserta. Ficou satisfeita, porque há muitos anos o havia apagado de sua vida, e pela primeira vez tinha consciência de vê-lo depurado pelo esquecimento. Mas antes que pudesse lhe agradecer a visita, ele pôs o chapéu em cima do coração, trêmulo e digno, e arrebentou o abscesso que tinha sido o sustento de sua vida:

— Fermina — disse —, esperei esta ocasião durante mais de meio século, para lhe repetir uma vez mais o juramento de minha fidelidade eterna e meu amor para sempre.

Fermina Daza se teria julgado diante de um louco, caso não tivesse tido motivos para pensar que Florentino Ariza estava naquele instante inspirado pela graça do Espírito Santo. Seu impulso imediato foi maldizê-lo pela profanação da casa quando ainda estava quente no túmulo o cadáver de seu esposo. Mas foi contida pela dignidade da raiva. "Vá embora", lhe disse. "E não se deixe ver nunca mais nos anos que ainda lhe restarem de vida." Abriu de novo por completo a porta da rua que tinha começado a fechar, e concluiu:

— Que espero sejam muito poucos.

Quando ouviu que se apagavam os passos na rua solitária, fechou a porta bem devagar, com a tranca e os ferrolhos, e encarou sozinha seu destino. Nunca, até este momento, tinha tido a plena consciência do peso e do tamanho do drama que ela própria desencadeara quando tinha apenas dezoito anos, e que havia de persegui-la até a morte. Chorou pela primeira vez desde a tarde do desastre, sem testemunhas, que era seu único jeito de chorar. Chorou pela morte do marido, por sua solidão e sua raiva, e quando entrou no quarto vazio chorou por si mesma, porque muito poucas vezes tinha dormido sozinha nessa cama desde que deixara de ser virgem. Tudo que era do esposo lhe atiçava o pranto: os chinelos de borlas, o pijama debaixo do travesseiro, o espaço sem ele no espelho da penteadeira, o cheiro pessoal dele em sua própria pele. Abalou-a um pensamento vago: "As pessoas que a gente ama deviam morrer com todas as suas coisas." Não quis ajuda de ninguém para se deitar, não quis comer nada antes de dormir. Na angústia de sua desolação, rogou a Deus que lhe mandasse a morte esta noite durante o sono, e com essa ilusão se deitou, descalça mas vestida, e dormiu no mesmo instante. Dormiu sem saber, mas sabendo que continuava viva no sono, que lhe sobrava metade da cama, que jazia de costas na margem esquerda, como sempre, mas que lhe fazia falta o contrapeso do outro corpo na outra margem. Pensando adormecida pensou que nunca mais poderia dormir assim, e começou a soluçar adormecida, e dormiu soluçando sem mudar de posição na sua margem, até muito depois de acabarem de cantar os galos, e a despertou o sol indesejável da manhã sem ele. Só então descobriu que havia dormido muito sem morrer, soluçando no sono, e que enquanto dormia soluçando pensava mais em Florentino Ariza do que no marido morto.

Florentino Ariza, por outro lado, não deixara de pensar nela um único instante desde que Fermina Daza o rechaçou sem apelação depois de uns amores longos e contrariados, e haviam transcorrido a partir de então cinquenta e um anos, nove meses e quatro dias. Não tivera que manter a conta do esquecimento fazendo uma risca diária nas paredes de um calabouço, porque não se havia passado um dia sem que acontecesse alguma coisa que o fizesse lembrar-se dela. Na época do rompimento ele vivia só com a mãe, Trânsito Ariza, numa meia casa alugada da Rua das Janelas, onde ela desde jovem tinha um negócio de armarinho e onde além disso desfiava camisas e panos velhos que vendia como algodão para os feridos de guerra. Foi seu filho único, tido de uma aliança ocasional com o conhecido armador senhor Pio Quinto Loayza, um dos três irmãos fundadores da Companhia Fluvial do Caribe, com a qual deram um impulso novo à navegação a vapor no rio Madalena.

O senhor Pio Quinto Loayza morreu quando o filho tinha dez anos. Embora sempre se houvesse ocupado em segredo de seus gastos, nunca o reconheceu como seu perante a lei nem lhe deixou resolvido o futuro, de modo que Florentino Ariza ficou apenas com o sobrenome da mãe, ainda que sua verdadeira filiação tenha sempre sido de domínio público. Depois da morte do pai, Florentino Ariza teve que renunciar ao colégio para se empregar como aprendiz na Agência dos

Correios, onde o encarregaram de abrir os sacos e arrumar as cartas, e de avisar ao público da chegada do correio içando à porta do escritório a bandeira do país de procedência.

Sua capacidade chamou a atenção do telegrafista, o emigrado alemão Lotário Thugut, que além do mais tocava órgão nas cerimônias extraordinárias da catedral e dava aulas de música a domicílio. Lotário Thugut lhe ensinou o código Morse e o manejo do sistema telegráfico, e bastaram as primeiras lições de violino para que Florentino Ariza continuasse a tocá-lo de ouvido como um profissional. Quando conheceu Fermina Daza era o moço mais requisitado do seu meio social, o que melhor dançava música da moda e recitava de cor a poesia sentimental, e estava sempre à disposição dos amigos para fazer a suas noivas serenatas de solo de violino. Era escaveirado desde então, com um cabelo de índio amansado a brilhantina, e com os óculos de míope que aumentavam seu aspecto de desamparo. Além do defeito da vista, sofria de uma prisão de ventre crônica que o obrigou a tomar lavagens purgativas a vida inteira. Só tinha uma roupa para visitas e missas, herdada do pai morto, mas Trânsito Ariza a mantinha tão cuidada que a cada domingo parecia nova. Apesar do seu ar enfezadinho, do seu acanhamento e de seu traje sombrio, as moças do seu grupo faziam rifas secretas no jogo de ver quem ficava com ele, e ele aceitava o jogo de ficar com elas, até o dia em que conheceu Fermina Daza e se acabou sua inocência.

Ele a vira pela primeira vez uma tarde em que Lotário Thugut o encarregou de levar um telegrama a alguém sem domicílio conhecido que se chamava Lorenzo Daza. Encontrou-o na pracinha dos Evangelhos, numa das casas mais antigas, meio arruinada, cujo pátio interior parecia o claustro de uma abadia, com tiririca nos canteiros e um repuxo de pedra sem água. Florentino Ariza não percebeu nenhum ruído humano quando seguiu a criada descalça por baixo dos arcos do corredor, onde havia caixotes de mudança ainda por abrir, e ferramentas de pedreiro entre restos de cal e sacos de cimento alinhados, pois a casa estava sendo submetida a uma reforma radical. No fundo do pátio havia um escritório provisório, onde dormia a sesta sentado diante da escrivaninha um homem muito gordo de suíças crespas que se confundiam com os bigodes. Chamava-se, de fato, Lorenzo Daza, e não era muito conhecido na cidade porque chegara há menos de dois anos e não era homem de muitos amigos.

Recebeu o telegrama como se fosse a continuação de um sonho aziago. Florentino Ariza observou os olhos aflitos com uma espécie de compaixão oficial, observou os dedos incertos procurando descolar o papel, o medo visceral que tinha visto tantas vezes em tantos destinatários que ainda não conseguiam pensar em telegrama sem pensar em morte. Quando o leu, recobrou o domínio de si mesmo. Deu um suspiro: "Boas notícias." E entregou a Florentino Ariza os cinco réis de uso, dando-lhe a entender com um sorriso de alívio que não os teria dado se as notícias tivessem sido más. Depois se despediu com um forte aperto de mão, que não era de costume com um mensageiro do telégrafo, e a criada o acompanhou até o portão da rua, não tanto para conduzi-lo como para vigiá-lo. Percorreram o mesmo caminho em sentido contrário pelo corredor de arcadas, mas desta vez viu Florentino Ariza que havia alguém mais na casa, porque a claridade do pátio estava ocupada por uma voz de mulher que repetia uma lição de leitura. Ao passar diante do quarto de costura viu pela janela uma mulher mais velha e uma menina, sentadas em duas cadeiras muito juntas, as duas acompanhando a leitura no mesmo livro que a mulher mantinha aberto no colo. Pareceu-lhe uma visão estranha: a filha ensinando a mãe a ler. A dedução era incorreta só em parte, porque a mulher era tia e não mãe da menina, embora a tivesse criado como se mãe fosse. A aula não se interrompeu, mas a menina levantou a vista para ver quem passava pela janela, e esse olhar casual foi a origem de um cataclismo de amor que meio século depois não tinha terminado ainda.

A única coisa que Florentino Ariza pôde averiguar sobre Lorenzo Daza foi que tinha vindo de São João da Ciénaga com a filha única e a irmã solteira pouco depois da peste do cólera, e os que o viram desembarcar não duvidaram que ele vinha para ficar, pois trazia todo o necessário para uma casa bem guarnecida. A esposa tinha morrido quando a filha era muito pequenina. A irmã se chamava Escolástica, tinha quarenta anos e estava cumprindo promessa ao usar o hábito de São Francisco quando saía à rua, e só o cordão na cintura quando estava em casa. A menina tinha treze anos e atendia pelo mesmo nome que a mãe morta: Fermina.

Supunha-se que Lorenzo Daza era homem de recursos porque vivia bem sem ofício conhecido, e comprara com moeda sonante a casa dos Evangelhos, cuja restauração devia ter custado pelo menos o dobro dos duzentos pesos ouro que pagou por ela. A filha estudava no Colégio da Apresentação da Santíssima Virgem, onde as senhoritas da sociedade aprendiam há dois séculos a arte e o ofício de serem esposas diligentes e submissas. Durante a Colônia e os primeiros anos da República só recebiam as herdeiras de sobrenomes ilustres. Mas as velhas famílias arruinadas pela independência tiveram que submeter-se à realidade dos novos tempos, e o colégio abriu as portas a todas as candidatas que pudessem pagar por ele, sem levar em conta seus pergaminhos, mas com a condição essencial de que fossem filhas legítimas de casais católicos. De todas as maneiras era um colégio caro, e o fato de que Fermina Daza estudava ali era por si só um indício da situação econômica da família, embora não fosse de sua condição social. Estas notícias animaram Florentino Ariza, pois lhe indicavam que a bela adolescente de olhos amendoados estava ao alcance de seus sonhos. Não obstante, o regime estrito em que a mantinha o pai se revelou dentro de pouco como um obstáculo intransponível. Ao contrário das outras alunas, que iam ao colégio em grupos ou acompanhadas por uma criada mais velha, Fermina Daza ia sempre com a tia solteira, e sua conduta indicava que não lhe era permitida nenhuma distração.

Foi desse modo inocente que Florentino Ariza iniciou sua vida sigilosa de caçador solitário. A partir das sete da manhã se sentava sozinho no banco menos visível da praça, fingindo ler um livro de versos à sombra das amendoeiras, até que via passar a donzela impossível com o uniforme de listras azuis, as meias presas com ligas nos joelhos, as botinas masculinas de cordões cruzados e uma única trança grossa com um laço na ponta que se estendia pelas costas até a cintura. Andava com uma altivez natural, a cabeça erguida, a vista imóvel, o passo rápido, o nariz afilado, com a pasta dos livros apertada nos braços em cruz contra o peito, e com um modo de andar de corça que fazia com que ela parecesse imune à gravidade. A seu lado, acompanhando-a a duras penas, a tia com o hábito pardo e o cordão de São Francisco não deixava a menor fresta para que alguém chegasse perto. Florentino Ariza as via passar de ida e volta quatro vezes por dia, e uma vez aos domingos à saída da missa solene, e ver a menina lhe bastava. Pouco a pouco a foi idealizando, atribuindo-lhe virtudes improváveis, sentimentos imaginários, e ao fim de duas semanas a única coisa em que pensava era ela. Por isso, resolveu mandar-lhe um recado simples escrito dos dois lados de uma folha de papel com sua caprichada letra de escrivão. Mas guardou-a vários dias no bolso, pensando em como entregá-la, e enquanto pensava escrevia várias páginas mais antes de se deitar, de modo que a carta original foi virando um dicionário de galanteios, inspirado nos livros que havia decorado de tanto lê-los nas esperas da praça.

Buscando o modo de entregar a carta procurou travar conhecimento com algumas alunas do Apresentação, mas estavam longe demais do seu mundo. Além disso, depois de muito refletir achou que não era prudente que alguém ficasse sabendo de suas pretensões. Mesmo assim, conseguiu saber que Fermina Daza tinha sido convidada a um baile de sábado uns dias depois da sua chegada, e que o pai não lhe havia dado consentimento com uma frase terminante: "Cada coisa se fará em seu devido tempo." A carta tinha mais de sessenta páginas escritas dos dois lados quando Florentino Ariza não pôde resistir mais à opressão do seu segredo, e se abriu sem reservas à mãe, a única pessoa com quem se permitia algumas confidências. Trânsito Ariza se comoveu até as lágrimas com a candura do filho em assuntos de amor, e tratou de orientá-lo com suas luzes. Começou por convencê-lo a não entregar seu cartapácio lírico, com o qual só conseguiria assustar a menina dos seus sonhos, que supunha tão verde quanto ele nos negócios do coração. O primeiro passo, lhe disse, era fazer com que ela se desse conta do seu interesse, para que a declaração não a pegasse de supetão e ela tivesse tempo de pensar.

— Mas sobretudo — lhe disse — a primeira conquista que você tem a fazer não é a dela, e sim a da tia.

Ambos os conselhos eram sábios, sem dúvida, mas tardios. Em verdade, no dia em que Fermina Daza se descuidou um instante da aula de leitura que estava dando à tia, e levantou a vista para ver quem passava pelo corredor, Florentino Ariza a impressionou pela aura de desamparo que o envolvia. À noite, durante a refeição, seu pai lhe havia falado do telegrama e foi assim que ela soube o que é que Florentino Ariza tinha ido fazer na casa, e qual era seu ofício. Estas notícias aumentaram seu interesse, pois para ela, como para tanta gente da época, a invenção do telégrafo tinha algo a ver com a magia. Por isso reconheceu Florentino Ariza desde a primeira vez em que o viu lendo debaixo das árvores da pracinha, embora não lhe desse qualquer inquietação até que a tia a fizesse saber que há várias semanas ele se postava ali. Depois, quando o viram também aos domingos à saída da missa, a tia acabou de se convencer de que tantos encontros não podiam ser casuais. Disse: "Não há de ser por minha causa que se dá tanto trabalho." Pois apesar de sua conduta austera e seu hábito de penitente, a tia Escolástica Daza tinha um instinto da vida e uma vocação de cumplicidade que eram suas melhores virtudes, e a simples ideia de que um homem se interessasse pela sobrinha lhe causava uma emoção irresistível. Contudo, Fermina

Daza estava ainda a salvo da mera curiosidade do amor, e a única coisa que lhe inspirava Florentino Ariza era uma certa pena, porque lhe pareceu que estava doente. Mas a tia lhe disse que era necessário ter vivido muito para conhecer a índole verdadeira de um homem, e estava convencida de que aquele que se sentava no jardim para vê-las passar só podia estar doente de amor.

Tia Escolástica era um refúgio de compreensão e afeto para a filha solitária de um casamento sem amor. Ela a criara desde a morte da mãe, e em relação a Lorenzo Daza se comportava mais como cúmplice do que como tia. Por isso a aparição de Florentino Ariza foi para elas mais uma das muitas diversões íntimas que costumavam inventar para entreter suas horas mortas. Quatro vezes por dia, quando passavam pela pracinha dos Evangelhos, ambas se apressavam a buscar com um olhar instantâneo o sentinela escaveirado, tímido, coisinha pouca, quase sempre vestido de preto apesar do calor, que fingia ler debaixo das árvores. "Lá está", dizia a que o descobria primeiro, reprimindo o riso, antes que ele levantasse a vista e visse as duas mulheres rígidas, distantes de sua vida, que atravessavam o parque sem olhá-lo.

— Pobrezinho — tinha dito a tia. — Não se atreve a se aproximar porque eu estou com você, mas um dia tentará, se suas intenções são sérias, e então vai entregar a você uma carta.

Prevendo toda classe de adversidades, ensinou-a a se comunicar com sinais alfabéticos de mão, recurso indispensável aos amores proibidos. Aquelas travessuras ingênuas, quase pueris, despertavam em Fermina Daza uma curiosidade novidadeira, mas não lhe ocorreu durante vários meses que fossem mais longe. Nunca soube em que momento a diversão se converteu em ansiedade, e sentia o sangue virando espuma na urgência de vê-lo, e uma noite acordou espavorida porque o viu olhando-a no escuro aos pés da cama. Então desejou no fundo da alma que se cumprissem os prognósticos da tia, e rogava a Deus nas suas orações que ele tivesse a coragem de lhe entregar a carta só para ela saber o que dizia.

Mas seus rogos não foram atendidos. Ao contrário. Isto sucedia na época em que Florentino Ariza se confessou à mãe e ela o dissuadiu de entregar as setenta páginas de galanteios, e por isso Fermina Daza continuou esperando todo o resto do ano. Sua ansiedade se convertia em desespero à medida que se aproximavam as férias de dezembro, pois se perguntava sem sossego o que ia fazer para vê-lo, e para que ele a visse, durante os três meses em que não iria ao colégio. As dúvidas continuavam sem solução na noite de Natal, quando estremeceu com a sensação de que ele a olhava do meio da multidão da missa do galo, e essa inquietação lhe sufocou o coração. Não se atreveu a voltar a cabeça, porque estava sentada entre o pai e a tia, e teve que se dominar para que não percebessem sua perturbação. Mas na desordem da saída sentiu-o tão iminente, tão nítido no tumulto, que uma força irresistível a obrigou a olhar por cima do ombro quando abandonava o templo pela nave central, e então viu a dois palmos de seus olhos os outros olhos de gelo, o rosto lívido, os lábios petrificados pelo susto do amor. Transtornada por sua própria audácia, se agarrou ao braço da tia Escolástica para não cair, e esta sentiu o suor glacial da mão através da mitene de renda, e a reconfortou com um sinal imperceptível de cumplicidade sem condições. Em meio ao estrondo dos foguetes e dos tambores, das lanternas coloridas nos portais e clamor das multidões sedentas de paz, Florentino Ariza vagou feito um sonâmbulo até o raiar do dia vendo a festa através das lágrimas, aturdido pela alucinação de que era ele e não Deus que tinha nascido aquela noite.

O delírio aumentou a semana seguinte, à hora da sesta, quando passou sem esperanças pela casa de Fermina Daza, e viu que ela e a tia estavam sentadas embaixo das amendoeiras do portal. Era a repetição ao ar livre do quadro que tinha visto naquela primeira tarde no quarto de costura: a menina tomando a lição de leitura da tia. Mas Fermina Daza estava mudada sem o uniforme escolar, pois vestia uma túnica de linho com muitas pregas que lhe caía dos ombros feito um peplo, e tinha na cabeça uma grinalda de gardênias naturais que lhe dava a aparência de uma deusa coroada. Florentino Ariza se sentou na praça, onde tinha certeza de ser visto, e então não apelou para o recurso da leitura fingida, permanecendo com o livro aberto e os olhos fixos na donzela ilusória, que não lhe retribuiu sequer com um olhar de caridade.

A princípio pensou que a aula debaixo das amendoeiras era uma mudança casual, devida talvez às obras intermináveis da casa, mas nos dias seguintes compreendeu que Fermina Daza estaria ali, ao alcance da sua vista, todas as tardes à mesma hora dos três meses das férias, e essa certeza lhe infundiu ânimo novo. Não teve a impressão de ser visto, não notou nenhum sinal de interesse ou repúdio, mas na frieza dela havia um resplendor diferente que o animava a persistir. Em breve, uma tarde de finais de janeiro, a tia pôs o trabalho na cadeira e deixou a sobrinha só no portal, no tapete de folhas amarelas caídas das amendoeiras. Animado pela suposição irrefletida de que aquela era uma oportunidade combinada, Florentino Ariza atravessou a rua e se colocou na frente de Fermina Daza, e tão perto dela que sentiu a trilha, a forma de sua respiração e o hálito floral com que havia de identificá-la pelo resto da vida. Falou a ela com a cabeça erguida e com uma determinação que só voltaria a ter meio século depois, e pelo mesmo motivo.

— A única coisa que lhe peço é que receba uma carta minha — lhe disse.

Não era a voz que Fermina Daza esperava dele: era nítida, e com uma autoridade que não tinha nada a ver com suas maneiras lânguidas. Sem afastar a vista do bordado, respondeu: "Não posso recebê-la sem permissão do meu pai."

Florentino Ariza estremeceu com o calor daquela voz, cujos timbres graves não ia esquecer pelo resto da vida. Mas se manteve firme, e respondeu sem perda de tempo: "Consiga a permissão." Depois adoçou a ordem com uma súplica: "É um assunto de vida ou morte." Fermina

Daza não o olhou, não interrompeu o bordado, mas sua decisão entreabriu uma porta por onde cabia o mundo inteiro.

— Volte todas as tardes — lhe disse — e espere que eu mude de cadeira.

Florentino Ariza não entendeu o que ela quis dizer, até a segunda-feira da semana seguinte, quando viu do seu banco da praça a mesma cena de sempre com uma única variação: quando tia Escolástica entrou na casa, Fermina Daza se levantou e sentou na outra cadeira. Florentino Ariza, com uma camélia branca na botoeira da sobrecasaca, atravessou então a rua e parou diante dela. Disse: "Este é o maior momento de minha vida." Fermina Daza não ergueu a vista para ele, examinando, isto sim, os arredores com um olhar circular, e viu as ruas desertas na modorra da estação seca e um remoinho de folhas mortas arrastadas pelo vento.

— Entregue-a — disse.

Florentino Ariza tinha pensado em levar-lhe as setenta folhas que então já poderia declamar de memória de tanto que as lera, mas se decidiu por uma meia página sóbria e explícita, em que só prometia o essencial: sua fidelidade a toda prova e seu amor para sempre. Tirou-a do bolso interno da sobrecasaca e a colocou diante dos olhos da bordadeira atribulada que ainda não tinha ousado olhá-lo. Ela viu o envelope azul tremendo na mão petrificada de terror, e levantou o bastidor para que ele ali pusesse a carta, pois não podia admitir que também nos dedos dela se notasse o tremor. Aí aconteceu: um pássaro se sacudiu na folhagem da amendoeira, e sua cagada caiu bem em cima do bordado. Fermina Daza afastou o bastidor, escondeu-o atrás da cadeira para que Florentino Ariza não descobrisse o que tinha acontecido, e o olhou pela primeira vez com o rosto em chamas. Impassível, carta na mão, Florentino Ariza disse: "Dá sorte." Ela lhe agradeceu com seu primeiro sorriso, e quase lhe arrebatou a carta, que dobrou e escondeu no corpinho. Ele lhe ofereceu então a camélia que trazia na lapela. Ela a recusou: "É uma flor de compromisso." Em seguida, consciente de que seu tempo se esgotava, refugiou-se de novo em sua compostura.

— Agora vá embora — disse — e não volte mais até que eu lhe avise.

Antes que Florentino Ariza lhe contasse que a tinha visto, sua mãe já o descobrira, porque ele perdeu a fala e o apetite e passava as noites em claro rolando na cama. Mas quando começou a esperar a resposta à sua primeira carta sua ansiedade se complicou com caganeiras e vômitos verdes, perdeu o sentido da orientação e passou a sofrer desmaios repentinos, e a mãe se aterrorizou porque seu estado não se parecia com as desordens do amor e sim com os estragos do cólera. O padrinho de Florentino Ariza, antigo homeopata que tinha sido confidente de Trânsito Ariza desde seus tempos de amante oculta, se alarmou também à primeira vista com o estado do enfermo, porque tinha o pulso tênue, a respiração rascante e os suores pálidos dos moribundos. Mas o exame revelou que não tinha febre, nem dor em nenhuma parte, e a única coisa que sentia de concreto era uma necessidade urgente de morrer. Bastou ao médico um interrogatório insidioso, primeiro a ele e depois à mãe para comprovar uma vez mais que os sintomas do amor são os mesmos do cólera. Receitou infusões de flores de tília para entreter os nervos e sugeriu uma mudança de ares para buscar consolo na distância, mas aquilo por que anelava Florentino Ariza era todo o contrário: gozar seu martírio.

Trânsito Ariza era uma quadrarona livre com um instinto da felicidade frustrado pela pobreza, e se deleitava com as penas do filho como se fossem suas. Fazia com que bebesse as poções quando o sentia delirar e o enroupava em mantas de lã para enganar os calafrios, mas ao mesmo tempo lhe dava ânimo para confortá-lo em sua prostração.

— Aproveite agora que você é jovem para sofrer o mais que puder — lhe dizia — que estas coisas não duram toda a vida.

Na Agência Postal, é claro, não pensavam o mesmo. Florentino Ariza estava entregue à desídia, e andava tão distraído que confundia as bandeiras com que anunciava a chegada do correio, e numa quarta-feira içava a alemã quando o navio aportado era o da Companhia Leyland com o correio de Liverpool, e içava em qualquer dia a dos Estados Unidos quando o navio que chegava era o da Compagnie Générale Transatlantique com o correio de Saint-Nazaire. As confusões do amor causavam tais transtornos na separação das cartas e provocavam tantos protestos do público que se Florentino Ariza não ficou sem emprego foi porque Lotário Thugut o manteve no telégrafo e o levou a tocar violino no coro da catedral. Tinham uma aliança difícil de entender devido à diferença de idades, pois podiam ter sido avô e neto, mas se davam tão bem no trabalho quanto nas tascas do porto, onde iam parar os tresnoitados, sem escrúpulos de classe, desde os beberrões sem eira nem beira até os rapazes de família, vestidos a rigor, que fugiam das festas elegantes do Clube Social para comer peixe frito com arroz de coco. Lotário Thugut costumava ir para lá depois do último turno do telégrafo, e muitas vezes amanhecia bebendo ponche da Jamaica e tocando acordeão com as tripulações de loucos das goletas das Antilhas. Era corpulento, parrudo, com uma barba dourada e um barrete frígio que usava para sair à noite — e só lhe faltava uma réstia de campânulas para ser idêntico a Papai Noel. Ao menos uma vez por semana acabava com uma pássara da noite, como ele as chamava, das muitas que vendiam amores de emergência num hotel de dormida para marinheiros. Quando conheceu Florentino Ariza, a primeira coisa que fez com um certo deleito magistral foi iniciá-lo nos segredos do seu paraíso. Escolhia para ele as pássaras que lhe pareciam melhores, discutia com elas o preço e o modo, e se prontificava a pagar adiantado e com o seu dinheiro o serviço. Mas Florentino Ariza não aceitava: era virgem, e havia proposto a si mesmo não deixar de sê-lo, se não fosse por amor.

O hotel era um palácio colonial que já conhecera dias melhores, e os grandes salões e os aposentos de mármore estavam divididos em cubículos de papelão com buracos de alfinete, pois tanto se alugavam para fazer como para ver. Falava-se "de enxeridos cujos olhos tinham sido furados com agulhas de tricô, de outro que reconheceu a própria esposa naquela que estava espionando, e de cavalheiros de prosápia que entravam fantasiados de verdureiros para se aliviarem com os contramestres de passagem, e de tantos outros percalços de bisbilhoteiros e bisbilhotados, que a mera ideia de se expor dentro de um quarto parecia pavorosa a Florentino Ariza. Por isso Lotário Thugut não conseguiu persuadi-lo de que ver e se deixar ver eram requintes de príncipes na Europa.

Ao contrário do que fazia crer sua corpulência, Lotário Thugut tinha um bilro de querubim que parecia um botão de rosa, mas isto devia ser um defeito afortunado, porque as pássaras mais experientes se disputavam a sorte de dormir com ele, e seus alaridos de esfaqueadas abalavam as fundações do palácio e faziam tremer de espanto seus fantasmas. Diziam que usava uma pomada de veneno de víbora que excitava a sela turca das mulheres, mas ele jurava não dispor de recursos diferentes daqueles que Deus lhe havia dado. Dizia, morto de rir: "É puro amor." Muitos anos tiveram que passar para que Florentino Ariza compreendesse que talvez o dissesse com razão. Acabou de se convencer num tempo mais avançado de sua educação sentimental, quando conheceu um homem que se dava uma vida de rei explorando três mulheres ao mesmo tempo. As três lhe prestavam contas ao amanhecer, humilhadas a seus pés para se fazerem perdoar pelas coletas exíguas, e a única gratificação por que anelavam era que ele fosse para a cama com a que mais dinheiro trouxesse. Florentino Ariza achava que só o terror podia induzir a tamanha indignidade. Contudo, uma das três moças o surpreendeu com a verdade contrária.

— Estas coisas — lhe disse — só podem ser feitas por amor.

Não foi tanto por suas virtudes de fornicador como por sua graça pessoal que Lotário Thugut chegou a ser um dos clientes mais apreciados do hotel. Florentino Ariza, com seu jeito silencioso e escorregadiço, ganhou também o apreço do dono, e na época mais árdua de seus quebrantos costumava se trancar para ler versos e folhetins lacrimosos nos quartinhos sufocantes, e seus sonhos deixavam ninhos de escuras andorinhas nos balcões e rumores de beijos e bater de asas nos marasmos da sesta. Ao entardecer, quando baixava o calor, era impossível não escutar as conversações dos homens que vinham buscar um desafogo para o dia num amor apressado. Assim se inteirou Florentino Ariza de muitas infidelidades e mesmo de alguns segredos de estado que os clientes importantes e as próprias autoridades locais confiavam a suas amantes efêmeras sem o cuidado de não serem ouvidos nos quartos vizinhos. Foi também assim que se inteirou de que a quatro léguas marítimas ao norte do arquipélago de Sotavento jazia afundado desde o século XVIII um galeão espanhol carregado com mais de quinhentos bilhões de pesos em ouro puro e pedras preciosas. O relato o assombrou, mas não voltou a pensar nele até uns meses depois, quando sua loucura de amor lhe alvoroçou as ânsias de resgatar a fortuna submersa para que Fermina Daza se banhasse em tanques de ouro.

Anos mais tarde, quando procurava lembrar como era na realidade a donzela idealizada com a alquimia da poesia, não conseguia separá-la das tardes dilacerantes daqueles tempos. Mesmo quando a espreitava sem ser visto, nos dias de ansiedade em que esperava a resposta à sua primeira carta, a via transfigurada na reverberação das duas da tarde sob o chuvisco de flores das amendoeiras, que estavam sempre em abril qualquer que fosse o tempo do ano. Só lhe interessava então acompanhar Lotário Thugut ao violino no mirante privilegiado do coro porque dali via ondular a túnica dela com a brisa dos cânticos. Mas seu próprio desvario acabou por estragar-lhe o prazer, pois a música mística era tão inócua para seu estado de alma que tratava de avivá-la com valsas de amor, e Lotário Thugut se viu obrigado a despedi-lo do coro. Foi essa a época em que cedeu aos ímpetos de comer as gardênias que Trânsito Ariza cultivava nos canteiros do pátio, e desse modo conheceu o sabor de Fermina Daza. Foi também a época em que encontrou por acaso num baú de sua mãe um frasco de um litro da água-de-colônia que vendiam de contrabando os marinheiros da Hamburg American Line e não resistiu à tentação de prová-la para buscar outros sabores da mulher amada. Continuou bebendo do frasco até o amanhecer, embebedando--se de Fermina Daza com goles abrasivos, primeiro nas tascas do porto e depois absorto no mar, que contemplava do cais onde faziam amores precários os amantes sem teto, até que sucumbiu à inconsciência. Trânsito Ariza, que o havia esperado até as seis da manhã com a alma por um fio, buscou-o nos esconderijos menos imagináveis, e pouco depois do meio-dia o encontrou chafurdando num charco de vômitos fragrantes num remanso da baía onde vinham aportar os afogados.

Aproveitou a pausa da convalescença para repreendê-lo pela passividade com que esperava a resposta à carta. Lembrou a ele que os fracos não entram jamais no reino do amor, que é um reino impiedoso e mesquinho, e que as mulheres só se entregam aos homens de ânimo resoluto, porque lhes infundem a segurança pela qual tanto anseiam para enfrentar a vida. Florentino Ariza assimilou a lição talvez mais do que devia. Trânsito Ariza não pôde dissimular um sentimento de orgulho, mais concupiscente do que maternal, quando o viu sair do armarinho com o terno de lã negra, o chapéu duro e o laço lírico no colarinho de celuloide, e lhe perguntou de brincadeira se ia a um enterro. Ele respondeu com as orelhas em fogo: "É quase a mesma coisa." Notou que ele mal podia respirar, de medo, mas sua determinação era invencível. Fez as advertências finais, deu a bênção, e lhe prometeu morrendo de rir outra garrafa de água-de-colônia para celebrarem juntos a conquista.

Desde a entrega da carta, um mês antes, ele havia contrariado muitas vezes a promessa de não voltar à pracinha, mas tinha tomado boas precauções para não se deixar ver. Tudo continuava no mesmo. A aula de leitura debaixo das árvores terminava por volta das duas da tarde, quando a cidade acordava da sesta, e Fermina Daza continuava bordando com a tia até que declinava o calor. Florentino Ariza não esperou que a tia entrasse na casa e foi atravessando a rua com umas passadas marciais que lhe permitiram dominar o desalento dos joelhos. Mas não se dirigiu a Fermina Daza, e sim à tia.

— Faça-me o favor de me deixar a sós um momento com a senhorita — disse. — Tenho uma coisa importante a dizer a ela.

— Atrevido! — disse a tia. — Não há assunto dela que eu não conheça.

— Então não falo — disse ele — mas aviso que a senhora será responsável pelo que aconteça.

Não eram essas as maneiras que Escolástica Daza esperava do noivo ideal, mas se levantou assustada, porque teve pela primeira vez a impressão avassaladora de que Florentino Ariza estava falando por inspiração do Espírito Santo. Por isso entrou na casa para trocar de agulhas e deixou sós os dois jovens debaixo das amendoeiras do portal.

Na realidade, era muito pouco o que sabia Fermina Daza daquele pretendente taciturno que aparecera em sua vida feito uma andorinha de inverno, e de quem não saberia sequer o nome se não fosse a assinatura da carta. Apurara desde então que era filho sem pai de uma solteira laboriosa e séria, mas marcada sem remédio pelo estigma de fogo de um único mau passo juvenil. Descobrira que não era mensageiro do telégrafo, como supunha, e sim um assistente bem qualificado e de futuro promissor, e achou que levara o telegrama a seu pai apenas como um pretexto para vê-la. Essa suposição a comoveu. Também sabia que era um dos músicos do coro, e embora nunca tivesse ousado levantar a vista para comprová-lo durante a missa, um domingo teve a revelação de que enquanto os outros instrumentos tocavam para todos o violino tocava só para ela. Não era o tipo de homem que houvesse escolhido. Seus óculos de menino enjeitado, sua postura clerical, seus recursos misteriosos haviam suscitado nela uma curiosidade difícil de resistir, mas nunca imaginara que a curiosidade fosse outra das tantas ciladas do amor.

Ela própria não sabia explicar a si mesma por que havia aceito a carta. Não é que se culpasse por isso, mas o compromisso cada vez mais premente de dar uma resposta acabara convertido num empecilho à vida. Cada palavra do seu pai, cada olhar casual, seus gestos mais triviais lhe pareciam semeados de truques para descobrir seu segredo. Era tal seu estado de alarma que evitava falar à mesa, de modo que um descuido pudesse delatá-la, e se tornou evasiva até com a tia Escolástica, que compartilhava de sua ansiedade reprimida como se fosse dela própria. Trancava-se no banheiro a qualquer hora, sem necessidade, e tornava a ler a carta procurando descobrir um código secreto, uma fórmula mágica escondida em alguma das trezentas e quatorze letras de suas cinquenta e oito palavras, na esperança de que dissessem mais do que diziam. Mas não encontrou nada além do que havia entendido da primeira leitura, quando correu a se trancar no banheiro com o coração enlouquecido, e despedaçou o envelope na ilusão de que fosse uma carta abundante e febril, só encontrando um bilhete perfumado cuja determinação a assustou.

A princípio não havia pensado a sério que estivesse obrigada a dar uma resposta, mas a carta era tão explícita que não havia maneira de contorná-la. Enquanto isso, na tempestade das dúvidas, surpreendeu-se pensando em Florentino Ariza com mais frequência e mais interesse do que queria permitir a si mesma, e até perguntava atribulada por que não estava ele na pracinha à hora de sempre, sem lembrar que ela é que havia pedido que ele não voltasse enquanto ela pensava na resposta. Acabou pensando nele como jamais imaginara que se pudesse pensar em alguém, pressentindo-o onde não estava, desejando-o onde não podia estar, acordando de súbito com a sensação física de que ele a contemplava na escuridão enquanto ela dormia, de maneira que na tarde em que sentiu seus passos resolutos no tapete de folhas amarelas da pracinha custou a crer que não fosse outro embuste da sua fantasia. Mas quando ele lhe exigiu a resposta com uma autoridade que nada tinha a ver com suas maneiras lânguidas, conseguiu dominar o espanto e tratou de se evadir pela verdade: não sabia o que responder. No entanto, Florentino Ariza não havia transposto um abismo para se amedrontar com os seguintes.

— Se aceitou a carta — lhe disse — é falta de educação não respondê-la.

Esse foi o final do labirinto. Fermina Daza, senhora de si mesma, se desculpou pela demora, e lhe deu sua palavra de honra de que teria uma resposta antes do fim das férias. Cumpriu. Na última sexta-feira de fevereiro, três dias antes da reabertura dos colégios, tia Escolástica foi ao telégrafo perguntar quanto custava um telegrama para o povoado de Pedras de Moer, que sequer figurava na lista, e se deixou atender por Florentino Ariza como se nunca se tivessem visto, mas ao sair fingiu esquecer em cima do balcão um breviário encadernado em couro de lagarto dentro do qual havia um envelope de papel de linho com arabescos dourados. Transtornado pela ventura, Florentino Ariza passou o resto da tarde comendo rosas e lendo a carta, repassando-a letra por letra uma vez e mais outra e comendo mais rosas quanto mais lia a carta, e à meia-noite já a lera tanto e comera tantas rosas que a mãe teve que subjugá-lo e prender-lhe a cabeça por trás, como a um bezerro, para que engolisse uma poção de óleo de rícino.

Foi o ano do namoro encarniçado. Nem ele nem ela tinham vida para nada que não fosse pensar no outro, para sonhar com o outro, para esperar as cartas com a mesma ansiedade com que as respondiam. Jamais, naquela primavera de delírio, ou no ano seguinte, tiveram ocasião de se comunicarem de viva voz. E mais: do instante em que se viram pela primeira vez até o instante em que ele reiterou sua determinação meio século depois, jamais tiveram uma oportunidade de se verem a sós nem de falar do seu amor. Mas nos três primeiros meses não se passou um só dia sem que se escrevessem, e em certa época até duas vezes por dia, até que tia Escolástica se assustou com a voracidade da fogueira que ela própria ajudara a atear.

Depois da primeira carta, que levou ao telégrafo sentindo algum rescaldo de vingança contra sua própria sorte, permitira a troca de recados quase diários em encontros de rua que pareciam casuais, mas não teve coragem de patrocinar uma conversa, por banal e momentânea que fosse. Contudo, ao fim de três meses compreendeu que a sobrinha não estava à mercê de um capricho juvenil, como lhe parecera a princípio, e que sua própria vida estava ameaçada por aquele incêndio de amor. Na verdade, Escolástica Daza só tinha como modo de subsistência a caridade do irmão, que com seu caráter tirânico jamais perdoaria semelhante abuso da sua confiança. Mas na hora da decisão final não teve coração para lançar a sobrinha no mesmo infortúnio irreparável com que tivera de viver desde a juventude, e deixou que ela usasse de um recurso que lhe deixava uma ilusão de inocência. Foi um método simples. Fermina Daza punha sua carta em algum esconderijo no percurso diário entre a casa e o colégio, e nessa mesma carta indicava a Florentino Ariza onde esperava receber a resposta. Florentino Ariza fazia o mesmo. Desse modo os conflitos de consciência de tia Escolástica foram transferidos pelo resto do ano para os batistérios das igrejas, o oco das árvores, as fendas das fortalezas coloniais em ruínas. Às vezes encontravam as cartas empapadas de chuva, sujas de lama, raspadas pela adversidade, e algumas se perderam por motivos diversos, mas os dois sempre descobriram os meios e modos de reatar o contato.

Florentino Ariza escrevia todas as noites sem piedade consigo mesmo, envenenando-se letra a letra com a fumaça das candeias de óleo de coco no cômodo de trás do armarinho, e suas cartas iam ficando mais extensas e lunáticas à medida que ele se esforçava por imitar seus poetas preferidos da Biblioteca Popular, que já por essa época ia chegando aos oitenta volumes. Sua mãe, que com tanto ardor o havia incitado a desfrutar do seu tormento, começou a se alarmar por sua saúde. "Você vai gastar o siso" , gritava para ele do quarto de dormir quando ouvia cantar os primeiros galos. "Não há mulher que mereça tanto." Não se lembrava de ter conhecido ninguém em tal estado de perdição. Mas ele não ligava. Às vezes chegava ao escritório sem dormir, os cabelos desgrenhados de amor, depois de ter deixado a carta no esconderijo previsto para que Fermina Daza a encontrasse a caminho do colégio. Ela, por sua vez, submetida à vigilância do pai e à tocaia viciosa das freiras, mal chegava a completar meia folha do caderno escolar trancada nos banheiros ou fingindo tomar notas durante as aulas. Mas não apenas devido às pressas e sustos, como também por seu caráter, as cartas dela se desviavam de escolhos sentimentais e se limitavam a contar incidentes de sua vida cotidiana no estilo utilitário de um diário de bordo. Na realidade, eram cartas de distração, destinadas a manter as brasas vivas mas sem botar a mão no fogo, enquanto Florentino Ariza se incinerava a cada linha. Aflito por contagiá-la com sua própria loucura, mandava-lhe versos de miniaturista gravados com a ponta de um alfinete na pétala das camélias. Foi ele e não ela quem teve a audácia de pôr um cacho de cabelo dentro de uma carta, mas não recebeu nunca a resposta ambicionada, que era um fio completo da trança de Fermina Daza. Conseguiu pelo menos que ela desse mais um passo, pois a partir daí começou a lhe mandar nervuras de folhas ressecadas em dicionários, asas de borboleta, penas de pássaros mágicos, e lhe deu de aniversário um centímetro quadrado do hábito de São Pedro Claver, dos que se vendiam então às escondidas a um preço inatingível para uma colegial da sua idade. Uma noite, sem qualquer aviso, Fermina Daza acordou assustada por uma serenata de uma valsa só em solo de violino. Iluminou-a a clarividência de que cada nota era uma ação de graças pelas pétalas dos seus herbários, pelo tempo roubado à aritmética para escrever suas cartas, pelo susto dos exames pensando mais nele do que nas Ciências Naturais, mas não se atreveu a acreditar que Florentino Ariza fosse capaz de semelhante imprudência.

No dia seguinte, ao café da manhã, Lorenzo Daza não aguentava a curiosidade. Em primeiro lugar, porque não sabia o que significava uma só peça na linguagem das serenatas, e em segundo porque, apesar da atenção com que escutara, não tinha conseguido descobrir de que casa vinha a música. Tia Escolástica, com um sangue-frio que devolveu o fôlego à sobrinha, assegurou ter visto através das frestas da cortina do quarto que o violinista solitário estava do outro lado da praça, e disse que em todo o caso uma peça única era uma notificação de rompimento. Na sua carta desse dia, Florentino Ariza confirmou que ele tinha feito a serenata, e que a valsa tinha sido composta por ele e tinha o nome pelo qual conhecia Fermina Daza em seu coração: *A Deusa Coroada*. Não voltou a tocá-la na praça, mas continuou a fazê-lo em noites de luar em lugares escolhidos de propósito para que ela o escutasse sem sobressaltos no quarto. Um de seus lugares preferidos era o cemitério dos pobres, exposto ao sol e à chuva numa colina indigente onde dormiam os urubus, e onde a música adquiria sonoridades sobrenaturais. Mais tarde aprendeu a conhecer a direção dos ventos, e assim ficou seguro de que sua voz chegava onde devia.

Em agosto desse ano, uma nova guerra civil das tantas que assolavam o país há mais de meio século ameaçou generalizar-se, e o governo impôs a lei marcial e o toque de recolher às seis da tarde nos estados do litoral caribe. Embora já houvessem ocorrido alguns distúrbios e a tropa cometesse toda espécie de abusos a título de escarmento, Florentino Ariza continuava tão confuso que não se inteirava da condição do mundo, e uma patrulha militar o surpreendeu certa madrugada perturbando a castidade dos mortos com suas provocações de amor. Escapou por milagre de uma exclusão sumária acusado de ser um espião que mandava mensagem em clave de sol aos navios liberais que esquadrinhavam as águas vizinhas.

— Que espião porra nenhuma — disse Florentino Ariza. — Eu não passo de um pobre apaixonado.

Dormiu três noites acorrentado pelos tornozelos nos calabouços da guarnição local. Mas quando o soltaram se sentiu lesado pela brevidade do cativeiro, e mesmo nos tempos da sua velhice, quando outras tantas guerras se embaralhavam em sua memória, continuava achando que era o único homem da cidade, talvez do país, que arrastara grilhões de cinco libras por uma causa de amor.

Iam completar-se dois anos de correios frenéticos quando Florentino Ariza, em carta de um só parágrafo, fez a Fermina Daza a proposta formal de casamento. Nos seis meses anteriores lhe havia enviado várias vezes uma camélia branca, mas ela a devolvia na carta seguinte, para que ele não duvidasse de que estava disposta a continuar escrevendo mas sem a gravidade de um compromisso. A verdade é que sempre encarara as idas e vindas da camélia como uma travessura de amor, e nunca pensara em encará-las como uma encruzilhada do destino. Mas quando chegou a proposta formal se sentiu lanhada pelo primeiro arranhão da morte. Num medo pânico, desabafou com tia Escolástica, que enfrentou a confidência com a valentia e a lucidez que não tivera aos vinte anos quando se viu forçada a decidir sua própria sorte.

— Responda a ele que sim — disse. — Ainda que você esteja morrendo de medo, ainda que depois se arrependa, porque seja como for você se arrependerá a vida inteira se disser a ele que não.

Mesmo assim, Fermina Daza se sentia tão confusa que pediu um prazo para pensar. Pediu primeiro um mês, depois outro e outro, e quando se completou o quarto mês sem resposta voltou a receber a camélia branca, mas não sozinha no envelope como das outras vezes, e sim com a notificação peremptória de que era a última: ou agora ou nunca. Então foi Florentino Ariza quem viu a cara da morte, nessa mesma tarde, quando recebeu um envelope com uma tira de papel arrancada da margem de um caderno de escola, com uma resposta escrita a lápis numa linha só: *Está bem, me caso com o senhor se me promete que não me fará comer berinjela.*

Florentino Ariza não estava preparado para essa resposta, mas sua mãe estava. Desde que ele falara pela primeira vez na intenção de se casar, seis meses antes, Trânsito Ariza iniciara gestões para alugar toda a casa, que até então compartilhava com duas famílias mais. Era uma construção civil do século XVII, de dois blocos, onde funcionava o Monopólio do Tabaco sob o domínio espanhol, e cujos proprietários arruinados tinham tido que alugar aos pedaços por falta de recursos para mantê-la. Tinha uma seção que dava para a rua, onde se faziam as vendas do tabaco, outra no fundo de um pátio de pedras onde estivera a fábrica, e uma cavalariça muito grande que os inquilinos atuais usavam em comum para lavar roupa e estendê-la na corda. Trânsito Ariza ocupava a primeira parte, que era a mais útil e mais conservada, embora fosse também a menor. Na antiga sala de vendas ficava o armarinho, com um portão para a rua, e ao lado o antigo depósito, onde dormia Trânsito Ariza e cuja única ventilação era uma claraboia. O cômodo de trás da loja era a metade da sala, dividida com um biombo de madeira. Havia ali uma mesa e quatro cadeiras que serviam ao mesmo tempo para se comer e escrever, e ali Florentino Ariza dependurava a rede quando o despontar do dia não o surpreendia escrevendo. Era um espaço bom para os dois, mas insuficiente para qualquer pessoa mais, menos ainda para uma senhorita do Colégio da Apresentação da Santíssima Virgem, cujo pai restaurara até deixá-la como nova uma casa em escombros, enquanto famílias de sete títulos iam para a cama com o pavor de que o teto de suas mansões lhes desabasse na cabeça enquanto dormiam. De maneira que Trânsito Ariza conseguira que o proprietário lhe permitisse ocupar também a galeria do pátio, com a condição de que ela mantivesse a casa em bom estado por cinco anos.

Tinha recursos para isso. Além da renda real do armarinho e das fiações hemostáticas, que lhe teriam bastado para a vida modesta, multiplicara as poupanças emprestando-as a uma clientela de novos pobres envergonhados que aceitavam seus juros excessivos em troca de sua discrição. Senhoras com ares de rainha desciam das carruagens no portão do armarinho, sem governantas nem criados incômodos, e fingindo comprar rendas da Holanda e debruns de passamanaria empenhavam entre dois soluços os últimos ouropéis de seu paraíso perdido. Trânsito Ariza as tirava de apuros com tanta consideração por sua estirpe que muitas iam embora mais gratas pelos cumprimentos que pelos proventos. Em menos de dez anos conhecia como suas as joias tantas vezes resgatadas e de novo empenhadas com lágrimas, e os ganhos convertidos em ouro de lei estavam enterrados numa botija debaixo da cama quando o filho tomou a decisão de se casar. Então fez as contas e descobriu que não só podia fazer o negócio de manter de pé a casa alheia durante cinco anos como ainda que, com igual astúcia e um pouco mais de sorte, podia talvez comprá-la antes de morrer para os doze netos que desejava ter. Florentino Ariza, por sua parte, fora nomeado primeiro ajudante do telégrafo, em caráter interino, e Lotário Thugut queria deixá-lo como chefe do escritório quando partisse para dirigir a Escola de Telegrafia e Magnetismo, prevista para o ano seguinte.

Desta forma, o lado prático do casamento estava resolvido, mas Trânsito Ariza achou prudentes duas condições finais. A primeira, averiguar quem era na realidade Lorenzo Daza, cujo sotaque não deixava nenhuma dúvida sobre sua origem, mas de cuja identidade e de cujos meios de vida ninguém tinha informação certa. A segunda, que o noivado fosse longo, para que os noivos se conhecessem a fundo pelo trato pessoal, e que se mantivesse a mais estrita reserva até que ambos se sentissem muito seguros de seus afetos. Sugeriu que esperassem até o final da guerra. Florentino Ariza concordou com o segredo absoluto, tanto pelas razões de sua mãe como pelo hermetismo próprio de seu caráter. Concordou também com a demora do noivado, mas o término da guerra lhe pareceu irreal, pois em mais de meio século de vida independente não tivera o país nem um dia de paz civil.

— Vamos ficar velhos esperando — disse.

Seu padrinho homeopata, que participava por casualidade da conversação, não achava que as guerras fossem um inconveniente. Achava que não passavam de pendências de pobres jungidos como bois pelos senhores da terra, contra soldados descalços jungidos pelo governo.

— A guerra está na montanha — disse. — Desde que eu sou eu, nas cidades não nos matam com tiros, e sim com decretos.

De qualquer maneira, os pormenores do noivado se resolveram nas cartas da semana seguinte. Fermina Daza, aconselhada pela tia Escolástica, aceitou o prazo de dois anos e a reserva absoluta, e sugeriu que Florentino Ariza lhe pedisse a mão quando ela terminasse a escola secundária nas férias de Natal. No momento próprio se poriam de acordo sobre o modo de formalizar o compromisso segundo o grau de aceitação que ela houvesse conseguido do pai. Enquanto isso, continuaram a se escrever com o mesmo ardor e a mesma frequência, mas sem os sobressaltos de antes, e as cartas foram derivando para um tom familiar que já parecia de esposos. Nada lhes perturbava os sonhos.

A vida de Florentino Ariza tinha mudado. O amor correspondido lhe havia dado uma segurança e uma força que não conhecera antes, e foi tão eficiente no trabalho que Lotário Thugut conseguiu sem esforços que o nomeassem seu substituto oficial. Nessas alturas, o projeto da Escola de Telegrafia e Magnetismo tinha malogrado, e o alemão consagrava seu tempo livre à única coisa que na realidade lhe agradava, que era ir ao porto tocar acordeão e tomar cerveja com os marinheiros, e tudo acabava no hotel suspeito. Transcorreu muito tempo até que Florentino Ariza percebesse que a influência de Lotário Thugut naquele lugar de prazer se devia ao fato de que ele terminara dono do estabelecimento, além de empresário das pássaras do porto. Fizera a compra pouco a pouco, com as economias de muitos anos, mas seu testa de ferro era um homenzinho magro e torto, de cabelo aparado rente e de coração tão manso que ninguém compreendia como podia ser tão bom gerente. Mas era. Pelo menos, assim pareceu a Florentino Ariza quando o gerente lhe disse, sem que ele tivesse pedido, que podia dispor de um quarto permanente no hotel, não só para resolver os problemas do baixo-ventre, quando se decidisse a tê-los, como também para contar com um lugar mais tranquilo para suas leituras e suas cartas de amor. Por isso, enquanto transcorriam os longos meses que faltavam para a formalização do compromisso, passou mais tempo ali do que no escritório ou em casa, e houve épocas em que Trânsito Ariza só o via quando ia trocar de roupa.

A leitura se tornou para ele um vício insaciável. Desde que o ensinara a ler, sua mãe lhe comprava os livros ilustrados dos autores nórdicos, vendidos como histórias infantis mas que na realidade eram os contos mais cruéis e perversos que alguém pudesse ler em qualquer idade. Florentino Ariza os recitava de cor aos cinco anos, tanto nas aulas como nas festas da escola, mas a familiaridade com eles não aliviava o terror que lhe infundiam. Ao contrário, tornava-o mais aguçado. Passar dali para a poesia foi um repouso. Já na puberdade consumira por ordem de publicação todos os volumes da Biblioteca Popular que Trânsito Ariza comprava nos livreiros de ocasião do Portal dos Escrivães, e nos quais havia de tudo, de Homero ao menos meritório dos poetas locais. Mas ele não fazia distinção: lia o volume que chegasse, como uma ordem da fatalidade, e todos os seus anos de leitura não foram suficientes para que soubesse o que era bom e o que não prestava no muito que tinha lido. A única coisa que sabia com clareza era que entre a prosa e os versos preferia os versos, e entre estes preferia os de amor, que decorava mesmo sem querer a partir da segunda leitura, o que lhe era ainda mais fácil quanto mais se tratasse de versos bem rimados, bem medidos, bem desesperados.

Esta foi a fonte original das primeiras cartas a Fermina Daza, nas quais apareciam montões de parágrafos tomados sem qualquer cozimento aos românticos espanhóis, e continuou sendo até que a vida real o obrigou a se ocupar de assuntos mais terrenos do que as penas do coração. Nessas alturas dera um passo adiante rumo aos folhetins chorosos e outras prosas ainda mais profanas do seu tempo. Aprendera a chorar com a mãe lendo os poetas locais que se vendiam em praças e portas de loja em folhetos de dois centavos. Mas ao mesmo tempo era capaz de recitar de cor a poesia castelhana mais seleta do Século de Ouro. Em geral lia tudo que lhe caísse nas mãos, e na ordem em que caía, até o extremo de que mesmo depois daqueles duros anos do seu primeiro amor, quando já não era moço, punha-se a ler da primeira à última página os vinte volumes do Tesouro da Juventude, o catálogo completo de clássicos dos Irmãos Garnier, traduzidos, e as obras mais fáceis que publicava Vicente Blasco Ibáñez, na coleção *Prometeu*.

Em todo caso, seus jovens anos no hotel suspeito não se reduziram à leitura e à redação de cartas febris, pois também o iniciaram nos segredos do amor sem amor. A vida da casa começava depois do meio-dia, quando suas amigas as pássaras se levantavam como suas mães as pariram, de modo que quando Florentino Ariza chegava do emprego se encontrava num palácio povoado de ninfas em pelo, que comentavam aos gritos os segredos da cidade, conhecidos pelas indiscrições dos próprios protagonistas. Muitas exibiam em suas nudezas as pegadas do passado: cicatrizes de punhaladas no ventre, estrelas de balaços, sulcos de facadas de amor, costuras de cesarianas de açougueiros. Algumas recebiam durante o dia os filhos menores, frutos desventurados de desenganos ou descuidos juvenis, e tratavam de despi-los logo que chegavam para que não se sentissem diferentes no paraíso da nudez. Cada uma cozinhava o que comia, e ninguém comia melhor do que Florentino Ariza quando o convidavam, porque escolhia o melhor de cada uma. Era uma festa diária que durava até o entardecer, quando as desnudas desfilavam cantando para os banheiros, pedindo uma a outra o sabonete emprestado, a escova de dentes, a tesoura, cortavam-se o cabelo umas às outras, se vestiam permutando roupas, se besuntavam de pintura como palhaças lúgubres, e saíam a caçar as primeiras presas da noite. A partir daí a vida da casa se tornava impessoal, desumanizada, e era impossível compartilhar dela sem pagar.

Em nenhum outro lugar Florentino Ariza se sentia melhor desde que conhecera Fermina Daza, porque era o único onde não se sentia só. E mais: acabou por ser o único onde se sentia com ela. Era talvez pelos mesmos motivos que vivia ali uma mulher mais velha, elegante, de formosa cabeça prateada, que não participava da vida natural das desnudas, e por quem estas professavam um respeito sacramental. Um noivo prematuro a havia levado lá quando jovem, e depois de desfrutá-la um tempo a abandonou à sua sorte. Contudo, apesar do seu estigma, conseguiu bom casamento. Já bem mais velha, quando ficou só, dois filhos e três filhas disputaram entre si o prazer de levá-la a viver com eles, mas a ela não ocorreu lugar mais digno para viver do que aquele hotel de ternas perdulárias. Seu quarto permanente era sua única casa, e isto a identificou de pronto com Florentino Ariza, de quem dizia que chegaria a ser um sábio conhecido no mundo inteiro,por ser capaz de enriquecer a alma com a leitura no paraíso da salacidade. Florentino Ariza, de sua parte, chegou a nutrir por ela tanta afeição que a ajudava nas compras do mercado, e costumava passar tardes conversando com ela. Achava que era uma mulher sábia no amor, pois lhe deu muitas luzes sobre o seu, sem que ele precisasse revelar-lhe seu segredo.

Se antes de conhecer o amor de Fermina Daza não caíra em tantas tentações ao alcance da mão, muito menos o faria quando já tinha sua prometida oficial. Por isso Florentino Ariza convivia com as moças, compartilhava seus gozos e suas misérias, mas nem a ele nem a elas ocorreria ir mais longe. Um fato imprevisto demonstrou a severidade de sua determinação. Certo dia às seis da tarde, quando as moças se vestiam para receber os clientes da noite, entrou no seu quarto a encarregada da limpeza no andar: uma mulher jovem mas envelhecida e macilenta, como uma penitente vestida em meio à glória das desnudas. Ele a via todos os dias sem se sentir visto: andava pelos quartos com as vassouras, um balde para o lixo e um trapo especial para recolher do chão os preservativos usados. Entrou no cubículo em que Florentino Ariza lia, como sempre, e como sempre varreu com um cuidado extremo, para não perturbá-lo. De repente chegou perto da cama, e ele sentiu a mão quente e macia na cruz do seu ventre, a buscá-lo, sentiu que o achava, sentiu-a que ia desabotoando os botões e que a respiração dela ia ocupando o quarto inteiro. Ele fingiu ler até que não aguentou mais, e teve que esquivar o corpo.

Ela se assustou, pois a primeira advertência que lhe haviam feito para que obtivesse o emprego de varredora foi o de não tentar ir para a cama com os clientes. Não precisavam dizê-lo, pois ela era das que achavam que prostituição não era entregar-se por dinheiro e sim entregar-se a desconhecidos. Tinha dois filhos, cada um de um marido diferente, e não porque fossem aventuras casuais e sim porque não conseguira amar ninguém que voltasse depois da terceira vez. Tinha sido até então uma mulher sem ardores, preparada pela natureza para esperar sem desesperar, mas a vida daquela casa era mais forte que suas virtudes. Chegava para trabalhar às seis da tarde, e passava a noite inteira de quarto em quarto, varrendo-os com quatro vassouradas, recolhendo os preservativos, mudando os lençóis. Não era fácil imaginar a quantidade de coisas que os homens deixavam depois do amor. Deixavam vômitos e lágrimas, o que parecia compreensível, mas deixavam também muitos enigmas da intimidade: poças de sangue, panos com excremento, olhos de vidro, relógios de ouro, dentaduras postiças, relicários com cabelo louro, cartas de amor, de negócios, de pêsames: cartas de tudo. Alguns vinham buscar suas coisas perdidas, mas a maioria delas ali ficava, e Lotário Thugut as guardava debaixo de chave, pensando que mais cedo ou mais tarde aquele palácio caído em desgraça, com os milhares de objetos pessoais esquecidos, seria um museu do amor.

O trabalho era duro e mal pago, mas ela o fazia bem. O que não conseguia suportar eram os soluços, os lamentos, o ranger das molas das camas que iam se depositando em seu sangue com tanto ardor e dor que ao amanhecer não aguentava a necessidade de se entregar ao primeiro mendigo que encontrasse na rua, ou a algum bêbado sem rumo que lhe fizesse o favor sem luxos nem perguntas. A aparição de um homem sem mulher como Florentino Ariza, moço e limpo, foi para ela um presente do céu, porque a partir do primeiro momento percebeu que era igual a ela: um carente de amor. Mas ele foi insensível ao seu cerco. Mantivera-se virgem para Fermina Daza, e não havia força nem razão neste mundo que pudesse desviá-lo do caminho.

Essa era sua vida, quatro meses antes da data prevista para formalizar o compromisso, quando Lorenzo Daza apareceu às sete da manhã no escritório do telégrafo, e perguntou por ele. Como ainda não havia chegado, esperou-o sentado no banco até as oito e dez, tirando de um dedo e colocando-o no outro o pesado anel de ouro coroado por uma opala nobre, e quando o viu entrar o reconheceu de pronto como o empregado do telégrafo, e pegou-o pelo braço.

— Venha comigo, mocinho — disse. — O senhor e eu temos que falar cinco minutos, de homem para homem.

Florentino Ariza, verde como um morto, se deixou conduzir. Não estava preparado para esse encontro, porque Fermina Daza não encontrara a ocasião nem a maneira de avisá-lo. O caso é que no sábado anterior, a irmã Franca de la Luz, superiora do Colégio da Apresentação da Santíssima Virgem, entrara na aula de Noções de Cosmogonia com o sigilo de uma serpente, e espiando as alunas por cima do ombro descobriu que Fermina Daza fingia tomar notas no caderno quando na realidade escrevia uma carta de amor. A falta, de acordo com os regulamentos do colégio, era motivo de expulsão. Chamado de urgência à reitoria, Lorenzo Daza descobriu a goteira por onde escorria seu regime de ferro. Fermina Daza, com sua integridade congênita, admitiu a culpa da carta, mas se negou a revelar a identidade do noivo secreto, e negou de novo perante o Tribunal de Ordem, que por esse motivo confirmou a sentença de expulsão. Contudo, o pai fez uma devassa do quarto dela, que até então tinha sido um santuário inviolável, e num fundo falso do baú encontrou os pacotes de três anos de cartas, escondidas com tanto amor quanto o amor que as ditara. A assinatura era inequívoca, mas Lorenzo Daza não pôde crer nem então nem nunca que a filha só soubesse do noivo oculto que era telegrafista de ofício e aficionado do violino.

Convencido de que uma relação tão difícil só era compreensível graças à cumplicidade da irmã, não deu a esta nem a graça de uma explicação, embarcando-a sem apelação na goleta de São João da Ciénaga. Fermina Daza não se libertou nunca da última lembrança dela, na tarde em que ela lhe disse adeus no portal ardendo em febre dentro do hábito pardo, ossuda e cinzenta, e a viu desaparecer na garoa da pracinha com a única coisa que lhe restava na vida: a trouxinha de solteira, e o dinheiro para sobreviver um mês, enrolado num lenço dentro do punho fechado. Logo que se livrou da autoridade do pai mandou procurá-la pelas províncias do Caribe, perguntando por ela a todos que pudessem conhecê-la, e não encontrou sinal do seu rastro até quase trinta anos depois, quando recebeu uma carta que passara por muitas mãos durante muito tempo, e na qual lhe informavam que morrera no lazareto de Água de Deus. Lorenzo Daza não previu a ferocidade com que a filha reagiria ao castigo injusto de que foi vítima tia Escolástica, que identificava sempre com a mãe de quem mal se lembrava. Fechou-se com tranca no quarto, sem comer nem beber, e quando ele conseguiu por fim que ela abrisse a porta, primeiro com ameaças e depois com súplicas mal disfarçadas, esbarrou numa pantera ferida que jamais voltaria a ter quinze anos.

Tratou de seduzi-la com toda espécie de agrados. Tratou de fazê-la entender que o amor na sua idade era uma miragem, tratou de convencê-la por bem a devolver as cartas e regressar ao colégio para pedir perdão de joelhos, e lhe deu a palavra de honra de que seria o primeiro a ajudá-la a ser feliz com um pretendente digno. Mas era como falar a um morto. Derrotado, acabou por perder as estribeiras no almoço de segunda-feira, e enquanto se engasgava de impropérios e blasfêmias à beira da congestão, ela pôs o gume da faca no próprio pescoço, sem dramas mas com pulso firme, e com uns olhos atônitos ele não se atreveu a desafiá-la. Foi aí que assumiu o risco de falar cinco minutos, de homem para homem, com o adventício infausto que não se lembrava de jamais ter visto, e que em hora tão má se havia atravessado em sua vida. Por puro costume pegou o revólver antes de sair, mas teve o cuidado de escondê-lo debaixo da camisa.

Florentino Ariza não tinha recuperado o fôlego quando Lorenzo Daza o carregou pelo braço pela Praça da Catedral até a galeria de arcos do Café da Paróquia, e o convidou a sentar-se no terraço. Não havia outros fregueses a essa hora, e uma matrona preta esfregava os ladrilhos do enorme salão de vitrais lascados e empoeirados, cujas cadeiras ainda estavam de pés para cima sobre as mesas de mármore. Florentino Ariza tinha visto ali muitas vezes Lorenzo Daza jogando e bebendo vinho de barril com os asturianos do mercado público, enquanto brigavam aos berros devido a outras guerras crônicas que não eram as nossas. Muitas vezes, consciente do fatalismo do amor, perguntava a si mesmo como seria o encontro que mais cedo ou mais tarde teria que ter com ele, e que nenhum poder humano havia de impedir, porque estava desde sempre inscrito no destino de ambos. Imaginava-o um exaltado cheio de asperezas, não só porque Fermina Daza lhe prevenira nas cartas quanto ao caráter tempestuoso do pai, como porque ele próprio notara que seus olhos pareciam coléricos até quando ria às gargalhadas na mesa de jogo. Ele todo era um tributo à vulgaridade: a pança ignóbil, a fala enfática, as suíças de lince, as mãos pesadas, o anular sufocado no aro grosso e a opala. Seu único traço enternecedor, que Florentino Ariza descobriu da primeira vez que o viu caminhar, é que tinha o mesmo andar de corça da filha. Contudo, quando ele lhe apontou a cadeira para que se sentasse, achou-o menos áspero do que parecia, e respirou desafogado quando o convidou a tomar um cálice de anis. Florentino

Ariza nunca tinha bebido às oito da manhã, mas aceitou agradecido, de muito necessitado que estava.

Lorenzo Daza, com efeito, não levou mais de cinco minutos para dar suas razões, o que fez com uma sinceridade absoluta que acabou de confundir Florentino Ariza. Ao morrer sua esposa tinha imposto a si mesmo o propósito único de fazer da filha uma grande dama. O caminho era longo e incerto para um traficante de mulas que não sabia ler nem escrever, e cuja reputação de ladrão de cavalos não estava tão provada como difundida na província de São João da Ciénaga. Acendeu um charuto de tropeiro, e se queixou: "A única coisa pior do que a má saúde é a má fama." Contudo, disse, o verdadeiro segredo da sua fortuna era que nenhuma das suas mulas trabalhava tanto e com tanta disposição quanto ele próprio, mesmo nos tempos mais duros das guerras, quando os povoados amanheciam em cinzas e os campos devastados. Embora a filha nunca tivesse estado ao corrente da premeditação do seu destino, comportava-se como um cúmplice entusiasta. Era inteligente e metódica, ao ponto de haver ensinado o pai a ler logo que ela própria aprendera, e aos doze anos tinha um domínio da realidade mais do que bastante para dirigir a casa sem necessidade da tia Escolástica. Suspirou: "É uma mula de ouro." Quando a filha terminou a escola primária, com grau dez em tudo e louvor no ato de encerramento, ele compreendeu que o âmbito de São João da Ciénaga era estreito demais para seus sonhos. Então liquidou terras e bestas, e se mudou com ímpetos novos e setenta mil pesos ouro para esta cidade em ruínas e com suas glórias carcomidas, mas onde uma mulher bela e educada à antiga tinha ainda a possibilidade de nascer de novo num casamento de fortuna. A irrupção de Florentino Ariza tinha sido um tropeço imprevisto naquele plano encarniçado. "Por isso vim fazer-lhe uma súplica", disse Lorenzo Daza. Molhou a ponta do charuto no anis, deu-lhe uma chupada sem fumo, e concluiu com a voz aflita:

— Afaste-se de nosso caminho.

Florentino Ariza o ouvira bebendo aos goles a aguardente de anis, e tão absorto na revelação do passado de Fermina Daza que nem pensou no que ia dizer quando tivesse que falar. Mas chegado o momento reparou que qualquer coisa que dissesse comprometeria seu destino.

— O senhor falou com ela? — perguntou.

— Isso não lhe diz respeito — disse Lorenzo Daza.

— Estou perguntando — disse Florentino Ariza — porque me parece que quem tem que decidir é ela.

— Nada disso — disse Lorenzo Daza: — é assunto de homens e se resolve entre homens.

O tom se tornara ameaçador, e um freguês numa mesa próxima se voltou para olhá-los. Florentino Ariza falou com a voz mais tênue mas com a resolução mais imperiosa de que foi capaz:

— De todas as maneiras — disse — não posso responder nada sem saber o que ela pensa. Seria uma traição.

Então Lorenzo Daza se encostou brusco no assento com as pálpebras avermelhadas e úmidas, seu olho esquerdo girou na órbita e ficou torcido para fora. Também baixou a voz.

— Não me obrigue a lhe dar um tiro — disse.

Florentino Ariza sentiu as tripas se encherem de uma espuma fria. Mas sua voz não tremeu, porque também ele se sentiu iluminado pelo Espírito Santo.

— Dê o tiro — disse, com a mão no peito. — Não há maior glória do que morrer por amor.

Lorenzo Daza teve que olhá-lo de lado, como os papagaios, para encontrá-lo com o olho torto. Mais do que pronunciar as três palavras, pareceu cuspi-las sílaba por sílaba:

— Fi-lho-da-pu-ta!

Naquela mesma semana empurrou a filha para a viagem do esquecimento. Não lhe deu explicação nenhuma, limitando-se a irromper no quarto dela com os bigodes sujos de cólera misturada ao fumo mastigado, e lhe mandou que arrumasse a mala. Ela perguntou para onde iam, e ele respondeu: "Para a morte." Assustada com aquela resposta que se parecia demais com a verdade, tratou de enfrentá-lo com a coragem dos dias anteriores, mas ele tirou da cintura a correia com o fivelão de cobre maciço, enroscou-a no pulso, e deu na mesa uma lambada que ressoou pela casa feito um disparo de rifle. Fermina Daza conhecia muito bem o alcance e a ocasião de sua própria força, de modo que fez uma trouxa com duas esteiras e uma rede, e arrumou dois baús grandes com toda a sua roupa, certa de que era uma viagem sem retorno. Antes de se vestir, se trancou no banheiro e conseguiu escrever a Florentino Ariza uma breve carta de adeus numa folha arrancada ao pacotinho de papel higiênico. Depois cortou sua trança completa na altura da nuca com a tesoura de podar, enfiou-a num rolo dentro de um estojo de veludo bordado a fio de ouro, e a mandou junto com a carta.

Foi uma viagem demente. Só a etapa inicial numa caravana de tropeiros andinos durou onze dias em lombo de mula pelas cornijas da Serra Nevada, embrutecidos todos por sóis nus ou ensopados pelas chuvas horizontais de outubro, e quase sempre com o alento petrificado pela exalação de dormência que sobe dos precipícios. No terceiro dia de caminho, uma mula enlouquecida pelas varejeiras rolou pelo barranco com seu cavaleiro e arrastou consigo a fieira inteira, e o alarido do homem e de sua penca de sete bestas amarradas entre si continuou reboando pelas gargantas e alcantis várias horas depois do desastre, e continuou reboando durante anos e anos na memória de Fermina Daza. Toda a sua bagagem despencou com as mulas, mas no instante de séculos que durou a queda até se extinguir nas profundezas o alarido de pavor ela não pensou no pobre muleteiro morto nem na récua despedaçada, e sim na desgraça de que sua própria mula não estivesse também amarrada às outras.

Montava pela primeira vez, mas o terror e as canseiras incontáveis da viagem não lhe teriam parecido tão amargos se não se acompanhassem da certeza de que nunca mais veria Florentino Ariza nem teria o consolo de suas cartas. Desde o começo da viagem não tinha tornado a dirigir a palavra ao pai, e este andava tão confuso que apenas lhe falava em casos indispensáveis, ou lhe mandava recados pelos muleteiros. Em momentos de melhor sorte achavam alguma casa de pasto à beira das veredas onde havia comidas dali mesmo, que ela se negava a comer, e onde se alugavam camas de vento entranhadas de urinas e suores azedos. O mais frequente, contudo, era passar a noite em rancharias de índios, hospedarias públicas ao relento, construídas à beira dos caminhos com fileiras de forquilhas e tetos de palma, onde quem quer que chegasse tinha o direito de ficar até raiar o dia. Fermina Daza não conseguiu dormir uma noite completa, sentindo na escuridão o bulício dos retardatários que iam chegando e atando os animais às forquilhas e pendurando as redes onde podiam.

Ao entardecer, quando chegavam os primeiros, o lugar era amplo e tranquilo, mas amanhecia transformado em praça de feira, com feixes de redes penduradas em níveis diferentes, e índios da serra dormindo de cócoras, e o balir dos cabritos amarrados e a algazarra dos galos de briga em seus engradados de faraós, e a mudez arquejante dos cachorros monteses amestrados para não ladrar devido aos riscos da guerra. Essas privações eram familiares a Lorenzo Daza, que tinha negociado pela região durante a metade da vida, e quase sempre deparava com velhos amigos ao amanhecer. Para a filha era uma agonia perpétua. A fedentina das cargas de bagre salgado, somada à inapetência própria à saudade, acabaram por lhe atropelar o hábito de comer, e se não enlouqueceu de desespero foi porque sempre encontrou alívio na lembrança de Florentino Ariza. Não duvidou de que aquela fosse a terra do esquecimento.

Outro terror constante era o da guerra. Desde o princípio da viagem se mencionara o perigo de encontrar patrulhas dispersas, e os tropeiros os haviam instruído sobre os diversos modos de saber a que bando pertenciam para que agissem de acordo. Era frequente encontrar um bando de soldados a cavalo, sob o comando de um oficial, que recolhia os novos recrutas laçando-os como novilhos em plena carreira. Angustiada por tantos horrores, Fermina Daza tinha esquecido de coisas que lhe pareciam mais lendas do que ameaças de verdade, até a noite em que uma patrulha sem filiação conhecida sequestrou dois membros da caravana e os enforcou numa árvore a meia légua da rancharia. Lorenzo Daza não tinha nada a ver com eles, mas os fez baixar e lhes deu sepultura cristã em ação de graças por não ter sofrido destino igual. Não era para menos. Os assaltantes o haviam acordado com um cano de escopeta na barriga, e um comandante em andrajos, com uma cara que parecia tisnada a tição, iluminou-o com a lanterna e lhe perguntou se era liberal ou conservador.

— Nem um nem outro — disse Lorenzo Daza. — Sou um súdito espanhol.

— Que sorte! — disse o comandante, e se despediu dele com a mão no alto: — Viva o rei!

Dois dias mais tarde desceram à planície luminosa onde se assentava o alegre povoado de Valledupar. Havia brigas de galo nos pátios, música de sanfona nas esquinas, cavaleiros em cavalos de bom sangue, foguetes e sinos. Estavam armando um castelo de pirotecnia. Fermina Daza nem reparou nos festejos. Hospedaram-se na casa do tio Lisímaco Sánchez, irmão de sua mãe, que veio recebê-los na estrada real à frente de uma buliçosa cavalgata de jovens membros da família montados em animais da melhor raça da província, e foram conduzidos pelas ruas do povoado em meio ao fragor do foguetório. A casa estava no centro da Praça Grande, junto à igreja colonial várias vezes remendada, e dava mais a impressão de uma reitoria de fazenda com seus aposentos espaçosos e sombrios, e o corredor recendente a garapa quente debruçado sobre o pomar.

Mal haviam apeado das montarias e os salões de visita já transbordavam, com os numerosos parentes desconhecidos que fustigavam Fermina Daza com suas efusões insuportáveis, pois estava impedida de amar a qualquer outra pessoa que fosse neste mundo, escaldada pela montaria, morta de sono e com o intestino solto, e só implorava a bênção de um lugar solitário e quieto para chorar. Sua prima Hildebranda Sánchez, dois anos mais velha do que ela e com sua mesma altivez imperial, foi a única que compreendeu seu estado logo que a viu pela primeira vez, porque também ela se consumia nas brasas de um amor temerário. Ao cair a noite conduziu-a ao quarto que havia preparado para ambas, e não entendeu como estava ainda viva com as úlceras de fogo que tinha no traseiro. Ajudada por sua mãe, uma mulher muito doce e parecida com o marido como se fossem gêmeos, preparou-lhe um banho de assento e lhe mitigou as ardências com compressas de arnica, enquanto os trovões do castelo de pólvora abalavam os alicerces da casa.

À meia-noite já tinham saído as visitas, a festa pública se dissolveu em festinhas dispersas, e a prima Hildebranda emprestou a Fermina Daza uma camisola de morim, e a ajudou a se deitar numa cama de lençóis esticados e travesseiros de penas que lhe infundiram de pronto o pânico instantâneo da felicidade. Quando afinal ficaram sós no quarto, fechou a porta a tranca e tirou de baixo do colchão de sua cama um envelope pardo lacrado com os emblemas do Telégrafo Nacional. Bastou a Fermina Daza ver a expressão de radiante malícia da prima para brotar de novo na memória do seu coração o odor pensativo das gardênias brancas, antes de triturar o sinete de lacre com os dentes e ficar chapinhando até o raiar do dia no charco de lágrimas dos onze telegramas desatinados.

Então ficou sabendo. Antes de empreender a viagem Lorenzo Daza tinha cometido o erro de anunciá-la pelo telégrafo a seu cunhado Lisímaco Sánchez, e este por sua vez mandara a notícia a sua vasta e complicada parentela, disseminada em numerosos povoados e caminhos da província. De maneira que Florentino Ariza pôde não só averiguar o itinerário completo como estabelecer uma grande irmandade de telegrafistas para seguir o rastro de Fermina Daza até a última rancharia do Cabo da Vela. Isto lhe permitiu manter com ela uma comunicação intensa desde que chegou a Valledupar, onde ficou três meses, até o fim da viagem em Riohacha, ano e meio depois, quando Lorenzo Daza aceitou como fato que a filha havia afinal esquecido, e resolveu voltar para casa. Talvez ele mesmo não estivesse consciente de quanto relaxara sua vigilância, distraído como estava com os agrados dos parentes políticos, que depois de tantos anos haviam abdicado de seus preconceitos tribais, admitindo-o de coração aberto como um dos seus. Embora não tivesse esse propósito, a visita foi uma reconciliação tardia. Com efeito, a família de Fermina Sánchez se opusera a todo custo a que ela se casasse com um imigrante sem origem, falador e bruto, que estava sempre de passagem em todos os lugares, com um negócio de mulas xucras que parecia demasiado simples para ser limpo. Lorenzo Daza se empenhava a fundo, porque sua pretendida era a mais apreciada de uma família típica da região: uma cáfila intrincada de mulheres corajosas e homens de coração terno e gatilho fácil, perturbados até a demência pelo sentido da honra. Contudo, Fermina Sánchez se sentou em seu capricho com a determinação cega dos amores contrariados, e se casou com ele a despeito da família, com tanta pressa e tantos mistérios que dava a impressão de fazê-lo menos por amor do que para cobrir com um manto sacramental algum descuido prematuro.

Vinte e cinco anos depois, Lorenzo Daza não se dava conta de que sua intransigência com os amoricos da filha era uma repetição viciosa de sua própria história, e se lamentava de sua desgraça perante os mesmos cunhados que se haviam oposto a ele como estes se haviam lamentado outrora perante os seus. Mas o tempo que ele perdia em lamentações, sua filha o ganhava nos amores. Enquanto ele andava castrando bezerros e amansando mulas nas terras felizes dos cunhados, ela passeava à rédea solta num tropel de primas comandadas por Hildebranda Sánchez, a mais bela e prestimosa, cuja paixão sem futuro por um homem vinte anos mais velho, casado e com filhos, se conformava com olhares furtivos.

Depois da prolongada estada em Valledupar prosseguiram viagem pelas quebradas da serra, através de campinas floridas e mesetas de sonho, e em todos os povoados foram recebidos como no primeiro, com músicas e petardos, e com novas primas confabuladas e mensagens pontuais nas agências telegráficas. Em breve Fermina Daza viu que a tarde de sua chegada a Valledupar não tinha sido extraordinária e sim que naquela província feraz todos os dias da semana eram vividos como se fossem de festa. Os visitantes dormiam onde os apanhasse a noite e comiam onde a fome os achava, pois eram casas de portas abertas onde sempre havia uma rede pendurada e um cozido de três carnes fervendo no fogão, para o caso de alguém chegar antes do seu telegrama de aviso, como em geral acontecia. Hildebranda Sánchez acompanhou a prima o resto da viagem, guiando-a com pulso alegre através dos carrascais do sangue até suas fontes de origem. Fermina Daza se reconheceu, se sentiu senhora de si mesma pela primeira vez, se sentiu acompanhada e protegida, os pulmões cheios de um ar de liberdade que lhe restituiu o sossego e a vontade de viver. Nos seus últimos anos ainda evocava aquela viagem, cada vez mais recente na memória, com a lucidez perversa da nostalgia.

Uma noite voltou do passeio diário aturdida pela revelação de que não só se podia ser feliz sem amor como também contra o amor. A revelação a alarmou, porque uma de suas primas tinha surpreendido uma conversa dos pais com Lorenzo Daza na qual este tinha sugerido a ideia de concertar o casamento da filha com o herdeiro único da fortuna fabulosa de Cleofás Moscote. Fermina Daza o conhecia. Vira-o caracolando pelas praças seus cavalos perfeitos, com jaezes tão ricos que pareciam paramentos de missa, e era elegante e destro, e tinha umas pestanas de sonhador que faziam suspirar as próprias pedras, mas ela o comparou à lembrança que tinha de Florentino Ariza sentado embaixo das amendoeiras da pracinha, pobre e escaveirado, com o livro de versos no colo. e não encontrou sombra de dúvida no seu coração.

Naqueles dias, Hildebranda Sánchez andava delirando de ilusões depois de visitar uma pitonisa cuja clarividência a havia assombrado. Preocupada com as intenções do pai, Fermina Daza também foi consultá-la. As cartas do baralho lhe anunciaram que não havia em seu futuro nenhum obstáculo a um casamento longo e feliz, e o prognóstico lhe devolveu o ânimo, pois não concebia que um destino tão venturoso pudesse ser com homem que não fosse o que amava. Exaltada por essa certeza, assumiu o comando do seu arbítrio. E por isso a correspondência telegráfica com Florentino Ariza deixou de ser um concerto de intenções e promessas ilusórias, tornando-se metódica e prática, e mais intensa do que nunca. Marcaram datas, estabeleceram meios e modos, empenharam suas vidas na determinação comum de se casarem sem consultar ninguém, onde fosse e como fosse, logo que se reencontrassem. Fermina Daza considerava tão severo este compromisso que a noite em que seu pai lhe deu permissão para que assistisse a seu primeiro baile de adultos, na aldeia de Fonseca, a ela não pareceu decente aceitar sem o consentimento de seu prometido. Florentino Ariza estava aquela noite no hotel suspeito, jogando baralho com Lotário Thugut, quando lhe avisaram da chegada de mensagem telegráfica urgente.

Era o telegrafista de Fonseca que havia conjugado sete postos intermediários para que Fermina Daza pedisse licença para ir ao baile. Obteve-a, mas não se conformou com a simples resposta afirmativa, pedindo prova de que na realidade era Florentino Ariza quem estava operando o manipulador no outro extremo da linha. Mais atônito do que lisonjeado, ele compôs uma frase de identificação: *Diga-lhe que eu juro pela deusa coroada*. Fermina Daza reconheceu o santo e senha, e ficou no seu primeiro baile de gente grande até as sete da manhã, quando teve de trocar de roupa às carreiras para não chegar tarde à missa. Nessas alturas, tinha no fundo do baú mais cartas e telegramas do que os que o pai lhe tirara, e já se comportava com atitudes de mulher casada. Lorenzo Daza interpretou aquelas mudanças no seu modo de ser como prova de que a distância e o tempo a haviam curado das fantasias juvenis, mas nunca lhe apresentou o projeto do casamento combinado. As relações dos dois ficaram fluidas, dentro das reservas formais que ela lhe havia imposto desde a expulsão da tia Escolástica, o que lhes permitiu uma convivência tão cômoda que ninguém teria duvidado que se alicerçava no carinho.

Foi nessa época que Florentino Ariza resolveu lhe contar nas cartas que se empenhava em resgatar para ela o tesouro do galeão submerso. Era coisa certa, como tinha sentido num sopro de inspiração, uma tarde luminosa em que o mar parecia calçado de alumínio, tal a quantidade de peixes postos a boiar por plantas narcóticas usadas pelos pescadores. Todas as aves do céu se haviam alvoroçado com a matança, e os pescadores precisavam afugentá-las com os remos para que não lhes disputassem os frutos daquele milagre proibido. O emprego do barbasco, que apenas adormecia os peixes, estava interditado por lei desde os tempos da Colônia, mas continuou sendo prática comum em pleno dia entre os pescadores do Caribe, até que foi substituído pela dinamite. Uma das diversões de Florentino Ariza, enquanto durou a viagem de Fermina Daza, era ver do cais como os pescadores carregavam as canoas com redes inchadas de peixes adormecidos. Ao mesmo tempo, uma malta de meninos que nadavam como tubarões pedia aos curiosos que atirassem moedas para que as fossem fisgar no fundo da água. Eram os mesmos que nadavam com igual propósito ao encontro dos transatlânticos, e sobre os quais se haviam escrito tantos relatos de viagem nos Estados Unidos e na Europa, pela sua mestria na arte de nadar debaixo d'água. Florentino Ariza os conhecia da vida inteira, de antes de conhecer o amor, mas nunca lhe havia ocorrido que talvez fossem capazes de pôr à tona a fortuna do galeão. Ocorreu-lhe essa tarde, e do domingo seguinte até o regresso de Fermina Daza, quase um ano depois, teve um motivo adicional de delírio.

Euclides, um dos meninos nadadores, se animou tanto quanto ele com a ideia de uma exploração submarina, depois de uma conversa de não mais de dez minutos. Florentino Ariza não lhe revelou o verdadeiro objeto do empreendimento, mas se informou a fundo sobre suas habilidades de mergulho e navegação. Perguntou-lhe se conseguia descer sem ar a vinte metros de profundidade, e Euclides disse que sim. Perguntou se estava em condições de levar sozinho uma canoa de pescador pelo mar alto em plena borrasca, sem instrumentos além do próprio instinto, e Euclides disse que sim. Perguntou se seria capaz de localizar um lugar exato dezesseis milhas marítimas a noroeste da ilha maior do arquipélago de Sotavento, e Euclides disse que sim. Perguntou se era capaz de navegar à noite orientando-se pelas estrelas, e Euclides disse que sim. Perguntou se estava disposto a fazê-lo recebendo a mesma diária que lhe pagavam os pescadores para ajudá-los a pescar, e Euclides disse que sim, mas com uma sobretaxa de cinco réis aos domingos. Perguntou se sabia se defender dos tubarões, e Euclides disse que sim, pois tinha artes mágicas de afugentá-los. Perguntou se era capaz de guardar um segredo ainda que o pusessem nas máquinas de tormentos do palácio da Inquisição, e Euclides disse que sim, pois não dizia que não a nada, e sabia dizer sim com tanta convicção que não havia jeito de duvidar dele. No fim, fez as contas das despesas: o aluguel da canoa, o aluguel dos remos, o aluguel de instrumentos de pesca para que ninguém desconfiasse da verdadeira intenção das excursões. Era ainda preciso levar comida, um garrafão de água doce, uma lamparina, um maço de velas de sebo e um chifre de caçador para pedir auxílio em caso de emergência.

Tinha uns doze anos, e era ligeiro e astuto, e falava sem parar e tinha um corpo de enguia que parecia feito para que ele se esgueirasse por qualquer escotilha. A vida ao ar livre lhe havia curtido tanto a pele que era impossível imaginar sua cor original, o que tornava mais radiantes seus grandes olhos amarelos. Florentino Ariza resolveu de pronto que era o cúmplice perfeito para uma aventura de semelhantes possibilidades, e a atacaram sem mais delongas no domingo seguinte.

Zarparam do porto dos pescadores ao amanhecer, bem providos e melhor dispostos. Euclides quase nu, só com a tanga que vestia sempre, e Florentino Ariza com a sobrecasaca, o chapéu de trevas, as botinas de verniz e o laço de poeta no pescoço, e um livro para se entreter na travessia até as ilhas. Desde o primeiro domingo viu que Euclides era de fato perito navegante e bom mergulhador, e que tinha uma prática assombrosa da natureza do mar e da sucata da baía. Podia contar com mínimos pormenores a história de cada casco velho de navio roído de óxido, sabia a idade de cada boia, a origem de qualquer escombro, o número de elos da corrente com que os espanhóis fechavam a entrada da baía. Temendo que soubesse também qual o propósito de sua expedição, Florentino Ariza lhe fez algumas perguntas insidiosas, comprovando que Euclides não tinha a menor suspeita acerca do galeão afundado.

Ao ouvir pela primeira vez a história do tesouro no hotel, Florentino Ariza se informara o mais possível sobre a crônica dos galeões. Ficou sabendo que o *San José* não estava só em seu leito de corais. Era a nave capitânia da Frota de Terra Firme, e chegara aqui depois de maio de 1708, procedente da feira legendária de Portobello, no Panamá, onde carregara parte de sua fortuna: trezentos baús com prata do Peru e Veracruz, e cento e dez baús de pérolas juntadas e contadas na ilha de Contadora. Durante o longo mês em que aqui permaneceu, de dias e noites de festas populares, puseram a bordo o resto do tesouro destinado a tirar da pobreza o reino da Espanha: cento e dezesseis baús de esmeraldas de Muzo e Somondoco, e trinta milhões de moedas de ouro.

A Frota de Terra Firme estava integrada por nada menos que doze embarcações de diferentes tamanhos, e zarpou deste porto comboiada por uma esquadra francesa, muito bem armada, que mesmo assim não pôde salvar a expedição diante dos canhonaços certeiros da esquadra inglesa, sob as ordens do comandante Carlos Wager, que a esperou no arquipélago de Sotavento, à saída da baía. De modo que o *San José* não era a única nave afundada, embora não houvesse certeza documental de quantas haviam sucumbido e quantas escapado ao fogo dos ingleses. Do que não havia dúvida era que a nave capitânia fora das primeiras a ir a pique, com a tripulação completa e o comandante imóvel em seu castelo de proa, e que levava a carga principal.

Florentino Ariza tinha conhecido a rota dos galeões nas cartas de navegar da época, e acreditava haver determinado o lugar do naufrágio. Saíram da baía por entre as duas fortalezas da Boca Chica, e ao fim de quatro horas de navegação entraram nas águas interiores do arquipélago, em cujo fundo de coral podiam ser colhidas com a mão as lagostas adormecidas. O ar era tão leve, e o mar tão sereno e diáfano, que Florentino Ariza se sentiu como se não passasse de seu próprio reflexo na água. Para lá do remanso, a duas horas da ilha maior, estava o lugar do naufrágio.

Congestionado em sua indumentária fúnebre pelo sol infernal, Florentino Ariza explicou a Euclides que ali devia descer a vinte metros e trazer qualquer coisa que encontrasse no fundo. A água era tão clara que o viu mover-se no fundo, como um tubarão entre os tubarões azuis que se cruzavam com ele sem tocá-lo. Depois o viu desaparecer num matagal de corais, e bem quando achou que ele não podia ter mais ar ouviu a voz às suas costas. Euclides estava parado no fundo, com os braços levantados e água pela cintura. Por isso continuaram buscando lugares mais fundos, sempre para o norte, navegando por cima das arraias lentas, das lulas tímidas, dos roseirais tenebrosos, até que Euclides compreendeu que estavam perdendo tempo.

— Se não me disser o que quer que eu encontre, não sei como vou encontrá-lo — disse.

Mas ele não falou. Então Euclides lhe propôs que tirasse a roupa e descesse com ele, ainda que só para ver esse outro céu debaixo do mundo que eram os fundos de corais. Mas Florentino Ariza costumava dizer que Deus tinha feito o mar só para olhá-lo pela janela, e nunca aprendeu a nadar. Pouco depois a tarde nublou, o ar ficou frio e úmido, e escureceu tão depressa que precisaram se guiar pelo farol para encontrar o porto. Antes de entrar na baía, viram passar muito perto o transatlântico da França com todas as luzes acesas, enorme e branco, que ia deixando um rastro de guisado mole e couve-flor fervida.

Desta forma perderam três domingos, e teriam continuado a perdê-los todos se Florentino Ariza não tivesse resolvido partilhar seu segredo com Euclides. Este modificou então todo o plano da busca, e puseram-se a navegar pelo antigo canal dos galeões, que estava a mais de vinte léguas marítimas a oriente do lugar previsto por Florentino Ariza. Antes de passados dois meses, certa tarde de chuva no mar, Euclides permaneceu muito tempo no fundo, e a canoa tinha derivado tanto que teve que nadar quase meia hora para alcançá-la, já que Florentino Ariza não conseguiu aproximá-la com os remos. Quando por fim pôde abordá-la, tirou da boca e mostrou como triunfo da perseverança dois adereços de mulher.

O que contou era tão fascinante que Florentino Ariza prometeu a si mesmo aprender a nadar, e afundar até onde pudesse só para comprová-lo com os próprios olhos. Contou que naquele lugar, a apenas dezoito metros de profundidade, havia tantos veleiros antigos deitados entre os bancos de coral que era impossível sequer calcular a quantidade, e estavam disseminados por um espaço tão extenso que eram de perder de vista. Contou que o mais surpreendente era que das tantas carcaças de navios que ainda flutuavam na baía nenhuma estava em tão bom estado quanto as naves submersas. Contou que havia várias caravelas ainda com as velas intactas, e que as naves afundadas eram visíveis no fundo, pois parecia que haviam afundado com seu espaço e seu tempo, de maneira que ali continuavam alumiadas pelo mesmo sol das onze da manhã do sábado 9 de junho em que foram a pique. Contou, afogando-se no próprio ímpeto da sua imaginação, que o mais fácil de distinguir era o galeão *San José,* cujo nome era visível na popa com letras de ouro, mas que ao mesmo tempo era a nave mais danificada pela artilharia dos ingleses. Contou ter visto dentro um polvo de mais de três séculos de idade, cujos tentáculos saíam pelas seteiras dos canhões, mas havia crescido tanto na sala de refeições de bordo que para libertá-lo só desmantelando a nave. Contou que vira o corpo do comandante com seu uniforme de guerra flutuando de lado dentro do aquário do castelo, e que se não baixara até os porões do tesouro foi porque o ar dos pulmões não dera para tanto. Ali estavam as provas: um brinco com uma esmeralda, e uma medalha da Virgem com seu cordão carcomido pelo salitre.

Essa foi a primeira menção ao tesouro que Florentino Ariza fez a Fermina Daza numa carta que lhe mandou a Fonseca pouco antes do seu regresso. A história do galeão afundado lhe era familiar, pois a tinha ouvido sendo contada a Lorenzo Daza muitas vezes. Ele perdera tempo e dinheiro tratando de convencer uma companhia de mergulhadores alemães a se associar com ele para resgatarem o tesouro submerso. Teria insistido no empreendimento, se não tivesse sido convencido por vários membros da Academia da História de que a lenda do galeão naufragado era invenção de um certo vice-rei bandoleiro, que para encontrar o navio conseguira dinheiros da Coroa. Em todo o caso, Fermina Daza sabia que o galeão estava a uma profundidade de duzentos metros, onde nenhum ser humano poderia atingi-lo, e não aos vinte metros que dizia Florentino Ariza. Mas estava tão acostumada a seus excessos poéticos que celebrou a aventura do galeão como um dos mais belos. Contudo, ao receber outras cartas com pormenores ainda mais fantásticos, e escritos com tanta seriedade como seus protestos de amor, teve de confessar a Hildebranda seu temor de que o noivo alucinado tivesse perdido o juízo.

Naqueles dias, Euclides já tinha emergido das águas com tais provas de sua fábula que não se tratava mais de continuar ciscando brincos e anéis semeados entre os corais, e sim de capitalizar uma empresa grande para recuperar a meia centena de naves com a fortuna babilônica que continham. Aconteceu então o que mais cedo ou mais tarde aconteceria, e foi que Florentino Ariza pediu ajuda à mãe para levar a bom porto sua aventura. A ela bastou-lhe morder o metal das joias, e olhar contra a luz as pedras de vidro, para concluir que alguém andava abusando da boa-fé do filho. Euclides jurou de joelhos a Florentino Ariza que não havia nada de escuso em sua atividade, mas não deu nenhum ar de sua graça domingo seguinte no porto dos pescadores, nem nunca mais em nenhuma parte.

A única coisa que aquele descalabro rendeu a Florentino Ariza foi o refúgio de amor do farol. Ali chegara na canoa de Euclides, uma noite que os surpreendeu a tempestade em mar aberto, e a partir de então costumava ir lá à tarde conversar com o faroleiro sobre as incontáveis maravilhas da terra e da água que o faroleiro sabia. Esse foi o início de uma amizade que sobreviveu às muitas mudanças do mundo. Florentino Ariza aprendeu a alimentar a luz, primeiro com feixes de lenha e depois com botijões de óleo, antes que nos chegasse a energia elétrica. Aprendeu a dirigi-la e a aumentá-la com espelhos, e nas várias ocasiões em que o faroleiro não pôde fazê-lo, ficou ali, vigiando da torre as noites do mar. Aprendeu a conhecer os navios pelas suas vozes, pelo tamanho de suas luzes no horizonte, e a perceber que algo deles lhe chegava de volta nos relâmpagos do farol.

Durante o dia o prazer era outro, sobretudo aos domingos. No bairro dos Vice-Reis, onde moravam os ricos da cidade velha, as praias das mulheres estavam separadas das dos homens por um muro de argamassa: uma à direita, outra à esquerda do farol. O faroleiro havia instalado uma luneta pela qual se podia contemplar, mediante o pagamento de um centavo, a praia das mulheres. Sem se saberem observadas, as senhoritas da sociedade se mostravam o melhor que podiam dentro de suas roupas de banho de largos panos, mais os sapatinhos de borracha e os chapéus, tudo isso ocultando os corpos quase tanto quanto a roupa de rua, só que de forma menos atraente. Das margens as mães as vigiavam, sentadas ao sol de rachar em cadeiras de balanço de vime com os mesmos vestidos, os mesmos chapéus de plumas, as mesmas sombrinhas de renda com que tinham ido à missa solene, por temor de que os homens das praias vizinhas as seduzissem por baixo d'água. A realidade era que através da luneta não se podia ver mais nada, nem mais excitante do que se podia ver na rua, mas eram muitos os clientes que acudiam cada domingo para se disputarem o telescópio no puro deleite de provar os frutos insípidos do quintal alheio.

Florentino Ariza era um deles, mais por tédio do que por prazer, mas não foi esse atrativo adicional que o tornou tão bom amigo do faroleiro. O motivo real foi que a partir do menosprezo de Fermina Daza, quando ele contraiu a febre dos amores dispersos na ânsia de substituí-la, só mesmo no farol viveu horas felizes e encontrou consolo para suas desditas. De tal forma que durante anos procurou convencer sua mãe, e mais tarde seu tio Leão XII, a ajudá-lo a comprar o farol. É que os faróis do Caribe eram então propriedade privada, e seus donos cobravam o direito de passagem até o porto segundo o tamanho dos navios. Florentino Ariza achava que era essa a única maneira honesta de fazer um bom negócio com a poesia, mas nem a mãe nem o tio achavam o mesmo, e quando ele pôde fazê-lo com recursos próprios os faróis já tinham passado à propriedade do estado.

Nenhuma dessas ilusões foi vã, não obstante. A fábula do galeão, e em seguida a novidade do farol, foram aliviando para ele a ausência de Fermina Daza, e quando ele menos o pressentia chegou a notícia do regresso. Com efeito, depois de uma estada prolongada em Riohacha, Lorenzo Daza tinha resolvido voltar. Não era a época mais benigna do mar, devido aos alíseos de dezembro, e a goleta histórica, a única que se arriscava à travessia, podia amanhecer de volta ao porto de origem, arrastada por um vento contrário. Assim foi. Fermina Daza passara uma noite de agonia, vomitando bílis, amarrada ao beliche de um camarote que parecia uma privada de botequim, não só pela estreiteza opressiva como pela pestilência e o calor. O balanço era tão forte que várias vezes teve a impressão de que iam arrebentar as correias da cama, do convés lhe chegavam gritos doloridos que pareciam de naufrágio, e os roncos de tigre do pai no beliche contíguo eram um ingrediente a mais do terror. Pela primeira vez em quase três anos passou uma noite em claro sem pensar um instante em Florentino Ariza, enquanto que ele permaneceu insone na rede da loja de trás contando um a um os minutos eternos que faltavam para que ela voltasse. Ao amanhecer, o vento cessou de súbito e o mar se tornou plácido, e Fermina Daza percebeu que dormira apesar dos estragos do enjoo, porque a despertou o estrépito das correntes da âncora. Então se livrou das correias e olhou pela escotilha na ilusão de descobrir Florentino Ariza no tumulto do porto, mas o que viu foram os armazéns da alfândega entre as palmeiras douradas pelos primeiros sóis, e o molhe de barrotes apodrecidos de Riohacha, de onde a goleta zarpara a noite anterior.

O resto do dia foi como uma alucinação, na mesma casa em que tinha estado até a véspera, recebendo as mesmas visitas que dela se haviam despedido, falando as mesmas coisas, e aturdida pela impressão de estar vivendo de novo um pedaço de vida já vivida. Era uma repetição tão fiel que Fermina Daza estremecia à simples ideia de que assim também tinha sido com a viagem da goleta, cuja simples lembrança lhe causava pavor. No entanto, a única alternativa de voltar para casa eram duas semanas em lombo de mula pelas cornijas da serra, e em condições ainda mais perigosas que da primeira vez, pois uma nova guerra civil iniciada no estado andino do Cauca já se ramificava pelas províncias do Caribe. Por isso, às oito da noite foi acompanhada outra vez até o porto pelo mesmo cortejo de parentes barulhentos, com as mesmas lágrimas de adeus e os mesmos volumes de pilhas de presentes de última hora que não cabiam nos camarotes. No momento de zarpar, os homens da família se despediram da goleta com uma salva de disparos para o ar, e Lorenzo Daza retribuiu do convés com os cinco tiros do seu revólver.

A ansiedade de Fermina Daza se dissipou em breve, porque o vento foi favorável a noite inteira, e o mar tinha um cheiro de flores que a ajudou a dormir bem sem as correias de segurança. Sonhou que tornava a ver Florentino Ariza, e este despiu a cara que ela sempre tinha visto, porque na realidade era uma máscara, mas a cara real era idêntica. Levantou-se muito cedo, intrigada pelo enigma do sonho, e encontrou o pai tomando café com conhaque na cantina do capitão, com o olho torcido pelo álcool, mas sem o menor indício de preocupação pelo regresso.

Estavam entrando no porto. A goleta deslizava em silêncio pelo labirinto de veleiros ancorados na enseada do mercado público, cuja pestilência se sentia a léguas de distância no mar, e a madrugada estava saturada de um chuvisco firme que em breve despencou num aguaceiro dos grandes. A postos no balcão da telegrafia, Florentino Ariza reconheceu a goleta quando atravessava a baía das Ânimas com as velas desanimadas pela chuva e ancorou diante do embarcadouro do mercado. Tinha esperado na véspera até as onze da manhã, quando soube por um telegrama casual do atraso da goleta devido aos ventos contrários, e voltara a esperar aquele dia desde as quatro da madrugada. Continuou esperando sem arredar a vista das chalupas que conduziam até a terra os escassos passageiros que resolviam desembarcar apesar da tempestade. Em sua maioria eles tinham que abandonar na metade do caminho a chalupa encalhada, e chegavam ao embarcadouro chapinhando no lodaçal. Às oito, depois de esperar em vão que estiasse, um carregador negro com água pela cintura recebeu Fermina Daza na amurada da goleta e a levou nos braços até a margem, mas estava tão ensopada que Florentino Ariza não conseguiu reconhecê-la.

Ela própria não estava consciente do quanto amadurecera na viagem, até que entrou na casa fechada e empreendeu de pronto a tarefa heroica de torná-la de novo habitável, com a ajuda de Gala Placídia, a criada preta, que voltou à sua antiga senzala logo que lhe avisaram do regresso. Fermina Daza não era mais a filha única, ao mesmo tempo mimada e tiranizada pelo pai, e sim a dona e senhora de um império de poeira e teias de aranha que só podia ser recuperado graças à força de um amor invencível. Não se acovardou, pois sentia em si um sopro de levitação que lhe daria a força de mover o mundo. Na própria noite da volta, quando tomavam chocolate com bolinhos de queijo na grande mesa da cozinha, seu pai lhe delegou os poderes de governo da casa, e o fez com o formalismo de um ato sacramental.

— Entrego a você as chaves da sua própria vida — disse.

Ela, com dezessete anos feitos, assumia-a com um pulso firme, consciente de que cada palmo da liberdade ganha era para o amor. No dia seguinte, depois de uma noite de maus sonhos, padeceu pela primeira vez o enfado do regresso, quando abriu a janela da sacada e tornou a ver o chuvisco triste da pracinha, a estátua do herói decapitado, o banco de mármore em que Florentino Ariza costumava sentar-se com um livro de versos. Já não pensava nele como o noivo impossível e sim como o marido certo a quem se devia dos pés à cabeça. Sentiu quanto pesava o tempo desperdiçado desde o dia em que partira, quanto custava estar viva, quanto amor lhe ia faltar para amar ao seu homem como Deus mandava. Surpreendeu-a que ele não estivesse na pracinha, como tantas vezes estivera apesar da chuva, e que não houvesse recebido qualquer sinal dele, por qualquer meio que fosse, nem mesmo um presságio, e de pronto abalou-a a ideia de que houvesse morrido. Mas em seguida descartou o mau pensamento, porque no frenesi dos telegramas dos últimos dias, ante a iminência da volta, tinham esquecido de combinar um modo de continuarem se comunicando quando ela voltasse.

A verdade é que Florentino Ariza estava certo de que ela não tinha voltado, até que o telegrafista de Riohacha lhe confirmou que havia embarcado sexta-feira na mesma goleta que não chegara na véspera devido aos ventos contrários. No fim da semana esteve tentando divisar qualquer sinal de vida na casa dela, e a partir do anoitecer de segunda-feira viu pelas janelas uma luz ambulante que pouco depois das nove se apagou no quarto de dormir da sacada. Não dormiu, presa das mesmas ansiedades de náuseas que perturbaram suas primeiras noites de amor. Trânsito Ariza se levantou com os primeiros galos, alarmada porque não voltara o filho que saíra ao pátio à meia-noite, e não o encontrou na casa. Tinha ido errar pelo cais, recitando versos de amor contra o vento, chorando de júbilo, até que acabou de amanhecer. Às oito estava sentado sob os arcos do Café da Paróquia, alucinado pela vigília, tratando de descobrir um jeito de fazer chegar seus votos de boas-vindas a Fermina Daza, quando se sentiu sacudido por um abalo sísmico que lhe dilacerou as entranhas.

Era ela. Atravessava a Praça da Catedral acompanhada por Gala Placídia, que carregava os cestos para as compras, e pela primeira vez não trajava o uniforme escolar. Estava mais alta do que ao partir, mais perfilada e intensa, e com a beleza depurada por um domínio de pessoa mais velha. A trança lhe havia crescido de novo, mas não lhe pendia mais pelas costas, atirada agora sobre o ombro esquerdo, e esta simples mudança a despojara de todo traço infantil. Florentino Ariza permaneceu atônito em seu lugar, até que aquela aparição acabou de atravessar a praça sem afastar a vista do seu caminho. Mas o mesmo poder irresistível que o paralisara obrigou-o em seguida a se precipitar atrás dela quando dobrou a esquina da catedral e se perdeu no tumulto ensurdecedor das ruelas do comércio.

Seguiu-a sem se deixar ver, descobrindo os gestos cotidianos, a graça, a maturidade prematura do ser que mais amava no mundo, e que via pela primeira vez em seu estado natural. Assombrou-o a fluidez com que abria caminho na multidão. Enquanto Gala Placídia ia aos encontrões, e se embaraçava com os cestos e tinha que correr para não perdê-la de vista, ela navegava na desordem da rua num espaço seu e num tempo diferente, sem esbarrar em ninguém, feito um morcego nas trevas. Tinha estado muitas vezes no comércio com tia Escolástica, mas eram sempre compras miúdas, pois o pai em pessoa se encarregava de abastecer a casa, e não só de móveis e comida mas inclusive de roupas de mulher. Por isso aquela primeira saída foi para ela uma aventura fascinante, idealizada em seus sonhos de menina.

Não prestou atenção à insistência dos ambulantes que lhe ofereciam o jarabe, o xarope do amor eterno, nem às súplicas dos mendigos atirados às portas com suas chagas ao sol, nem ao falso índio que tentava vender-lhe um jacaré amestrado. Deu uma volta grande e minuciosa, sem rumo calculado, com paradas que só tinham como motivo um prazer sem pressa diante do espírito das coisas. Entrou em cada portal onde houvesse alguma coisa a vender, e por toda parte encontrou alguma coisa que aumentava sua ânsia de viver. Deliciou-se com o hálito de vetiver dos panos nos arcões, enrolou-se em sedas estampadas, riu-se do próprio riso vendo-se fantasiada de madrilenha com sua travessa e o leque de flores pintadas diante do espelho de corpo inteiro de *O Arame de Ouro*. Na loja de importados destapou um barril de arenques em salmoura que lhe lembrou noites de nordeste, muito menina ainda, em São João da Ciénaga. Deram-lhe uma prova de morcela de alicante que tinha gosto de alcaçuz, e comprou duas para a refeição matinal de sábado, além de postas de bacalhau e um frasco de groselhas em aguardente. No balcão de especiarias, pelo puro prazer do olfato, macerou folhas de sálvia e de orégano nas palmas das mãos, e comprou um punhado de cravos-da-índia, outro de anis estrelado, e outros dois de gengibre e de zimbro, e saiu banhada em lágrimas de riso de tanto espirrar com os vapores da pimenta de Caiena. Na botica francesa, enquanto comprava sabonete de Reuter e água de benjoim, puseram-lhe atrás da orelha um toque do perfume que estava na moda em Paris, e lhe deram uma pastilha desodorante para depois de fumar.

Brincava de fazer compras, sem dúvida, mas aquilo que de verdade estava precisando comprava na hora, com uma autoridade que não deixava ninguém pensar que o fazia pela primeira vez, pois estava consciente de que não comprava para ela só e sim para ele também, doze jardas de linho para as toalhas de mesa dos dois, o percal para os lençóis de bodas que teriam ao amanhecer o orvalho dos humores de ambos, o mais delicioso de cada uma das coisas que desfrutariam juntos na casa do amor. Pedia abatimento e sabia fazê-lo, discutia com graça e dignidade até conseguir o melhor, e pagava com moedas de ouro que os lojistas testavam pelo puro prazer de ouvi-las cantar no mármore do balcão.

Florentino Ariza a espiava maravilhado, a perseguia sem tomar fôlego, tropeçou várias vezes nos cestos da criada que respondeu às suas desculpas com um sorriso, e ela havia passado tão perto que ele sentira a brisa do seu cheiro, e se nem então o viu não foi porque não pudesse e sim pela altivez do seu modo de andar. Ela lhe parecia tão bela, tão sedutora, tão diferente da gente comum, que não compreendia que ninguém se transtornasse como ele com as castanholas dos seus saltos nas pedras do calçamento, ou tivesse o coração descompassado com os ares e suspiros de suas mangas, ou não ficasse louco de amor o mundo inteiro com os ventos de sua trança, o voo de suas mãos, o ouro do seu riso. Não perdera um gesto seu, nem um indício do seu caráter, mas não se atrevia a se aproximar dela pelo medo de desfazer o encanto. Contudo, quando ela se meteu na balbúrdia do Portal dos Escrivães, ele descobriu que se arriscava a perder a ocasião que aguardara durante anos.

Fermina Daza compartilhava com suas companheiras de colégio a ideia estranha de que o Portal dos Escrivães era um lugar de perdição, vedado, é claro, às senhoritas decentes. Era uma galeria de arcadas diante de um largo onde paravam os carros de aluguel e as carretas de carga puxadas por burros, e onde se tornava mais denso e ruidoso o comércio popular. O nome lhe vinha dos tempos da Colônia, porque ali se sentavam desde então os calígrafos taciturnos, de paletós de lã e meias mangas postiças, que escreviam por profissão toda classe de documentos a preços de pobre: requerimentos de agravo ou de súplica, arrazoados jurídicos, cartões de cumprimentos ou de luto, missivas de amor em qualquer das suas idades. Não era dos escrivães, diga-se logo, que vinha a má reputação daquele mercado fragoroso, e sim de bufarinheiros mais atuais, que ofereciam por baixo do balcão os muitos artifícios equívocos que chegavam de contrabando nos navios da Europa, dos postais obscenos às pomadas tônicas e até aos célebres preservativos catalães com cristas de iguanas que pulsavam quando era o caso, ou com flores na extremidade para que soltassem pétalas de acordo com a vontade do usuário. Fermina Daza, pouco perita no uso da rua, meteu-se no portal sem muito ver por onde andava, buscando uma sombra que aliviasse o sol bravo das onze.

Afundou na algaravia quente dos engraxates e dos vendedores de pássaros, dos livreiros de segunda mão e dos curandeiros e das doceiras que anunciavam aos berros por cima da bulha as cocadas de pinhas para as mocinhas, de cocos para os loucos, de panela para Micaela. Mas ela ficou indiferente ao estrondo, cativada de pronto por um papeleiro que fazia demonstrações de tintas mágicas de escrever, tintas vermelhas com a sugestão do sangue, tintas de reflexos tristes para recados fúnebres, tintas fosforescentes para se ler no escuro, tintas invisíveis que o pleno resplendor da luz revelava. Ela as queria todas para brincar com Florentino Ariza, para impressioná-lo com seu engenho, mas ao fim de várias experiências decidiu-se por um vidrinho de tinta de ouro. Foi depois às doceiras sentadas por trás de suas grandes redomas, e comprou seis doces de cada espécie, apontando-os com o dedo pelo cristal porque não conseguia fazer-se ouvir na gritaria: seis de fios d'ovos, seis de leite, seis tijolinhos de gergelim, seis de iúca e amêndoa, seis de chocolate envolto em papel de sorte, seis piononos de biscoito, seis bons-bocados de goiaba, seis disto e seis daquilo, seis de tudo e os ia amontoando nos cestos da criada com uma graça irresistível, alheia por completo às grossas nuvens de moscas em cima do melado, alheia à algazarra contínua, alheia ao bafo de suores azedos suspensos no calor mortal. Despertou-a do feitiço uma preta feliz, com um pano colorido na cabeça, redonda e formosa, que lhe ofereceu um triângulo de abacaxi fisgado na ponta de uma faca de açougueiro. Ela o pegou, meteu-o inteiro na boca, saboreando-o, e continuou a saboreá-lo, a vista errando pela multidão, quando uma comoção a pregou no lugar em que estava. Às suas costas, tão perto de sua orelha que só ela pôde escutá-la no tumulto, tinha ouvido a voz:

— Este não é um bom lugar para uma deusa coroada.

Voltou a cabeça e viu a dois palmos de seus olhos os outros olhos glaciais, o rosto lívido, os lábios petrificados de medo, tal como os vira no tumulto da missa do galo pela primeira vez em que ele estivera tão perto dela, mas ao contrário daquela vez não sentiu agora a comoção do amor e sim o abismo do desencanto. Num instante teve a revelação completa da magnitude do próprio engano, e perguntou a si mesma, aterrada, como tinha podido incubar durante tanto tempo e com tanta ferocidade semelhante quimera no coração. Mal conseguiu pensar: "Deus meu, pobre homem!" Florentino Ariza sorriu, procurou dizer alguma coisa, procurou acompanhá-la, mas ela o apagou de sua vida com um gesto da mão.

— Não, por favor — disse. — Esqueça.

Naquela tarde, enquanto o pai dormia a sesta, mandou-lhe por Gala Placídia uma carta de duas linhas: *Hoje, ao vê-lo, descobri que só nos unia uma ilusão.* A criada levou também os telegramas dele, os versos, as camélias secas, e lhe pediu que devolvesse as cartas e os presentes que ela lhe havia mandado: o missal de tia Escolástica, as rendas de folhas secas do seu herbário, o centímetro quadrado do hábito de São Pedro Claver, as medalhas de santos, a trança dos seus quinze anos com o laço de seda do uniforme escolar. Nos dias seguintes, à beira da loucura, ele lhe escreveu numerosas cartas de desespero, e assediou a criada para que as levasse, mas esta cumpriu as instruções terminantes de não receber nada além dos presentes devolvidos. Insistiu com tanto afinco que Florentino Ariza os mandou todos, salvo a trança, que não queria devolver enquanto Fermina Daza não o recebesse em pessoa para conversar ainda que fosse um instante. Não conseguiu. Temendo alguma determinação fatal do filho, Trânsito Ariza desceu do seu orgulho e pediu a Fermina Daza que lhe concedesse a ela uma graça de cinco minutos, e Fermina Daza a atendeu um instante no saguão de sua casa, de pé, sem convidá-la a entrar e sem um pingo de fraqueza. Dois dias depois, ao término de uma discussão com a mãe, Florentino Ariza desprendeu da parede do seu quarto o empoeirado nicho de cristal onde mantinha exposta a trança feito uma relíquia sagrada, e a própria Trânsito Ariza a devolveu no estojo de veludo bordado com fios de ouro. Florentino Ariza nunca mais teve a oportunidade de ver a sós Fermina Daza, nem de falar a sós com ela nos tantos encontros de suas mui longas vidas, até cinquenta e um anos, nove meses e quatro dias mais tarde, quando lhe reiterou o juramento de fidelidade eterna e amor para todo o sempre em sua primeira noite de viúva.

O doutor Juvenal Urbino tinha sido aos vinte e oito anos o mais cobiçado dos solteiros. Voltava de uma longa estada em Paris, onde fez estudos superiores de medicina e cirurgia, e logo que pisou terra firme deu mostras definitivas de que não perdera um minuto de seu tempo. Voltou muito mais atilado e senhor de sua índole, e se nenhum dos seus companheiros de geração parecia tão severo e tão sábio quanto ele em sua ciência, também nenhum havia, por outro lado, que dançasse melhor a música da moda ou improvisasse melhor ao piano. Seduzidas por suas graças pessoais e pela certeza de sua fortuna familiar, as moças do seu meio faziam rifas secretas no jogo de ver quem o prenderia, e ele também fazia suas apostas em relação às moças, mas conseguiu manter-se em estado de graça, intacto e tentador, até que sucumbiu sem resistência aos encantos plebeus de Fermina Daza.

Gostava de dizer que aquele amor tinha sido fruto de um equívoco clínico. Ele mesmo custava a crer que tivesse acontecido, menos ainda naquele momento de sua vida, quando todas as suas reservas passionais se concentravam na sorte de sua cidade, da qual dissera com demasiada frequência e sem pensar duas vezes que não havia outra igual no mundo. Em Paris, passeando de braço dado com uma noiva casual num outono tardio, quase não conseguia conceber felicidade mais pura que a daquelas tardes douradas, com cheiro rústico das castanhas nos braseiros, os acordeões sentimentais, os namorados insaciáveis que não acabavam de se beijar nunca na calçada dos cafés, mas mesmo assim dizia a si mesmo com a mão no coração que não se dispunha a trocar por tudo aquilo um único instante do seu Caribe em abril. Era ainda jovem demais para saber que a memória do coração elimina as más lembranças e enaltece as boas e que graças a esse artifício conseguimos suportar o passado. Mas quando voltou a ver do convés do navio o promontório branco do bairro colonial, os urubus imóveis nos telhados, a roupa dos pobres estendida a secar nas sacadas, compreendeu até que ponto tinha sido uma vítima fácil das burlas caritativas da saudade.

O navio abriu passagem na baía através de uma colcha flutuante de animais afogados, e em sua maioria os passageiros se abrigaram nos camarotes fugindo à pestilência. O jovem médico desceu a ponte do navio vestido de alpaca perfeita, guarda-pó sobre o terno, com uma barba de Pasteur juvenil e o cabelo repartido em risca nítida e pálida, e com bastante domínio de si para dissimular o nó na garganta que não era de tristeza e sim de terror. No molhe quase deserto, guardado por soldados descalços e sem farda, esperavam-no as irmãs e a mãe com os amigos mais queridos. Achou todos macilentos e sem futuro, apesar dos ares mundanos, e falavam da crise e da guerra civil como algo remoto e alheio, mas todos tinham um tremor evasivo na voz e uma incerteza nas pupilas que desmentiam as palavras. Quem mais o comoveu foi a mãe, uma mulher ainda moça que se havia imposto na vida com sua elegância e seu ímpeto social, e que agora murchava a fogo lento na aura de cânfora dos seus crepes de viúva. Ela sem dúvida se reconheceu no constrangimento do filho, tomando a dianteira de lhe perguntar em defesa própria por que vinha ele com essa pele transparente como parafina.

— É a vida, mãe — disse ele. — Fica-se verde em Paris.

Pouco depois, derretendo-se de calor junto a ela na carruagem fechada, não aguentou mais a inclemência da realidade que se metia aos borbotões pelo postigo. O mar parecia de cinza, os antigos palácios de marqueses estavam a ponto de sucumbir à proliferação dos mendigos, e era impossível encontrar a fragrância ardente dos jasmins por trás das emanações mortais dos esgotos abertos. Tudo lhe pareceu mais mesquinho do que quando partira, mais indigente e lúgubre, e havia tantas ratazanas famintas na lixeira das ruas que os cavalos do carro tropeçavam assustados. Do longo caminho do porto até sua casa, no coração do bairro dos Vice-Reis, não viu nada que lhe parecesse digno de suas saudades. Derrotado, virou a cabeça para que a mãe não o visse, e se pôs a chorar em silêncio.

O antigo palácio do Marquês de Casalduero, residência histórica dos Urbino de la Calle, não era o que se mantinha mais altivo no meio do naufrágio. O doutor Juvenal Urbino fez essa descoberta com o coração em pedaços logo que entrou no saguão tenebroso e viu o repuxo poeirento do jardim interior, e os canteiros sem flores por onde andavam lagartos, e reparou que faltavam muitas lajes de mármore, e que outras estavam partidas, na vasta escada de balaústres de cobre que levava aos aposentos principais. Seu pai, um médico mais abnegado do que eminente, tinha morrido na epidemia de cólera asiático que assolou a população seis anos antes, e com ele morrera o espírito da casa. Dona Blanca, a mãe, sufocada por um luto previsto para ser eterno, substituíra por novenas vespertinas os célebres saraus líricos e os concertos de câmara do marido morto. As duas irmãs, contra suas graças naturais e sua vocação festiva, eram carne de convento.

O doutor Juvenal Urbino não dormiu nem um instante da noite da chegada, assustado pela escuridão e o silêncio, e rezou três terços ao Espírito Santo e quantas orações ainda sabia para conjurar calamidades e naufrágios e toda classe de ameaças da noite, enquanto uma saracura que se enfiou pela porta mal fechada cantava a cada hora, na hora em ponto, dentro do quarto. Foi atormentado pelos gritos alucinados das loucas no vizinho manicômio da Divina Pastora, a gota inclemente da talha na bacia com uma ressonância que enchia o âmbito da casa, os passos da saracura perdida no quarto, seu medo congênito do escuro, a presença invisível do pai morto na vasta mansão adormecida. Quando a saracura cantou as cinco, junto com os galos da vizinhança, o doutor Juvenal Urbino se encomendou de corpo e alma à Divina Providência, porque não se sentia com ânimo para viver um dia mais em sua pátria de escombros. Contudo, o afeto dos seus, os domingos campestres, os agrados cobiçosos das solteiras de sua classe acabaram por mitigar as amarguras de primeira impressão. Foi pouco a pouco se habituando aos bochornos de outubro, aos odores excessivos, aos juízos prematuros dos amigos, ao amanhã veremos, doutor, não se preocupe, e terminou por se render aos sortilégios do hábito. Não tardou a conceber uma explicação fácil para sua entrega. Aquele era seu mundo, disse a si mesmo, o mundo triste e opressivo que Deus lhe destinara, e a ele se devia.

A primeira coisa que fez foi tomar posse do consultório do pai. Conservou no lugar os móveis ingleses, duros e sérios, cujas madeiras suspiravam com os gelos do amanhecer, mas despachou para o sótão os tratados da ciência vice-reinal e da medicina romântica, e colocou nas estantes cobertas de vidro os da nova escola da França. Tirou da parede os cromos desbotados, com exceção daquele em que se vê o médico disputando à morte uma doente nua, e o juramento hipocrático impresso em letras góticas, e pendurou em seus lugares, ao lado do diploma único do pai, os muitos e muitos variados que obtivera com qualificações ótimas em diferentes escolas da Europa.

Tratou de impor critérios atualizados no Hospital da Misericórdia, mas não achou a tarefa tão fácil como imaginara em seus entusiasmos juvenis, pois a bolorenta casa de saúde se agarrava às superstições atávicas, como a de colocar os pés das camas em potes com água para impedir que as doenças subissem, ou a de exigir traje de etiqueta e luvas de camurça na sala de cirurgia, visto que se dava por axiomático que a elegância era condição essencial da assepsia. Não podiam suportar que o jovem recém-chegado provasse a urina do doente para descobrir a presença de açúcar, que citasse Charcot e Trousseau como se fossem seus companheiros de quarto, que fazia na aula severas advertências sobre os riscos mortais das vacinas e por outro lado nutria uma fé suspeita no novo invento dos supositórios. Esbarrava em tudo: seu espírito renovador, seu civismo maníaco, seu humor sutil numa terra de famosos chalaceiros, todas as suas virtudes mais apreciáveis suscitavam o receio dos colegas mais velhos e as troças que pelas costas lhe faziam os jovens.

Sua obsessão era o perigoso estado sanitário da cidade. Fez apelos às instâncias superiores para que desativassem as cloacas espanholas, que eram um imenso viveiro de ratos, e construíssem em seu lugar esgotos fechados cujos despejos não desembocassem na enseada do mercado, como sempre ocorrera, e sim em algum desaguadouro distante. As casas coloniais bem equipadas tinham latrinas com fossas sépticas, mas dois terços da população amontoada em barracas à margem dos charcos faziam suas necessidades ao ar livre. As fezes secavam ao sol, viravam poeira, e eram respiradas por todos com regozijos natalinos nas frescas e venturosas brisas de dezembro. O doutor Juvenal Urbino criou na Municipalidade um curso obrigatório para ensinar os pobres a construírem suas próprias latrinas. Lutou em vão para que o lixo não fosse atirado aos manguezais, convertidos há séculos em tanques de putrefação, e para que fosse recolhido pelo menos duas vezes por dia e incinerado em algum lugar despovoado.

Tinha consciência da ameaça mortal que era a água de beber. A mera ideia de construir um aqueduto parecia fantástica, pois os que teriam podido impulsioná-la dispunham de cisternas subterrâneas onde se armazenavam debaixo de uma espessa nata de limo as águas chovidas durante anos. Entre os móveis mais apreciados da época estavam as talhas de madeira lavrada cujos filtros de pedra gotejavam dia e noite para dentro de bacias. Para impedir que alguém bebesse do próprio jarro de alumínio com que se apanhava a água, este tinha as bordas denteadas feito a coroa de um rei de brincadeira. A água era vítrea e fresca na penumbra da argila cozida, e deixava na boca um sabor de floresta. Mas o doutor Juvenal Urbino não caía nesses embustes de purificação, pois sabia que apesar de tantas precauções o fundo das talhas era um refúgio de vermes. Havia passado as vagarosas horas da infância a contemplá-los com um assombro quase místico, convencido como tanta gente naquele tempo de que esses vermes eram alminhas, criaturas sobrenaturais que cortejavam donzelas nos sedimentos das águas pasmadas, e eram capazes de furiosas vinganças de amor. Tinha visto quando menino os escombros da casa de Lázara Conde, uma professora que se atreveu a fazer pouco dessas alminhas, e tinha visto a esteira de vidro partido na rua e o montão de pedras que atiraram durante três dias e três noites contra suas janelas. De maneira que passou muito tempo até aprender que os vermes eram na realidade as larvas dos pernilongos, mas aprendeu para nunca mais esquecer, porque desde então compreendeu que não só eles como muitas outras alminhas danadas podiam passar intactos através dos nossos ingênuos filtros de pedra.

À água das cisternas se atribuiu durante muito tempo, e com muita honra, a hérnia do escroto que tantos homens da cidade suportavam não só sem pudor como inclusive com certa insolência patriótica. Quando Juvenal Urbino ia à escola primária não conseguia reprimir um arrepio de horror ao ver os potrosos sentados à porta de suas casas nas tardes de calor, abanando o testículo enorme como se tivessem uma criança adormecida entre as pernas. Dizia-se que a hérnia emitia um pio de pássaro lúgubre nas noites de tempestade e se retorcia com uma dor insuportável se queimavam por perto uma pena de urubu, mas ninguém se queixava de tais percalços porque uma hérnia grande e bem tratada se ostentava antes de mais nada como um apanágio de homem. Quando o doutor Juvenal Urbino voltou da Europa já conhecia muito bem a falácia científica de tais crendices, mas estavam tão arraigadas na superstição local que muitos se opunham ao enriquecimento mineral da água das cisternas por temerem tirar dela a virtude de causar uma hérnia nobilitante.

Tanto quanto com as impurezas da água, alarmava-se o doutor Juvenal Urbino com o estado higiênico do mercado público, um vasto descampado fronteiro à baía das Ânimas, onde atracavam os veleiros das Antilhas. Um viajante ilustre da época o descreveu como um dos mais variados do mundo. Era rico, sem dúvida, profuso e ruidoso, mas era também talvez o mais assustador. Assentava-se em sua própria cloaca, à mercê das veleidades da maré, e era ali que os arrotos da baía devolviam à terra as imundícies dos esgotos. Também se atiravam ali os restos do matadouro contíguo, cabeças decepadas, vísceras podres, e esterco de animais, que ficavam boiando ao sol e ao sereno num pântano de sangue. Os urubus os disputavam com os ratos e os cachorros numa contenda perpétua, entre os veados e os capões saborosos que vinham de Sotavento e se dependuravam nos barrotes dos barracões, e os legumes primaveris de Arjona expostos em cima de esteiras, no chão. O doutor Juvenal Urbino queria sanear o lugar, queria que pusessem o matadouro em outra parte, que construíssem um mercado coberto com cúpulas de vidraças como o que conhecera nas antigas feiras de Barcelona, onde as provisões eram tão vistosas e limpas que dava para comê-las. Mas mesmo os mais compreensivos dos seus amigos notáveis se compadeciam de sua paixão ilusória. Eram assim: passavam a vida proclamando o orgulho de sua origem, os méritos históricos da cidade, o valor de suas relíquias, seu heroísmo e sua beleza, mas eram cegos ao caruncho dos anos. Enquanto que o doutor Juvenal Urbino lhe tinha amor bastante para vê-la com os olhos da verdade.

— Muito nobre será esta cidade — dizia — se há quatrocentos anos procuramos acabar com ela e ainda não conseguimos.

Estavam quase, no entanto. A epidemia de cólera morbo, cujas primeiras vítimas tombaram fulminadas nos charcos do mercado, causara em onze semanas a maior mortandade da nossa história. Até então, alguns mortos insignes eram sepultados debaixo das lajes das igrejas, na vizinhança esquiva dos arcebispos e dignitários, e os menos ricos eram enterrados nos pátios dos conventos. Os pobres iam para o cemitério colonial, numa colina ventosa separada da cidade por um canal de águas áridas, cuja ponte de argamassa tinha uma marquise com um letreiro esculpido por ordem de algum prefeito clarividente: *Lasciate ogni speranza voi ch'entrate*. Nas duas primeiras semanas do cólera o cemitério transbordou, e não ficou um único lugar nas igrejas, apesar de haverem passado ao ossuário comum os restos carcomidos de numerosos próceres sem nome. O ar da catedral ficou rarefeito com os vapores das criptas mal lacradas, e suas portas só vieram a se abrir três anos depois, por volta da época em que Fermina Daza viu Florentino Ariza de perto pela primeira vez na missa do galo. Na terceira semana o claustro do convento de Santa Clara ficou à cunha até nas alamedas, e foi preciso habilitar como cemitério o horto da comunidade, que era duas vezes maior. Ali escavaram sepulturas profundas para enterrar em três níveis, às pressas e sem caixões, mas foi preciso desistir delas porque o solo revolvido ficou feito uma esponja que ressumava debaixo dos pés uma sangueira nauseabunda. Determinou-se então prosseguir com os enterramentos em A Mão de Deus, uma fazenda de gado de corte a menos de uma légua da cidade, que mais tarde foi consagrada como Cemitério Universal.

A partir do momento em que se afixou o édito do cólera, no quartel da guarnição local começou o disparo de um tiro de canhão a cada quarto de hora, de dia e de noite, de acordo com a superstição cívica de que a pólvora purificava o ambiente. O cólera se encarniçou muito mais contra a população negra, por ser a mais numerosa e pobre, mas na realidade não teve contemplação com cores nem linhagens. Parou de chofre como havia começado, e nunca se soube o número de suas vítimas, não porque fosse impossível estabelecê-lo, e sim porque uma de nossas virtudes corriqueiras era o pudor das próprias desgraças.

O doutor Marco Aurélio Urbino, pai de Juvenal, foi um herói civil daqueles dias infaustos, e também sua vítima mais notável. Por determinação oficial concebeu e dirigiu em pessoa a estratégia sanitária, mas de sua própria iniciativa acabou por intervir em todos os assuntos da ordem social, a ponto de que nos instantes mais críticos da peste não parecia existir nenhuma autoridade mais alta do que a sua. Anos depois, revendo a crônica daqueles dias, o doutor Juvenal Urbino comprovou que o método do pai tinha sido mais caritativo do que científico, e que de muitas maneiras era contrário à razão, favorecendo assim em grande parte a voracidade da peste. Fez essa constatação com a compaixão dos filhos que a vida foi convertendo pouco a pouco em pais dos próprios pais, e pela primeira vez doeu-lhe não ter estado ao lado do seu na solidão dos erros que cometeu. Mas não lhe regateou os méritos: a diligência e a abnegação, e sobretudo sua valentia pessoal, tornaram-no digno das muitas homenagens que lhe prestaram quando a cidade se restabeleceu do desastre, e seu nome se inseriu com justiça entre os de tantos outros próceres de outras guerras menos recomendáveis.

Não desfrutou sua glória. Quando reconheceu em si mesmo os transtornos irreparáveis que tinha visto e lamentado nos outros, sequer tentou travar uma batalha inútil, limitando-se a se afastar do mundo para não contaminar ninguém. Fechado sozinho num quarto de serviço do Hospital da Misericórdia, surdo ao chamado dos colegas e à súplica dos seus, alheio ao horror dos pestíferos que agonizavam no assoalho dos corredores apinhados, escreveu à esposa e aos filhos uma carta de amor febril, de gratidão por haver existido, na qual revelava quanto e com quanta avidez amara a vida. Foi um adeus de vinte folhas desatinadas nas quais se notavam os progressos do mal pelo declínio da escrita, e não era preciso ter conhecido quem escrevera aquilo para saber que a assinatura foi colocada ali com o último suspiro. De acordo com suas disposições, o corpo cinzento se confundiu no cemitério comum, e não foi visto por ninguém entre os que o haviam amado.

O doutor Juvenal Urbino recebeu o telegrama três dias depois em Paris, durante um jantar de amigos, e fez um brinde com champanha à memória do pai. Disse: "Era um homem bom." Mais tarde haveria de criticar a si mesmo por sua falta de maturidade: negaceava com a realidade para não chorar. Mas três semanas depois recebeu uma cópia da carta póstuma, e então se rendeu à verdade. De um só golpe revelou-se a ele a imagem do homem que conhecera antes de qualquer outro, que o havia criado e instruído e havia dormido e fornicado trinta e dois anos com sua mãe, e que no entanto, antes da última carta, nunca se mostrara tal como era de corpo e alma, por timidez pura e simples. Até então o doutor Juvenal Urbino e sua família tinham concebido a morte como um percalço que acontecia aos outros, aos pais dos outros, aos irmãos e cônjuges alheios e nunca aos próprios. Eram pessoas de vidas lentas, às quais ninguém via envelhecer, nem adoecer e morrer, que se desvaneciam aos poucos no seu tempo, transformando-se em lembranças, brumas de outra época, até serem assimiladas pelo esquecimento. No entanto, uma de suas lembranças mais antigas, talvez dos nove anos, dos onze anos talvez, era de certo modo um sinal prematuro da morte através do seu pai. Tinham ficado os dois no escritório da casa uma tarde chuvosa, ele desenhando calhandras e girassóis com giz de cor nos ladrilhos do chão, e o pai lendo contra a luz da janela, colete desabotoado e braçadeiras de elástico nas mangas da camisa. De repente interrompeu a leitura para coçar as costas com um coçador de cabo comprido e mãozinha de prata na ponta. Como não conseguiu, pediu ao filho que o coçasse com as unhas, o que ele fez com a sensação curiosa de não sentir o próprio corpo sendo coçado. Quando parou o pai o olhou por cima do ombro com um sorriso triste.

— Se eu caísse morto agora — disse — você mal se lembraria de mim quando tivesse minha idade.

Disse isto sem qualquer motivo visível, e o anjo da morte flutuou um instante na penumbra fresca do escritório, e tornou a sair pela janela deixando ao passar um rastro de penas, mas o menino não as viu. Mais de vinte anos haviam passado desde então, e Juvenal Urbino ia ter em breve a idade que tinha o pai aquela tarde. Sabia-se idêntico a ele, e à consciência disso se somava agora a consciência surpreendente de ser tão mortal quanto ele.

O cólera se transformou em obsessão. Não sabia a respeito mais do que aprendera na rotina de algum curso marginal, e lhe parecera inverossímil que há apenas trinta anos tivesse causado na França, inclusive em Paris, mais de cento e quarenta mil mortes. Mas depois da morte do pai aprendeu tudo que se podia aprender sobre as diversas formas do cólera, quase como uma penitência para dar descanso à sua memória, e foi aluno do epidemiólogo mais destacado do seu tempo e criador dos cordões sanitários, o professor Adrien Proust, pai do grande romancista. De modo que quando voltou à sua terra e sentiu vinda do mar a pestilência do mercado, e viu os ratos nos esgotos expostos e os meninos se revolvendo nus nas poças das ruas, não só compreendeu que a desgraça tivesse acontecido como teve a certeza de que se repetiria a qualquer momento.

Não passou muito tempo. Antes de um ano, seus alunos do Hospital da Misericórdia lhe pediram que os ajudasse com um enfermo indigente que apresentava uma estranha coloração azul em todo o corpo. Bastou ao doutor Juvenal Urbino vê-lo da porta para reconhecer o inimigo. Mas a sorte ajudou: o doente tinha chegado três dias antes numa goleta de Curaçau e tinha ido à consulta externa do hospital por seus próprios meios, não parecendo provável que houvesse contaminado ninguém. Por via das dúvidas, o doutor Juvenal Urbino preveniu os colegas, conseguiu que as autoridades transmitissem o alarma aos portos vizinhos com o fim de localizar e pôr em quarentena a goleta empestada, e teve que moderar o chefe militar da praça, que queria decretar a lei marcial a aplicar de pronto a terapêutica do tiro de canhão a cada quarto de hora.

— Economize a pólvora para quando venham os liberais — lhe disse com bom humor. — Não estamos mais na Idade Média.

O doente morreu quatro dias depois, sufocado por um vômito branco e granuloso, mas nas semanas seguintes não se descobriu nenhum outro caso, apesar do alerta constante. Pouco depois, o *Diário do Comércio* publicou a notícia de que duas crianças tinham morrido de cólera em diferentes lugares da cidade. Comprovou-se que uma delas tinha disenteria comum, mas a outra, uma menina de cinco anos, parecia ter sido, com efeito, vítima do cólera. Seus pais e três irmãos foram separados e postos de quarentena individual, e todo o bairro foi submetido a uma vigilância médica estrita. Uma das crianças contraiu o cólera e se recuperou muito depressa, e toda a família voltou para casa quando passou o perigo. Onze casos mais se registraram no curso de três meses, e no quinto houve um recrudescimento alarmante, mas no final do ano considerou-se que os riscos de uma epidemia tinham sido conjurados. Ninguém pôs em dúvida que o rigor sanitário do doutor Juvenal Urbino, mais do que a eficiência de sua pregação, tinha tornado possível o prodígio. Desde então, e quando já avançara muito este século, o cólera ficou endêmico não só na cidade como em quase todo o litoral do Caribe e a bacia do Madalena, sem tornar a recrudescer como epidemia. O alarma serviu para que as advertências do doutor Juvenal Urbino fossem atendidas com mais seriedade pelo poder público. Foi imposta a cátedra obrigatória do cólera e da febre amarela, e reconheceu-se a urgência de cobrir os esgotos e construir um mercado distante do despejo do lixo. Contudo, o doutor Urbino não se preocupou na ocasião em proclamar vitória nem se sentiu com ânimo de perseverar em suas missões sociais, porque ele mesmo tinha então uma asa quebrada, aturdido e disperso, e decidido a mudar tudo e a esquecer tudo mais na vida frente ao relâmpago de amor de Fermina Daza.

Foi, em verdade, fruto de um equívoco clínico. Um médico amigo, que julgou vislumbrar os sintomas premonitórios do cólera numa paciente de dezoito anos, pediu ao doutor Juvenal Urbino que fosse visitá-la. Foi na mesma tarde, alarmado pela possibilidade de que a peste tivesse entrado no santuário da cidade velha, já que todos os casos até então tinham ocorrido nos bairros marginais, e quase todos entre a população negra. Encontrou outras surpresas menos ingratas. A casa, à sombra das amendoeiras do parque dos Evangelhos, vista de fora parecia tão arruinada como as outras do recinto colonial, mas dentro dela havia uma ordem de beleza e uma luz atônita que parecia de outra idade do mundo. O saguão dava direto num pátio sevilhano, quadrado e branco de cal recente, com laranjeiras floridas e o piso empedrado com os mesmos azulejos das paredes. Havia um rumor invisível de água contínua, potes de cravos nas cornijas e gaiolas de pássaros raros nas arcadas. Os mais raros, numa gaiola muito grande, eram três corvos que ao sacudir as asas saturavam o pátio de um perfume equívoco. Vários cães acorrentados em algum lugar da casa começaram logo a ladrar, enlouquecidos pelo cheiro do estranho, mas um grito de mulher os fez calar na hora, e numerosos gatos saltaram de todos os cantos e se esconderam entre as flores, assustados pela autoridade da voz. Então se fez um silêncio tão diáfano que através da desordem dos pássaros e das sílabas da água na pedra se percebia o alento desolado do mar.

Abalado pela certeza da presença física de Deus, o doutor Juvenal Urbino pensou que uma casa como aquela era imune à peste. Seguiu Gala Placídia pelo corredor de arcos, passou pela janela do quarto de costura onde Florentino Ariza viu pela primeira vez Fermina Daza, quando o pátio estava ainda em escombros, subiu pelas escadas de mármores novos até o segundo andar, e esperou ser anunciado antes de entrar no quarto da doente. Mas Gala Placídia tornou a sair com um recado:

— A senhorita disse que não pode entrar agora porque seu pai não está em casa.

Por isso voltou às cinco da tarde, de acordo com a indicação da criada, e Lorenzo Daza em pessoa lhe abriu o portão e o conduziu até o quarto da filha. Ficou sentado na penumbra dum canto do quarto, com os braços cruzados e fazendo esforços vãos para dominar a respiração penosa, enquanto durou o exame. Não era fácil saber quem estava mais constrangido, se o médico com seu tato pudico ou a enferma com seu recato de virgem dentro do camisolão de seda, mas nenhum olhou o outro nos olhos, enquanto ele fazia perguntas com voz impessoal e ela respondia com voz trêmula, ambos pendentes do homem sentado na penumbra. Por fim o doutor Juvenal Urbino pediu à doente que se sentasse, e lhe abriu a camisola até a cintura com mil cuidados: o peito intacto e altivo, de bicos infantis, resplandeceu um instante feito uma labareda nas sombras da alcova, antes que ela se apressasse a ocultá-lo com os braços cruzados. Imperturbável, o médico lhe afastou os braços sem olhá-la, e fez a auscultação direta com a orelha contra a pele, primeiro o peito e depois as costas.

O doutor Juvenal Urbino costumava contar que não experimentou nenhuma emoção quando conheceu a mulher com quem havia de viver até o dia da morte. Lembrava a camisola azul clara com bainha de renda, os olhos febris, o cabelo comprido, solto sobre os ombros, mas estava tão obnubilado pela irrupção da peste no quarteirão colonial que não reparou em nada do muito que tinha ela de adolescente em flor, concentrado no mais íntimo que pudesse ter de empestada. Ela foi mais explícita: o jovem médico de quem tanto ouvira falar a propósito do cólera lhe pareceu um pedante incapaz de amar qualquer pessoa além dele mesmo. O diagnóstico foi uma infecção intestinal de origem alimentar que cedeu com um tratamento caseiro de três dias. Aliviado com a constatação de que a filha não contraíra o cólera, Lorenzo Daza acompanhou o doutor Juvenal Urbino até o estribo do carro, pagou-lhe o peso ouro da visita que lhe pareceu excessivo mesmo para um médico de gente rica, mas dele se despediu com demonstrações exageradas de gratidão. Estava deslumbrado com o esplendor dos seus nomes de família, e não só não o disfarçava como teria feito qualquer coisa que fosse para vê-lo outra vez, e em circunstâncias menos formais.

O caso devia dar-se por encerrado. Contudo, na terça-feira da semana seguinte, sem ser chamado e sem se anunciar de qualquer forma, o doutor Juvenal Urbino lá voltou à hora inoportuna de três da tarde. Fermina Daza estava no quarto de costura, tendo uma lição de pintura a óleo junto com duas amigas, quando ele apareceu à janela de sobrecasaca branca, imaculada, e o chapéu também branco, de copa alta, e lhe fez sinal para que se aproximasse. Ela pôs o bastidor na cadeira e se dirigiu à janela caminhando na ponta dos pés com a cauda do vestido levantada até os tornozelos para que não arrastasse. Usava um diadema com uma pequena joia pendente da testa, de luminosa pedra da mesma cor fugidia dos seus olhos, e ela toda exalava uma aura de frescor. Chamou a atenção do médico que ela se vestisse para pintar em casa como se fosse a uma festa. Tomou-lhe o pulso do lado de fora da janela, fez com que mostrasse a língua, examinou-lhe a garganta com uma espátula de alumínio, olhou por dentro a parte inferior da pálpebra, fazendo de cada vez um gesto de aprovação. Estava menos constrangido do que na visita anterior, mas ela mais, por não entender a razão daquele exame imprevisto, quando ele próprio tinha dito que não voltaria a menos que o chamassem devido a alguma novidade. E havia outra coisa: não queria tornar a vê-lo nunca mais. Quando terminou o exame, o médico guardou a espátula na maleta atulhada de instrumentos e vidros de remédio, e fechou-a com um golpe seco.

— Está como uma rosa recém-nascida — disse ele.

— Obrigada.

— Agradeça a Deus — disse ele, e citou São Tomás mal: — Lembre que tudo que é bom, venha de onde vier, provém do Espírito Santo. Gosta de música?

Fez a pergunta com um sorriso encantador, de um modo natural, mas ela não retribuiu.

— Qual o motivo da pergunta? — perguntou por sua vez.

— A música é importante para a saúde — disse ele.

Acreditava mesmo, e ela ia ver muito em breve e pelo resto da vida que o tema da música era quase uma fórmula mágica que ele usava para propor uma amizade, mas naquele momento ela entendeu que era uma brincadeira. Além disso, as duas amigas que tinham fingido pintar enquanto eles conversavam na janela deram umas risadinhas abafadas e taparam a cara com os bastidores, o que acabou de desorientar Fermina Daza. Cega de fúria, bateu a janela com um golpe seco. O médico, perplexo diante das cortininhas de renda, virou-se e procurou o caminho do portão, mas se enganou de rumo, e na sua atrapalhação deu com a gaiola dos corvos perfumados. Estes lançaram uns pios vis, voejaram assustados, e a roupa do médico se impregnou de um cheiro de mulher. O trovão da voz de Lorenzo Daza pregou-o no lugar em que estava:

— Doutor: espere aí.

Avistara-o do andar de cima e descia as escadas abotoando a camisa, balofo e rubicundo, as suíças ainda revoltas devido a um sonho mau da sesta. O médico tentou dominar a situação.

— Acabo de dizer à sua filha que está feito uma rosa.

— E tem razão — disse Lorenzo Daza — mas com espinhos demais.

Passou junto do doutor Urbino sem cumprimentá-lo. Empurrou as duas folhas da janela do quarto de costura e gritou bronco para a filha:

— Venha pedir desculpas ao doutor.

O médico quis intervir para impedi-lo, mas Lorenzo Daza não lhe deu atenção. Insistiu: "Depressa." Ela olhou as amigas com uma súplica recôndita de compreensão, e respondeu ao pai que não tinha de que se desculpar, pois só tinha fechado a janela para impedir que continuasse entrando o sol. O doutor Urbino procurou justificar essas razões, mas Lorenzo Daza persistiu na ordem. Então Fermina Daza voltou à janela, pálida de raiva, e adiantando o pé direito enquanto levantava a cauda do vestido com a ponta dos dedos, fez ao médico uma reverência teatral.

— Apresento-lhe minhas mais humildes desculpas, cavalheiro — disse.

O doutor Juvenal Urbino a imitou de bom humor, fazendo com o chapéu de copa alta uma mesura de mosqueteiro, mas não obteve o sorriso de piedade que esperava. Lorenzo Daza o convidou então a tomar no escritório um café de desagravo, e ele aceitou grato, para que não houvesse nenhuma dúvida de que não lhe ficava na alma qualquer resquício de ressentimento.

A verdade era que o doutor Juvenal Urbino não tomava café, a não ser uma xícara em jejum. Também não tomava álcool, salvo um copo de vinho com a comida em ocasiões solenes, mas não só tomou o café que lhe ofereceu Lorenzo Daza como aceitou além disso um cálice de aguardente de anis. Depois aceitou outro café e outro cálice, e depois outro e outro, apesar de ter ainda algumas visitas a fazer. A princípio escutou com atenção as desculpas que Lorenzo Daza continuava a dar em nome da filha, que definiu como menina inteligente e séria, digna de um príncipe daqui ou de qualquer parte, e cujo único defeito, segundo disse, era seu caráter de mula. Mas depois do segundo cálice julgou ouvir a voz de Fermina Daza no fundo do pátio, e sua imaginação foi atrás dela, perseguiu-a pela noite recente da casa enquanto acendia as luzes do corredor, fumigava os quartos de dormir com a bomba de inseticida, destapava no fogão a panela da sopa que ia tomar essa noite com o pai, ele e ela sós à mesa, sem erguer a vista, sem sorver a sopa para não quebrar o encanto do rancor, até que ele acabasse por se render e pedir perdão pelo rigor que tivera à tarde.

O doutor Urbino conhecia bastante as mulheres para saber que Fermina Daza não passaria pelo escritório enquanto ele não fosse embora, mas deixava-se ficar porque sentia que o orgulho ferido não lhe daria paz depois das afrontas dessa tarde. Lorenzo Daza, já quase bêbado, não parecia notar sua falta de atenção, pois se bastava a si mesmo com sua loquacidade indomável. Falava à rédea solta, mastigando a ponta do charuto apagado, tossindo aos gritos, escarrando, acomodando-se a duras penas na poltrona giratória cujas molas soltavam gemidos de animal no cio. Tinha bebido três cálices para cada um do convidado, e só fez uma pausa ao perceber que já não se viam um ao outro e se levantou para acender a lâmpada. O doutor Juvenal Urbino o olhou de frente com a nova luz, viu que tinha um olho torto feito olho de peixe e que suas palavras não correspondiam ao movimento dos lábios, e achou que eram alucinações suas por abusar do álcool. Então se levantou com a sensação fascinante de que estava dentro de um corpo que não era o seu e sim o de alguém que continuava sentado no assento onde ele estava, e teve que fazer um grande esforço para não perder a razão.

Passava das sete quando saiu do escritório precedido de Lorenzo Daza. Havia lua cheia. O pátio transfigurado pelo anis flutuava no fundo de um aquário, e as gaiolas cobertas com panos pareciam fantasmas adormecidos debaixo do odor quente de flores desabrochadas. A janela da sala de costura estava aberta, e havia uma candeia acesa na mesa de trabalho, e os quadros por terminar estavam nos cavaletes como numa exposição. "Onde está você que não está", disse o doutor Urbino ao passar, mas Fermina Daza não o ouviu, não podia ouvi-lo, porque chorava de raiva no quarto, largada de borco na cama e esperando o pai para lhe cobrar a humilhação da tarde. O médico não renunciava à ilusão de se despedir dela, mas Lorenzo Daza não mencionou tal coisa. Relembrou com saudade a marcha inocente do seu pulso, sua língua de gata, suas amígdalas suaves, mas desanimou-o a ideia de que ela não queria vê-lo nunca mais nem permitiria que ele o tentasse. Quando Lorenzo Daza entrou no saguão, os corvos acordados debaixo dos lençóis emitiram pios fúnebres. "Arrancarão teus olhos", disse o médico em voz alta, pensando nela, e Lorenzo Daza se voltou para perguntar o que é que ele tinha dito.

— Não fui eu — ele disse. — Foi o anis.

Lorenzo Daza acompanhou-o até o carro se esforçando para fazê-lo receber o peso em ouro da segunda visita, mas ele não aceitou. Deu instruções corretas ao cocheiro para que o levasse até a casa de dois dos doentes que lhe faltava ver, e subiu ao carro sem ajuda. Mas começou a se sentir mal com os solavancos nas ruas empedradas, por isso mandou o cocheiro mudar de rumo. Olhou-se por um instante no espelho do carro e viu que também sua imagem continuava pensando em Fermina Daza. Deu de ombros. Afinal soltou um arroto, inclinou a cabeça contra o peito e adormeceu, e no sono começou a ouvir os sinos do luto. Ouviu primeiro os da catedral, e depois os de todas as igrejas, uma após outra, até o som de metal rachado de São Julião o Hospitaleiro.

— Merda — murmurou dormindo — morreram os mortos.

Sua mãe e suas irmãs estavam jantando café com leite e bolinhos na mesa de festa da sala de jantar principal, quando o viram assomar à porta com o rosto desfeito e todo ele desmoralizado pelo perfume de putas dos corvos. O sino maior da catedral contígua ressoava na imensa cisterna da casa. A mãe lhe perguntou alarmada onde se havia metido, pois o haviam procurado em toda parte para que atendesse ao general Ignacio Maria, último neto do Marquês de Jaraíz de la Vera, derrubado à tarde por uma congestão cerebral: era por ele que os sinos dobravam. O doutor Juvenal Urbino escutou a mãe sem ouvi-la, apoiado no umbral da porta, em seguida deu meia-volta, procurando chegar ao seu quarto, mas caiu de bruços numa explosão de vômitos de anis estrelado.

— Maria Santíssima — gritou sua mãe. — Coisa muito estranha deve ter acontecido para que você se apresente em casa nesse estado.

O mais curioso, contudo, não tinha acontecido ainda. Aproveitando a visita do conhecido pianista Romeo Lussich, que tocou um ciclo de sonatas de Mozart logo que a cidade se refez do luto do general Ignacio Maria, o doutor Juvenal Urbino fez subir o piano da Escola de Música numa carreta de mulas, e levou até Fermina Daza uma serenata que marcou época. Ela acordou com os primeiros compassos e não teve que assomar aos rendilhados do balcão para saber quem era o promotor daquela homenagem insólita. Só lamentou não ter a coragem de outras donzelas geniosas que tinham esvaziado o urinol na cabeça do pretendente indesejável. Lorenzo Daza, em compensação, vestiu-se às carreiras no transcurso da serenata, e no fim fez entrar na sala de visitas o doutor Juvenal Urbino e o pianista, ainda enfarpelados no traje de rigor do concerto, e agradeceu-lhes a serenata com um copo de bom conhaque.

Fermina Daza percebeu em breve que o pai estava procurando amolecer seu coração. No dia seguinte da serenata tinha dito, de modo casual: "Imagine só como se sentiria sua mãe se soubesse que você é requestada por um Urbino de la Calle." Ela replicou com secura: "Morreria de novo dentro do caixão." As amigas que pintavam com ela lhe contaram que Lorenzo Daza tinha sido convidado a almoçar no Clube Social pelo doutor Juvenal Urbino, e que este tinha sido objeto de uma notificação severa por contrariar normas do regulamento. Só então ficou sabendo também que o pai tentara várias vezes tornar-se membro do Clube Social, e em todas tinha sido barrado com uma quantidade de bolas pretas que não possibilitavam qualquer tentativa nova. Mas Lorenzo Daza absorvia humilhações com um fígado de bom bebedor, e continuou dando tratos à bola para se encontrar por acaso com Juvenal Urbino, sem perceber que era Juvenal Urbino quem fazia mais do que o possível para se deixar encontrar. Às vezes passavam horas conversando no escritório, enquanto a casa permanecia como que suspensa à margem do tempo, porque Fermina Daza não permitia que nada seguisse seu curso na vida enquanto ele não fosse embora. O Café da Paróquia foi um bom porto intermediário. Ali Lorenzo Daza deu a Juvenal Urbino lições primárias de xadrez, e ele foi um aluno tão aplicado que o xadrez se converteu num vício incurável que o perseguiu até o dia de sua morte.

Uma noite, pouco tempo depois da serenata de piano, Lorenzo Daza encontrou uma carta com o envelope lacrado no saguão da casa, dirigido à sua filha e com o monograma de J.U.C. impresso no lacre. Deslizou-a por baixo da porta ao passar diante do quarto de Fermina, e ela não entendeu como chegara até ali, pois lhe parecia inconcebível que o pai tivesse mudado ao ponto de lhe levar carta de um pretendente. Deixou-a em cima da mesa de cabeceira, sem saber de fato que fazer com ela, e ali permaneceu fechada durante vários dias, até uma tarde de chuva em que Fermina Daza sonhou que Juvenal Urbino tinha reaparecido para presenteá-la com a espátula com que lhe examinara a garganta. A espátula do sonho não era de alumínio e sim de um metal apetitoso que ela havia saboreado com deleite em outros sonhos, de modo que quebrou em duas partes desiguais, dando a ele a menor.

Ao acordar abriu a carta. Era breve e pulcra, e a única coisa que Juvenal Urbino lhe suplicava era que lhe permitisse pedir ao pai permissão para visitá-la. Impressionaram-na sua simplicidade e sua seriedade, e a raiva cultivada com tanto amor durante tantos dias se apaziguou de pronto. Guardou a carta num cofre fora de uso no fundo do baú, mas lembrou que ali guardara as cartas perfumadas de Florentino Ariza, e tirou-a do cofre para trocá-la de lugar, abalada por um sopro de vergonha. Achou então que o mais decente era dá-la como não recebida, e queimou-a na candeia, vendo como as gotas de lacre arrebentavam em borbulhas azuis sobre a chama. Suspirou: "Pobre homem." Reparou logo que era a segunda vez que dizia isso em pouco mais de um ano, e por um instante pensou em Florentino Ariza, e se surpreendeu ao ver como ele estava longe de sua vida: pobre homem.

Em outubro, com as últimas chuvas, chegaram três cartas mais, acompanhada a primeira de uma caixinha de pastilhas de violeta da Abadia de Flavigny. Duas tinham sido entregues no portão da casa pelo cocheiro do doutor Juvenal Urbino, e este cumprimentara Gala Placídia da janela do carro, primeiro para que não houvesse dúvida de que as cartas eram suas, e segundo para que ninguém pudesse lhe dizer que não tinham sido recebidas. Além disso, ambas estavam seladas com o sinete do monograma no lacre, e escritas com as garatujas crípticas que Fermina Daza já conhecia: letra de médico. Ambas diziam em substância o mesmo que a primeira, e estavam concebidas com o mesmo espírito de submissão, mas no fundo de sua decência começava a se vislumbrar uma ansiedade que nunca fora evidente nas cartas circunspectas de Florentino Ariza. Fermina Daza as leu logo que foram entregues, com duas semanas de intervalo, e sem explicá-lo a si mesma mudou de opinião quando estava a ponto de atirá-las ao fogo. Mas nem por isso pensou em respondê-las.

A terceira carta de outubro tinha sido introduzida por baixo do portão, e era em tudo diferente das anteriores. A escrita era tão pueril que sem dúvida tinha sido feita com a mão esquerda, mas Fermina Daza só se deu conta disso quando o próprio texto provou seu anonimato infame. Quem a escrevera dava como fato que Fermina Daza tinha encantado com seus filtros o doutor Juvenal Urbino, e dessa suposição tirava conclusões sinistras. Acabava com uma ameaça: se Fermina Daza não renunciasse à sua pretensão de se apropriar do homem mais cobiçado da cidade, seria exposta à vergonha pública.

Sentiu-se vítima de uma injustiça grave, mas sua reação não foi vingativa e sim o oposto: teria gostado de descobrir o autor da carta anônima para provar-lhe o erro com quantas explicações fossem pertinentes, pois estava certa de que nunca, por motivo nenhum, seria sensível aos galanteios de Juvenal Urbino. Nos dias seguintes recebeu mais duas cartas sem assinatura, tão pérfidas quanto a primeira, mas nenhuma das três parecia escrita pela mesma pessoa. Ou bem era vítima de uma conjura, ou a falsa versão dos seus amores secretos tinha ido mais longe do que se poderia supor. Inquietava-se com a ideia de que tudo aquilo fosse consequência de uma simples indiscrição de Juvenal Urbino. Ocorreu-lhe que talvez fosse homem diferente da sua aparência digna, que talvez desse com a língua nos dentes durante suas visitas e fizesse alarde de conquistas imaginárias, como tantos outros de sua classe. Pensou em escrever a ele para censurar o ultraje que fazia à sua honra, mas desistiu depois, achando que talvez fosse isso que ele queria. Procurou informar-se com as amigas que iam pintar com ela no quarto de costura, mas a única coisa que tinham ouvido eram comentários benignos sobre a serenata de piano. Sentiu-se furiosa, impotente, humilhada. Ao contrário da sua reação inicial, quando teria gostado de encontrar o inimigo invisível para convencê-lo de seus erros, agora gostaria de fazê-lo em pedaços com a tesoura de podar. Passava as noites em claro, analisando detalhes e expressões das cartas anônimas, na ilusão de encontrar o consolo de uma pista. Ilusão vã: Fermina Daza era alheia por natureza ao mundo interior dos Urbino de la Calle, e tinha armas para se defender de suas boas intenções, mas não das más.

Esta convicção se tornou ainda mais amarga depois do pavor da boneca preta que chegou às suas mãos naqueles dias sem nenhuma carta, mas cuja origem lhe pareceu fácil de imaginar: só o doutor Juvenal Urbino podia tê-la mandado. Tinha sido comprada na Martinica, de acordo com a etiqueta original, e trazia um vestido primoroso e fios de ouro no cabelo crespo, e fechava os olhos quando a deitavam. Pareceu a Fermina Daza tão divertida que dominou os escrúpulos e a deitava em seu próprio travesseiro durante o dia. Acostumou-se a dormir com ela. Passado algum tempo, porém, depois de um sono sem repouso, descobriu que a boneca estava crescendo: a linda roupa original que vestia ao chegar agora lhe deixava as coxas à mostra, e seus sapatos tinham arrebentado com a pressão dos pés. Fermina Daza ouvira falar de malefícios africanos, mas nenhum tão pavoroso como esse. Por outro lado, não podia conceber que um homem como Juvenal Urbino fosse capaz de semelhante atrocidade. Tinha razão: a boneca não tinha sido levada pelo cocheiro e sim por um vendedor ocasional de camarão, sobre quem ninguém conseguira dar uma informação certa. Procurando decifrar o enigma, Fermina Daza pensou por um momento em Florentino Ariza, cuja condição sombria a assustava, mas a vida se encarregou de convencê-la do erro. Nunca se esclareceu o mistério e sua simples evocação lhe dava um arrepio de pavor até muito depois de se haver casado, tido filhos e de se acreditar a eleita do destino: a mais feliz.

A última tentativa do doutor Urbino foi a mediação da irmã Franca de la Luz, superiora do Colégio da Apresentação da Santíssima Virgem, que não podia se esquivar aos apelos de uma família que favorecera sua comunidade desde seu estabelecimento nas Américas. Apareceu acompanhada de uma noviça às nove da manhã, e ambas precisaram se entreter com as gaiolas de pássaros enquanto Fermina Daza acabava de tomar banho. Era uma alemã viril, de timbre de voz metálico e olhar imperioso que não tinham relação nenhuma com suas paixões pueris. Não havia nada neste mundo que Fermina Daza odiasse mais do que ela, ou qualquer coisa a ver com ela, e a simples lembrança de sua falsa piedade lhe dava uma comichão de escorpiões nas entranhas. Bastou reconhecê-la da porta do banheiro para viver de novo de chofre os suplícios do colégio, o sono insuportável da missa diária, o terror dos exames, a diligência servil das noviças, a vida inteira pervertida pelo prisma da pobreza de espírito. A irmã Franca de la Luz, em compensação, cumprimentou-a com um júbilo que parecia sincero. Espantou-se de vê-la tão crescida e amadurecida, e elogiou a competência com que mantinha a casa, o bom gosto do pátio, as árvores floridas. Mandou a noviça esperá-la ali, sem se aproximar demais dos corvos, que num momento de descuido podiam lhe arrancar os olhos, e procurou um lugar afastado onde pudesse se sentar e conversar a sós com Fermina, que a convidou à sala.

Foi uma visita breve e áspera. A irmã Franca de la Luz, sem perder tempo com preâmbulos, ofereceu a Fermina Daza uma reabilitação honrosa. O motivo da expulsão seria apagado não só das atas como da memória da comunidade, o que lhe permitiria terminar os estudos e obter o diploma de Bacharel em Letras. Fermina Daza, perplexa, quis saber a razão.

— É a petição de alguém que merece tudo, e cujo único desejo é fazer você feliz — disse a freira. — Sabe quem é?

Então compreendeu. Perguntou a si mesma com que autoridade servia de emissária do amor uma mulher que lhe havia prejudicado a vida por causa de uma carta inocente, mas não se atreveu a falar assim. Disse, em resposta, que sim, que conhecia esse homem, e que ele não tinha o menor direito de se imiscuir em sua vida.

— A única coisa que implora é que você lhe permita que venha conversar cinco minutos — disse a freira. — Tenho certeza de que seu pai estará de acordo.

A raiva de Fermina Daza ficou mais intensa com a ideia de que o pai fosse cúmplice daquela visita.

— Nós nos vimos duas vezes quando estive doente — disse. — Agora não há nenhuma razão.

— Para qualquer mulher com dois dedos de juízo esse homem é um presente da Divina Providência — disse a freira.

Continuou falando de suas virtudes, de sua devoção, de sua consagração ao serviço dos aflitos. Enquanto falava tirou da manga um rosário de ouro com o Cristo talhado em marfim, e o moveu diante dos olhos de Fermina Daza. Era uma relíquia de família, antiga de mais de cem anos, talhada por um ourives de Siena e benta por Clemente IV.

— É seu — disse.

Fermina Daza sentiu a torrente do sangue que rugia em suas veias e então se atreveu.

— Não consigo entender como a senhora se presta a isso — disse — se na sua opinião o amor é pecado.

A irmã Franca de la Luz não deu mostras de ter ouvido, mas suas pálpebras se incendiaram. Continuou balançando o rosário diante dos seus olhos.

— É melhor você se entender comigo — disse — porque depois de mim vem o Senhor arcebispo, e com ele as coisas são diferentes.

— Que venha — disse Fermina Daza.

A irmã Franca de la Luz escondeu o terço de ouro na manga. Depois tirou da outra um lenço muito usado, feito uma bola, e o manteve apertado no punho, olhando Fermina de muito longe com um sorriso de comiseração.

— Pobre filha minha — suspirou —, você ainda continua pensando naquele homem.

Fermina Daza ruminou a impertinência olhando a freira sem pestanejar, olhou-a bem nos olhos, sem falar, ruminando em silêncio, até ver com infinito prazer que seus olhos de homem se anuviaram de lágrimas. Irmã Franca de la Luz as enxugou com a bola do lenço e se pôs de pé.

— Tem razão seu pai quando diz que você é uma mula — disse.

O arcebispo não foi. De maneira que o assédio teria acabado naquele dia, não fosse o fato de Hildebranda Sánchez ter vindo passar o Natal com a prima, o que mudou a vida de ambas. Foi recebida na goleta de Riohacha às cinco da manhã, em meio a uma turba de passageiros agonizantes de enjoo, mas ela desembarcou radiosa, mulher da cabeça aos pés, e com o espírito alvoroçado pela má noite no mar. Veio carregada de jacás de perus vivos e de quantos frutos brotavam em suas prósperas veigas, para que ninguém sentisse falta do que comer durante sua visita. Lisímaco Sánchez, o pai, mandava perguntar se eram necessários músicos para as festas de Natal, pois ele tinha os melhores à sua disposição, e prometia mandar mais para a frente um carregamento de fogos de artifício. Acrescentava ainda que não podia vir buscar a filha antes de março, de modo que havia tempo de sobra para se viver.

As duas primas começaram sem perda de tempo. Tomaram banho juntas desde a primeira tarde, nuas, fazendo-se abluções recíprocas com a água da banheira de pedra. Ensaboavam-se, catavam lêndeas uma na outra, comparavam as nádegas, os seios imóveis, uma se olhando no espelho da outra para avaliar com quanta crueldade o tempo as tratara desde a última vez que tinham se visto nuas. Hildebranda era grande e maciça, de pele dourada, mas todo o pelo de seu corpo era de mulata, curto e enroscado feito palha de aço. Fermina Daza, de sua parte, tinha uma nudez pálida, de linhas grandes, de pele serena, de pelos macios. Gala Placídia tinha mandado pôr duas camas iguais para as duas no quarto, mas às vezes dormiam numa só e conversavam com as luzes apagadas até raiar o dia. Fumavam uns charutões de bandido que Hildebranda tinha trazido escondidos no forro do baú, e depois tinham que queimar folhas de papel da Armênia para purificar o ar de tugúrio que deixavam no quarto. Fermina Daza tinha fumado pela primeira vez em Valledupar, e tinha continuado a fazê-lo em Fonseca, em Riohacha, onde se trancavam até dez primas num quarto a falar de homens e a fumar às escondidas. Aprendeu a fumar ao contrário, com a brasa dentro da boca, como fumavam os homens nas noites das guerras para não serem denunciados pela ponta incandescente do charuto. Mas nunca tinha fumado sozinha. Com Hildebranda na casa passou a fazê-lo todas as noites antes de dormir, e desde então adquiriu o hábito de fumar, embora sempre às escondidas, mesmo do marido e dos filhos, não só porque era malvisto que mulher fumasse em público, como porque tinha o prazer associado à clandestinidade.

A viagem de Hildebranda também tinha sido imposta pelos pais para ver se a afastavam de seu amor impossível, embora a tivessem convencido de que era para ajudar Fermina a se decidir por um bom partido. Hildebranda aceitara na esperança de enganar o esquecimento, como fizera a prima no seu momento, e combinara com o telegrafista de Fonseca para que enviasse suas mensagens sob maior sigilo. Por isso foi tão amarga sua desilusão quando soube que Fermina Daza repudiara Florentino Ariza. Além disso, Hildebranda tinha uma concepção universal do amor, e achava que qualquer coisa que acontecesse com uma pessoa afetava todos os amores do mundo inteiro. Contudo, não renunciou ao projeto. Com uma audácia que provocou em Fermina

Daza uma crise de espanto, foi sozinha à agência do telégrafo disposta a conquistar a boa vontade de Florentino Ariza.

Não o teria identificado, pois não tinha um traço que correspondesse à imagem que ela formara através de Fermina Daza. À primeira vista lhe pareceu impossível que a prima tivesse estado a ponto de enlouquecer por aquele empregado quase invisível, com um ar de cachorro batido, cuja indumentária de rabino caído em desgraça e cujas maneiras solenes não podiam alterar o coração de ninguém. Mas logo se arrependeu da primeira impressão, pois Florentino Ariza se pôs a seu serviço incondicional sem saber quem era: não soube nunca. Ninguém a teria compreendido melhor do que ele, por isso não lhe exigiu que se identificasse nem lhe pediu endereço algum. Sua solução foi muito simples: ela passaria toda quarta-feira à tarde na agência do telégrafo para que ele lhe entregasse as respostas em sua mão, e nada mais. Por outro lado, quando ele leu a mensagem que Hildebranda trazia escrita, perguntou a ela se aceitava uma sugestão, e ela concordou. Florentino Ariza fez primeiro umas correções entre linhas, suprimiu-as, tornou a escrever, ficou sem espaço, e afinal rasgou a folha e escreveu completa uma mensagem diferente que a ela pareceu enternecedora. Quando saiu do escritório do telégrafo, Hildebranda estava à beira das lágrimas.

— É feio e triste — disse a Fermina Daza — mas é todo amor.

O que mais chamou a atenção de Hildebranda foi a solidão da prima. Parecia, lhe disse, uma solteirona de vinte anos. Acostumada a uma família numerosa e dispersa, em casas onde ninguém sabia de ciência certa quantos moravam nem quem ia comer a cada refeição, Hildebranda nem podia imaginar uma moça da sua idade reduzida ao claustro da vida privada. Assim era: desde que se levantava às seis da manhã até que apagava a luz do quarto, se consagrava à perda do tempo. A vida lhe era imposta de fora. Primeiro, com os últimos galos, o leiteiro a acordava com a aldraba do portão. Depois tocava a peixeira com um caixote de pargos moribundos num leito de algas, as quitandeiras com os cestos tornados suntuosos com as hortaliças de María la Baja e as frutas de São Jacinto. Em seguida, durante todo o dia, tocavam todos: os mendigos, as moças das rifas, as irmãs de caridade, o amolador, o garrafeiro, o que comprava ouro quebrado, o que comprava papel de jornal, as falsas ciganas que se ofereciam para ler a sorte nas cartas, nas linhas da mão, na borra do café, nas águas das bacias. A semana de Gala Placídia se esvaía no abrir e fechar do portão para dizer que não, volte outro dia, ou gritando da sacada já sem paciência que não amolem mais, porra, que já compramos tudo que não tinha na casa. Substituíra tia Escolástica com tanto fervor e tanta graça que Fermina a confundia com a outra até para gostar mais dela. Tinha obsessões de escrava. Logo que encontrava um tempo livre ia para o quarto de serviço passar a roupa branca, que deixava perfeita, que guardava nos armários com flores de alfazema, e não só passava e dobrava a que acabava de lavar como também a que tivesse perdido seu esplendor pela falta de uso. Com o mesmo cuidado continuava conservando o vestuário de Fermina Sánchez, mãe de Fermina, morta quatorze anos antes. Mas era Fermina Daza quem tomava as decisões. Resolvia o que se havia de comer, o que se havia de comprar, o que se tinha que fazer em cada caso, e desta forma determinava a vida de uma casa que na realidade não tinha nada que determinar. Quando acabava de lavar as gaiolas e pôr a comida dos pássaros, e de ver que nada faltasse às flores, ficava sem rumo. Muitas vezes, depois de ser expulsa do colégio, adormeceu na hora da sesta e só foi acordar no dia seguinte. As aulas de pintura eram apenas uma forma mais entretida de perder o tempo.

As relações com o pai careciam de afeto desde o exílio de tia Escolástica, embora ambos tivessem encontrado o modo de viver juntos sem se atrapalhar. Quando ela se levantava, ele já tinha ido aos seus negócios. Poucas vezes faltava ao rito do almoço, embora quase nunca comesse, pois lhe bastavam os aperitivos e os acepipes galegos do Café da Paróquia. Tampouco jantava: deixavam sua porção na mesa, toda num prato só e tapada com outro, embora soubessem que ele só a comeria no dia seguinte requentada na hora do café. Uma vez por semana dava à filha o dinheiro da despesa, que ele calculava muito bem e que ela administrava com rigor, mas atendia com gosto a qualquer pedido que ela fizesse para gastos imprevistos. Nunca lhe regateava um vintém, nunca lhe pedia contas, mas ela se comportava como se tivesse que prestá-las perante o tribunal do Santo Ofício. Nunca lhe falara da índole ou estado dos seus negócios, nunca a levara a conhecer seus escritórios do porto, que estavam num lugar vedado a senhoritas decentes mesmo que acompanhadas do pai. Lorenzo Daza não chegava a casa antes das dez da noite, que era a hora do toque de recolher nas épocas menos críticas das guerras. Ficava até essa hora no Café da Paróquia, jogando o que fosse, porque era especialista em todos os jogos de salão, além de bom professor deles. Sempre entrou em casa em seu perfeito juízo, sem despertar a filha, apesar de tomar a primeira pinga de anis ao acordar e de continuar mastigando a ponta do charuto apagado e tomando tragos espaçados durante o resto do dia. Uma noite, contudo, Fermina percebeu que ele entrava. Ouviu seus passos de cossaco nas escadas, ouviu seu arquejo enorme no corredor do segundo andar, seus golpes com a palma da mão na porta do quarto. Ela lhe abriu a porta, e pela primeira vez se assustou com seu olho torto e o engrolamento de suas palavras.

— Estamos na ruína — disse ele. — Ruína total, pode ficar sabendo.

Foi tudo que disse, e nunca mais tornou a dizê-lo nem aconteceu nada que indicasse se dissera a verdade, mas depois daquela noite Fermina Daza ficou consciente de que estava só no mundo. Vivia num limbo social. Suas antigas companheiras de colégio estavam num céu proibido para ela, muito mais ainda depois da desonra da expulsão, mas nem por isso ela era vizinha dos vizinhos, porque estes a haviam conhecido sem passado e com o uniforme da Apresentação da Santíssima Virgem. O mundo de seu pai era de traficantes e estivadores, de refugiados de guerras no albergue público do Café da Paróquia, de homens sós. No último ano, as aulas de pintura haviam aliviado um pouco sua reclusão, porque a professora preferia as aulas coletivas e costumava trazer outras alunas ao quarto de costura. Mas eram moças de condições sociais dispersas e mal definidas, e para Fermina Daza não passavam de amigas emprestadas cujo afeto acabava com cada aula. Hildebranda queria abrir a casa, ventilá-la, trazer os músicos e os foguetes e fogueteiros de seu pai e fazer um baile de carnaval cujas ventanias varressem o desânimo e as traças que roíam a vida da prima, mas em pouco tempo percebeu que seus propósitos eram inúteis. Por uma razão simples: não havia com quem.

De qualquer maneira, foi ela quem a pôs a viver. À tarde, depois das aulas de pintura, ela se fazia levar à rua para conhecer a cidade. Fermina Daza lhe mostrou o caminho que fazia todos os dias com tia Escolástica, o banco da pracinha onde Florentino Ariza fingia ler para esperá-la, as ruelas por onde a seguia, os esconderijos das cartas, o palácio sinistro que abrigara o cárcere do Santo Ofício, e que depois tinha sido restaurado e convertido no Colégio da Apresentação da Santíssima Virgem, que ela odiava com toda a sua alma. Subiram a colina do cemitério dos pobres, onde Florentino Ariza tocava violino segundo o rumo dos ventos para que ela o escutasse na cama, e dali viram inteira a cidade histórica, os telhados quebrados e os muros carcomidos, os escombros das fortalezas entre os matagais, a fileira de ilhas na baía, os barracões da miséria ao redor dos pântanos, o Caribe imenso.

Na noite de Natal, foram à missa do galo na catedral. Fermina ocupou o assento onde lhe chegava melhor a música confidencial de Florentino Ariza, e mostrou à prima o lugar exato em que uma noite como aquela tinha visto de perto pela primeira vez seus olhos espantados. Arriscaram--se sozinhas até o Portal dos Escrivães, compraram doces, se divertiram na loja dos papéis de fantasia, e Fermina Daza assinalou para a prima o lugar em que descobrira de golpe que seu amor não passava de uma miragem. Não tinha percebido ela própria que cada passo seu da casa ao colégio, cada lugar da cidade, cada instante de seu passado recente só pareciam existir por obra e graça de Florentino Ariza. Foi o que Hildebranda a fez ver, mas ela não admitiu, pois jamais reconheceria como realidade que Florentino Ariza, para o bem ou para o mal, era a única coisa que lhe acontecera na vida.

Por aqueles dias chegou um fotógrafo belga que instalou seu estúdio no Portal dos Escrivães, e quem quer que tivesse com que pagar-lhe o trabalho aproveitou a ocasião para tirar um retrato. Fermina e Hildebranda foram das primeiras. Esvaziaram o guarda-roupa de Fermina Sánchez, repartiram as roupas mais vistosas, as sombrinhas, os sapatos de festa, os chapéus, e se vestiram de damas da metade do século. Gala Placídia as ajudou a apertar os corpetes, ensinou-as a andar dentro das armações de arame das anquinhas, a calçar as luvas, a abotoar os botins de salto alto. Hildebranda preferiu um chapéu de abas grandes com penas de avestruz que lhe caíam sobre as costas. Fermina pôs um mais recente, enfeitado de frutas de gesso pintado e flores de crinolina. Acabaram troçando de si mesmas vendo-se no espelho tão semelhantes aos daguerreótipos das avós e saíram felizes, mortas de rir, para tirarem retrato de suas vidas. Gala Placídia as viu da sacada atravessando o parque com as sombrinhas abertas, se equilibrando como podiam nos saltos, e empurrando as anquinhas com o corpo inteiro feito criança aprendendo a andar com andadeiras, e lhes deu a bênção para que Deus as ajudasse em seus retratos.

Havia um tumulto diante do estúdio do belga, porque estavam fotografando Beny Centeno, que naqueles dias tinha ganhado o campeonato de boxe no Panamá. Estava de calções de luta, com as luvas calçadas e a coroa na cabeça, e não foi fácil fotografá-lo porque precisava ficar em posição de assalto durante um minuto e respirando o menos possível, mas logo que armava a guarda seus fanáticos prorrompiam em ovações, e ele não resistia à tentação de satisfazê-los exibindo suas artes. Quando chegou a vez das primas o céu nublara e a chuva parecia iminente, mas elas se deixaram enfarinhar a cara com polvilho e se apoiaram com tanta naturalidade numa coluna de alabastro que conseguiram ficar imóveis por mais tempo do que parecia racional. Foi um retrato eterno. Quando Hildebranda morreu, quase centenária em sua fazenda de Flores de Maria, encontraram sua cópia debaixo de chave no armário do quarto, escondida entre as dobras dos lençóis perfumados, junto com o fóssil de um pensamento numa carta apagada pelos anos. Fermina Daza guardou a sua muitos anos na primeira folha de um álbum de família, de onde desapareceu sem que se soubesse como, nem quando, e chegou às mãos de Florentino Ariza por uma série de casualidades inverossímeis, quando ambos já passavam dos sessenta anos.

A praça diante do Portal dos Escrivães estava apinhada até os sobrados quando Fermina e Hildebranda saíram do estúdio do belga. Tinham esquecido que suas caras estavam brancas de polvilho e os lábios pintados com uma pomada cor de chocolate, e que suas roupas não eram apropriadas nem à hora nem à época. A rua as recebeu com vaias e apupos. Estavam acuadas, procurando escapar à zombaria pública, quando abriu caminho pelo tumulto o landô dos alazães dourados. A vaia cessou e os grupos hostis debandaram. Hildebranda não esqueceria jamais a primeira visão do homem que apareceu no estribo, o casaco de seda, o colete de brocado, seus ademanes sábios, a doçura dos olhos, a autoridade da presença.

Embora nunca o tivesse visto, reconheceu-o logo. Fermina Daza tinha falado nele, quase por casualidade e sem nenhum interesse, uma tarde do mês anterior em que não tinha querido passar pela casa do Marquês de Casalduero porque o landô dos cavalos de ouro estava estacionado à porta. Disse a ela quem era o dono e procurou explicar as causas de sua antipatia, embora não dissesse palavra quanto às pretensões dele. Hildebranda esqueceu. Mas quando o identificou à porta do carro como uma aparição de fábula, um pé em terra outro no estribo, não compreendeu os motivos da prima.

— Façam-me o favor de subir — disse o doutor Juvenal Urbino. — Levo-as para onde mandarem.

Fermina Daza esboçou um gesto de dúvida, mas Hildebranda já havia aceito. O doutor Juvenal Urbino saltou, e com a ponta dos dedos, quase sem tocá-la, ajudou-a a subir no carro. Fermina, sem escolha, subiu depois dela, a cara ardendo de contrariedade.

A casa ficava a apenas três quarteirões. As primas não notaram que o doutor Urbino tivesse entrado em acordo com o cocheiro, mas deve ter sido assim, porque o carro levou mais de meia hora para chegar. Iam sentadas no assento principal, e ele diante delas, de costas para o sentido da marcha do carro. Fermina virou a cara para a janela e mergulhou no vazio. Hildebranda, em compensação, estava encantada, e o doutor Urbino mais encantado ainda com o encantamento dela. Logo que o carro se pôs a andar, ela sentiu o cheiro cálido do couro natural dos assentos, a intimidade do interior acolchoado, e disse que aquilo lhe parecia um lugar bom da gente ficar vivendo. Começaram logo a rir, a trocar chistes de velhos amigos, e acabaram no jogo de um jargão inventado, que consistia em intercalar entre cada sílaba uma sílaba convencional. Fingiam acreditar que Fermina não compreendia o que diziam, embora não só soubessem que sim como que estava presa ao que diziam, e por isso insistiam. Ao fim de um momento, depois de muito rir, Hildebranda confessou que não aguentava mais o suplício dos botins.

— Nada mais fácil — disse o doutor Urbino. — Vamos ver quem acaba primeiro.

Começou a soltar o cordão das botas, e Hildebranda aceitou o repto. Não achou fácil, por causa do corpete de varetas que não permitiam que se curvasse, mas o doutor Urbino demorou de propósito, até que ela tirou os botins de debaixo das saias com uma gargalhada de triunfo, como se acabasse de pescá-los num tanque. Ambos olharam então para Fermina, e viram seu magnífico perfil de ave mais afiado do que nunca contra o incêndio do entardecer. Estava três vezes furiosa: pela situação imerecida em que se encontrava, pela conduta libertina de Hildebranda, e pela certeza de que o carro dava voltas sem sentido para retardar a chegada. Mas Hildebranda corria sem madrinha.

— Agora estou vendo — disse — que o que me atrapalhava não eram os sapatos, e sim esta gaiola de arame.

O doutor Urbino compreendeu que se referia às anquinhas, e pegou a ocasião no voo. "Nada mais simples", disse. "Tire fora." Com um rápido passe de prestidigitador puxou o lenço do bolso e com ele vendou os olhos.

— Não estou olhando — disse.

A venda realçou a pureza dos seus lábios entre a barba redonda e negra e o bigode de guias afiadas, e ela se sentiu sacudida por uma vergastada de pânico. Olhou Fermina e agora não a viu furiosa e sim apavorada com a ideia de que ela fosse capaz de tirar a saia. Hildebranda ficou séria e lhe perguntou em linguagem de sinais: "Que fazemos?" Fermina Daza respondeu no mesmo código que se não fossem diretamente a casa se atiraria do carro em marcha.

— Estou esperando — disse o médico.

— Já pode olhar — disse Hildebranda.

O doutor Juvenal Urbino a viu diferente quando tirou a venda, e compreendeu que o jogo tinha terminado, e terminado mal. A um sinal seu o cocheiro fez o carro dar uma volta completa, e entrou na praça dos Evangelhos no momento em que o acendedor municipal acendia as luminárias. Todas as igrejas deram o ângelus. Hildebranda desceu depressa, um pouco preocupada com a ideia de ter desgostado a prima, e se despediu do médico com um aperto de mãos sem cerimônias. Fermina a imitou, mas quando quis retirar a mão com a luva de seda, o doutor Urbino lhe apertou com força o dedo médio, o do coração.

— Estou esperando sua resposta — disse.

Fermina deu então um puxão mais forte, e a luva vazia ficou pendurada da mão do médico, mas não esperou para recuperá-la. Foi se deitar sem comer. Hildebranda, como se nada houvesse acontecido, entrou no quarto depois de jantar com Gala Placídia na cozinha, e comentou com sua graça natural os incidentes da tarde. Não disfarçou seu entusiasmo pelo doutor Urbino, por sua elegância e sua simpatia, e Fermina não correspondeu com nenhum comentário, mas estava refeita do aborrecimento. A um certo momento, Hildebranda confessou: quando o doutor Juvenal Urbino vendou os olhos e ela viu o brilho dos seus dentes perfeitos entre os lábios rosados, tinha tido um desejo irresistível de comê-lo aos beijos. Fermina Daza se virou para a parede e pôs fim à conversa sem intuito de ofender, até sorrindo, mas com todo o coração.

— Que puta que você é! — disse.

Dormiu sobressaltada, vendo o doutor Juvenal Urbino em todos os cantos, vendo-o rir, cantar, despedindo chispas de enxofre pelos dentes com os olhos vendados, troçando dela numa língua sem regras fixas num carro diferente que subia até o cemitério dos pobres. Acordou muito antes de raiar o dia, exausta, e ficou acordada com os olhos fechados pensando nos anos incontáveis que ainda lhe faltavam viver. Depois, enquanto Hildebranda tomava banho, escreveu uma carta a toda pressa, dobrou-a a toda pressa, enfiou-a a toda pressa no envelope, e antes que Hildebranda saísse do banheiro mandou-a por Gala Placídia ao doutor Juvenal Urbino. Era uma carta das suas, sem uma letra a mais ou a menos, na qual só dizia que sim, doutor, que falasse com seu pai.

Quando Florentino Ariza soube que Fermina Daza ia se casar com um médico de linhagem e fortuna, educado na Europa e com uma reputação rara em sua idade, não houve força capaz de levantá-lo de sua prostração. Trânsito Ariza fez mais do que o possível para consolá-lo com atenções de noiva quando viu que ele tinha perdido a fala e o apetite e passava as noites em claro chorando sem sossego, e ao fim de uma semana conseguiu que comesse de novo. Falou então com o senhor Leão XII Loayza, o único sobrevivente dos três irmãos, e sem dizer o motivo pediu-lhe que desse ao sobrinho um emprego para fazer qualquer coisa na companhia de navegação, contanto que fosse em algum porto perdido nos matos do Madalena, onde não houvesse correio nem telégrafo, nem visse ninguém que lhe contasse nada a respeito desta cidade de perdição. O tio não lhe deu o emprego por consideração com a viúva do irmão, que mal suportava a simples existência do bastardo, mas arranjou para ele o posto de telegrafista na Vila de Leyva, uma cidade de sonho a mais de vinte dias e a quase três mil metros de altura acima do nível da Rua das Janelas.

Florentino Ariza nunca teve noção clara daquela viagem medicinal. Sempre a lembraria, assim como tudo que aconteceu naquela época, através dos cristais rarefeitos de sua desventura. Ao receber o telegrama da nomeação nem pensou em levá-lo em consideração, mas Lotário Thugut o convenceu com argumentos alemães de que um porvir radiante esperava por ele na administração pública. Disse: "O telégrafo é a profissão do futuro." Deu-lhe de presente um par de luvas forradas com pelo de coelho, um gorro das estepes e um sobretudo com gola de pele provado nos janeiros glaciais da Baviera. O tio Leão XII o presenteou com dois ternos de casimira e umas botas impermeáveis que tinham sido do irmão mais velho, e lhe deu uma passagem com camarote para o próximo navio. Trânsito Ariza reduziu as roupas às medidas do filho, que era menos corpulento que o pai e muito mais baixo que o alemão, e lhe comprou meias de lã e umas ceroulas de corpo inteiro para que não lhe faltasse nada contra os rigores do páramo. Florentino Ariza, endurecido de tanto sofrer, assistia aos preparativos da viagem como um morto teria assistido às disposições tomadas para suas exéquias. Não disse a ninguém que ia embora, não se despediu de ninguém, no mesmo hermetismo férreo com que só à mãe revelou o segredo de sua paixão reprimida, mas na véspera da viagem cometeu consciente uma última loucura do coração que bem poderia ter-lhe custado a vida. Vestiu à meia-noite seu traje de domingo e tocou em solo debaixo do balcão de Fermina Daza a valsa de amor que compusera para ela, que só eles dois conheciam, e que foi durante três anos o emblema de sua cumplicidade contrariada. Tocou-a murmurando a letra, o violino banhado em lágrimas, e com uma inspiração tão intensa que aos primeiros compassos começaram a ladrar os cachorros da rua, e em seguida os da cidade, mas depois se foram calando pouco a pouco graças ao feitiço da música, e a valsa terminou em meio a um silêncio sobrenatural. O balcão não se abriu, nem ninguém assomou à rua, nem mesmo o guarda-noturno que quase sempre acudia com sua lanterna para ver se colhia algum beneficio com as sobras das serenatas. O ato foi uma invocação de alívio para Florentino Ariza, pois quando guardou o violino na caixa e se afastou pelas ruas mortas sem olhar para trás já não achava que ia embora na manhã seguinte, e sim que tinha ido embora há muitos anos com a disposição inabalável de não voltar nunca mais.

O navio, um dos três iguais da Companhia Fluvial do Caribe, tinha sido rebatizado em homenagem ao fundador: *Pio Quinto Loayza*. Era uma casa flutuante de dois andares de madeira sobre um casco de ferro, largo e chato, com um calado máximo de cinco pés que lhe permitia evitar melhor os fundos variáveis do rio. Os navios mais antigos tinham sido fabricados em Cincinnati em meados do século, no modelo legendário dos que faziam o comércio do Ohio e Mississippi, e tinham a cada lado uma roda de propulsão movida por caldeira de lenha. Como estes, os navios da Companhia Fluvial do Caribe tinham no convés inferior, quase à tona d'água, as máquinas de vapor e as cozinhas, e os grandes cercados de galinheiro onde as tripulações dependuravam as redes, entrecruzadas em diferentes níveis. Tinham no andar superior a cabine de comando, os camarotes do capitão e seus oficiais, e uma sala de recreio e um refeitório, onde os passageiros notáveis eram convidados pelo menos uma vez para jantar e jogar cartas. No andar intermediário havia seis camarotes de primeira classe em ambos os lados de um passadiço que servia de refeitório comum, e na proa uma sala de estar aberta sobre o rio com gradis de madeira rendada e pilastras de ferro, onde dependuravam à noite suas redes os passageiros da plebe. No entanto, ao contrário dos mais antigos, estes navios não tinham as pás de propulsão a cada lado, e sim uma enorme roda na popa com pás horizontais debaixo dos reservados sufocantes do convés de passageiros. Florentino Ariza não se dera o trabalho de explorar o navio logo que subiu a bordo, um domingo de julho às sete da manhã, como faziam quase por instinto os que viajavam pela primeira vez. Só teve noção de sua nova realidade ao entardecer, navegando diante do casario de Calamar, quando foi urinar na popa e viu pela vigia do reservado a gigantesca roda de grandes tábuas girando debaixo de seus pés num estrondo vulcânico de espumas e vapores ardentes.

Nunca tinha feito uma viagem. Carregava um baú de folha com as roupas do páramo, os romances ilustrados que comprava em folhetins mensais e que ele próprio costurava em capas de papelão, e os livros de versos de amor que recitava de cor e que estavam a ponto de virar pó de tanto ser relidos. Deixara para trás o violino, que se identificava demasiado com sua desgraça, mas a mãe o obrigara a levar o chamado petate, trouxa de dormir muito popular e prática: um travesseiro, um lençol, uma bacia de estanho e um toldo de filó contra os mosquitos, tudo isso enrolado numa esteira amarrada com duas cordas de pita para se pendurar uma rede em caso de urgência. Florentino Ariza não queria levá-lo, pois achava que seria uma inutilidade num camarote que incluía o uso de camas, mas desde a primeira noite teve que agradecer uma vez mais o bom-senso da mãe. Com efeito, à última hora subiu a bordo um passageiro em traje de etiqueta que havia chegado em navio da Europa aquela madrugada, e estava acompanhado do governador da província em pessoa. Queria continuar a viagem sem perda de tempo com a esposa e a filha, e com o criado de libré e os sete baús com frisos dourados equilibrados a duras penas pelas escadas. O capitão, um gigante de Curaçau, conseguiu tocar o sentido patriótico dos naturais da terra para acomodar os viajores imprevistos. A Florentino Ariza explicou numa salada de castelhano e dialeto de Curaçau que o homem vestido a rigor era o novo ministro plenipotenciário da Inglaterra em viagem para a capital da república, lembrou que aquele reino fornecera recursos decisivos para nossa independência do domínio espanhol, e por conseguinte qualquer sacrifício era pouco para que uma família de tão alta dignidade se sentisse em nossa casa melhor do que na própria. Florentino Ariza, é claro, renunciou ao camarote.

No princípio não se queixou, pois o caudal do rio era abundante naquela época do ano, e o navio navegou sem tropeços as duas primeiras noites. Depois do jantar, às cinco da tarde, a tripulação distribuía entre os passageiros camas de armar com fundo de lona, e cada um abria a sua onde podia, a arrumava com os panos do seu petate e instalava por cima o mosquiteiro de filó. Os que tinham rede penduravam-na no salão, e os que não tinham nada dormiam em cima das mesas do refeitório e se cobriam com as toalhas de mesa que não eram mudadas mais de duas vezes durante a viagem. Florentino Ariza velava a maior parte da noite, acreditando ouvir a voz de Fermina Daza na brisa fresca do rio, apascentando a solidão com a lembrança dela, ouvindo-a cantar na respiração do navio que avançava nas trevas com passos de bicho grande, até que apareciam as primeiras franjas rosadas no horizonte e o novo dia rebentava de repente sobre campinas desertas e pântanos de névoa. A viagem lhe parecia então mais uma prova da sabedoria de sua mãe, e se sentia com ânimo de sobreviver ao esquecimento.

Ao fim de três dias de boas águas, porém, a navegação ficou mais difícil entre bancos de areia intempestivos e turbulências enganosas. O rio ficou turvo e foi estreitando mais e mais numa selva emaranhada de árvores colossais, onde só se encontrava de vez em quando uma choça de palha junto às pilhas de lenha para a caldeira dos navios. A algaravia dos louros e o escândalo dos micos invisíveis pareciam aumentar o mormaço do meio-dia. Mas de noite era preciso amarrar o navio para dormir, e então se tornava insuportável o simples fato de estar vivo. Ao calor e aos pernilongos se acrescentava o mau cheiro das tiras de carne salgada postas a secar pela balaustrada do navio. A maioria dos passageiros, sobretudo os europeus, abandonavam o podredouro dos camarotes e passavam a noite andando pelos conveses, espantando toda a classe de insetos com a mesma toalha com que secavam o suor incessante, e amanheciam exaustos e alastrados de picadas.

Além disso, naquele ano estourara mais um episódio da guerra civil intermitente entre liberais e conservadores, e o capitão tomara precauções muito severas para a ordem interna e a segurança dos passageiros. Procurando evitar equívocos e provocações, proibiu a distração favorita das viagens daquele tempo, que era atirar contra os jacarés que apanhavam sol nas praias da beira do rio. Mais adiante, quando alguns passageiros se dividiram em dois bandos inimigos no curso de uma discussão, confiscou as armas de todos com o compromisso de honra de devolvê-las ao término da viagem. Foi inflexível inclusive com o ministro britânico, que no dia seguinte à partida amanheceu vestido de caçador, com uma carabina de precisão e um fuzil de dois canos de matar tigres. As restrições se tornaram ainda mais drásticas para lá do porto de Tenerife, onde cruzaram com um navio que desfraldava a bandeira amarela da peste. O capitão não conseguiu obter nenhuma informação sobre aquele sinal alarmante, porque o outro navio não respondeu aos seus sinais. Mas nesse mesmo dia encontraram outro com carga de gado para a Jamaica, e este informou que o navio com a bandeira da peste levava dois doentes de cólera, e que a epidemia causava estragos no trecho do rio que ainda lhes faltava navegar. Então foi proibido aos passageiros deixar o navio não só nos portos seguintes como ainda nos lugares despovoados onde arribava para carregar lenha. De modo que no restante da viagem até o porto final, que durou outros seis dias, os passagelros contraíram hábitos carcerários. Entre estes, a contemplação perniciosa de um pacote de postais pornográficos holandeses que circulou de mão em mão sem que se soubesse de onde saíra, ainda que nenhum veterano do rio ignorasse que os cartões não passavam de mostruário da legendária coleção do capitão. Mas até essa distração sem futuro acabou por aumentar o tédio.

Florentino Ariza aguentou os rigores da viagem com a paciência mineral que desolava sua mãe e exasperava seus amigos. Não se relacionou com ninguém. Os dias lhe corriam fáceis enquanto se sentava junto à amurada olhando os jacarés imóveis tomando sol nas praias com as mandíbulas abertas para pegar borboletas, olhando os bandos de garças assustadas que erguiam voo nos charcos, os peixes-boi que amamentavam as crias nas grandes tetas maternais e surpreendiam os passageiros com seus prantos de mulher. Num único dia viu passarem boiando três corpos humanos, inchados e verdes, com vários urubus em cima. Passaram primeiro os corpos de dois homens, um deles sem cabeça, em seguida o de uma menina de poucos anos cujos cabelos de medusa ficaram ondulando na esteira do navio. Nunca soube, porque nunca se sabia, se eram vítimas do cólera ou da guerra, mas as exalações nauseabundas contaminaram em sua memória a lembrança de Fermina Daza.

Era sempre assim: qualquer acontecimento, bom ou mau, tinha alguma relação com ela. À noite, quando se atracava o navio e a maioria dos passageiros caminhava sem alívio pelos conveses, ele repassava quase de memória os folhetins ilustrados debaixo do lampião de gás do refeitório, que era a única luz acesa até o amanhecer, e os dramas tantas vezes relidos recobravam a magia original quando substituía os protagonistas imaginários por conhecidos seus da vida real, e reservava para ele mesmo e para Fermina Daza os papéis de amores impossíveis. Outras noites lhe escrevia cartas de angústia, cujos fragmentos espargia em seguida nas águas que corriam sem cessar para ela. E assim passava as horas mais duras, encarnado às vezes num príncipe tímido ou num paladino do amor, e por outras vezes na sua própria pele escaldada de amante esquecido, até que se levantavam as primeiras brisas e ele se punha a dormitar sentado nas poltronas da amurada.

Certa noite em que interrompeu a leitura mais cedo que de costume, dirigia-se distraído para as privadas quando uma porta se abriu ao passar ele pelo refeitório deserto, e uma mão de falcão o agarrou pela manga da camisa e o fechou num camarote. Mal chegou a sentir o corpo sem idade de uma mulher nua nas trevas, empapada em suor quente e com a respiração ofegante, que o empurrou de barriga para cima no beliche, lhe abriu a fivela do cinturão, soltou os botões e se desmembrou toda, acavalada em cima dele, e o despojou sem glória da virgindade. Ambos rolaram agonizantes no vazio de um abismo sem fundo que cheirava como um alagado de camarões. Ela se deixou ficar em seguida jazendo sobre ele, resfolegando sem ar, e deixou de existir na escuridão.

— Agora, vá embora e esqueça — disse. — Isto não sucedeu nunca.

O ataque tinha sido tão rápido e triunfante que não se podia explicá-lo como uma loucura súbita do tédio, e sim como fruto de um plano elaborado com todo o vagar e até nos seus pormenores minuciosos. Esta certeza esmagadora aumentou a ansiedade de Florentino Ariza, que no auge do gozo tinha tido uma revelação na qual não podia acreditar, que se negava mesmo a admitir, e era que o amor ilusório de Fermina Daza podia ser substituído por uma paixão terrena. Por isso se empenhou em descobrir a identidade da violadora mestra em cujo instinto de pantera encontraria talvez o remédio para sua desventura. Mas não conseguiu. Ao contrário, quanto mais aprofundava a pesquisa mais longe se sentia da verdade.

O ataque tinha sido no último camarote, mas este se comunicava com o penúltimo por uma porta intermediária, de maneira que os dois se convertiam num dormitório familiar com quatro beliches. Ali viajavam duas mulheres jovens, outra bastante mais velha mas muito atraente à vista, e uma criança de poucos meses. Haviam embarcado em

Barranco de Loba, o porto onde se recolhia a carga e os passageiros da cidade de Mompox desde que esta ficou à margem dos itinerários de vapores devido às veleidades do rio, e Florentino Ariza tinha reparado nelas porque traziam o menino adormecido dentro de uma grande gaiola de pássaros.

Viajavam vestidas como nos transatlânticos da moda, com armação debaixo das saias de seda, golas de renda e chapéus de abas grandes enfeitadas com flores de crinolina, e as duas mais moças mudavam o traje completo várias vezes por dia, de modo que pareciam carregar em si mesmas sua própria atmosfera primaveril, enquanto os demais passageiros sufocavam de calor. As três eram destras no manejo das sombrinhas e dos leques de plumas, mas com os propósitos indecifráveis das moças de Mompox da época. Florentino Ariza não conseguiu sequer precisar a relação entre elas, embora fossem sem dúvida da mesma família. A princípio achou que a mais velha podia ser mãe das outras, mas logo percebeu que não tinha idade para tanto, e além disso guardava um meio luto que as outras não compartilhavam. Não concebia que uma delas tivesse feito o que fez enquanto as outras dormiam nos beliches contíguos, e a única suposição razoável era de que aproveitara um momento casual, ou talvez combinado, em que ficara sozinha no camarote. Comprovou que às vezes saíam duas a tomar a fresca até muito tarde enquanto a terceira ficava cuidando da criança, mas certa noite de mais calor saíram as três juntas com o menino adormecido na gaiola de vime coberta com um toldo de gaze.

Apesar daquele emaranhado de indícios, Florentino Ariza se apressou em descartar a possibilidade de que a mais velha das três fosse a autora do ataque, e depois absolveu também a mais moça, que era a mais bela e atrevida. Chegou a isso sem razões válidas, só porque a vigilância ansiosa que exercia sobre as três o induzira a transformar em certeza seu arraigado desejo de que a amante instantânea fosse a mãe do menino engaiolado. Tanto o seduziu essa suposição que começou a pensar nela com mais intensidade do que em Fermina Daza, sem fazer caso da evidência de que aquela mãe recente só vivia para a criança. Não tinha mais de vinte e cinco anos, e era esbelta e dourada, com umas pálpebras portuguesas que a tornavam mais distante, e a qualquer homem teriam bastado as meras migalhas da ternura com que cumulava o filho. Do café da manhã à hora de ir deitar se ocupava dele no salão, enquanto as outras jogavam xadrez chinês, e quando conseguia fazê-la dormir pendurava do teto a gaiola de vime no lado mais fresco do convés. Mas nem quando estava dormindo se descuidava dele, pois balançava então a gaiola cantando entre dentes canções de noiva, enquanto seus pensamentos voavam por cima das privações da viagem. Florentino Ariza se aferrou à ilusão de quem mais cedo ou mais tarde se denunciaria, por um único gesto que fosse. Vigiava até a mudança de sua respiração no ritmo do relicário que trazia pendente sobre a blusa de batista, olhando-a sem dissimulação por cima do livro que fingia ler, e cometeu a impertinência calculada de trocar de lugar no refeitório para se sentar diante dela. Mas não obteve o mínimo indício de que ela fosse na realidade a depositária da outra metade do seu segredo. A única coisa que guardou dela, porque sua companheira mais moça a chamou, foi o nome sem sobrenome: Rosalba.

No oitavo dia o navio navegou a duras penas por um turbulento estreito murado entre alcantis de mármore, e depois do almoço atracou em Porto Nare. Ali ficavam os passageiros que seguiriam viagem para o interior da província de Antioquia, uma das mais afetadas pela nova guerra civil. O porto era formado por meia dúzia de choças de palmas e um botequim de madeira com teto de zinco, e estava protegido por várias patrulhas de soldados descalços e mal armados, porque havia notícias de um plano dos insurretos para saquear os navios. Por trás das casas subia até o céu um promontório de montanhas agrestes com uma cornija de ferradura talhada à beira do precipício. Ninguém a bordo dormiu tranquilo, mas não houve assalto durante a noite e o porto amanheceu transformado em feira dominical, com índios que vendiam amuletos de marfim vegetal e beberagens de amor, no meio das récuas de mulas preparadas para a ascensão de seis dias até as selvas de orquídeas da cordilheira central.

Florentino Ariza se havia entretido vendo a descarga do navio a lombo de negro, vira baixar os engradados de porcelana, os pianos de cauda para as solteiras de Envigado, e só reparou tarde demais que entre os passageiros que ficavam estava o grupo de Rosalba. Viu-as quando já iam montadas à amazona, com botas de mulher e sombrinhas de cores equatoriais, e então deu o passo que não se atrevera a dar nos dias anteriores: fez a Rosalba um gesto de adeus com a mão, e as três lhe responderam do mesmo modo, com uma familiaridade que lhe doeu nas entranhas por sua audácia tardia. Viu-as dar a volta por trás do botequim, seguidas pelas mulas carregadas com os baús, as caixas de chapéu e a gaiola da criança, e pouco depois viu-as subindo feito uma fila de formigas carregadeiras à beira do abismo, e desapareceram da sua vida. Então se sentiu só no mundo, e a lembrança de Fermina Daza, que ficara na tocaia durante os últimos dias, lhe desferiu a patada mortal.

Sabia que ela se casava em bodas de estrondo, e o ser que mais a amava e havia de amá-la por todo o sempre não teria sequer o direito de morrer por ela. Os ciúmes, até agora afogados em pranto, tornaram-se donos de sua alma. Rogava a Deus que a centelha da justiça divina fulminasse Fermina Daza quando se dispusesse a jurar amor e obediência a um homem que só a queria para esposa como um enfeite social, e se extasiava na visão da noiva, ou sua ou de ninguém, estendida de costas sobre as lousas da catedral, a flor de laranjeira nevada pelo orvalho da morte, e a cascata de espuma do véu sobre os mármores fúnebres de quatorze bispos sepultados diante do altar-mor. No entanto, uma vez consumada a vingança, arrependia-se da própria malvadez, e então via Fermina Daza levantando-se com seu alento de sempre, alheia mas viva, pois não conseguia imaginar o mundo sem ela. Não dormiu mais, e se às vezes se sentava para beliscar alguma coisa era para criar a ilusão de que Fermina Daza estivesse à mesa, ou ao contrário, para lhe recusar a homenagem de estar jejuando por causa dela. Às vezes se consolava com a certeza de que na embriaguez da festa de bodas, e até nas noites febris da lua de mel, Fermina Daza havia de padecer um instante, um ao menos, mas um de todas as maneiras, em que se ergueria em sua consciência o fantasma do noivo burlado, humilhado, cuspido, o que a faria perder a felicidade.

Na véspera da chegada ao porto de Caracolí, que era o ponto final da viagem, o capitão ofereceu a festa tradicional de despedida, com uma orquestra de sopro formada pelos membros da tripulação, e fogos de artifício coloridos espocando da cabine de comando. O ministro da Grã-Bretanha sobrevivera à odisseia com um estoicismo exemplar, caçando com a câmara fotográfica os animais que não lhe permitiam matar a fuzil, e não houve noite em que não viesse jantar vestido a rigor. Mas na festa final apareceu com o traje escocês do clã MacTavish, e tocou a gaita à vontade e ensinou quem se interessou a dançar suas danças nacionais, e antes de raiar o dia tiveram que levá-lo quase arrastado para o camarote. Florentino Ariza, prostrado de dor, tinha ido para o canto mais afastado da coberta, onde não chegavam nem notícias da pândega, e enrolou-se no capote de Lotário Thugut tratando de resistir ao calafrio dos ossos. Despertara às cinco da manhã, como desperta o condenado à morte na madrugada da execução, e em todo o dia nada fizera além de imaginar minuto a minuto cada uma das fases das núpcias de Fermina Daza. Mais tarde, quando regressou a casa, descobriu que havia embrulhado as datas e que tudo tinha sido diferente de como imaginara, e teve até o bom-senso de rir da própria fantasia.

Seja como for, viveu um sábado de paixão que culminou com uma nova crise de febre, quando lhe pareceu que era o momento em que os recém-casados fugiam em segredo por uma porta falsa para se entregarem às delícias da primeira noite. Alguém que o viu tiritando de febre avisou o capitão, e este abandonou a festa com o médico de bordo temendo que fosse um caso de cólera, e o médico o despachou por precaução para o camarote de quarentena com uma boa carga de brometos. No dia seguinte, porém, quando avistaram as escarpas de Caracolí, a febre desaparecera e tinha o ânimo exaltado, porque no marasmo dos sedativos resolvera de uma vez por todas e sem mais aquela que mandava ao caralho o radiante futuro do telégrafo e regressava no mesmo navio à sua velha Rua das Janelas.

Não foi difícil fazer com que o levassem de regresso em troca do camarote que havia cedido ao representante da rainha Vitória. O capitão também procurou dissuadi-lo com o argumento de que o telégrafo era a ciência do futuro. Tanto era assim, lhe disse, que já se inventava um sistema para instalá-lo nos navios. Mas ele resistiu a todo argumento, o capitão acabou por levá-lo de volta, não pela dívida do camarote, e sim porque conhecia seus vínculos reais com a Companhia Fluvial do Caribe.

A viagem de descida se fez em menos de seis dias, e Florentino Ariza se sentiu de novo em casa logo que entraram de madrugada na laguna de Mercedes, e viu a esteira de luzes das canoas pesqueiras ondulando na marola do navio. Era noite ainda quando atracaram na enseada do Menino Perdido, que era o último porto dos vapores fluviais, a nove léguas da baía, antes de dragarem e botarem em condições a antiga passagem dos espanhóis. Os passageiros tinham que esperar até as seis da manhã para abordar a flotilha de chalupas de aluguel que os levariam até seu destino final. Mas Florentino Ariza estava tão aflito que saiu muito antes na chalupa do correio, cujos empregados o reconheciam como um dos seus. Antes de abandonar o navio cedeu à tentação de um ato simbólico: atirou n'água o petate, e o acompanhou com a vista em meio às tochas dos pescadores invisíveis, até que saiu da laguna e desapareceu no oceano. Tinha certeza de que não precisaria mais dele pelo resto dos seus dias. Nunca mais, porque nunca mais havia de abandonar a cidade de Fermina Daza.

A baía era um remanso ao amanhecer. Por cima da névoa flutuante, Florentino Ariza viu a cúpula da catedral dourada pelas primeiras luzes, viu os pombais nos eirados, e guiando-se por eles localizou o balcão do palácio do Marquês de Casalduero, onde supunha que a mulher da sua desventura dormitava apoiada ainda no ombro do esposo saciado. Essa visão o dilacerou, mas não fez nada para reprimi-la, pelo contrário: desfrutou sua dor. O sol começava a esquentar quando a chalupa do correio abriu caminho pelo labirinto de veleiros ancorados, onde os cheiros incontáveis do mercado público, remexidos com a podridão do fundo, se confundiam numa só pestilência. A goleta de Riohacha acabava de chegar, e os grupos de estivadores com água pela cintura recebiam os passageiros na amurada e os carregavam até a margem. Florentino Ariza foi o primeiro a tocar terra saltando da chalupa do correio, e a partir de então não sentiu mais o fedor da baía mas apenas o cheiro pessoal de Fermina Daza no recinto da cidade. Tudo cheirava a ela.

Não voltou à agência do telégrafo. Sua preocupação única eram os folhetins de amor e os volumes da Biblioteca Popular que a mãe continuava a comprar para ele, e que ele lia e tornava a ler enterrado numa rede até decorá-los. Sequer perguntou onde estava o violino. Reatou os contatos com seus amigos mais próximos, e às vezes jogavam bilhar ou conversavam nos cafés ao ar livre debaixo dos arcos da Praça da Catedral, mas não voltou aos bailes dos sábados: não podia concebê-los sem ela.

Na mesma manhã em que voltou da viagem inacabada soube que Fermina Daza estava passando a lua de mel na Europa, e seu coração atordoado aceitou como fato que ela passaria a morar lá, se não para sempre ao menos por muitos anos. Esta certeza lhe trouxe as primeiras esperanças de esquecimento. Pensava em Rosalba, cuja lembrança se fazia mais ardente à medida que se apaziguavam as outras. Foi por essa época que deixou crescer o bigode de guias engomadas que não rasparia pelo resto da vida e que mudou seu modo de ser, e a ideia da substituição do amor o enfiou por caminhos imprevistos. O cheiro de Fermina Daza se foi tornando pouco a pouco menos frequente e intenso, e por fim ficou apenas nas gardênias brancas.

Andava à deriva, sem saber por onde continuar a vida, certa noite de guerra em que a célebre viúva de Nazaret se refugiou aterrada em sua casa, porque a dela tinha sido destruída por um canhonaço, durante o sítio do general rebelde Ricardo Gaitán Obeso. Foi Trânsito Ariza que pegou a ocasião no voo e mandou a viúva para o quarto do filho, a pretexto de que no seu não havia lugar, mas na verdade com a esperança de que outro amor o curasse daquele que não o deixava viver. Florentino Ariza não tinha tornado a fazer amor desde que foi desvirginado por Rosalba no camarote do navio, e lhe pareceu natural, numa noite de emergência, que a viúva dormisse na cama e ele na rede. Mas ela já tinha tomado a decisão por ele. Sentada na beira da cama em que Florentino Ariza estava deitado sem saber o que fazer, começou a falar com ele sobre a dor inconsolável da morte do marido três anos antes, e enquanto isso ia despindo e jogando pelos ares os crepes da viuvez, até que não guardou mais em si nem o anel de núpcias. Tirou a blusa de tafetá com bordados de vidrilho e a jogou através do quarto na poltrona do canto, atirou o corpinho por cima do ombro para o outro lado da cama, arrancou com um só puxão a saia talar de babados, as tiras de cetim das ligas e as fúnebres meias de seda, e espalhou tudo pelo chão, até atapetar o quarto com os últimos farrapos do seu luto. Fez tudo com tanto alvoroço, e com umas pausas tão bem medidas, que cada gesto seu parecia celebrado pelos canhonaços das tropas de assalto, que abalavam a cidade até os alicerces. Florentino Ariza procurou ajudá-la com o fecho do porta-seios, mas ela se antecipou com uma manobra destra, pois em cinco anos de devoção matrimonial aprendera a se bastar a si mesma em todos os trâmites do amor, inclusive seus preâmbulos, sem ajuda de ninguém. Por fim tirou os calções de renda, fazendo-os resvalar pernas abaixo com um movimento rápido de nadadora, e ficou em carne viva.

Tinha vinte e oito anos e parira três vezes, mas sua nudez conservava intacta a vertigem de solteira. Florentino Ariza jamais compreenderia como umas roupas de penitente tinham podido dissimular os ímpetos daquela potranca xucra que o desnudou sufocada pela própria febre, como não podia fazer com o esposo para que não a considerasse uma corrompida, e que tratou de saciar num só assalto a abstinência férrea do luto, com o estouvamento e a inocência de cinco anos de fidelidade conjugal. Antes dessa noite, e a partir da hora solene em que a mãe a pariu, jamais estivera sequer na mesma cama com um homem que não fosse o esposo morto.

Não se permitiu o mau gosto de um remorso. Pelo contrário. Mantida em vigília pelas bolas de fogo que passavam zunindo por cima dos telhados, continuou evocando até o amanhecer as excelências do marido, só lhe censurando a deslealdade de haver morrido sem ela, e redimida pela certeza de que ele jamais fora tão seu quanto agora, dentro de um caixão cravado com doze cravos de três polegadas, e a dois metros debaixo da terra.

— Sou feliz — disse — porque só agora sei com certeza onde está quando não está em casa.

Aquela noite tirou o luto, de um só golpe, sem passar pelo intervalo ocioso das blusas de florinhas cinzentas, e sua vida se encheu de canções de amor e trajes provocantes com araras e borboletas pintadas, e começou a repartir o corpo com todos aqueles que o pedissem. Derrotadas as tropas do general Gaitán Obeso, ao cabo de sessenta e três dias de sítio, reconstruiu a casa arrasada pelo canhoneio, e lhe pôs um formoso terraço marinho por cima dos cais, martelados em tempo de borrasca pela fúria assanhada da ressaca. Esse foi seu ninho de amor, como o chamava sem ironia, onde só recebeu quem lhe agradou, quando quis e como quis, e sem cobrar de ninguém um só vintém, por achar que eram os homens que lhe faziam o favor. Em casos muito especiais aceitava um presente, desde que não fosse de ouro, e era tão hábil em seus manejos que ninguém teria podido apresentar uma prova concludente de sua conduta imprópria. Só numa ocasião esteve à beira do escândalo público, quando correu o boato de que o arcebispo Dante de Luna não morrera por acidente ao comer um prato de cogumelos equivocado, mas que os comera de propósito, porque ela o ameaçara de se degolar se ele insistisse em seus assédios sacrílegos. Ninguém lhe perguntou se era verdade, nem lhe falou nisso, nem isso mudou nada em sua vida. Era, como dizia ela própria morrendo de rir, a única mulher livre da província.

A viúva de Nazaret nunca faltou aos encontros ocasionais com Florentino Ariza, nem nos seus tempos mais atarefados, e nunca teve pretensões a amar e ser amada, embora sempre nutrisse a esperança de encontrar algo que fosse como o amor, mas sem os problemas do amor. Algumas vezes era ele quem ia à sua casa, e então gostavam de se empapar de espuma de salitre no terraço do mar, contemplando o amanhecer do mundo inteiro no horizonte. Ele se empenhou a fundo em ensinar a ela todas as safadezas que tinha visto outros fazerem pelos buracos nas paredes do hotel suspeito, assim como as fórmulas teóricas apregoadas por Lotário Thugut em suas noites de farra. Incitou-a a se deixar ver enquanto faziam o amor, a trocar a posição convencional do missionário pela da bicicleta de mar, ou do frango assado, ou do anjo esquartejado, e estiveram a pique de acabar com a vida ao se arrebentarem os punhos quando procuravam inventar algo diferente numa rede. Foram lições estéreis. Pois a verdade é que ela era uma aprendiz temerária, mas carecia do talento mínimo para a fornicação dirigida. Nunca entendeu os encantos da serenidade na cama, nem teve um instante de inspiração, e seus orgasmos eram inoportunos e epidérmicos: uma trepada triste. Florentino Ariza viveu muito tempo na ilusão de ser o único, e ela lhe dava o gosto de acreditar nisso, até que teve a má sorte de falar dormindo. Pouco a pouco, ouvindo-a dormir, ele foi recompondo aos pedaços a carta de navegação dos seus sonhos, e se meteu por entre as ilhas numerosas de sua vida secreta. Assim ficou informado de que ela não pretendia se casar com ele, mas se sentia ligada à sua vida pela gratidão imensa que lhe devia por tê-la pervertido. Muitas vezes disse a ele:

— Adoro você porque você me tornou puta.

Dito de outra maneira, não lhe faltava razão. Florentino Ariza a despojara da virgindade de um casamento convencional, mais perniciosa do que a virgindade congênita e a abstinência da viuvez. Ele lhe ensinara que nada do que se faça na cama é imoral se contribui para perpetuar o amor. E algo que havia de ser desde então a razão de sua vida: convenceu-a de que a gente vem ao mundo com as trepadas contadas, e as que não se usam por qualquer motivo, próprio ou alheio, voluntário ou forçado, se perdem para sempre. O mérito dela foi tomá-lo ao pé da letra. Contudo, porque acreditava conhecê-la melhor do que ninguém, Florentino Ariza não compreendia por que era tão solicitada uma mulher de recursos tão pueris, que além disso não parava de falar na cama das saudades do esposo morto. A única explicação que lhe ocorreu, e que ninguém pôde desmentir, foi que à viúva de Nazaret sobrava em ternura o que faltava em artes marciais. Começaram a se ver com menos frequência à medida que ela alargava seus domínios, e à medida que ele explorava os seus tratando de encontrar alívio para seus velhos padecimentos em outros corações desarvorados, e por fim se esqueceram sem dor.

Foi o primeiro amor de cama de Florentino Ariza. Mas em lugar de fazer com ela uma união estável, como sonhava sua mãe, aproveitavam-no ambos para se lançarem à vida. Florentino Ariza desenvolveu métodos que pareciam inverossímeis num homem como ele, taciturno e macilento, e além disso vestido feito um ancião de tempos idos. Não obstante, tinha duas vantagens a seu favor. Uma era um olho certeiro para identificar de imediato a mulher que o esperava, ainda que no meio de uma multidão, e mesmo assim a cortejava com cautela, pois sabia que nada causava mais vergonha nem era mais humilhante do que uma negativa. A outra vantagem é que elas o identificavam de imediato como um solitário carente de amor, um indigente das ruas com uma humildade de cão batido que as submetia sem condições, sem pedir nada, sem nada esperar dele, exceto a tranquilidade de consciência de lhe haverem feito um favor. Eram suas únicas armas, e com elas travou batalhas históricas mas em segredo absoluto, que foi registrando com um rigor de notário num caderno cifrado, colocado entre muitos outros com um título que dizia tudo: *Elas.* A primeira anotação foi feita com a viúva de Nazaret. Cinquenta anos mais tarde, quando Fermina Daza ficou livre de sua sentença sacramental, tinha uns vinte e cinco cadernos com seiscentos e vinte e dois registros de amores continuados, à parte as aventuras fugazes que não mereceram uma nota de caridade que fosse.

O próprio Florentino Ariza estava convencido, ao fim de seis meses de amores descomedidos com a viúva de Nazaret, de que conseguira sobreviver ao tormento de Fermina Daza. Não só acreditou como comentou várias vezes o fato com Trânsito Ariza durante os quase dois anos que durou a viagem de núpcias, e continuou acreditando com uma sensação de libertação sem fronteiras até o domingo de sua má estrela em que a viu de chofre sem qualquer aviso do coração, quando saía da missa solene pelo braço do marido e assediada pela curiosidade e as lisonjas do seu novo mundo. As mesmas damas de alta linhagem que no princípio a menosprezavam e zombavam dela por ser uma adventícia sem nome se esmeravam para que ela se sentisse uma delas, enquanto se embriagavam com seu encanto. Assumira com tanta naturalidade sua condição de esposa mundana que Florentino Ariza precisou de um instante de reflexão para reconhecê-la. Era outra: a compostura de pessoa adulta, os botins altos, o chapéu de velilho com a pena colorida de algum pássaro oriental, tudo nela era correto e fácil, como se tudo tivesse sido seu desde sua origem. Achou-a mais bela e viçosa do que nunca, mas irrecuperável, como nunca, embora não tenha compreendido a razão até notar a curva do seu ventre debaixo da túnica de seda: estava grávida de seis meses. Entretanto, o que mais o impressionou foi que ela e o marido formavam um par admirável, e ambos manejavam o mundo com tanta fluidez que pareciam flutuar acima dos escolhos da realidade. Florentino Ariza não sentiu ciúme nem raiva, e sim um grande desprezo por si mesmo. Sentiu-se pobre, feio, inferior, e não só indigno dela como de qualquer outra mulher sobre a terra.

Lá estava ela de volta. Regressava sem nenhum motivo para se arrepender da guinada que tinha dado em sua vida. Pelo contrário: cada vez teve menos, sobretudo depois de sobreviver aos íngremes primeiros anos. Mais meritório ainda no caso dela, que chegara à noite de núpcias ainda nas brumas da inocência. Tinha começado a perdê-la no curso de sua viagem pela província da prima Hildebranda. Em Valledupar compreendeu enfim por que os galos corriam atrás das galinhas, presenciou a cerimônia brutal dos burros, viu nascerem os bezerros, e ouviu as primas dizerem com naturalidade quais os casais da família que continuavam a fazer amor, e quais e quando e por que tinham deixado de fazê-lo embora continuassem morando juntos. Foi então que se iniciou nos amores solitários, com a rara sensação de estar descobrindo algo que seus instintos tinham sempre sabido, primeiro na cama, com a respiração amordaçada para não se delatar no quarto compartilhado com meia dúzia de primas, e depois a duas mãos, largada à vontade no chão do banheiro, com o cabelo solto e fumando seus primeiros cigarros de tropeiro. Sempre o fez com umas dúvidas de consciência que só conseguiu superar depois de casada, e sempre num segredo absoluto, enquanto as primas alardeavam entre si não só a quantidade de vezes num dia, como inclusive a forma e o tamanho dos orgasmos. No entanto, apesar da bruxaria daqueles ritos iniciais, continuou carregando a convicção de que a perda da virgindade era um sacrifício sangrento.

De maneira que sua festa de bodas, uma das mais ruidosas de fins do século passado, transcorreu para ela nas vésperas do horror. A angústia da lua de mel afetou-a muito mais do que o escândalo social do seu casamento com um galã como não havia dois naqueles anos. Logo que começaram a correr os proclamas na missa solene da catedral, Fermina Daza voltou a receber cartas anônimas, algumas com ameaças de morte, mas mal passava os olhos nelas, pois todo o medo de que era capaz estava ocupado pela iminência da violação. Era o modo correto de tratar os missivistas anônimos, embora ela não o fizesse de propósito, numa classe acostumada, pelas reviravoltas históricas, a curvar a cabeça diante dos fatos consumados. Por isso tudo quanto lhe era contrário ia ficando a seu favor à medida que a boda se tornava irrevogável. Ela notava isso nas mudanças graduais do cortejo de mulheres lívidas, degradadas pelo artritismo e os ressentimentos, que um dia se convenciam de que eram vãs suas intrigas e apareciam sem se anunciar na pracinha dos Evangelhos como se estivessem em casa, carregadas de receitas de cozinha e de presentes augurais. Trânsito Ariza conhecia aquele mundo, embora só dessa vez o sofresse na própria carne, e sabia que suas clientes apareciam na véspera das festas grandes pedindo-lhe o favor de desenterrar as botijas e emprestar as joias empenhadas, só por vinte e quatro horas, mediante o pagamento de um juro adicional. Há muito tempo não acontecia como dessa vez, quando as botijas ficaram vazias para que as senhoras de extensos sobrenomes abandonassem seus santuários de sombras para aparecerem radiantes, com suas próprias joias tomadas de empréstimo, numa boda como não se viu outra de tanto esplendor no resto do século, e cuja glória final foi a de ostentar como padrinho o doutor Rafael Núñez, três vezes presidente da república, filósofo, poeta e autor da letra do Hino Nacional, como se podia ver desde então em alguns dicionários recentes. Fermina Daza chegou ao altar-mor da catedral pelo braço do pai, a quem o traje de cerimônia conferiu por um dia um ar equívoco de respeitabilidade. Casou-se para sempre perante o altar-mor da catedral numa missa concelebrada por três bispos, às onze da manhã do dia de glória da Santíssima Trindade, e sem um pensamento de caridade para Florentino Ariza, que a essa hora delirava de febre, morrendo por ela, à intempérie num navio que não havia de levá-lo ao esquecimento. Durante a cerimônia, e depois na festa, manteve um sorriso que parecia fixado com alvaiade, uma expressão sem alma que alguns interpretaram como o sorriso de zombaria da vitória, mas que na realidade era um pobre recurso para dissimular seu terror de virgem recém-casada.

Por sorte, as circunstâncias imprevistas, junto com a compreensão do marido, resolveram suas três primeiras noites sem dor. Foi providencial. O navio da Compagnie Générale Transatlantique, com o itinerário transtornado pelo mau tempo do Caribe, anunciou com apenas três dias de antecipação que avançava a partida vinte e quatro horas, de modo que não zarparia para La Rochelle no dia seguinte à boda, como estava previsto há seis meses, e sim na mesma noite. Ninguém acreditou que aquela alteração não fosse mais uma das tantas surpresas elegantes da boda, pois a festa acabou depois da meia-noite a bordo do transatlântico iluminado, com uma orquestra de Viena que estreava naquela viagem as valsas mais recentes de Johann Strauss. De modo que os vários padrinhos ensopados de champanha foram arrastados para terra pelas esposas atribuladas, quando já andavam perguntando aos camareiros se não haveria camarotes disponíveis para que continuasse o pagode até Paris. Os últimos a desembarcar viram Lorenzo Daza diante das tavernas do porto, sentado no chão em plena rua e com a roupa de cerimônia em farrapos. Chorava à goela solta, como choram os árabes seus mortos, sentado num fio de águas podres que bem podia ter sido um charco de lágrimas.

Nem na primeira noite de mar ruim, nem nas seguintes de navegação aprazível, nem nunca em sua mui longa vida matrimonial aconteceram os atos de barbárie que temia Fermina Daza. A primeira, apesar do tamanho do navio e dos luxos do camarote, foi uma repetição horrível da goleta de Riohacha, e o marido foi um médico serviçal que não dormiu um instante para confortá-la, que era a única coisa que um médico demasiado eminente sabia fazer contra o enjoo. Mas a borrasca amainou no terceiro dia, passado o porto da Guayra, e então já tinham estado juntos tanto tempo e conversado tanto que se sentiam amigos antigos. A quarta noite, quando ambos retomaram a vida habitual, o doutor Juvenal Urbino se surpreendeu com o fato de sua jovem esposa não rezar antes de dormir. Ela foi sincera: a duplicidade das freiras provocara nela uma resistência aos ritos, mas sua fé estava intacta, e aprendera a mantê-la em silêncio. Disse: "Prefiro me entender direto com Deus." Ele compreendeu suas razões, e desde então cada um praticou à sua maneira a mesma religião. Tinham tido um noivado breve, mas bastante informal para a época, pois o doutor Urbino a visitava em sua casa, sem vigilância, todos os dias ao entardecer. Ela não teria permitido que ele lhe tocasse nem na ponta dos dedos antes da bênção episcopal, mas tampouco ele tentara. Foi na primeira noite de bom mar, já na cama mas ainda vestidos, que ele iniciou as primeiras carícias, e o fez com tanto cuidado que a ela pareceu natural a sugestão de que vestisse a camisola. Foi trocar de roupa no banheiro, mas antes apagou as luzes do camarote, e quando saiu com o camisolão calafetou com panos as fendas da porta, para deixar a cama em escuridão absoluta. Enquanto agia, falou de bom humor:

— O que é que você quer, doutor? É a primeira vez que durmo com um desconhecido.

O doutor Juvenal Urbino sentiu que se esgueirava junto a ele feito um bichinho assustado, procurando se manter o mais longe possível num leito onde era difícil estarem dois sem se tocar. Tomou-lhe a mão, fria e crispada de terror, entrelaçou seus dedos nos dela, e quase num sussurro começou a contar suas lembranças de outras viagens por mar. Ela estava tensa outra vez, porque ao voltar à cama percebeu que ele se desnudara por completo enquanto ela estava no banheiro, o que fez renascer seu terror do passo seguinte. Mas o passo seguinte demorou várias horas, pois o doutor Urbino continuou falando muito devagar, enquanto se apoderava milímetro a milímetro da confiança de seu corpo. Falou-lhe de Paris, do amor em Paris, dos namorados de Paris que se beijavam na rua, no ônibus, nos terraços floridos dos cafés abertos ao hálito de fogo e aos acordeões lânguidos do verão, e faziam o amor de pé nos cais do Sena sem que ninguém os incomodasse. Enquanto falava nas sombras, acariciou-lhe a curva do pescoço com a ponta dos dedos, lhe acariciou a penugem de seda dos braços, o ventre evasivo, e quando sentiu que a tensão cedera, fez uma primeira tentativa de lhe levantar a camisola, mas ela o deteve com um impulso típico do seu caráter. Disse: "Sei fazer isso sozinha." Tirou-a, de fato, e depois ficou tão imóvel que o doutor Urbino poderia pensar que já não estava ali, não fosse o calor de sol do seu corpo nas trevas.

Ao fim de um momento tornou a lhe agarrar a mão, e então sentiu-a quente e solta, embora úmida ainda de um orvalho suave. Ficaram outro momento silenciosos e imóveis, ele aguardando a ocasião para o passo seguinte, ela a esperá-lo sem saber por onde, enquanto a escuridão se ampliava com sua respiração cada vez mais intensa. Ele a soltou de repente e deu o salto no vácuo: umedeceu na língua a ponta do dedo médio e lhe tocou apenas no bico desprevenido do seio, e ela sentiu uma descarga de morte, como se tocada num nervo vivo. Alegrou-se de estar às escuras para que ele não visse o rubor esbraseado que lhe fez tremer até as raízes do crânio. "Calma", disse ele, muito calmo. "Não esqueça que os conheço." Sentiu que ela sorria, e sua voz soou doce e nova nas trevas.

— Lembro muito bem — disse — e ainda não passou minha raiva.

Então ele soube que tinham passado o cabo da boa esperança, e tornou a pegar-lhe na mão grande e macia, e cobriu-a de beijinhos órfãos, primeiro o metacarpo áspero, os grandes dedos clarividentes, as unhas diáfanas, e depois o hieróglifo do seu destino na palma suada. Ela não soube como foi que sua mão chegou até o peito dele, e esbarrou em algo que não soube adivinhar o que fosse. Ele disse: "É um escapulário." Ela lhe acariciou os pelos do peito, e depois agarrou o matagal completo com os cinco dedos para arrancá-lo pela raiz. "Mais forte", disse ele. Ela tentou, até o ponto em que sabia que não ia machucá-lo, e depois foi sua mão que buscou a dele perdida nas trevas. Mas ele não deixou que os dedos de novo se entrelaçassem, agarrando-lhe o pulso e conduzindo a mão dela ao longo do próprio corpo com uma força invisível mas muito bem dirigida, até que ela sentiu o sopro ardente de um animal em carne viva, sem forma corporal, mas ansioso e arvorado. Ao contrário do que ele imaginou, mesmo ao contrário do que ela própria teria imaginado, não retirou a mão, nem a deixou inerte onde ele a pôs, mas, encomendando-se de corpo e alma à Santíssima Virgem, cerrou os dentes com medo de rir da própria loucura, e começou a identificar pelo tato o inimigo empinado, tomando conhecimento do seu tamanho, a força do seu talo, a extensão de suas asas, assustada com sua determinação mas compadecida de sua solidão, tornando-o seu com uma curiosidade minuciosa que alguém menos experiente que seu esposo teria confundido com carícias. Ele fez apelo às suas últimas forças para resistir à vertigem do escrutínio mortal, até que ela o largou com uma graça infantil, como se o tivesse jogado no lixo.

— Nunca pude entender como é esse aparelho — disse.

Então ele o explicou a sério com seu método magistral, enquanto lhe carregava a mão pelos lugares que mencionava, e ela a deixava entregue com uma obediência de aluna exemplar. Ele sugeriu num momento propício que tudo aquilo era mais fácil com a luz acesa. Ia acendê-la, mas ela lhe deteve o braço, dizendo: "Eu vejo melhor com as mãos." Na realidade queria acender a luz, mas queria fazê-lo ela própria e não recebendo ordens, e assim foi. Ele a viu então em posição fetal, e além do mais coberta com o lençol, sob a claridade repentina. Mas viu-a agarrar outra vez sem afetações o animal da sua curiosidade, virou-o do direito e do avesso, observou-o com um interesse que já começava a parecer mais do que científico, e disse em conclusão: "Para lá de feio, mais feio que o das mulheres." Ele concordou, e assinalou outros inconvenientes mais graves que a feiura. Disse: "É como o filho mais velho, que a gente passa a vida trabalhando para ele, sacrificando tudo por ele, e na hora da verdade acaba fazendo o que lhe dá na veneta." Ela continuou a examiná-lo, perguntando para que servia isso, e para que servia aquilo, e quando se considerou bem informada sopesou-o com ambas as mãos, como para concluir que nem pelo peso valia a pena, e o deixou cair com um muxoxo de menosprezo.

— Além de tudo, acho que tem muita coisa de sobra — disse.

Ele ficou perplexo. A proposta original de sua tese de graduação tinha sido essa: a conveniência de simplificar o organismo humano. Parecia-lhe antiquado, com muitas funções inúteis ou repetidas que foram imprescindíveis para outras idades do gênero humano, mas não para a nossa. Sim: podia ser mais simples e por isso mesmo menos vulnerável. Concluiu: "É coisa que só Deus pode fazer, sem dúvida, mas de todas as maneiras seria bom deixá-lo estabelecido em termos teóricos." Ela riu divertida, de um modo tão natural que ele aproveitou a ocasião para abraçá-la e lhe deu o primeiro beijo na boca. Ela correspondeu, e ele continuou a lhe dar beijos muito suaves nas faces, no nariz, nas pálpebras, enquanto deslizava a mão por baixo do lençol, e lhe acariciou o púbis redondo e liso: um púbis de japonesa. Ela não lhe afastou a mão, mas conservou a sua em estado de alerta, caso ele avançasse um passo mais.

— Não vamos continuar com a aula de medicina — disse.

— Não — disse ele. — Esta vai ser de amor.

Então, tirou o lençol de cima dela e ela não só não se opôs como o atirou para longe do beliche com um golpe rápido dos pés, pois já não aguentava o calor. Mais do que parecia quando ela estava vestida, seu corpo era ondulante e elástico, com um cheiro próprio de animal montês que permitia distingui-la entre todas as mulheres do mundo. Indefesa à plena luz, uma onda de sangue fervente lhe subiu à cara, e a única coisa que lhe ocorreu como disfarce foi se grudar ao pescoço do seu homem, e beijá-lo a fundo, bem forte, até que gastaram no beijo todo o ar de respirar.

Ele tinha consciência de que não a amava. Casara-se porque gostava da sua altivez, sua seriedade, sua força e também por um tico de vaidade, mas enquanto ela o beijava pela primeira vez teve a certeza de que não haveria nenhum obstáculo para inventar um bom amor. Não falaram a respeito nessa primeira noite em que falaram de tudo até o amanhecer, nem falariam nunca. Mas de um modo geral, nenhum dos dois se equivocou.

Ao despontar do dia, quando adormeceram, ela continuava virgem, mas não o seria por muito tempo. A noite seguinte, com efeito, depois que ele lhe ensinou a dançar as valsas de Viena debaixo do céu sideral do Caribe, ele teve que ir ao banheiro depois dela, e quando voltou ao camarote encontrou-a esperando por ele nua na cama. Então foi ela quem tomou a iniciativa, e se entregou sem medo, sem dor, com a alegria de uma aventura de alto-mar, e sem vestígios de cerimônia sangrenta além da rosa da honra no lençol. Ambos o fizeram bem, quase como um milagre, e continuaram a fazê-lo bem de noite e de dia e cada vez melhor no resto da viagem, e quando chegaram a La Rochelle se entendiam como amantes antigos.

Permaneceram na Europa com base em Paris, e fazendo viagens curtas pelos países vizinhos. Durante esse tempo fizeram amor todos os dias, e mais de uma vez nos domingos de inverno, quando ficavam até a hora do almoço preguiçando na cama. Ele era homem de bons ímpetos, além de bem treinado, e ela não fora feita para aceitar vantagem de ninguém, de maneira que tiveram que se conformar com o poder compartilhado na cama. Depois de três meses de amores febris ele compreendeu que um dos dois era estéril, e ambos se submeteram a exames severos no Hospital de la Salpêtrière, onde ele fora interno. Foi uma diligência árdua mas infrutífera. Contudo, quando menos o esperavam, e sem nenhuma mediação científica, aconteceu o milagre. Quando voltaram a casa, Fermina estava grávida de seis meses, e se julgava a mulher mais feliz da terra. O filho tão desejado por ambos, que nasceu sem novidades sob o signo de Aquário, foi batizado em homenagem ao avô morto de cólera.

Era impossível saber se foi a Europa ou o amor que os tornou diferentes, pois as duas coisas aconteceram ao mesmo tempo. Ambos estavam mudados, e a fundo, não só em si mesmos como em relação aos demais, como percebeu Florentino Ariza ao vê-los à saída da missa duas semanas depois da volta, naquele domingo da sua desgraça. Voltaram com uma concepção nova da vida, carregados de novidades do mundo, e prontos para mandar. Ele com as primícias da literatura, da música, e sobretudo as de sua ciência. Trouxe uma assinatura de *Le Figaro*, para não perder o fio da realidade, e outra da *Revue des Deux Mondes* para não perder o fio da poesia. Tinha feito além disso um acordo com seu livreiro de Paris para receber as novidades dos escritores mais lidos, entre eles Anatole France e Pierre Loti, e daqueles de que gostava mais, como Remy de Gourmont e Paul Bourget, mas em nenhum caso Émile Zola, que lhe parecia insuportável, apesar de sua valente irrupção no julgamento de Dreyfus. O mesmo livreiro se comprometeu a mandar pelo correio as partituras mais sedutoras do catálogo de Ricordi, sobretudo de música de câmara, para manter o título bem ganho por seu pai de primeiro promotor de concertos na cidade.

Fermina Daza, sempre contrária aos rigores da moda, trouxe seis baús com roupas de tempos diversos, pois não a convenceram as grandes marcas. Tinha estado nas Tulherias, em pleno inverno, para o lançamento da coleção de Worth, o indiscutível tirano da alta costura, e a única coisa que conseguiu foi uma bronquite que a derrubou por cinco dias na cama. Laferrière lhe pareceu menos pretensioso e voraz, mas sua decisão sábia foi arrebanhar o que mais lhe agradava nas lojas de liquidação, ainda que o esposo jurasse aterrado que eram roupas de defunto. Da mesma forma, trouxe quantidades de sapatos italianos sem marca, que preferiu aos afamados e extravagantes de Ferry, trouxe uma sombrinha de Dupuy, vermelha como os fogos do inferno, que deu muito que escrever aos nossos assustadiços cronistas sociais. Só comprou um chapéu de Madame Reboux, mas em compensação encheu um baú de cachos de cerejas artificiais, ramalhetes de quantas flores de feltro conseguiu encontrar, feixes de penas de avestruz, morriões de pavões, rabos de galos asiáticos, faisões inteiros, colibris, e uma variedade incontável de pássaros exóticos dissecados em pleno voo, em pleno grito, em plena agonia: tudo quanto servira nos últimos vinte anos para que os mesmos chapéus parecessem outros. Trouxe uma coleção de leques de diversos países do mundo, e um diferente e apropriado para cada ocasião. Trouxe uma essência perturbadora escolhida entre muitas na perfumaria do Bazar de la Charité, antes que os ventos primaveris dispersassem suas cinzas, mas usou-a uma vez só, porque se desconheceu a si mesma com o perfume trocado. Trouxe também um estojo de cosméticos que era a última novidade no mercado da sedução, e foi a primeira mulher que apareceu com ele nas festas, quando o simples ato de retocar o rosto em público era considerado indecente.

Traziam, ademais, três lembranças inesquecíveis: a estreia sem precedentes dos *Contos de Hoffmann,* em Paris, o incêndio pavoroso de quase todas as gôndolas de Veneza diante da Praça de São Marcos, que haviam presenciado com o coração dolorido da janela de seu hotel, e a visão fugaz de Oscar Wilde na primeira nevada de janeiro. Mas no meio dessas e de tantas outras lembranças, o doutor Juvenal Urbino conservava uma que sempre lamentou não compartilhar com a esposa, pois vinha de seus tempos de estudante solteiro em Paris. Era a lembrança de Victor Hugo, que desfrutava aqui de uma celebridade comovente à margem de seus livros, porque alguém disse que ele tinha dito, sem que jamais alguém o ouvisse dizer na realidade, que nossa Constituição não era para um país de homens e sim de anjos. Desde então foi-lhe rendido um culto especial, e a maioria dos numerosos compatriotas que viajavam para a França morria de vontade de vê-lo. Uma meia dúzia de estudantes, entre eles Juvenal Urbino, montaram guarda por um tempo diante da sua residência na avenida Eylau, e nos cafés onde se dizia que ele ia chegar sem falta e nunca chegou, e por último tinham solicitado por escrito uma audiência privada, em nome dos anjos da Constituição de Rionegro. Nunca receberam resposta. Um dia qualquer, Juvenal Urbino passou por acaso na frente do Jardim do Luxemburgo e o viu sair do Senado com uma mulher moça que lhe dava o braço. Achou-o muito velho, movendo-se a duras penas, com a barba e o cabelo menos radiantes que nos retratos, e dentro de um sobretudo que parecia de alguém mais corpulento. Não quis estragar a lembrança com um cumprimento impertinente: bastava essa visão quase irreal que havia de durar-lhe a vida toda. Quando voltou casado a Paris, em condição de vê-lo de um modo mais formal, Victor Hugo já morrera.

Como consolo, Juvenal e Fermina traziam a lembrança compartilhada de uma tarde de neves em que ficaram intrigados pelo grupo que desafiava a tempestade diante de uma pequena livraria do Boulevard des Capucines, e era que Oscar Wilde estava lá dentro. Quando por fim saiu, elegante deveras, mas talvez demasiado consciente disso, o grupo o cercou para pedir autógrafos em seus livros. O doutor Urbino se detivera só para vê-lo, mas sua impulsiva esposa quis atravessar o bulevar para que ele autografasse a única coisa que lhe pareceu apropriada à falta de um livro: sua formosa luva de gazela, grande, macia, suave, e da mesma cor de sua pele de recém-casada. Estava certa de que um homem tão refinado ia apreciar aquele gesto. Mas o marido se opôs com firmeza, e quando ela procurou fazê-lo apesar de suas razões, ele sentiu que não sobreviveria à vergonha.

— Se atravessar essa rua — lhe disse — ao voltar aqui você me encontrará morto.

Era algo natural a ela. Antes de um ano de casada se movimentava pelo mundo com o mesmo desembaraço com que o fazia desde menina no morredouro de São João da Ciénaga, como se tivesse nascido sabendo, e tinha uma facilidade de trato com os desconhecidos que deixava o marido perplexo, e um talento misterioso para se entender em castelhano com quem fosse e em qualquer parte. "A gente precisa saber os idiomas quando vai vender alguma coisa", dizia com risos de troça. "Mas quando vai comprar, todo o mundo dá um jeito de entender." Era difícil imaginar alguém que tivesse assimilado tão depressa e com tanta animação a vida cotidiana de Paris, que aprendeu a amar na lembrança apesar de suas chuvas eternas. No entanto, quando regressou a casa esmagada por tantas experiências juntas, cansada de viajar e meio sonolenta com a gravidez, a primeira coisa que lhe perguntaram no porto foi o que achara das maravilhas da Europa, e ela resumiu muitos meses de ventura com três palavras, no seu modo de falar caribe:

— É mais onda.

No dia em que Florentino Ariza viu Fermina Daza no adro da catedral, grávida de seis meses e com pleno domínio de sua nova condição de mulher do mundo, tomou a decisão feroz de ganhar nome e fortuna para merecê-la. Sequer perdeu tempo em pensar no inconveniente de ser ela casada, porque ao mesmo tempo resolveu, como se dependesse dele, que o doutor Juvenal Urbino tinha que morrer. Não sabia quando nem como, mas estabeleceu como inelutável o acontecimento, que estava resolvido a esperar sem pressas nem arrebatamentos, ainda que fosse até o fim dos séculos.

Começou pelo princípio. Apresentou-se sem aviso no escritório do tio Leão XII, presidente da Junta Diretora e Diretor Geral da Companhia Fluvial do Caribe, e manifestou a disposição de se submeter ao seus desígnios. O tio estava sentido com ele devido à maneira por que malbaratara o bom emprego de telegrafista na Vila de Leyva, mas se deixou levar por sua convicção de que os seres humanos não nascem para sempre no dia em que as mães os dão à luz, e sim que a vida os obriga outra vez e muitas vezes a se parirem a si mesmos. Além disso, a viúva do irmão tinha morrido no ano anterior, com os rancores em carne viva mas sem deixar herdeiros. Por isso deu o emprego ao sobrinho errante.

Era uma decisão típica do senhor Leão XII Loayza. Dentro de sua casca grossa de traficante sem alma, carregava escondido um lunático genial, que tanto fazia brotar um manancial de limonada no deserto da Guajira como inundava de pranto um funeral solene com seu canto lancinante de *In questa tomba oscura*. Com seu cabelo crespo e seus beiços de fauno, só lhe faltavam a lira e a coroa de louros para ser idêntico ao Nero incendiário da mitologia cristã. As horas que lhe ficavam livres entre a administração de seus navios decrépitos, ainda flutuantes por pura distração da fatalidade, e os problemas cada dia mais críticos da navegação fluvial, ele as consagrava a enriquecer seu repertório lírico. Nada lhe agradava mais do que cantar em enterros. Tinha uma voz de galeote, sem nenhuma disciplina acadêmica, mas capaz de registros impressionantes. Alguém lhe contara que Enrico Caruso podia fazer um jarro de flores em pedaços com o simples poder de sua voz, e durante anos tratou de imitá-lo até com o vidro das janelas. Os amigos traziam os jarros mais tênues que encontravam em viagens pelo mundo, e organizavam festas especiais para que ele conseguisse pôr fim à culminação do seu sonho. Não conseguiu nunca. Contudo, no fundo do seu trovão havia uma luzinha de ternura que fendia o coração dos ouvintes como o grande Caruso as ânforas de cristal, e era isto que o tornava tão venerável nos enterros. Com exceção de um, no qual teve a boa ideia de cantar *When I Wake up in Glory*, um canto fúnebre da Luisiana, formoso e aterrador, e foi silenciado pelo capelão que não conseguiu entender aquela intromissão luterana dentro da sua igreja.

Assim, entre bis de ópera e serenatas napolitanas, seu talento criador e seu invencível espírito de empreendimento o converteram no prócer da navegação fluvial em sua época de maior esplendor. Tinha saído do nada, como os irmãos mortos, e todos chegaram até onde quiseram apesar do estigma de serem filhos naturais, e com o agravante de jamais terem sido reconhecidos. Eram a flor do que então se chamava *a aristocracia de balcão*, cujo santuário era o Clube do Comércio. No entanto, mesmo quando dispôs de recursos para viver como o imperador romano que parecia ser, tio Leão XII morava na cidade velha por comodidade de trabalho, e de maneira tão austera e numa casa tão despojada que nunca conseguiu se livrar de uma injusta reputação de avarento. Mas seu único luxo era ainda mais simples: uma casa de praia, a duas léguas dos escritórios, que não tinha como móveis nada além de seis tamboretes artesanais, a talha de filtrar água e uma rede na varanda para dormir e pensar aos domingos. Ninguém o definiu melhor do que ele próprio quando alguém o acusou de ser rico:

— Rico não — disse. — Sou um pobre com dinheiro, o que não é o mesmo.

Esse curioso modo de ser, que alguém certa vez elogiou num discurso como uma demência lúcida, permitiu que visse na hora o que ninguém via antes nem viu depois em Florentino Ariza. A partir do momento em que este se apresentou pedindo emprego nos seus escritórios, com seu aspecto lúgubre e seus vinte e sete anos inúteis, ele o pôs à prova na dureza de um regime de quartel capaz de dobrar o mais valente. Mas não conseguiu amedrontá-lo. O que tio Leão XII nunca suspeitou foi que essa têmpera do sobrinho não lhe vinha de necessidade de subsistir, nem de uma pachorra de bruto herdada do pai, e sim de uma ambição de amor que nenhuma contrariedade deste mundo ou do outro conseguiria desalentar.

Os piores anos foram os primeiros, quando o nomearam escrevente da Direção Geral, que parecia um ofício inventado sob medida para ele. Lotário Thugut, antigo professor de música do tio Leão XII, foi quem aconselhou este a nomear o sobrinho para um emprego de escrever, porque era um consumidor incansável de literatura a granel, embora não tanto da boa quanto da pior. Tio Leão XII não fez caso da observação quanto à má classe das leituras do sobrinho, pois também dele dizia Lotário Thugut que tinha sido seu pior aluno de canto, e apesar disso fazia chorar até as lápides dos cemitérios. Em todo caso, o alemão teve razão naquilo em que menos pensara, e era que Florentino Ariza escrevia qualquer coisa com tanta paixão que até os documentos oficiais pareciam de amor. Os manifestos de embarque lhe saíam rimados por mais que se esforçasse em evitá-lo, e as cartas comerciais de rotina tinham um sopro lírico que lhe cerceava a autoridade. O tio em pessoa lhe apareceu um dia no escritório com um pacote de correspondência que não tinha tido coragem de assinar como sua, e lhe deu a última oportunidade de salvar a alma.

— Se você não é capaz de escrever uma carta comercial, vai recolher o lixo do cais — disse.

Florentino Ariza aceitou o desafio. Fez um esforço supremo para aprender a simplicidade terrena da prosa mercantil, imitando modelos de arquivos notariais com tanta aplicação como a que dedicava antes aos poetas da moda. Era essa a época em que passava suas horas livres no Portal dos Escrivães, ajudando os enamorados implumes a escrever suas missivas perfumadas, para descarregar o coração de tantas palavras de amor que ficavam dentro dele por falta de uso nos informes de alfândega. Mas ao fim de seis meses, por mais voltas que lhe desse, não lograra torcer o pescoço do seu cisne empedernido. Por isso, quando o tio Leão XII o repreendeu pela segunda vez, ele se deu por vencido, mas com uma certa altivez.

— A única coisa que me interessa é o amor — disse.

— O mau — disse o tio — é que sem navegação fluvial não há amor.

Cumpriu a ameaça de mandá-lo recolher o lixo no cais, mas lhe deu a palavra de fazê-lo subir passo a passo pela escada do bom serviço até que encontrasse seu lugar. Assim foi. Nenhuma espécie de trabalho conseguiu derrubá-lo, por duro ou humilhante que fosse, nem o desmoralizou a miséria do soldo, nem perdeu por um instante sua impavidez essencial diante das insolências dos superiores. Tampouco foi inocente: todo aquele que se atravessou em seu caminho sofreu as consequências de uma determinação arrasadora, capaz de qualquer coisa, por trás de uma aparência desvalida. Tal como tio Leão XII previra e desejara para que ele não ficasse sem conhecer qualquer segredo da empresa, passou por todos os cargos em trinta anos de consagração e tenacidade a toda prova. Desempenhou-os todos com uma capacidade admirável, estudando cada fio daquela urdidura misteriosa que tanto tinha a ver com os ofícios da poesia, mas sem conseguir a medalha de guerra mais anelada por ele, que era escrever uma carta comercial aceitável: uma só. Sem propor a si mesmo, sem nem saber, demonstrou com sua vida a razão que tinha o pai, que repetiu até o último suspiro que não havia ninguém com mais sentido prático, nem pedreiros mais obstinados nem gerentes mais lúcidos e perigosos do que os poetas. Isso, pelo menos, foi o que lhe contou o tio Leão XII, que costumava falar-lhe no pai durante os ócios do coração, e que lhe deu dele a ideia mais de um sonhador que de um empresário.

Contou-lhe que Pio Quinto Loayza dava aos escritórios um uso mais prazenteiro que o do trabalho, e os arranjava sempre para sair de casa aos domingos, a pretexto de que tinha de receber ou despachar um navio. Mais ainda: tinha feito instalar no pátio das mercadorias uma caldeira fora de uso, com uma sereia a vapor que apitava em claves de navegação, para o caso da esposa estar atenta. Fazendo as contas, tio Leão XII estava certo de que Florentino Ariza fora concebido em cima da escrivaninha de algum escritório mal fechado numa tarde de bochorno dominical, enquanto a esposa de seu pai ouvia em casa os adeuses de um navio que jamais partiu. Quando o descobriu já era tarde para cobrar a infâmia, porque o marido estava morto. Sobreviveu a ele muitos anos, destruída pelo azedume de não ter um filho, e pedindo a Deus em suas orações maldição eterna para o bastardo.

A imagem do pai perturbava Florentino Ariza. A mãe falava nele como num grande homem sem vocação comercial, que acabara nos negócios do rio porque o irmão mais velho fora colaborador muito próximo do comodoro alemão João B. Elbers, precursor da navegação fluvial. Eram filhos naturais da mesma mãe, cozinheira de ofício, que os tivera de homens diferentes, e todos traziam o sobrenome dela por trás do nome de um Papa escolhido ao acaso no santoral, salvo o do tio Leão XII, que era o nome do que reinava quando ele nasceu. O que se chamava Florentino era o avô materno de todos, por isso o nome chegara até o filho de Trânsito Ariza saltando por cima de toda uma geração de pontífices.

Florentino conservou sempre um caderno no qual o pai escrevia versos de amor, alguns inspirados por Trânsito Ariza, e as folhas estavam adornadas com desenhos de corações feridos. Duas coisas o surpreenderam. Uma era a personalidade da caligrafia do pai, idêntica à sua, apesar do fato de que a escolhera por ser a de que mais gostara entre muitas de um manual. A outra foi encontrar-se com uma frase que julgava sua, e que o pai escrevera num caderno muito antes dele nascer: *Só me dói morrer se não for de amor.*

Tinha visto também os dois últimos retratos do pai. Um tirado em Santa Fé, muito moço, na idade que ele tinha quando o viu pela primeira vez, com um sobretudo que era como estar metido dentro dum urso, e recostado num pedestal de cuja estátua só restavam as perneiras decepadas. A criança ao seu lado era tio Leão XII com um gorrinho de capitão de navio. Na outra fotografia aparecia o pai com um grupo de guerreiros, em quem sabe qual de tantas guerras, e tinha o fuzil maior e uns bigodes cujo cheiro de pólvora se exalava da imagem. Era liberal e maçom, assim como os irmãos, e no entanto queria que o filho entrasse para o seminário. Florentino Ariza não achava que fossem parecidos, mas segundo o tio Leão XII, também a Pio Quinto criticavam o lirismo dos documentos. Em todo caso, nem nos retratos se parecia com ele, não correspondia às suas lembranças nem à imagem que pintava a mãe, transfigurada pelo amor, nem à que dele despintava tio Leão XII com sua graciosa crueldade. Contudo, Florentino Ariza descobriu a parecença muitos anos depois, enquanto se penteava na frente do espelho, e só então compreendeu que um homem sabe quando começa a envelhecer porque começa a parecer com o pai.

Não se lembrava dele na Rua das Janelas. Julgava saber que por um tempo dormira ali, muito no princípio dos seus amores com Trânsito Ariza, mas que não tinha tornado a visitá-la depois do seu nascimento. A certidão de batismo foi durante muitos anos nosso único instrumento válido de identificação, e a de Florentino Ariza, assentada na paróquia de Santo Toríbio, só dizia que era filho natural de outra filha natural solteira que se chamava Trânsito Ariza. Esta condição social fechou a Florentino Ariza as portas do seminário, mas fez também com que escapasse ao serviço militar na época mais sangrenta de nossas guerras, por ser filho único de mãe solteira.

Todas as sextas-feiras depois da escola se sentava na frente dos escritórios da Companhia Fluvial do Caribe, repassando um livro de estampas de animais tantas vezes repassado que caía aos pedaços. O pai entrava sem olhá-lo, vestido com as sobrecasacas de casimira que Trânsito Ariza devia ajustar depois para ele, e com uma cara idêntica à do São João Evangelista dos altares. Quando saía, depois de muitas horas e procurando não ser visto nem pelo próprio cocheiro, lhe dava o dinheiro para os gastos de uma semana. Não se falavam, não só porque o pai não tentava como porque ele tinha terror do pai. Um dia, depois de esperar muito mais que de costume, o pai lhe deu as moedas, dizendo:

— Tome e não volte mais.

Foi a última vez que o viu. Com o tempo veio a saber que tio Leão XII, que era uns dez anos mais moço, continuou levando o dinheiro a Trânsito Ariza, e foi quem se ocupou dela quando Pio Quinto morreu de uma cólica mal tratada, sem deixar nada escrito, e sem tempo para tomar qualquer providência em favor do filho único — um filho da rua.

O drama de Florentino Ariza enquanto foi calígrafo da Companhia Fluvial do Caribe era que não podia afastar seu lirismo porque não deixava de pensar em Fermina Daza, e nunca aprendeu a escrever sem pensar nela. Depois, quando o passaram a outros cargos, sobrava-lhe tanto amor por dentro que não sabia que fazer com ele, e dava-o de presente aos enamorados implumes escrevendo para eles cartas de amor gratuitas no Portal dos Escrivães. Para lá ia depois do trabalho. Tirava a sobrecasaca com seus gestos discretos e a pendurava no espaldar da cadeira, colocava os punhos postiços para não sujar a camisa, desabotoava o colete para pensar melhor, e às vezes até muito tarde da noite reanimava os desvalidos com umas cartas enlouquecedoras. De vez em quando encontrava uma pobre mulher que tinha um problema com um filho, um veterano de guerra que insistia em reclamar o pagamento de sua pensão, alguém que tivera algo roubado e queria fazer queixa ao governo, mas por mais que se esmerasse não podia satisfazê-los, porque a única coisa com que lograva convencer alguém eram as cartas de amor. Nem mesmo fazia perguntas aos clientes novos, pois bastava ver o branco do olho deles para ter noção do seu estado, e escrevia folha após folha de amores desarvorados, mediante a fórmula infalível de escrever pensando sempre em Fermina Daza, e nada mais do que nela. No fim do primeiro mês teve que estabelecer uma ordem antecipada de reservas, para que não o submergissem as ânsias dos enamorados.

Sua lembrança mais grata daquela época foi de uma mocinha muito tímida, quase uma menina, que lhe pediu tremendo que escrevesse uma resposta a uma carta irresistível que acabava de receber, e que Florentino Ariza reconheceu como escrita por ele a tarde anterior. Respondeu-a num estilo diferente, de acordo com a emoção e a idade da menina, e com uma letra que também parecesse dela, pois sabia fingir uma escrita para cada ocasião segundo o caráter de cada qual. Escreveu imaginando o que Fermina Daza teria respondido a ele se o amasse tanto quanto aquela criatura desamparada amava seu pretendente. Dois dias depois, é claro, teve que escrever também a réplica do noivo com a caligrafia, o estilo e a classe de amor que lhe havia atribuído na primeira carta, e foi assim que acabou comprometido numa correspondência febril consigo mesmo. Antes de um mês ambos, cada um por seu lado, foram lhe agradecer o que ele próprio propusera na carta do noivo e aceito com devoção na resposta da garota: iam se casar.

Só quando tiveram o primeiro filho descobriram, numa conversa casual, que as cartas de ambos tinham sido escritas pelo mesmo escrivão, e pela primeira vez foram juntos ao portal para designá-lo padrinho do menino. Florentino Ariza se entusiasmou tanto com a prova prática dos seus sonhos que tirou tempo de onde não tinha para escrever um *Secretário dos Enamorados* mais poético e amplo do que aquele que até então se vendia por vinte centavos nos portais, e que meia cidade conhecia de memória. Pôs em ordem as situações imagináveis em que poderiam se encontrar Fermina Daza e ele, e para todas escreveu tantos modelos quantas alternativas de ida e volta lhe pareceram possíveis. No fim teve umas mil cartas em três tomos tão quadrados quanto o dicionário de Covarrubias, mas nenhum impressor da cidade se arriscou a publicá-los, e acabaram em algum desvão da casa, com outros papéis da casa, pois Trânsito Ariza se negou de plano a desenterrar as botijas para malbaratar suas poupanças da vida inteira numa loucura editorial. Anos depois, quando Florentino Ariza teve recursos próprios para publicar o livro, foi-lhe duro admitir a realidade de que as cartas de amor já tinham passado de moda.

Enquanto ele dava os primeiros passos na Companhia Fluvial do Caribe e escrevia cartas grátis no Portal dos Escrivães, os amigos de Florentino Ariza tinham a certeza de que o perdiam pouco a pouco, sem retorno. Assim era. Ao voltar da viagem pelo rio ainda via alguns deles na esperança de atenuar as lembranças de Fermina Daza, jogava bilhar com eles, foi aos últimos bailes, prestava-se aos azares de ser rifado entre as moças, prestava-se a tudo que lhe parecesse bom para voltar a ser o que tinha sido. Depois, quando tio Leão XII o acreditou como empregado, jogava dominó com os companheiros de escritório no Clube do Comércio, e estes começaram a reconhecê-lo como um dos seus, pois agora ele só lhes falava da empresa de navegação, que nunca mencionava pelo nome completo e sim pelas iniciais: a C.F.C. Mudou até seus hábitos de comer. De indiferente e irregular que tinha sido até então à mesa, tornou-se regular e austero até o fim dos seus dias: uma xícara grande de café puro pela manhã, uma posta de peixe cozido com arroz branco ao almoço, e uma xícara de café com leite com um pedaço de queijo antes de dormir. Tomava café puro a qualquer hora, em qualquer lugar e em qualquer circunstância, e até trinta xicrinhas por dia: uma infusão que mais parecia petróleo cru, que preferia preparar ele mesmo e que sempre tinha numa garrafa térmica ao alcance da mão. Era outro, a despeito do seu propósito firme e seus esforços ansiosos de continuar sendo o mesmo que tinha sido antes do tropeção mortal do amor.

A verdade é que jamais tornaria a ser. Recuperar Fermina Daza foi o objetivo único de sua vida, e estava tão certo de atingi-lo mais cedo ou mais tarde que convenceu Trânsito Ariza a prosseguir na restauração da casa para que estivesse em condições de recebê-la a qualquer momento em que ocorresse o milagre. Ao contrário de sua reação diante da proposta editorial do *Secretário dos Enamorados,* Trânsito Ariza foi então muito mais longe: comprou a casa à vista e empreendeu a renovação completa. Fizeram uma sala de recepção do que tinha sido a alcova, construíram no sobrado um quarto de dormir para os esposos e outro para os filhos que iam ter, ambos muito amplos e bem iluminados, e no espaço da antiga feitoria de tabaco fizeram um extenso jardim de toda classe de rosas, no qual Florentino Ariza em pessoa consagrou seus ócios do amanhecer. A única coisa que ficou intacta, como um testemunho de gratidão pelo passado, foi a loja do armarinho. A parte de trás, onde dormia Florentino Ariza, foi deixada como sempre estivera, com a rede pendurada e a grande mesa de escrever atulhada de livros em desordem, mas ele se mudou para o quarto previsto como alcova matrimonial no andar de cima. Era o quarto mais amplo e fresco da casa, e tinha um terraço interno onde era agradável estar à noite na brisa do mar e no vapor dos rosais, mas era também o que correspondia melhor ao rigor trapista de Florentino Ariza. As paredes eram lisas e ásperas, de cal viva, e só tinha como móveis um leito de presidiário, uma mesinha de cabeceira com uma vela num gargalo de garrafa, um guarda-roupa antigo e um gomil d'água em seu prato, ao lado da bacia.

Os trabalhos duraram quase três anos, e coincidiram com um restabelecimento momentâneo da cidade, devido ao auge da navegação fluvial e ao comércio de passagem, os mesmos fatores que tinham sustentado sua grandeza durante a Colônia e a tinham convertido durante mais de dois séculos em porta da América. Mas também foi essa a época em que Trânsito Ariza manifestou os primeiros sintomas de sua enfermidade sem remédio. Suas clientes de sempre vinham cada vez mais velhas ao armarinho, mais pálidas e fugidias, e ela não as reconhecia depois de ter tratado com elas durante meia vida, ou confundia os assuntos de umas com os de outras. O que era muito grave em negócios como o seu, nos quais não se assinavam papéis para proteger a honra, a própria e a alheia, e a palavra de honra era dada e aceita como garantia bastante. A princípio pareceu que estava ficando surda, mas em breve ficou evidente que era sua memória que ia escorrendo pelas goteiras. De modo que liquidou o negócio de penhor, e com o tesouro das botijas chegou a terminar e mobiliar a casa, e ainda lhe sobraram muitas das joias antigas mais prezadas da cidade, pois os donos não tiveram recursos para resgatá-las.

Florentino Ariza tinha que atender então a demasiados compromissos ao mesmo tempo, mas nunca lhe fraquejou o ânimo para fomentar seus negócios de caçador furtivo. Depois da experiência errática com a viúva de Nazaret, que lhe abriu o caminho dos amores rueiros, continuou caçando as passarinhas órfãs da noite durante vários anos, ainda na ilusão de encontrar alívio para a dor que era Fermina Daza. Mas depois não sabia mais dizer se seu costume de fornicar sem esperanças era uma necessidade da consciência ou simples vício do corpo. Ia cada vez menos ao hotel suspeito, não só porque seus interesses tomavam outros rumos, como também por não gostar de ser visto ali em andanças diferentes das tão domésticas e castas que já eram conhecidas a seu respeito. No entanto, em três casos de aperto apelou para o recurso fácil de uma época que não tinha vivido: fantasiava de homens as amigas temerosas de serem reconhecidas, e entravam juntos no hotel com fumaças de pândegos tresnoitados. Não faltou quem reparasse em pelo menos duas das ocasiões em que ele e o suposto acompanhante não iam ao bar e sim ao quarto, e a reputação já bastante alquebrada de Florentino Ariza sofreu o golpe de misericórdia. Afinal deixou de ir, e as pouquíssimas vezes em que ainda o fez não eram para que ele pusesse em dia os atrasos, e sim pelo contrário: buscando um refúgio para se recompor dos excessos.

Não era para menos. Nem bem tinha saído do escritório, por volta das cinco da tarde, e já andava em suas volatarias de gavião frangueiro. No princípio se conformava com o que a noite lhe oferecia. Recolhia criadas nos parques, negras no mercado, morenas nas praias, gringas nos navios de Nova Orleans. Levava-as aos diques, onde metade da cidade fazia o mesmo desde o pôr do sol, levava-as para onde podia, e às vezes onde não podia, pois não foram poucas as ocasiões em que teve que se meter às carreiras num saguão escuro e fazer o que fosse possível, do jeito possível, atrás da porta.

A torre do farol foi sempre um refúgio afortunado que ele evocava com saudade quando já tinha tudo resolvido nos albores da velhice, porque era um lugar bom para ser feliz, sobretudo de noite, e achava que algo dos seus amores daquela época chegava aos navegantes a cada volta do feixe de luz. De maneira que continuou indo lá, mais do que a qualquer outra parte, enquanto seu amigo faroleiro o recebia encantado, com uma cara de bobo que era o melhor atestado de discrição para as passarinhas assustadas. Havia uma casa embaixo, junto ao estrondo das ondas estourando contra os alcantis, onde o amor era mais intenso, porque tinha alguma coisa de naufrágio. Mas Florentino Ariza preferia a torre da luz depois de cair a noite, porque se divisava a cidade inteira e a esteira de luzes dos pescadores do mar, e mesmo dos pântanos distantes.

Vinham dessa época suas teorias um tanto simplistas sobre a relação entre o físico das mulheres e suas aptidões para o amor. Desconfiava do tipo sensual, as que pareciam capazes de comer cru um jacaré-açu, e que costumavam ser as mais passivas na cama. Seu tipo era o contrário: essas rãzinhas sumidas, que ninguém se dava ao trabalho de olhar duas vezes na rua, que pareciam reduzidas a nada quando tiravam a roupa, que davam pena porque seus ossos rangiam ao primeiro impacto, e que no entanto podiam deixar pronto para a lata do lixo o maior dos gargantas. Tinha tomado notas dessas observações prematuras com a intenção de escrever um suplemento prático do *Secretário dos Enamorados,* mas o projeto sofreu a mesma sorte do anterior depois que Ausência Santander o revirou pelo direito e o avesso com sua sabedoria de cachorro velho, o aparou de cabeça, levantou e abaixou, pariu-o como novo, fez em tiras seus virtuosismos teóricos, e lhe ensinou a única coisa que tinha que aprender para o amor: que à vida ninguém ensina.

Ausência Santander tinha tido um casamento convencional durante vinte anos, do qual lhe ficaram três filhos que por sua vez tinham casado e tido filhos, de modo que ela se prezava de ser a avó com a melhor cama da cidade. Nunca ficou claro se foi ela que abandonou o marido, ou se foi este que a abandonou, ou se ambos se abandonaram ao mesmo tempo quando ele foi morar com sua amante de sempre, e ela se sentiu livre para receber em pleno dia pela porta principal Rosendo de la Rosa, comandante de navio fluvial, a quem recebera de noite muitas vezes pela porta traseira. Foi ele mesmo, sem pensar duas vezes, quem levou lá Florentino Ariza.

Levou-o para almoçar. Levou além dele um garrafão de aguardente caseira e os ingredientes de melhor qualidade para uma panelada épica, como só era possível com galinhas de quintal, carne de osso mole, porco de monturo e os legumes e hortaliças dos povoados do rio. No entanto, Florentino Ariza não se mostrou entusiasmado desde o primeiro momento com as excelências da cozinha, nem com a exuberância da dona, e sim com a beleza da casa. Gostou da casa em si mesma, luminosa e fresca, com quatro janelas grandes abertas ao mar, e no fundo a vista completa da cidade antiga. Gostou da quantidade e esplendor das coisas, que davam à sala um aspecto confuso e ao mesmo tempo rigoroso, com toda classe de primores artesanais que o comandante Rosendo de la Rosa tinha ido trazendo de cada viagem até que não havia mais lugar para um que fosse. No terraço do mar, parada em seu aro privado, havia uma cacatua da Malásia com uma plumagem de uma brancura inverossímil e uma quietude pensativa que dava muito que pensar: o bicho mais formoso que Florentino Ariza jamais vira. O comandante Rosendo de la Rosa se entusiasmou com o entusiasmo do convidado, e lhe contou em detalhe a história de cada coisa. Enquanto isso, bebia aguardente a goles curtos mas sem trégua. Parecia de cimento armado: enorme, peludo de corpo inteiro com exceção da cabeça, com um bigode de vasta broxa e uma voz de cabrestante que só a ele podia pertencer, e de uma gentileza requintada. Mas não havia corpo capaz de resistir ao seu modo de beber. Antes de se sentar à mesa tinha acabado com metade do garrafão, e caiu de bruços em cima da bandeja de copos e garrafas com um lento estrépito de demolição. Ausência Santander precisou pedir a ajuda de Florentino Ariza para arrastar até a cama o corpo inerte de baleia encalhada, e para despi-lo adormecido. Em seguida, num clarão de inspiração que os dois agradeceram à conjunção de seus astros, se despiram ambos no quarto do lado sem se porem de acordo, sem sequer uma sugestão, sem uma proposta, e continuaram se despindo sempre que podiam durante mais de sete anos, quando o comandante estava de viagem. Não havia riscos de surpresas, porque ele tinha o costume de bom navegante de avisar sua chegada ao porto com a sereia do navio, mesmo de madrugada, primeiro com três bramidos grandes para a esposa e seus nove filhos, e depois com dois entrecortados e melancólicos para a amante.

Ausência Santander tinha quase cinquenta anos, e se notava, mas tinha também um instinto tão pessoal para o amor que não havia teorias artesanais nem científicas capazes de amortecê-lo. Florentino Ariza sabia pelos itinerários dos navios quando podia visitá-la, e sempre ia sem se anunciar na hora que quisesse do dia ou da noite, e não houve uma só vez em que ela não o estivesse esperando. Abria a porta como a mãe a criou até os sete anos: nua em pelo, mas com um laço de organdi na cabeça. Não deixava que ele desse um passo mais antes de lhe tirar a roupa, pois sempre achou que dava azar ter um homem vestido dentro de casa. Isto foi causa de discórdia constante com o comandante Rosendo de la Rosa, porque ele tinha a superstição de que fumar nu era de mau agouro, e às vezes preferia atrasar o amor do que apagar seu infalível charuto cubano. Em compensação, Florentino Ariza era muito dado aos encantos da nudez, e ela tirava a roupa dele com invariável deleite mal a porta se fechava, sem lhe dar sequer tempo de cumprimentá-la, nem de tirar o chapéu ou os óculos, beijando-o e deixando-se beijar com beijos desenfreados, e soltando-lhe os botões de baixo para cima, primeiro os da braguilha, um por um depois de cada beijo, depois a fivela do cinto, e por último o colete e a camisa, até deixá-lo como um peixe que se fende ao meio. Depois o sentava na sala e lhe tirava as botas, puxava-lhe a calça pelos pernis para que saísse ao mesmo tempo que as ceroulas, e por último desprendia as ligas de elástico da barriga da perna e lhe tirava as meias. Florentino Ariza parava então de beijá-la e de se deixar beijar para fazer a única coisa que lhe competia naquela cerimônia pontual: soltava o relógio de corrente da botoeira do colete e tirava os óculos, e enfiava ambos nas botas para ter certeza de não esquecê-los. Sempre tomava essa precaução, sempre, sem falta, quando se desnudava em casa alheia.

Mal acabava de fazê-lo e ela já o assaltava sem dar tempo de nada, no próprio sofá onde acabava de desnudá-lo, e só de vez em quando na cama. Metia-se debaixo dele, e se apoderava dele todo para ela, encerrada dentro de si mesma, tateando com os olhos fechados em sua absoluta escuridão interior, avançando por aqui, retrocedendo, corrigindo seu rumo invisível, tentando outra via mais intensa, outra forma de andar sem naufragar no alagado de mucilagem que fluía do seu ventre, se perguntando e se respondendo a si mesma com um zumbido de varejeira em seu jargão nativo onde ficava essa alguma coisa nas trevas que só ela conhecia e ansiava só para ela, até que sucumbia sem esperar ninguém, se desbarrancava só em seu abismo com uma explosão jubilosa de vitória total que fazia tremer o mundo. Florentino Ariza ficava exausto, incompleto, flutuando no charco dos suores de ambos, mas com a impressão de não passar de um instrumento de gozo. Dizia: "Você me trata como se eu fosse um a mais." Ela dava uma risada de fêmea livre, e dizia: "Pelo contrário: como se você fosse um a menos." E ele ficava com a impressão de que ela ficava com tudo, com uma voracidade mesquinha, e o orgulho se rebelava e saía da casa com a determinação de não voltar mais. Mas logo acordava sem motivo, com a lucidez tremenda da solidão no meio da noite, e a lembrança do amor ensimesmado de Ausência Santander lhe aparecia como aquilo que era: uma armadilha da felicidade que o entediava e atraía ao mesmo tempo, mas da qual era impossível escapar.

Um certo domingo, dois anos depois de se haverem conhecido, a primeira coisa que ela fez quando ele chegou, em lugar de despi-lo, foi tirar os óculos dele para melhor beijá-lo, e desse modo Florentino Ariza soube que ela começara a gostar dele. Apesar de se sentir tão bem desde o primeiro dia naquela casa que já amava como sua, jamais permanecera mais de duas horas de cada vez, nunca para dormir, e só uma vez para comer, por ter recebido dela convite formal. Lá só ia na realidade para o que ia, trazendo sempre o presente único de uma rosa solitária, e desaparecia até a seguinte ocasião imprevisível. Mas no domingo em que ela lhe tirou os óculos para beijá-lo, em parte por isso, e em parte porque ficaram dormindo depois de um amor repousado, passaram a tarde nus na enorme cama do comandante. Ao despertar da sesta, Florentino Ariza conservava ainda a lembrança dos grasnidos da cacatua, cujos metais estridentes iam no sentido contrário da sua beleza. Mas o silêncio era diáfano no calor das quatro, e pela janela do quarto se via o perfil da cidade antiga com o sol da tarde nas costas, suas cúpulas douradas, seu mar de chamas até a Jamaica. Ausência Santander estendeu a mão aventureira buscando às tontas o animal jacente, mas Florentino Ariza a afastou. Disse: "Agora não: sinto uma coisa esquisita, como se estivessem nos vendo." Ela tornou a alvoroçar a cacatua com seu riso feliz. Disse: "Esse pretexto nem a mulher de Jonas engole." Tampouco ela, diga-se logo, mas o admitiu como válido, e ambos se amaram durante longo tempo em silêncio sem repetir o amor. Às cinco, com o sol ainda alto, ela se levantou da cama, nua até a eternidade e com o laço de organdi na cabeça, e foi à cozinha buscar alguma coisa de beber. Mas não chegou a dar um passo fora do quarto quando lançou um grito de espanto.

Não conseguia acreditar. Os únicos objetos que restavam na casa eram as luzes fixas. Os demais, os móveis assinados, os tapetes indianos, as estátuas e os gobelinos, as miudezas incontáveis de pedrarias e metais preciosos, tudo quanto tinha feito de sua casa uma das mais aprazíveis e bem guarnecidas da cidade, tudo, até a cacatua sagrada, tudo se havia evaporado. Tudo carregado pelo terraço marinho sem perturbar o amor. Só ficaram os salões desertos com quatro janelas abertas, e um letreiro a broxa grossa na parede do fundo: *Isto acontece a vocês por andarem trepando.* O comandante Rosendo de la Rosa jamais compreendeu por que Ausência Santander não denunciou a pilhagem, nem tentou estabelecer qualquer contato com os traficantes de coisas roubadas, nem permitiu que se tornasse a falar de sua desgraça.

Florentino Ariza continuou a visitá-la na casa saqueada, cujo mobiliário ficou reduzido a três tamboretes de couro que os ladrões esqueceram na cozinha, e ao quarto de dormir onde eles estavam. Mas veio com menos frequência do que antes, não pela desolação da casa, como supôs e disse ela, e sim pela novidade do bonde de burros em princípios do novo século, que foi para ele um ninho pródigo e original de passarinhas soltas. Tomava-o quatro vezes por dia, duas para ir ao escritório e duas para voltar para casa, e às vezes enquanto lia de verdade e na maioria das vezes fingindo ler, conseguia estabelecer pelo menos os primeiros contatos para um encontro posterior. Mais tarde, quando tio Leão XII pôs à sua disposição um carro puxado por duas mulinhas pardas de gualdrapas douradas, iguais às do presidente Rafael Núñez, sentiria saudades dos tempos do bonde como os mais fecundos de suas andanças de falcoeiro. Tinha razão: não havia pior inimigo dos amores secretos do que um carro esperando na porta. Tanto assim que quase sempre o deixava escondido em casa e ia a pé em suas rondas de altanaria, para não deixar sequer o sulco das rodas no pó. Por isso evocava com tanta saudade o velho bonde com seus burros macilentos, roídos de peladuras, dentro do qual bastava um olhar de soslaio para saber onde estava o amor. Contudo, entre tantas lembranças enternecedoras, não conseguia afastar a de uma passarinha desamparada cujo nome nunca soube e com a qual apenas conseguiu viver uma metade frenética de noite, mas que tinha bastado para lhe deixar pelo resto da vida um travo amargo nas desordens inocentes do carnaval.

Tinha chamado sua atenção no bonde pela impavidez com que viajava em meio ao escândalo da pândega pública. Não devia ter mais de vinte anos, e não parecia com ânimo de carnaval, a menos que estivesse fantasiada de inválida: tinha o cabelo muito claro, comprido e liso, solto ao natural sobre os ombros, e usava uma túnica de pano ordinário sem nenhum enfeite. Estava alheia por completo ao rodopio da música das ruas, aos punhados de pó de arroz, aos jorros de anilina que atiravam aos passageiros do bonde em marcha, cujos burros iam brancos de polvilho e com chapéus de flores durante aqueles três dias de loucura. Aproveitando-se da confusão, Florentino Ariza a convidou a tomar um sorvete, pois não achou que desse para mais. Ela o olhou sem surpresa. Disse: "Aceito com muito prazer, mas lhe aviso que estou louca." Ele riu do gracejo, e a levou para assistir ao desfile de carros da sacada da sorveteria. Enfiou depois um dominó alugado, e ambos se meteram na ronda de bailes da Praça da Alfândega, e se divertiram juntos como noivos acabados de nascer, pois a indiferença dela foi parar no extremo contrário no fragor da noite: dançava feito uma profissional, e era imaginativa e audaz para a pândega, e de um encanto arrasador.

— Você nem sabe a encrenca em que se meteu comigo — gritava morta de rir na febre do carnaval. — Sou uma louca de hospício.

Para Florentino Ariza, aquela era uma noite de regresso aos desmandos cândidos da adolescência, quando o amor ainda não o havia desgraçado. Mas sabia, mais por escarmento que por experiência, que uma felicidade tão fácil não podia durar muito tempo. Por isso é que antes que a noite começasse a decair, como sempre acontecia depois da distribuição dos prêmios às melhores fantasias, propôs à moça que fossem contemplar o amanhecer no farol. Ela aceitou agradecida, mas depois que acabassem de distribuir os prêmios.

Florentino Ariza ficou com a certeza de que aquela demora lhe salvou a vida. Com efeito, a moça tinha feito um sinal de que fossem para o farol, quando dois cérberos e uma enfermeira do manicômio da Divina Pastora lhe caíram em cima. Estavam à procura dela desde que tinha fugido às três da tarde, não só eles como toda a força pública. Tinha decapitado um guarda e ferido com gravidade outros dois com um facão arrebatado ao jardineiro, porque queria sair para brincar no carnaval. Mas ninguém imaginou que estivesse dançando na rua, e sim escondida em alguma das tantas casas onde tinham revistado até as cisternas.

Não foi fácil prendê-la. Defendeu-se com tesouras de podar que tinha escondidas no corpinho, e foram necessários seis homens para pôr-lhe a camisa de força, enquanto a multidão apinhada na Praça da Alfândega aplaudia e assobiava de júbilo, pensando que a captura sangrenta era uma das farsas do carnaval. Florentino Ariza ficou desarvorado, e na Quarta-Feira de Cinzas, foi pela primeira vez à rua da Divina Pastora com uma caixa de bombons ingleses para ela. Ficava olhando as reclusas que lhe gritavam toda sorte de impropérios e piadas pelas janelas, enquanto ele as alvoroçava com a caixa de bombons para ver se tinha a sorte de fazer com que ela assomasse também às barras de ferro. Mas nunca a viu. Meses depois, ao saltar do bonde de burro, uma meninazinha que estava com o pai lhe pediu um dos chocolates da caixa que carregava na mão. O pai ralhou com ela e pediu desculpas a Florentino Ariza. Mas ele deu a caixa completa à menina achando que aquele gesto o redimia de todo amargor, e acalmou o papai com um tapinha no ombro.

— Eram para um amor que foi para o caralho — segredou-lhe.

Como compensação do destino, foi também no bonde de burro que Florentino Ariza conheceu Leona Cassiani, que foi a verdadeira mulher da sua vida, embora nem ele nem ela jamais o soubessem, ou jamais fizessem o amor. Ele a sentiu antes de vê-la quando voltava a casa no bonde das cinco: foi um olhar material que tocou nele como se fosse um dedo. Ergueu a vista e a viu, no extremo oposto, mas muito bem definida entre os outros passageiros. Ela não desviou o olhar. Pelo contrário: manteve-o com tamanho descaramento que ele não podia pensar senão o que pensou: negra, jovem e bonita, mas puta sem sombra de dúvida. Descartou-a da sua vida, porque não podia conceber nada mais indigno do que pagar pelo amor: não o fez nunca.

Florentino Ariza saltou na Praça dos Carros, que era o ponto final dos bondes, escafedeu-se a toda pressa pelo labirinto do comércio porque a mãe o esperava às seis, e quando saiu do outro lado da multidão ouviu ressoarem os saltos de mulher alegre nas pedras, e se voltou para olhar e para se convencer do que já sabia: era ela. Estava vestida como as escravas das estampas, com uma saia rodada que levantava com um gesto de dança para passar sobre as poças da rua, um decote que deixava os ombros descobertos, um maço de colares de cor e um turbante branco. Ele as conhecia do hotel suspeito. Sucedia amiúde que às seis da tarde ainda estavam só com o café da manhã, e então o único recurso que lhes restava era usar o sexo como um punhal de salteador de estrada, e o colocavam contra a garganta do primeiro que encontrassem na rua: a piroca ou a vida. Em busca de uma prova final, Florentino Ariza mudou de direção, meteu-se pela ruela deserta do Candeeiro, e ela o seguiu cada vez mais de perto. Então ele parou, se virou, fechou a passagem dela apoiado no guarda-chuva com as duas mãos. Ela ficou firme na frente dele.

— Você se enganou, linda — disse ele: — eu não dou.

— Claro que sim — disse ela: — vê-se na sua cara.

Florentino Ariza se lembrou de uma frase que ouvira menino do médico da família, seu padrinho, a propósito da sua prisão de ventre crônica: "O mundo está dividido entre os que cagam bem e os que cagam mal." Sobre esse dogma o médico elaborara toda uma teoria do caráter, que considerava mais certeira do que a astrologia. Mas com as lições dos anos, Florentino Ariza a formulou de outro modo: "O mundo está dividido entre os que trepam e os que não trepam." Desconfiava dos últimos: quando saíam dos trilhos, era para eles tão insólito que alardeavam o amor como se tivessem acabado de inventá-lo. Os que o faziam amiúde, em compensação, viviam só para isso. Sentiam-se tão bem que se comportavam como sepulcros lacrados, por saberem que da discrição dependia sua vida. Nunca falavam de suas proezas, não confiavam em ninguém, bancavam os distraídos até o ponto de ganharem fama de impotentes, de frígidos, e sobretudo de maricas tímidos, como era o caso de Florentino Ariza. Mas se compraziam no equívoco, porque o equívoco também os protegia. Eram uma loja maçônica hermética, cujos sócios se reconheciam entre si no mundo inteiro, sem necessidade de um idioma comum. Daí o fato de Florentino Ariza não se surpreender com a resposta da moça: era uma dos seus, e portanto sabia que ele sabia que ela sabia.

Foi o erro da sua vida, tal como sua consciência ia fazer com que se lembrasse a cada hora de cada dia, até o último dia. Ela não queria lhe suplicar amor, menos ainda amor pago, e sim um emprego no que fosse, qualquer que fosse e com o salário que fosse, na Companhia Fluvial do Caribe. Florentino Ariza ficou tão envergonhado com sua própria conduta que a levou ao chefe do pessoal, e este lhe deu um posto de ínfima categoria na seção geral, que ela desempenhou com seriedade, modéstia e consagração durante três anos.

Os escritórios da C.F.C. estavam desde sua fundação diante do cais fluvial, sem nada em comum com o porto dos transatlânticos no lado oposto da baía, nem com o atracadouro do mercado na baía das Ânimas. Era um edifício de madeira com telhado de zinco de duas águas, um único balcão grande com colunas na fachada e várias janelas com telas de arame nos quatro costados, das quais se viam completos os navios no cais como quadros pendurados na parede. Quando o construíram, os precursores alemães pintaram de vermelho o zinco dos telhados e de branco brilhante os tabiques de madeira, de maneira que o próprio edifício tinha algo de navio fluvial. Mais tarde pintaram-no todo de azul, e pelos tempos em que Florentino Ariza começou a trabalhar na empresa era um galpão poeirento sem cor definida, e nos telhados oxidados havia emendas de folhas de zinco novas sobre as folhas originais. Por trás do edifício, num pátio de caliça cercado de tela de galinheiro, havia dois armazéns amplos de construção mais recente, e no fundo havia um desaguadouro fechado, sujo e fedorento, onde apodreciam os despejos de meio século de navegação fluvial: escombros de navios históricos, desde os primitivos de uma só chaminé, inaugurados por

Simão Bolívar, até alguns tão recentes que já tinham ventiladores elétricos nos camarotes. Tinham sido em sua maioria desmantelados para a utilização dos materiais em outros navios, mas muitos estavam em tão bom estado que parecia possível dar-lhes uma mão de pintura e botá-los para navegar, sem espantar as iguanas nem derrubar as árvores de grandes flores amarelas que os faziam mais nostálgicos.

No andar de cima do edifício ficava a seção administrativa, em escritórios pequenos mas cômodos e bem aparelhados, como os camarotes dos navios, pois não tinham sido feitos por arquitetos civis e sim por engenheiros navais. No fim do corredor, como mais um empregado, despachava o tio Leão XII num escritório igual a todos, com a única diferença de que ele encontrava pela manhã em sua secretária um jarro de vidro com alguma espécie de flores de cheiro bom. No andar de baixo ficava a seção de passageiros, com uma sala de espera de bancos rústicos e um balcão para a emissão de passagens e o manuseio de bagagens. No fim de tudo ficava a confusa seção geral, cujo mero nome dava uma ideia do vago de seus atributos, e onde morriam de má morte os problemas que permaneciam por resolver no resto da empresa. Ali estava Leona Cassiani, perdida atrás de uma carteira escolar entre um montão de sacos de milho arrumados e papéis sem solução, no dia em que o tio Leão XII em pessoa foi ver que diabo lhe ocorreria para fazer com que a seção geral servisse para alguma coisa. Ao fim de três horas de perguntas, de suposições teóricas e averiguações concretas com todos os empregados em plenário, voltou ao seu escritório atormentado pela certeza de não haver encontrado nenhuma solução para tantos problemas, e sim o contrário: novos e variados problemas para solução nenhuma.

No dia seguinte, quando Florentino Ariza entrou no seu escritório, encontrou um memorando de Leona Cassiani, com o pedido de que o estudasse e mostrasse em seguida a seu tio, se lhe parecesse pertinente. Era a única que não tinha dito uma palavra durante a inspeção da tarde anterior. Mantivera-se de propósito em sua digna condição de empregada por caridade, mas no memorando fazia notar que não o fizera por negligência e sim por respeito às hierarquias da seção. Era de uma simplicidade alarmante. Tio Leão XII propusera uma reorganização a fundo, mas Leona Cassiani pensava o contrário, pela lógica simples de que a seção geral não existia na realidade: era a lixeira dos problemas encrencados mas insignificantes que as outras seções passavam adiante. A solução, em consequência, era eliminar a seção geral, e devolver os problemas para serem resolvidos em suas seções de origem.

Tio Leão XII não tinha a menor ideia de quem era Leona Cassiani nem recordava ter visto alguém que pudesse ser ela na reunião da tarde anterior, mas quando leu o memorando chamou-a ao seu escritório e conversou com ela a portas fechadas durante duas horas. Falaram um pouco de tudo, de acordo com o método que ele usava para conhecer as pessoas. O memorando era de simples senso comum, e a solução deu, com efeito, o resultado apetecido. Mas isso não importava para tio Leão XII: importava ela. O que mais lhe chamou a atenção foi que seus únicos estudos depois do primário tinham sido na Escola de Chapelaria. Além disso, estava aprendendo inglês em casa por um rápido método sem mestre, e há três meses tinha aulas noturnas de datilografia, um ofício moderno de grande futuro, como antes se dizia do telégrafo e se dissera antes das máquinas a vapor.

Quando saiu da entrevista já tio Leão XII tinha começado a chamá-la como a chamaria sempre: xará Leona. Resolvera eliminar de uma penada a seção conflituosa e repartir os problemas de maneira a que fossem resolvidos pelos mesmos que os criavam, de acordo com a sugestão de Leona Cassiani, e inventara para ela um posto sem nome e sem funções específicas, que na prática era o de assistente pessoal sua. Essa tarde, depois do enterro sem flores da seção geral, tio Leão XII perguntou a Florentino Ariza de onde havia tirado Leona Cassiani, e ele respondeu com a verdade.

— Pois volte ao bonde e me traga todas as que encontrar como esta — disse o tio. — Com mais duas ou três assim botamos o seu galeão a flutuar.

Florentino Ariza entendeu isso como uma piada típica de tio Leão XII, mas no dia seguinte se viu sem o carro que lhe haviam designado seis meses antes, e que agora lhe tiravam para que continuasse buscando talentos ocultos nos bondes. Leona Cassiani, por sua parte, perdeu em breve seus escrúpulos iniciais, e tirou de dentro de si tudo que tinha guardado com tanta astúcia nos primeiros três anos. Em três mais abarcara o controle de tudo, e nos quatro seguintes chegou às portas da secretaria geral, mas se negou a entrar porque estava apenas um escalão abaixo de Florentino Ariza. Até então tinha estado sob suas ordens, e queria continuar estando, embora a realidade fosse outra: o próprio Florentino Ariza não se dava conta de que era ele quem estava debaixo das ordens dela. Assim era: ele não fizera mais do que cumprir o que ela sugeria na Direção Geral para ajudá-lo a subir contra os ardis de seus inimigos ocultos.

Leona Cassiani tinha um talento diabólico para manejar segredos, e sempre sabia estar onde devia no momento justo. Era dinâmica, silenciosa, de uma doçura sábia. Mas quando era indispensável, com a dor na alma, soltava as rédeas a um caráter de ferro maciço. Contudo, nunca o usou para si mesma. Seu único objetivo foi varrer a escada a qualquer preço, com sangue se não havia outro jeito, para que Florentino Ariza subisse até onde se havia proposto sem calcular muito bem a própria força. Ela teria feito o mesmo de qualquer maneira, é claro, por sua indomável vocação de poder, mas a verdade é que o fez de forma consciente e por pura gratidão. Era tal sua determinação que o próprio Florentino Ariza se perdeu em seus manejos, e num momento de pouca sorte procurou fechar-lhe o caminho pensando que ela procurava fechar o dele. Leona Cassiani colocou-o em seu lugar.

— Não se engane — disse. — Eu me afasto de tudo isso quando você quiser, mas pense bem antes.

Florentino Ariza, que na verdade não tinha pensado bem, pensou então o melhor que pôde, e lhe entregou suas armas. O certo é que em meio àquela guerra sórdida dentro de uma empresa em crise perpétua, em meio a seus desastres de falcoeiro sem sossego e à ilusão cada vez mais incerta de Fermina Daza, o impassível Florentino Ariza não tivera um instante de paz interior diante do espetáculo fascinante daquela negra brava besuntada de merda e de amor na febre da peleja. Tanto assim que muitas vezes lamentou em segredo que ela não tivesse sido na realidade o que ele acreditava que fosse na tarde em que a conheceu, para ter limpado o traseiro com seus princípios e ter feito o amor com ela ainda que pago com pepitas de ouro vivo. Pois Leona Cassiani continuava sendo igual à daquela tarde no bonde, com as mesmas roupas de roceira espaventosa, seus turbantes loucos, seus brincos e pulseiras de osso, seu maço de colares e seus anéis de pedras falsas em todos os dedos: uma leoa de rua. O muito pouco que os anos lhe haviam acrescentado por fora era para seu bem. Navegava numa maturidade esplêndida, seus encantos de mulher eram mais inquietantes, e seu ardoroso corpo de africana se ia fazendo mais denso com a madureza. Florentino Ariza não tinha tornado a se insinuar em dez anos, pagando assim a dura penitência do erro original, e ela o ajudara em tudo, menos nisso.

Uma noite em que ficou trabalhando até muito tarde, como fazia com frequência depois da morte da mãe, Florentino Ariza já saía quando viu luz no escritório de Leona Cassiani. Abriu a porta sem bater, e ali estava: só no escritório, absorta, séria, com uns óculos novos que lhe davam um semblante acadêmico. Florentino Ariza constatou com um pavor ditoso que estavam os dois sós na casa, estavam os cais desertos, a cidade adormecida, a noite eterna no mar tenebroso, o bramido triste de um navio que ainda levaria mais de uma hora a chegar. Florentino Ariza se apoiou no guarda-chuva com as duas mãos, tal como havia feito na ruela do Candeeiro para lhe fechar o caminho, só que agora o fazia para não demonstrar a desarticulação dos joelhos.

— Diga-me uma coisa, leoa de minh'alma — disse: — quando vamos sair disto?

Ela tirou os óculos sem surpresa, com um domínio absoluto, e o deslumbrou com seu riso solar. Nunca o chamara de você.

— Ai, Florentino Ariza — disse —, estou há dez anos sentada aqui esperando que você me pergunte.

Era tarde: a ocasião ia com ela no bonde de burro, tinha estado sempre com ela na mesma cadeira em que estava sentada, mas agora tinha ido para sempre. A verdade era que depois de tantas cachorradas subterrâneas que tinha feito por ele, depois de tanta sordidez suportada para ele, ela se adiantava na vida e estava muito para lá dos vinte anos de idade que ele tinha de vantagem: tinha envelhecido para ele. Ela o queria tanto que em vez de enganá-lo, preferiu continuar no seu amor por ele ainda que tivesse que fazê-lo saber disso de uma forma brutal.

— Não — disse a ele. — Eu me sentiria como se estivesse indo para a cama com o filho que nunca tive.

Florentino Ariza guardou em si o espinho de que não tivesse sido sua a última palavra. Pensava que quando uma mulher diz que não, está esperando que insistam com ela antes de tomar a decisão final, mas com ela era diferente: não podia brincar com o risco de se equivocar uma segunda vez. Retirou-se de boa vontade, e mesmo com uma certa graça que não lhe era fácil manter. A partir dessa noite, qualquer sombra que pudesse haver entre eles se dissipou sem ressentimento, e Florentino Ariza compreendeu por fim que se pode ser amigo de uma mulher sem ir para a cama com ela.

Leona Cassiani foi o único ser humano a quem Florentino Ariza esteve tentado a revelar o segredo de Fermina Daza. As poucas pessoas que o conheciam começavam a esquecê-lo por motivo de força maior. Três delas o haviam levado consigo para o túmulo sem dúvida nenhuma: sua mãe, que desde muito antes de morrer já o havia apagado da memória; Gala Placídia, morta de boa velhice a serviço da que lhe foi quase uma filha; e a inesquecível Escolástica Daza, a que lhe havia levado dentro de um livro de missa a primeira carta de amor que recebeu na vida, e que não podia mais estar viva depois de tantos anos. Lorenzo Daza, de quem não se sabia então se vivia ou estava morto, podia tê-lo revelado à irmã Franca de la Luz procurando evitar a expulsão, mas era pouco provável que o houvessem divulgado. Restava contar onze telegrafistas da província longínqua de Hildebranda Sánchez, que tinham manipulado telegramas com seus nomes completos e endereços exatos, e ainda Hildebranda Sánchez e sua corte de primas indômitas.

O que Florentino Ariza ignorava era que o doutor Juvenal Urbino devia ser incluído na conta. Hildebranda Sánchez lhe havia revelado o segredo em algumas de suas tantas visitas dos primeiros anos. Mas o fez de forma tão casual e num momento tão inoportuno que, ao contrário do que ela pensou, não entrou por um ouvido do doutor Urbino e saiu pelo outro, pois não entrou por ouvido nenhum. Hildebranda, na verdade, tinha mencionado Florentino Ariza como um dos poetas escondidos que segundo ela tinham possibilidades de ganhar os Jogos Florais. O doutor Urbino teve de fazer um esforço para se lembrar quem era, e ela lhe disse sem que fosse indispensável mas sem um pingo de malícia que ele fora o único noivo que Fermina Daza tinha tido antes de se casar. Falou convencida de que se tratara de algo tão inocente e efêmero que era mais comovente do que outra coisa qualquer. O doutor Urbino respondeu sem olhá-la: "Não sabia que esse sujeito era poeta." E o apagou da memória no mesmo instante, entre outras coisas porque sua profissão o acostumara a um manejo ético do esquecimento.

Florentino Ariza observou que os depositários do segredo, com exceção de sua mãe, pertenciam ao mundo de Fermina Daza. No seu estava só ele, só com o peso esmagador de uma carga que muitas vezes necessitara compartilhar, mas ninguém até então lhe merecera tanta confiança. Leona Cassiani era a única possível, e ele só estava esperando a maneira e a ocasião. Nisto pensava na tarde de bochorno estival em que o doutor Juvenal Urbino subiu as escadas empinadas da C.F.C., fazendo uma pausa em cada degrau para sobreviver ao calor das três, e apareceu arquejante no escritório de Florentino Ariza empapado de suor até nas calças, e disse com o último alento: "Acho que vem para cima de nós um ciclone." Florentino Ariza o vira ali muitas vezes, em busca do tio Leão XII, mas nunca tivera como agora a impressão tão nítida de que aquela aparição indesejável tinha algo a ver com sua vida.

Era a época em que também o doutor Juvenal Urbino tinha superado os escolhos da profissão, e andava quase de porta em porta feito um mendigo de chapéu na mão, buscando contribuições para suas promoções artísticas. Um dos seus contribuintes mais assíduos e pródigos foi sempre tio Leão XII, que naquele justo momento começara a fazer sua sesta diária de dez minutos, sentado na poltrona de molas da mesa de trabalho. Florentino Ariza pediu ao doutor Juvenal Urbino o favor de esperar em seu escritório, contíguo ao do tio Leão XII e que de certa forma lhe servia de sala de espera.

Em diversas ocasiões se haviam visto, mas nunca tinham estado assim, frente a frente, e Florentino Ariza padeceu mais uma vez a náusea de se sentir inferior. Foram dez minutos eternos, durante os quais se levantou três vezes na esperança de que o tio tivesse acordado antes do tempo, e tomou uma garrafa térmica inteira de café puro. O doutor Urbino não aceitou nem uma xícara. Disse: "Café é veneno." E continuou encadeando um tema ao outro sem sequer se preocupar em ser escutado. Florentino Ariza não podia suportar sua distinção natural, a fluidez e precisão de suas palavras, seu hálito recôndito de cânfora, seu encanto pessoal, a maneira tão fácil e elegante com que conseguia que mesmo as frases mais frívolas, só porque ele as dizia, parecessem essenciais. De repente, o médico mudou de tema de um modo abrupto:

— Gosta de música?

Pegou-o de surpresa. Na realidade, Florentino Ariza assistia a quantos concertos ou representações de ópera houvesse na cidade, mas não se sentia capaz de manter uma conversação crítica ou bem informada. Tinha um xodó pela música da moda, sobretudo as valsas sentimentais, cuja afinidade com as que ele mesmo compunha quando adolescente, ou com seus versos secretos, não era possível negar. Bastava ouvi-las uma vez de passagem para que logo não houvesse força de Deus que lhe tirasse da cabeça o fio da melodia durante noites inteiras. Mas isso não seria uma resposta séria para uma pergunta tão séria de um especialista.

— Gosto de Gardel — disse.

O doutor Urbino compreendeu. "Sei", disse. "Está na moda." E se embarafustou pelo relato de seus novos e numerosos projetos, que havia de realizar como sempre sem subsídio oficial. Acentuou que era de cortar o coração a inferioridade dos espetáculos que era possível trazer agora diante dos esplêndidos do século anterior. Assim era: há um ano vendia assinaturas para trazer o trio Cortot-Casals-Thibaud ao Teatro da Comédia, e não havia ninguém no governo que soubesse quem eram, enquanto para aquele mesmo mês estavam esgotados os lugares para a companhia de peças policiais Ramón Caralt, para a Companhia de Operetas e Zarzuelas de Manolo de la Presa, para os Santanelas, inefáveis transformistas mímico-fantásticos que trocavam de roupa em cena aberta no instante de um relâmpago fosforescente, para Danyse d'Altaine, que se apresentava como antiga bailarina do Folies Bergère, e até para o abominável Ursus, um energúmeno basco que lutava corpo a corpo com um touro de tourada. No entanto, não era o caso de nos queixarmos, quando os próprios europeus davam uma vez mais o mau exemplo de uma guerra bárbara, quando nós começávamos a viver em paz depois de nove guerras civis em meio século, as quais bem contadas podiam ser uma só: sempre a mesma. O que mais chamou a atenção de Florentino Ariza naquele discurso cativante foi a possibilidade de retomar os Jogos Florais, a mais conhecida e duradoura das iniciativas que o doutor Juvenal Urbino concebera no passado. Teve que morder a língua para não contar que ele próprio fora participante assíduo daquele concurso anual que chegou a interessar poetas de grande nome, não só no resto do país como em outros do Caribe.

Apenas começada a conversa, o vapor quente do ar esfriou de repente, e uma tempestade de ventos cruzados sacudiu portas e janelas com fortes estampidos, e o escritório rangeu até os alicerces feito um veleiro à deriva. O doutor Juvenal Urbino não pareceu reparar. Fez alguma referência casual aos ciclones lunáticos de junho, e de repente, sem que viesse ao caso, falou na esposa. Não só a tinha como sua colaboradora mais entusiasta, como era a própria alma de suas iniciativas. Disse: "Eu não seria ninguém sem ela." Florentino Ariza o escutou impassível, aprovando tudo com um movimento leve da cabeça, sem se atrever a dizer nada por medo de ser traído pela voz. No entanto, duas ou três frases mais lhe bastaram para compreender que o doutor Juvenal Urbino, em meio a tantos compromissos absorventes, ainda encontrava tempo para adorar a esposa quase tanto quanto ele, e essa verdade o aturdiu. Mas não pôde reagir como teria querido, porque o coração lhe pregou então uma dessas putas peças que só mesmo ao coração ocorrem: revelou-lhe que ele e aquele homem que considerara sempre como o inimigo pessoal eram vítimas de um mesmo destino e partilhavam o azar de uma paixão comum: dois animais de canga jungidos ao mesmo jugo. Pela primeira vez nos vinte e sete anos intermináveis que passava esperando, Florentino Ariza não pôde resistir à pontada de dor de que aquele homem admirável tivesse que morrer para que ele fosse feliz.

O ciclone passou ao largo, mas suas lufadas destroçaram em quinze minutos os bairros dos pântanos e causaram estragos em metade da cidade. O doutor Juvenal Urbino, satisfeito uma vez mais com a generosidade do tio Leão XII, não esperou que amainasse por completo e carregou por distração o guarda-chuva pessoal que Florentino Ariza lhe emprestou para chegar ao carro. Mas ele não ligou. Ao contrário: alegrou-se de pensar no que Fermina Daza ia pensar quando soubesse quem era o dono do guarda-chuva. Sentia ainda a comoção da entrevista quando Leona Cassiani passou pelo seu escritório, e a ocasião lhe pareceu única para revelar o segredo sem mais rodeios, que era como arrebentar um cacho de furúnculos que não o deixava viver: agora ou nunca. Começou por lhe perguntar que achava do doutor Juvenal Urbino. Ela respondeu quase sem pensar: "É um homem que faz muitas coisas, demasiadas talvez, mas acho que ninguém sabe o que pensa." Depois refletiu, despedaçando a borracha do lápis com os dentes afiados e grandes, de negra grande, e afinal deu de ombros para liquidar um assunto que não a preocupava.

— Vai ver que é por isso que faz tantas coisas — disse: — para não ter que pensar.

Florentino Ariza tentou retê-la.

— O que me dói é que tem de morrer — disse.

— Todo mundo tem de morrer — disse ela.

— Sim — disse ele —, mas este mais que todo mundo.

Ela não entendeu nada: tornou a dar de ombros sem falar, e foi embora. Então Florentino Ariza soube que em alguma noite incerta do futuro, num leito feliz com Fermina Daza, ia contar-lhe que não revelara o segredo de seu amor nem mesmo à única pessoa que conquistara o direito de sabê-lo. Não: não havia de revelá-lo nunca, nem à própria Leona Cassiani, não porque não quisesse abrir para ela o cofre onde o guardara tão bem ao longo de meia vida, mas porque só então percebeu que tinha perdido a chave.

Não era isso, contudo, o mais perturbador daquela tarde. Ficava-lhe a saudade dos seus tempos de moço, a lembrança vívida dos Jogos Florais, cujo estrondo repercutia cada 15 de abril no âmbito das Antilhas. Ele foi sempre um dos seus protagonistas, mas sempre, como em quase tudo, um protagonista secreto. Participara várias vezes desde o concurso inaugural, e nunca obtivera nem a última menção. Mas não lhe importava, pois não concorria pela ambição do prêmio e sim porque o certame tinha para ele uma atração adicional: Fermina Daza foi a encarregada de abrir os envelopes lacrados e proclamar o nome dos vencedores na primeira sessão, e desde então ficou estabelecido que continuasse a fazê-lo nos anos seguintes.

Escondido na penumbra das poltronas, com uma camélia viva pulsando na botoeira da lapela com a força da sua ansiedade, Florentino Ariza viu Fermina Daza abrindo os três envelopes lacrados no palco do antigo Teatro Nacional, na noite do primeiro concurso. A si mesmo perguntou o que ia suceder no coração dela quando descobrisse que era ele o ganhador da Orquídea de Ouro. Tinha certeza de que ela reconheceria a letra, e que naquele instante havia de evocar as tardes de bordados debaixo das amendoeiras da pracinha, o odor das gardênias murchas nas cartas, a valsa confidencial da deusa coroada nas madrugadas de vento. Não aconteceu. Pior ainda: a Orquídea de Ouro, o galardão mais cobiçado da poesia nacional, foi concedida a um imigrante chinês. O escândalo público que a decisão insólita provocou pôs em dúvida a seriedade do certame. Mas a sentença foi justa e a unanimidade do júri tinha sua justificação na excelência do soneto.

Ninguém acreditou que o autor fosse o chinês premiado. Chegara em fins do século anterior fugindo ao flagelo de febre amarela que assolou o Panamá durante a construção da estrada de ferro dos dois oceanos, junto com muitos outros que aqui ficaram até morrer, vivendo em chinês, proliferando em chinês, e tão parecidos uns com os outros que não havia quem os distinguisse. De início não passavam de dez, alguns com as mulheres e os filhos e os cachorros de comer, mas em poucos anos inundaram quatro vielas dos arrabaldes do porto com novos chineses intempestivos que entravam no país sem deixar rastro nos registros alfandegários. Alguns dos jovens se converteram em patriarcas veneráveis com tanta precipitação que ninguém explicava como tinham tido tempo de envelhecer. A intuição popular dividiu-os em duas classes: os chineses maus e os chineses bons. Os maus eram os das estalagens lúgubres do porto, onde tanto se comia como um rei ou se morria de repente na mesa diante de um prato de rato com girassóis, e das quais se suspeitava que não passavam de biombos do comércio de brancas e do tráfico de tudo. Os bons eram os chineses das lavanderias, herdeiros de uma ciência sagrada, que devolviam as camisas mais limpas do que se fossem novas, com colarinhos e punhos feito hóstias recém-engomadas. Foi um desses chineses bons que derrotou nos Jogos Florais setenta e dois rivais bem apetrechados.

Ninguém entendeu o nome quando Fermina Daza o leu espantada. Não só por ser um nome insólito, como porque de toda maneira ninguém sabia de ciência certa como se chamavam os chineses. Mas não havia muito que pensar, porque o chinês premiado surgiu do fundo da plateia com esse sorriso celestial que têm os chineses quando chegam cedo em casa. Tinha ido tão seguro da vitória que vestia para receber o prêmio a camisola de seda amarela dos ritos da primavera. Recebeu a Orquídea de Ouro de dezoito quilates, e a beijou de ventura em meio às troças estrondosas dos incrédulos. Não se alterou. Esperou no centro da cena, imperturbável como o apóstolo de uma Divina Providência menos dramática do que a nossa, e no primeiro silêncio leu o poema premiado. Ninguém o entendeu. Mas quando passou o novo bombardeio de vaias, Fermina Daza leu-o de novo, impassível, com sua afônica voz insinuante, e o assombro se impôs desde o primeiro verso. Era um soneto da mais pura estirpe parnasiana, perfeito, atravessado por uma brisa de inspiração que delatava a cumplicidade de alguma mão de mestre. A única explicação plausível era que algum poeta dos grandes tivesse concebido aquela troça para zombar dos Jogos Florais, e que o chinês se prestara a ela com a determinação de guardar segredo até a morte. O *Diário do Comércio*, nosso jornal tradicional, tratou de remendar o prestígio cívico com um ensaio erudito e mais para indigesto sobre a antiguidade e a influência cultural dos chineses no Caribe, e seu merecido direito de participar nos Jogos Florais. Quem escreveu o ensaio não duvidava de que o autor do soneto fosse na realidade quem dizia ser e o justificava sem rodeios desde o título: *Todos os chineses são poetas.* Os promotores da conjura, se houve, apodreceram em seus sepulcros com o segredo. De sua parte, o chinês premiado morreu sem confissão numa idade oriental, e foi enterrado com a Orquídea de Ouro dentro do ataúde, mas com a amargura de não ter conseguido em vida a única coisa a que aspirava, que era seu crédito de poeta. Por motivo da morte se evocou na imprensa o incidente esquecido dos Jogos Florais, se reproduziu o soneto com uma vinheta modernista de donzelas túrgidas com cornucópias de ouro, e os deuses custódios da poesia se valeram da ocasião para pôr as coisas em seu lugar: o soneto pareceu tão ruim à nova geração que já ninguém pôs em dúvida que na realidade fora escrito pelo chinês morto.

Florentino Ariza associou sempre aquele escândalo à lembrança de uma desconhecida opulenta que se sentava ao seu lado. Reparara nela no princípio do ato, mas depois a esquecera no susto da espera. Ela lhe chamou a atenção por sua brancura de nácar, sua fragrância de gorda feliz, seu grande peito de soprano coroado por uma magnólia artificial. Usava um vestido de veludo preto muito apertado, tão preto quanto os olhos ansiosos e cálidos, e tinha o cabelo mais preto ainda, estirado na nuca com uma travessa de cigana. Usava brincos pendentes, colar do mesmo estilo e anéis iguais em vários dedos, todos de placas brilhantes, e um sinal pintado a lápis na face direita. Na confusão dos aplausos finais, olhou Florentino Ariza com uma aflição sincera.

— Acredite que sinto muito — disse.

Florentino Ariza se impressionou, não pelas condolências que na realidade merecia e sim pelo assombro de que alguém conhecesse seu segredo. Ela esclareceu: "Percebi pela maneira como tremia a flor da sua lapela enquanto se abriam os envelopes." Mostrou-lhe a magnólia de pelúcia que tinha na mão, e lhe abriu o coração:

— Eu por isso tirei a minha — disse.

Estava a ponto de chorar devido à derrota, mas Florentino Ariza lhe mudou o ânimo com seu instinto de caçador noturno.

—Vamos a algum lugar para chorar juntos — disse.

Acompanhou-a à casa dela. Já na porta, e em vista de ser quase meia-noite e não haver ninguém na rua, convenceu-a a convidá-lo para um conhaque enquanto viam os álbuns de recortes e fotografias de mais de dez anos de acontecimentos públicos, que ela dizia ter. O truque já então era velho, mas dessa vez foi involuntário, porque ela é que falara nos álbuns enquanto caminhavam depois de deixar o Teatro Nacional. Entraram. A primeira coisa que observou Florentino Ariza ao chegar à sala foi que a porta do único quarto estava aberta, e que a cama era vasta e suntuosa, com uma colcha de brocado e cabeceira de ramagens de bronze. Esta visão o perturbou. Ela deve ter percebido, pois se adiantou pela sala e fechou a porta do quarto. Convidou-o em seguida a se sentar num canapé de cretone florido onde dormia um gato, e colocou na mesa de centro sua coleção de álbuns. Florentino Ariza começou a folheá-los sem pressa, pensando mais nos passos seguintes do que no que via, e de repente levantou o rosto e viu que os olhos dela estavam cheios de lágrimas. Aconselhou-a a chorar quanto quisesse, sem pudor, pois nada aliviava como o pranto, mas sugeriu que afrouxasse o corpinho para chorar. Apressou-se a ajudá-la, porque o corpinho se ajustava à força nas costas com uma grande costura de cordões cruzados. Não precisou acabar, pois o corpinho acabou de se soltar pela pura pressão interna, e a tetaria astronômica respirou a seu bel-prazer.

Florentino Ariza, que nunca perdera o susto da primeira vez, mesmo nas ocasiões mais fáceis, arriscou-se a uma carícia epidérmica no pescoço com a ponta dos dedos, e ela se retorceu com um gemido de menina que consente sem deixar de chorar. Então ele a beijou no mesmo lugar, como fizera com os dedos, e não pôde fazê-lo uma segunda vez porque ela se voltou para ele com todo o seu corpo monumental, ávido e quente, e ambos rolaram pelo chão abraçados. O gato acordou no sofá com um guincho, e saltou para cima deles. Eles se buscaram às tontas como novatos apressados e se encontraram de qualquer jeito, se revirando sobre os álbuns desfolhados, vestidos, ensopados de suor, e mais inclinados a evitar as unhadas furiosas do gato do que o desastre de amor que estavam cometendo. Mas a partir da noite seguinte, com as feridas ainda sangrando, continuaram a fazê-lo por vários anos.

Quando percebeu que tinha começado a amá-la, ela já estava na plenitude, e ele ia fazer trinta anos. Chamava-se Sara Noriega, e tivera um quarto de hora de celebridade na juventude, ao ganhar um concurso com um livro de versos sobre o amor dos pobres, que nunca foi publicado. Era professora de Urbanidade e Instrução Cívica em escolas oficiais, e vivia do seu ordenado numa casa alugada no multicolorido conjunto da Passagem dos Noivos, no antigo bairro de Getsêmani. Tivera vários amantes de ocasião, mas nenhum com ilusões matrimoniais, porque era difícil que algum homem do seu meio e do seu tempo se casasse com uma mulher com quem tivesse dormido. Tampouco ela tornou a alimentar essa ilusão depois que seu primeiro noivo formal, a quem amou com a paixão quase demente de que era capaz aos dezoito anos, escapou ao compromisso uma semana antes da data prevista para as bodas, e a deixou perdida num limbo de noiva enganada. Ou de solteira usada, como se dizia então. Contudo, aquela primeira experiência, ainda que cruel e efêmera, não lhe deixou nenhum azedume, só a convicção deslumbrante de que com casamento ou sem ele, sem Deus ou sem lei, não valia a pena viver se não fosse para ter um homem na cama. O que mais Florentino Ariza apreciava nela era que enquanto fazia o amor tinha que chuchar uma chupeta para alcançar a glória plena. Chegaram a ter uma réstia de todos os tamanhos, formas e cores encontradiços no mercado, e Sara Noriega pendurava as chupetas na cabeceira da cama para encontrá-las às cegas nos momentos de extrema urgência.

Embora ela fosse tão livre quanto ele, e talvez não se opusesse a que suas relações fossem públicas, Florentino Ariza as arrumou desde o principio como aventura clandestina. Esgueirava-se pela porta de serviço, quase sempre tarde da noite, e escapava na ponta do pé pouco antes de raiar o dia. Tanto ela quanto ele sabiam que numa moradia compartilhada e populosa como aquela, os vizinhos no fim das contas deviam estar mais inteirados do que davam a entender. Mas ainda que fosse uma simples fórmula, Florentino Ariza era assim, e assim seria com todas até o fim da vida. Nunca cometeu um erro, nem com ela nem com qualquer outra, nunca incorreu numa deslealdade. Não exagerava: só numa ocasião deixou um rastro comprometedor ou prova escrita, o que teria podido custar-lhe a vida. Na realidade, comportou-se sempre como se fosse o esposo eterno de Fermina Daza, um esposo infiel mas tenaz, que lutava sem tréguas para se libertar da sua servidão, mas sem causar o desgosto de uma traição.

Semelhante hermetismo não podia prosperar sem equívocos. A própria Trânsito Ariza morreu convencida de que o filho concebido por amor e criado para o amor estava imune a toda forma de amor devido a sua primeira adversidade juvenil. Contudo, muitas pessoas menos benévolas que estiveram muito próximas dele, que conheciam seu caráter misterioso e sua predileção por indumentárias místicas e loções raras, partilhavam da suspeita de que ele não era imune ao amor, e sim à mulher. Florentino Ariza sabia disto e nunca fez nada para desmenti-lo. Isso tampouco preocupou Sara Noriega. Tal como as outras mulheres incontáveis que amou, e mesmo as que lhe agradavam e o achavam agradável sem amá-lo, aceitou-o como aquilo que era na realidade: um homem de passagem.

Acabou por aparecer em sua casa a qualquer hora, sobretudo nas manhãs de domingo, que eram as mais pacatas. Ela abandonava o que estivesse fazendo, fosse o que fosse, e se consagrava de corpo inteiro a fazê-lo feliz na enorme cama enfeitada que esteve sempre à disposição dele, e na qual nunca permitiu a adoção de formalismos litúrgicos. Florentino Ariza não compreendia como uma solteira sem passado podia ser tão sábia em assuntos de homens, nem como podia manejar seu doce corpo de delfina com tanta leveza e tanta ternura, como se se movesse por baixo d'água. Ela se defendia dizendo que o amor, antes de mais nada, era um talento natural. Dizia: "Ou se nasce sabendo ou não se sabe nunca." Florentino Ariza se retorcia de ciúmes regressivos pensando que talvez ela fosse mais passeada do que dizia ser, mas tinha que engolir as suspeitas inteiras porque também ele lhe dizia, como dizia a todas, que ela fora sua única amante. Entre muitas outras coisas que lhe apraziam menos, precisou resignar-se a ter na cama o gato furioso, cujas garras eram embotadas por Sara Noriega para que não dilacerasse os dois a unhadas enquanto faziam amor.

Contudo, quase tanto quanto gostava de folgar na cama até o esgotamento, ela gostava de consagrar as fadigas do amor ao culto da poesia. Não só tinha uma memória assombrosa para os versos sentimentais do seu tempo, cujas novidades se vendiam em folhetos populares de dois centavos, como gravara com alfinetes na parede os poemas de que gostava mais, para lê-los em voz alta a qualquer hora. Tinha feito uma versão em endecassílabos pares dos textos de Urbanidade e Instrução Cívica, como os que se usavam para a ortografia, mas não conseguiu a aprovação oficial. Era tal seu arrebatamento declamatório que às vezes continuava recitando aos gritos enquanto fazia amor, e Florentino Ariza tinha que pôr-lhe a chupeta na boca à viva força, como se fazia com as crianças para que parassem de chorar.

Na plenitude de suas relações, Florentino Ariza se perguntara qual dos dois estados seria o amor, o da cama turbulenta ou o das tardes aprazíveis dos domingos, e Sara Noriega o tranquilizou com o argumento singelo de que tudo que fizessem nus era amor. Disse: "Amor da alma da cintura para cima e amor do corpo da cintura para baixo." Esta definição pareceu a Sara Noriega boa para um poema sobre o amor dividido, que escreveram a quatro mãos, e que ela apresentou nos quintos Jogos Florais, convencida de que ninguém participara até então com um poema tão original. Mas tornou a perder.

Estava furibunda enquanto Florentino Ariza a acompanhava a casa. Por alguma razão que não sabia explicar, tinha a convicção de que a manobra fora urdida contra ela por Fermina Daza, para não premiar seu poema. Florentino Ariza não lhe prestou atenção. Estava de um humor sombrio desde a entrega dos prêmios, pois há muito tempo não via Fermina Daza e aquela noite teve a impressão de que sofrera uma mudança profunda: pela primeira vez notava-se a um simples olhar sua condição de mãe. Não era novidade para ele, pois sabia que o filho já ia à escola. Contudo, sua idade maternal não lhe parecera antes tão evidente quanto naquela noite, tanto pelo diâmetro da cintura e seu andar um tanto incerto como pelas hesitações de voz quando leu a lista dos prêmios.

Procurando documentar suas lembranças, tornou a folhear os álbuns dos Jogos Florais enquanto Sara Noriega preparava algo de comer. Viu cromos de revistas, postais amarelecidos dos que se vendiam como lembrança nos portais de loja, e foi como uma reprise fantasmagórica da falácia de sua própria vida. Até então fora sustentado pela ficção de que era o mundo que passava, os costumes, a moda: tudo menos ela. Mas naquela noite viu pela primeira vez de forma consciente como a vida de Fermina Daza estava passando, e como passava a sua própria, enquanto ele nada fazia além de esperar. Nunca falara dela com ninguém, porque se sabia incapaz de pronunciar o nome sem que se notasse a palidez dos seus lábios. Mas esta noite, enquanto folheava os álbuns como em outras tantas noitadas de tédio dominical, Sara Noriega teve um desses acertos casuais que eram de gelar o sangue.

— É uma puta — disse.

Disse de passagem, vendo uma gravura de Fermina Daza fantasiada de pantera negra num baile de máscaras, e não teve que especificar ninguém para que Florentino Ariza soubesse de quem falava. Temendo alguma revelação que o fosse perturbar pelo resto da vida, avançou uma defesa cautelosa. Alegou que só conhecia Fermina Daza de longe, que nunca tinham passado dos cumprimentos formais e não tinha notícia nenhuma de sua intimidade, mas dava como certo que era uma mulher admirável, surgida do nada e enaltecida por seus próprios méritos.

— Por obra e graça de um casamento de interesse com um homem que não ama — interrompeu Sara Noriega. — É a maneira mais baixa de ser puta.

Com menos crueza mas igual rigidez moral, a mãe tinha dito o mesmo a Florentino Ariza procurando consolá-lo de suas desventuras. Perturbado até o tutano dos ossos, não achou uma resposta oportuna para a inclemência de Sara Noriega, e tratou de se esquivar ao tema. Mas Sara Noriega não deixou, até que acabasse de desabafar contra Fermina Daza. Por um golpe de intuição que não teria podido explicar, estava convencida de que ela fora autora da conspiração para lhe escamotear o prêmio. Não havia nenhuma razão para isso: não se conheciam, não se tinham visto nunca, e Fermina Daza não tinha nada a ver com as decisões do concurso, embora estivesse ao corrente dos seus segredos. Sara Noriega disse de um modo terminante: "Nós mulheres somos adivinhas." E pôs fim à discussão.

A partir desse momento, Florentino Ariza a viu com outros olhos. Também para ela passavam os anos. Sua natureza feraz murchava sem glória, seu amor perdurava em soluços, e suas pálpebras começavam a mostrar a sombra das velhas tristezas. Era uma flor de ontem. Além disso, na fúria da derrota perdera a conta dos conhaques. Não estava em uma boa noite: enquanto comiam o arroz de coco requentado, procurou estabelecer qual tinha sido a contribuição de cada um no poema derrotado, para saber quantas pétalas da Orquídea de Ouro teriam correspondido a cada qual. Não era a primeira vez que se entretinham em torneios bizantinos, mas ele aproveitou a ocasião para se vingar do golpe recente e se enredaram numa discussão mesquinha que revolveu em ambos os rancores de quase cinco anos de amor dividido.

Quando faltavam dez minutos para as doze, Sara Noriega trepou numa cadeira para dar corda no relógio de pêndulo, e o colocou de memória na hora certa, talvez querendo dizer sem dizê-lo que era hora de ir embora. Florentino Ariza sentiu então a urgência de cortar pela raiz aquela relação sem amor, e buscou a ocasião de tomar ele a iniciativa: como faria sempre. Rogando a Deus que Sara Noriega o convidasse a ficar na cama dela de modo que ele pudesse dizer que não, que estava tudo acabado entre eles, pediu-lhe que se sentasse ao seu lado quando acabou de dar corda no relógio. Mas ela preferiu manter-se à distância na poltrona das visitas. Florentino Ariza lhe estendeu então o dedo empapado de conhaque para que ela o chupasse, como gostava de fazer nos preâmbulos do amor de outra época. Ela o afastou.

— Agora não — disse. — Estou esperando alguém.

Desde que foi repudiado por Fermina Daza, Florentino Ariza aprendera a ficar sempre com a última palavra. Em circunstâncias menos penosas teria persistido nos assédios a Sara Noriega, certo de terminar a noite rolando com ela na cama, pois estava convencido de que uma mulher que vai para a cama com um homem uma vez continuará indo para a cama com ele cada vez que ele queira, desde que saiba enternecê-la a cada vez. Tinha suportado tudo em nome dessa convicção, tinha passado por cima de tudo mesmo nos negócios mais sujos do amor, com o fim de não conceder a nenhuma mulher nascida de mulher a oportunidade da última palavra. Mas aquela noite se sentiu tão humilhado que tomou o conhaque de um trago, fazendo todo o possível para que transparecesse seu rancor, e foi embora sem se despedir. Não tornaram a se ver.

A relação com Sara Noriega foi uma das mais longas e estáveis de Florentino Ariza, embora não fosse a única que manteve naqueles cinco anos. Quando compreendeu que se sentia bem com ela, sobretudo na cama, mas que jamais conseguiria substituir Fermina Daza por ela, recrudesceram suas noites de caçador solitário, e dava um jeito de repartir seu tempo e suas forças para que bem rendessem. Contudo, Sara Noriega operou o milagre de aliviá-lo durante algum tempo. Ao menos pôde viver sem ver Fermina Daza, ao contrário do que acontecia antes, quando interrompia a qualquer hora o que estivesse fazendo para buscá-la pelos rumos incertos dos seus presságios, nas ruas menos imagináveis, em lugares irreais onde era impossível que estivesse, vagando sem sentido com umas ânsias no peito que não lhe davam trégua até que a visse por um instante que fosse. O rompimento com Sara Noriega, pelo contrário, alvoroçou de novo suas saudades adormecidas, e se sentiu outra vez como nas tardes da pracinha e das leituras intermináveis, agora agravadas pela urgência da noção de que o doutor Juvenal Urbino tinha que morrer.

Sabia havia algum tempo que estava predestinado a fazer feliz uma viúva, e a ser feito feliz por ela, e isso não o preocupava. Pelo contrário: estava preparado. De tanto conhecê-las em suas incursões de caçador solitário, Florentino Ariza acabaria por saber que o mundo estava cheio de viúvas felizes. Ele as vira enlouquecer de dor diante do cadáver do marido, suplicando que as enterrassem vivas dentro do mesmo caixão para não enfrentar sem ele os azares do futuro, mas à medida que se reconciliavam com a realidade do seu novo estado ele as vira surgir das cinzas com uma vitalidade reverdecida. Começavam vivendo feito parasitas de sombra nos casarões desertos, viravam confidentes das criadas, amantes dos próprios travesseiros, sem nada que fazer depois de tantos anos de cativeiro estéril. Desperdiçavam as horas de sobra cosendo na roupa do morto os botões que nunca tinham tido tempo de pregar, passavam e tornavam a passar a ferro suas camisas de punhos e colarinhos de goma para que estivessem sempre perfeitos. Continuavam botando seu sabonete no banheiro, a colcha com suas iniciais na cama, o prato e os talheres em seu lugar na mesa, caso voltassem da morte sem avisar, como costumavam fazer em vida. Mas naquelas missas de solidão iam tomando consciência de que eram outra vez donas de seu arbítrio, depois de terem renunciado não só ao seu nome de família como à própria identidade, e tudo isso em troca de uma segurança que não foi mais do que mais uma de suas tantas ilusões de noivas. Só elas sabiam como pesava o homem que amavam com loucura, e que talvez as amasse, mas que tinham tido que continuar a criar até o último suspiro, dando-lhe de mamar, mudando-lhe as fraldas borradas, distraindo-o com historinhas de mãe para lhe aliviar o terror de sair de manhã e dar de cara com a realidade. E no entanto, quando o viam sair de casa instigado por elas próprias a enfrentar o mundo, então eram elas que ficavam com o terror de que o homem não voltasse nunca. Isso era a vida. O amor, caso houvesse, era uma coisa à parte: outra vida.

No ócio reparador da solidão, em compensação, as viúvas descobriam que a forma honrada de viver era à mercê do corpo, só comendo por fome, amando sem mentir, dormindo sem ter que fingir que dormiam para escapar à indecência do amor oficial, donas por fim do direito a uma cama inteira só para elas, na qual ninguém lhes disputasse a metade do lençol, a metade do ar de respirar, a metade da noite, até que o corpo se fartava de sonhar seus sonhos próprios, e despertava só. No seu madrugar de caçador furtivo, Florentino Ariza as encontrava à saída da missa das cinco, amortalhadas de preto e com o corvo do destino no ombro. Logo que o vislumbravam na claridade da alba atravessavam a rua e mudavam de calçada com passos miúdos e entrecortados, passos de passarinho, pois o mero passar perto de um homem podia enodoar-lhes a honra. Contudo, era sua convicção que uma viúva desconsolada, mais do que qualquer outra mulher, podia carregar em si a semente da felicidade.

As muitas viúvas de sua vida, a partir da viúva de Nazaret, tinham tornado possível que ele vislumbrasse como eram as casadas felizes depois da morte dos maridos. O que até então tinha sido para ele mera ilusão se converteu graças a elas numa possibilidade que se podia colher com a mão. Não encontrava razões para que Fermina Daza não fosse uma viúva igual, preparada pela vida a aceitá-lo tal como era, sem fantasias de culpa pelo marido morto, resolvida a descobrir com ele a outra felicidade de ser feliz duas vezes, com um amor de uso cotidiano que convertesse cada instante num milagre de viver, e com outro amor, dela só, preservado de todo contágio pela imunidade da morte.

Não teria sido talvez tão entusiástico se tivesse sequer suspeitado como Fermina Daza estava longe daqueles cálculos ilusórios, quando mal começava a vislumbrar o horizonte de um mundo em que tudo estava previsto, menos a adversidade. Ser rico naquele tempo tinha muitas vantagens, e também muitas desvantagens, é claro, mas meio mundo aspirava à riqueza como a maior possibilidade de ser eterno. Fermina Daza tinha repelido Florentino Ariza num rasgo de maturidade que pagou de pronto com uma crise de pena, mas jamais duvidou de que sua decisão tinha sido certa. No momento não pôde explicar a si mesma que causas ocultas da razão lhe haviam dado aquela clarividência, mas muitos anos mais tarde, já nas vésperas da velhice, descobriu-as de repente e sem saber como numa conversação casual sobre Florentino Ariza. Todos os interlocutores conheciam sua condição de delfim da Companhia Fluvial do Caribe em sua época culminante, todos estavam certos de havê-lo visto muitas vezes, inclusive de haverem tratado com ele, mas nenhum conseguia identificá-lo na memória. Foi então que Fermina Daza teve a intuição dos motivos inconscientes que tinham impedido que o amasse. Disse: "É como se não fosse uma pessoa e sim uma sombra." Era isso: a sombra de alguém que ninguém jamais conhecera. Mas enquanto resistia aos assédios do doutor Juvenal Urbino, que era o homem contrário, se sentia atormentada pelo fantasma da culpa: o único sentimento que era incapaz de suportar. Quando o sentia vir se apoderava dela uma espécie de pânico que só conseguia controlar quando encontrava alguém para lhe aliviar a consciência. Desde muito menina, quando se quebrava um prato na cozinha, quando alguém caía, quando ela própria espremia o dedo na porta, voltava-se assustada para o adulto que estivesse mais perto, e se apressava em acusá-lo: "Foi sua culpa." Embora na realidade não lhe importasse quem fosse o culpado, nem quisesse se convencer da própria inocência: bastava deixá-la estabelecida.

Era um fantasma tão notório que o doutor Urbino percebeu em tempo até que ponto ameaçava a harmonia de sua casa, e logo que o vislumbrava se apressava em dizer à mulher: "Não se preocupe, meu amor, a culpa foi minha." Pois não havia nada que temesse mais do que as decisões súbitas e definitivas da mulher, e estava convencido de que sempre tinham origem num sentimento de culpa. Contudo, a confusão proveniente do repúdio a Florentino Ariza não se resolvia com alguma frase de consolo. Fermina Daza continuou abrindo o balcão de manhã durante vários meses, e sempre notava a falta do fantasma solitário que a vigiava da pracinha deserta, via a árvore que foi sua, o banco menos visível em que se sentava para ler pensando nela, sofrendo por ela, e tinha que fechar a janela, suspirando: "Pobre homem." Sofreu inclusive a decepção de ver que ele não era tão pertinaz quanto supusera, quando já era tarde demais para remendar o passado, e não deixou de sentir de vez em quando a ansiedade tardia de uma carta que não chegou nunca. Mas quando teve que enfrentar a decisão de se casar com Juvenal Urbino sucumbiu a uma crise maior, ao perceber que não tinha razões válidas para preferi-lo depois de ter repudiado Florentino Ariza sem razões válidas. Na realidade, amava-o tão pouco quanto ao outro, e além disso o conhecia muito menos, e suas cartas não tinham a febre das cartas do outro, nem lhe dera tantas provas comovedoras de sua determinação. A verdade é que as pretensões de Juvenal Urbino nunca tinham sido formuladas em termos de amor, e era pelo menos curioso que um militante católico como ele só lhe oferecesse bens terrenos: a segurança, a ordem, a felicidade, cifras imediatas que uma vez somadas poderiam talvez se assemelhar ao amor: quase amor. Mas não eram, e estas dúvidas aumentavam sua confusão, porque também estava convencida de que o amor era na realidade aquilo que mais falta lhe fazia para viver.

Em todo caso, o fator principal contra o doutor Juvenal Urbino era sua semelhança mais que suspeita com o homem ideal que Lorenzo Daza desejara com tanta ansiedade para a filha. Era impossível não vê-lo como a criatura de uma conspiração paterna, ainda que na verdade não fosse, e Fermina Daza estava convencida de que era logo que o viu entrar em sua casa pela segunda vez para uma visita médica não solicitada. As conversações com a prima Hildebranda acabaram de confundi-la. Por sua própria situação de vítima, esta tendia a se identificar com Florentino Ariza, esquecendo inclusive de que talvez Lorenzo Daza a tivesse feito vir para que influísse a favor do doutor. Deus sabia do esforço feito por Fermina Daza para não acompanhá-la quando a prima foi conhecer Florentino Ariza na agência do telégrafo. Ela também teria gostado de vê-lo outra vez para confrontá-lo com suas dúvidas, falar com ele a sós, conhecê-lo a fundo para estar segura de que sua decisão impulsiva não ia precipitá-la em outra mais grave, que era capitular na guerra pessoal contra o pai. Mas foi o que fez no minuto crucial da sua vida, sem levar em conta para nada a beleza viril do pretendente, nem sua riqueza lendária, nem sua glória precoce, nem nenhum dos seus méritos reais, e sim aturdida pelo medo da oportunidade que lhe escapava e da iminência dos vinte e um anos, que era seu limite confidencial para se render ao destino. Bastou-lhe esse minuto único para assumir a decisão como estava previsto nas leis de Deus e dos homens: até a morte. Então se dissiparam todas as dúvidas, e pôde fazer sem remorsos o que a razão lhe indicou como o mais decente: passou uma esponja sem lágrimas por cima da lembrança de Florentino Ariza, apagou-o por completo, e no espaço que ele ocupava em sua memória deixou que florescesse uma campina de papoulas. A única coisa que permitiu a si mesma foi um suspiro mais fundo que de costume, o último: "Pobre homem!"

As dúvidas mais temíveis, contudo, começaram logo que voltou da viagem de núpcias. Mal haviam acabado de abrir os baús, de desencaixotar os móveis e esvaziar as onze caixas que trouxera para tomar posse como ama e senhora do antigo palácio do Marquês de Casalduero, e já percebera numa vertigem mortal que estava aprisionada na casa errada, e o que era ainda pior, com o homem que não era. Precisou de seis anos para sair. Os piores da sua vida, desesperada com o azedume de dona Blanca, sua sogra, e o atraso mental das cunhadas, que se não tinham ido apodrecer vivas numa cela de claustro é porque já a carregavam dentro de si.

O doutor Urbino, resignado a pagar os tributos da estirpe, se fez surdo às suas súplicas, confiando em que a sabedoria de Deus e a infinita capacidade de adaptação da esposa haviam de pôr as coisas no seu devido lugar. Doía-lhe o declínio da mãe, cuja alegria de viver infundia outrora o desejo de estar vivos até nos mais incrédulos. Era certo: aquela mulher formosa, inteligente, de uma sensibilidade humana nada comum em seu meio, tinha sido durante quase quarenta anos a alma e o corpo do seu paraíso social. A viuvez a perturbara a ponto de não se acreditar que fosse a mesma, e a tornara balofa e ácida, e inimiga do mundo. A única explicação possível de sua degradação era seu rancor por achar que o marido se sacrificara em sã consciência por uma montoeira de negros, como dizia ela, quando o único sacrifício justo teria sido o de sobreviver para ela. Em todo caso, o casamento feliz de Fermina Daza tinha tido a duração da viagem de núpcias, e a única pessoa que podia ajudá-la a impedir o naufrágio final vivia paralisada de terror perante a potestade da mãe. Era a ele, e não às cunhadas imbecis e à sogra meio doida, que Fermina Daza atribuía a culpa pela armadilha de morte em que fora apanhada. Tarde demais desconfiava de que, por trás da sua autoridade profissional e seu fascínio mundano, o homem com quem se casara era um fraco sem redenção: um pobre-diabo avalentoado pelo peso social de um sobrenome.

Refugiou-se no filho recém-nascido. Ela o sentira sair do seu corpo com o alívio de se livrar de algo que não era seu, e tinha sofrido com o próprio espanto ao comprovar que não sentia o menor afeto por aquele bezerro nonato que a parteira lhe mostrou em carne viva, sujo de sebo e de sangue, e com a tripa umbilical enrolada no pescoço. Mas na solidão do palácio aprendeu a conhecê-lo, se conheceram, e descobriu com uma grande emoção que os filhos não são queridos por serem filhos e sim pela amizade que surge quando os criamos. Acabou por não suportar nada nem ninguém que não fosse ele na casa da sua desventura. A solidão a deprimia, o jardim de cemitério, a desídia do tempo nos enormes aposentos sem janelas. Sentia-se enlouquecer nas noites dilatadas pelos gritos das loucas no manicômio vizinho. Tinha vergonha do costume de pôr a mesa de banquetes todos os dias, com toalhas bordadas, serviços de prata e candelabros de funeral, para que cinco fantasmas jantassem uma xícara de café com leite e bolinhos de queijo. Detestava o terço ao entardecer, as posturas afetadas à mesa, as críticas constantes à sua maneira de pegar o talher, de andar com essas passadas misteriosas de mulher da rua, de se vestir como no circo, e até seu jeito matuto de tratar o marido e de dar de mamar ao filho sem tapar o seio com a mantilha. Quando fez os primeiros convites para o chá das cinco da tarde, com biscoitinhos imperiais e geleias de flores, de acordo com uma moda recente na Inglaterra, dona Blanca se opôs a que em sua casa fossem bebidos remédios para suar a febre em lugar do chocolate com queijo frito e roscas de pão de iúca. Não lhe escaparam nem os sonhos. Certa manhã em que Fermina Daza contou que sonhara com um desconhecido que passeava nu semeando punhados de cinza pelos salões do palácio, dona Blanca a interrompeu com secura:

— Uma mulher direita não pode ter essa classe de sonhos.

À sensação de estar sempre em casa alheia, acrescentaram-se duas desgraças maiores. Uma era a dieta quase diária de berinjelas em todas as suas formas, que dona Blanca se negava a variar em respeito ao marido morto, e que Fermina Daza recusava comer. Detestava berinjelas desde menina, mesmo antes de tê-las provado, por achar que tinham cor de veneno. Só que essa vez teve de admitir que de todas as maneiras algo havia mudado para melhor em sua vida, já que aos cinco anos tinha dito o mesmo à mesa, e o pai a obrigou a comer inteiro o ensopado previsto para seis pessoas. Pensou que ia morrer, primeiro devido aos vômitos da berinjela moída, e em seguida devido à caneca de óleo de rícino que a fizeram tomar à força para curá-la do castigo. As duas coisas ficaram misturadas em sua memória como um só purgante, tanto pelo gosto como pelo terror do veneno, e nos almoços abomináveis do palácio do Marquês de Casalduero tinha que afastar a vista para não enjoar em plena mesa com a náusea glacial do óleo de rícino.

A outra desgraça foi a harpa. Um dia, muito consciente do que queria dizer, dona Blanca tinha dito: "Não creio em mulheres direitas que não saibam tocar piano." Foi uma ordem que até o filho tratou de discutir, pois os melhores anos de sua infância tinham transcorrido nas galeras das aulas de piano, embora já adulto se sentisse até grato por elas. Não podia imaginar a mulher submetida à mesma sentença, aos vinte e cinco anos e com um caráter como o seu. Mas a única concessão que obteve da mãe foi que trocasse o piano pela harpa, com o argumento pueril de que era o instrumento dos anjos. Por isso trouxeram de Viena a harpa magnífica, que parecia de ouro e soava como se fosse, e que foi uma das relíquias mais apreciadas do Museu da Cidade, até que o consumiram as chamas com tudo que tinha dentro. Fermina Daza se submeteu a essa sentença de luxo tratando de impedir o naufrágio com um sacrifício final. Começou com um mestre de mestres que trouxeram para isso da cidade de Mompox, e que morreu de repente aos quinze dias, e continuou por vários anos com o músico principal do seminário, cujo hálito de coveiro deformava os arpejos.

Ela própria se surpreendeu com sua obediência. Pois embora não o admitisse em seu foro íntimo, nem nos pleitos surdos que tinha com o marido nas horas que antes consagravam ao amor, enrolara-se mais depressa do que acreditava no emaranhado de convenções e preconceitos do seu novo mundo. No início tinha uma frase ritual para afirmar sua liberdade de critério: "À merda o leque que o tempo é de brisa." Mas depois, zelosa dos seus privilégios bem conquistados, temerosa da vergonha e do escárnio, se dispunha a suportar até a humilhação, na esperança de que Deus se apiedasse por fim de dona Blanca, não se cansando de suplicar em suas orações que lhe mandasse a morte.

O doutor Urbino justificava sua própria fraqueza com argumentos de crise, sem sequer perguntar a si mesmo se não contrariavam sua igreja. Não admitia que os conflitos com a esposa tivessem origem no ar rarefeito da casa, atribuindo-os à natureza mesma do casamento: uma invenção absurda que só podia existir pela graça infinita de Deus. Ia contra toda razão científica que duas pessoas apenas conhecidas, sem parentesco nenhum entre si, com caracteres diferentes, com culturas diferentes, e até com sexos diferentes, se vissem comprometidas de repente a viver juntas, a dormir na mesma cama, a compartilhar dois destinos que talvez estivessem determinados em sentidos divergentes. Dizia: "O problema do casamento é que se acaba todas as noites depois de se fazer o amor, e é preciso tornar a reconstruí-lo todas as manhãs antes do café." Pior ainda o deles, dizia, surgido de duas classes antagônicas, e numa cidade que ainda continuava sonhando com o regresso dos vice-reis. A única argamassa possível era algo tão improvável e volúvel como o amor, se é que havia, e no caso deles não havia quando se casaram, e o destino não fizera mais do que pô-los à frente da realidade quando estavam a ponto de inventá-lo.

Esse era o estado de suas vidas na época da harpa. Tinham ficado para trás os acasos deliciosos dela entrando enquanto ele tomava banho, e apesar das discussões, das berinjelas venenosas, e apesar das irmãs dementes e da mãe que as pariu, ele tinha ainda bastante amor para pedir a ela que o ensaboasse. Ela começava a fazê-lo com as migalhas de amor que ainda sobravam da Europa, e os dois iam se deixando trair pelas lembranças, abrandando sem querer, se querendo sem dizer, e acabavam morrendo de amor no chão, besuntados de espumas fragrantes, enquanto ouviam as criadas falando deles na lavanderia: "Se não têm mais filhos é porque não trepam." De vez em quando, ao voltarem de uma festa louca, a saudade agachada atrás da porta os derrubava de uma patada, e então ocorria uma explosão maravilhosa na qual tudo era outra vez como antes, e durante cinco minutos tornavam a ser os amantes desbragados da lua de mel.

Mas à parte essas ocasiões raras, um dos dois estava sempre mais cansado que o outro à hora de dormir. Ela se atrasava no banheiro enrolando seus cigarros de papel perfumado, fumando sozinha, reincidindo em seus amores de consolação como quando era jovem e livre em sua casa, dona única do seu corpo. Estava sempre com dor de cabeça, ou fazia calor demais, sempre, ou fingia que estava dormindo, ou tinha a regra de novo, a regra, sempre a regra. De tal forma que o doutor Urbino se atrevera a dizer em classe, pelo exclusivo alívio de um desafogo sem confissão, que depois de dez anos de casadas as mulheres tinham a regra até três vezes por semana.

Desgraças chamando desgraças, Fermina Daza teve que afrontar no pior dos seus anos o que aconteceria mais cedo ou mais tarde sem remédio: a verdade sobre os negócios fabulosos e nunca conhecidos do pai. O governador provincial que convocou Juvenal Urbino a seu gabinete para pô-lo ao corrente dos desmandos do sogro resumiu-os numa frase: "Não há lei divina nem humana que esse sujeito não tenha levado de roldão." Algumas de suas trapaças mais graves ele as fizera à sombra do poder do genro, e teria sido difícil pensar que este e sua esposa não estivessem ao corrente. Sabendo que a única reputação a proteger era a sua, por ser a única que ficava de pé, o doutor Juvenal Urbino interpôs todo o peso de seu poder, e conseguiu cobrir o escândalo com sua palavra de honra. E Lorenzo Daza saiu do país no primeiro navio para não voltar nunca mais. Voltou à sua terra de origem como se fosse uma dessas pequenas viagens feitas de vez em quando para enganar a saudade, e no fundo dessa aparência havia algo de verdade: havia já algum tempo subia aos navios de sua pátria apenas para tomar um copo d'água dos tanques abastecidos nos mananciais de seu povoado natal. Partiu sem dar o braço a torcer, protestando inocência, e ainda tentando convencer o genro de que fora vítima de uma conspiração política. Partiu chorando pela menina, como chamava Fermina Daza desde que se casara, chorando pelo neto, pela terra em que se fizera rico e livre, e onde conseguira a façanha de converter a filha numa dama requintada à base de negócios turvos. Partiu envelhecido e doente, mas ainda viveu muito mais do que qualquer de suas vítimas teria desejado. Fermina Daza não pôde reprimir um suspiro de alívio quando recebeu a notícia da morte, e não pôs luto para evitar perguntas, mas durante vários meses chorava com uma raiva surda sem saber por que quando se trancava para fumar no banheiro, e é que chorava por ele.

O mais absurdo da situação é que nunca pareceram tão felizes em público como naqueles anos de infortúnio. Pois na realidade foram os anos de suas vitórias maiores sobre a hostilidade soterrada de um meio que não se resignava a admiti-los como eram: diferentes e inovadores, e portanto transgressores da ordem tradicional. Contudo, essa tinha sido a parte fácil para Fermina Daza. A vida mundana, que tantas incertezas lhe trazia antes de conhecê-la, não passava de um sistema de pactos atávicos, de cerimônias banais, de palavras previstas, com o qual se entretinham uns aos outros na sociedade para não se assassinarem. O signo dominante desse paraíso da frivolidade provinciana era o medo do desconhecido. Ela o definira de um modo mais simples: "O problema da vida pública é aprender a dominar o terror, o problema da vida conjugal é aprender a dominar o tédio." Tinha feito a descoberta de repente com a nitidez de uma revelação no instante em que entrou arrastando a interminável cauda de noiva no vasto salão do Clube Social, rarefeito pelos vapores misturados de tantas flores, o brilho das valsas, o tumulto de homens suarentos e mulheres trêmulas que a olhavam sem saber ainda como iam conjurar aquela ameaça deslumbrante que lhes mandava o mundo exterior. Acabava de fazer vinte e um anos e mal tinha saído de casa para ir ao colégio, mas lhe bastou um olhar circular para compreender que seus adversários não estavam dominados pelo ódio e sim paralisados pelo medo. Em vez de assustá-los, como estava ela assustada, fez a caridade de os ajudar a conhecê-la. Ninguém foi diferente daquilo que ela queria que fosse, como lhe ocorria com as cidades, que não lhe pareciam melhores nem piores, e sim como as construía em seu coração. De Paris, apesar da chuva perpétua, dos lojistas sórdidos e da grosseria homérica dos cocheiros, ela havia de se lembrar sempre como a cidade mais formosa do mundo, não porque na realidade fosse ou deixasse de ser, e sim porque ficara vinculada à saudade de seus anos mais felizes. O doutor Urbino, de sua parte, se impôs com armas iguais às que usavam contra ele, só que manejadas com mais inteligência, e com uma solenidade calculada. Nada acontecia sem eles: os passeios cívicos, os Jogos Florais, as manifestações artísticas, as tômbolas de caridade, os atos patrióticos, a primeira viagem em balão. Ninguém poderia imaginar, em seus anos de desgraças, que pudesse haver alguém mais feliz do que eles nem um casamento tão harmônico quanto o seu.

A casa abandonada pelo pai deu a Fermina Daza um refúgio próprio contra a asfixia do palácio familiar. Logo que escapava à vista pública, ia às escondidas à praça dos Evangelhos, e lá recebia as amigas novas e algumas antigas do colégio ou das aulas de pintura: um substituto inocente da infidelidade. Vivia horas aprazíveis de mãe solteira com o muito que ainda lhe restava das lembranças de menina. Tornou a comprar os corvos perfumados, recolheu gatos da rua e os colocou aos cuidados de Gala

Placídia, já velha e um tanto entrevada pelo reumatismo, mas ainda com ânimo para ressuscitar a casa. Tornou a abrir o quarto de costura onde Florentino Ariza a viu pela primeira vez, onde o doutor Juvenal Urbino a fez mostrar a língua para lhe conhecer o coração e o converteu num santuário do passado. Uma tarde de inverno foi fechar a sacada antes que desabasse a tempestade, e viu Florentino Ariza em seu banco debaixo das amendoeiras da pracinha, com o traje do pai diminuído para ele e o livro aberto no colo, mas não o viu como então o via por acaso de vez em quando, e sim na idade com que lhe ficou na memória. Sentiu o temor de que aquela visão fosse um aviso da morte, e teve pena. Atreveu-se a dizer a si mesma que talvez tivesse sido feliz com ele, só com ele naquela casa que ela reformara para ele com tanto amor quanto ele havia reformado a sua para ela, e a mera suposição a assustou, porque a fez perceber os extremos de desdita a que havia chegado. Então apelou para suas últimas forças e obrigou o marido a discutir sem evasivas, a lhe fazer frente, a brigar com ela, a chorarem juntos de raiva pela perda do paraíso, até que ouvissem cantar os últimos galos, e a luz se fez pelos beirais do palácio, e se acendeu o sol, e o marido inflamado de tanto falar, esgotado de não dormir, com o coração fortalecido de tanto chorar, apertou os cordões das botas, apertou o cinto, apertou tudo o que ainda lhe restava de homem, e lhe disse que sim, meu amor, que iam buscar o amor que havia fugido deles na Europa: amanhã mesmo e para sempre. Foi uma decisão tão correta que acertou com o Banco do Tesouro, seu administrador universal, a liquidação imediata da vasta fortuna familiar, dispersa desde as origens em toda classe de negócios, investimentos e papéis sagrados e lentos, e da qual ele só sabia como ciência certa que não era tão desmedida como dizia a lenda: apenas o justo para não ter que pensar nela. O que fosse, convertido em ouro registrado, devia ser transferido pouco a pouco para seus bancos no exterior, até que não restasse mais a ele e sua mulher nesta pátria inclemente nem um palmo de terra onde cair mortos.

Pois Florentino Ariza existia, na realidade, ao contrário do que ela se propusera crer. Estava no cais do transatlântico da França quando ela chegou com o marido e o filho no landô dos cavalos de ouro, e os viu descer como tantas vezes vira nos atos públicos: perfeitos. Iam com o filho, educado de uma forma que já permitia saber como seria adulto: tal como foi. Juvenal Urbino saudou Florentino Ariza com um chapéu alegre: "Vamos à conquista de Flandres." Fermina Daza fez uma inclinação de cabeça, e Florentino Ariza se descobriu, com uma reverência ligeira, e ela reparou nele sem um gesto de compaixão pelos estragos prematuros de sua calvície. Era ele, tal como ela o via: a sombra de alguém que jamais conheceu.

Florentino Ariza também não estava em seu melhor momento. Ao trabalho cada dia mais intenso, a seus caprichos de caçador furtivo, à mole calma dos anos, acrescentara-se a crise final de Trânsito Ariza, cuja memória acabara sem lembranças: quase em branco. Até o ponto em que às vezes se voltava para ele, o via lendo na cadeira de braços de sempre, e lhe perguntava espantada: "E você é filho de quem?" Ele respondia sempre a verdade, mas ela tornava a interromper.

— E me diga uma coisa, filho — perguntava: — quem sou eu?

Tinha engordado tanto que não podia se mexer, e passava o dia no armarinho onde já não havia nada a vender, enfeitando-se desde que se levantava com os primeiros galos até a madrugada do dia seguinte, pois dormia muito poucas horas. Punha grinaldas de flores na cabeça, pintava os lábios, empoava o rosto e os braços, e no fim perguntava a quem estivesse com ela como tinha ficado. Os vizinhos sabiam que esperava sempre a mesma resposta: "Você é a Cucarachita Martínez." Esta identidade, usurpada à personagem de uma história infantil, era a única que a deixava satisfeita. Balançava-se na cadeira, abanava-se com o ramalhete de grandes plumas cor-de-rosa, até começar tudo de novo: a coroa de flores de papel, o almíscar nas pálpebras, o carmim nos lábios, a crosta de alvaiade na cara. E outra vez a pergunta a quem estivesse perto: "Como fiquei?" Quando se converteu na rainha de troças da vizinhança, Florentino Ariza fez desmontar numa noite o balcão e as cômodas do antigo armarinho, condenou a porta da rua, arrumou o local de acordo com a descrição que ela fazia do quarto de Cucarachita Martínez, e ela nunca mais tornou a perguntar quem era.

Por sugestão do tio Leão XII empregara uma mulher mais velha para se ocupar dela, mas a coitada andava sempre mais para dormindo que para acordada, e às vezes dava a impressão de que também ela esquecia quem era. De modo que Florentino Ariza ficava em casa desde que saía do escritório até que conseguia botar a mãe para dormir. Não foi mais jogar dominó no Clube do Comércio, nem tornou a ver durante muito tempo as poucas amigas antigas que continuava frequentando, pois algo muito profundo mudara em seu coração depois do seu encontro de horror com Olímpia Zuleta.

Tinha sido fulminante. Florentino Ariza acabava de levar o tio Leão XII até sua casa, durante uma daquelas tempestades de outubro que nos deixavam em convalescença, quando viu do carro uma moça miúda, muito ágil, com um traje cheio de babados de organdi que mais parecia um vestido de noiva. Viu-a correndo atarantada de um lado para outro, porque o vento lhe arrancara da mão a sombrinha e a carregava voando pelo mar. Ele a acolheu no carro e se desviou do seu caminho para levá-la para casa, uma antiga ermida adaptada para fazer face ao mar aberto, cujo pátio cheio de casinhas de pombos se via da rua. Ela contou no caminho que tinha se casado há menos de um ano com um vendedor de louça do mercado que Florentino Ariza tinha visto muitas vezes nos navios da sua empresa, desembarcando caixotes de toda a espécie de potes para vender, e com um mundo de pombos numa gaiola de vime como a que usavam as mães nos navios fluviais para carregar os filhos recém-nascidos. Olímpia Zuleta parecia pertencer à família das vespas, não só pelas ancas empinadas e o busto exíguo, como por toda ela: o cabelo de fio de cobre, as sardas, os olhos redondos e vivos, mais separados que o normal, e uma voz afinada que ela só usava para dizer coisas inteligentes e divertidas. Pareceu a Florentino Ariza mais graciosa do que atraente e a esqueceu mal a deixou na sua casa, onde morava com o marido, e com o pai deste e outros membros da família.

Uns dias depois, tornou a ver o marido no porto, embarcando mercadoria em vez de desembarcá-la, e quando o navio zarpou, Florentino Ariza ouviu muito clara no ouvido a voz do diabo. Nessa tarde, depois de acompanhar tio Leão XII, passou como por acaso pela casa de Olímpia Zuleta, viu-a por cima da cerca, dando de comer aos pombos alvoroçados. Gritou-lhe do carro por cima da cerca: "Quanto custa uma pomba?" Ela o reconheceu e respondeu com voz alegre: "Não se vendem." Ele perguntou: "Então como se faz para ter uma?" Sem deixar de dar de comer aos pombos, ela respondeu: "Leva-se de carro a pombeira que se encontra perdida no aguaceiro." Desta forma, Florentino Ariza chegou a casa naquela noite com um presente de gratidão de Olímpia Zuleta: um pombo-correio com um anel de metal na canela.

Na tarde seguinte, à mesma hora da comida, a bela pombeira viu a pomba presenteada de volta ao pombal, e pensou que tivesse fugido. Mas quando a pegou para examiná-la reparou que tinha um papelzinho enrolado no anel: uma declaração de amor. Era a primeira vez que Florentino Ariza deixava uma pegada escrita, e não seria a última, embora nesta ocasião tivesse tido a prudência de não assinar. Ia entrando em casa na tarde seguinte, quarta-feira, quando um menino da rua lhe entregou a mesma pomba dentro de uma gaiola com o recado decorado de que aqui lhe manda isto a senhora dos pombos, e lhe manda dizer que por favor guarde bem a pomba na gaiola fechada porque do contrário torna a voar e esta é a última vez que é devolvida. Não soube que interpretação dar: ou bem a pomba tinha perdido a carta no caminho, ou a pombeira tinha resolvido fazer-se de tola, ou mandava a pomba para que ele tornasse a mandá-la. Neste último caso, contudo, o natural teria sido ela devolver a pomba com uma resposta.

Sábado pela manhã, depois de muito pensar, Florentino Ariza tornou a mandar a pomba com outra carta sem assinatura. Desta vez não teve que esperar o dia seguinte. À tarde, o mesmo menino tornou a trazê-la em outra gaiola, com o recado de aqui vai outra vez a pomba que lhe fugiu de novo, que anteontem foi devolvida por boa educação e que agora é devolvida por pena, mas que agora a pura verdade é que não será mais mandada se tornar a voar. Trânsito Ariza se entreteve até muito tarde com a pomba, tirou-a da gaiola, arrulhou para ela embalando-a nos braços, procurou adormecê-la com canções de ninar, e de repente percebeu que tinha no anel do pé um papelzinho com uma só linha: *Não aceito carta anônima*. Florentino Ariza o leu com o coração enlouquecido, como se fosse a culminação de sua primeira aventura, e mal conseguiu dormir à noite em sobressaltos de impaciência. No dia seguinte muito cedo, antes de ir para o escritório, soltou de novo a pomba com um papel de amor assinado com seu nome muito claro, e botou ainda no anel a rosa mais fresca, mais afogueada e fragrante do seu jardim.

Não foi tão fácil. Ao cabo de três meses de assédios, a bela pombeira continuava respondendo o mesmo: "Eu não sou dessas." Mas nunca deixou de receber as mensagens ou de acudir aos encontros que Florentino Ariza arrumava de maneira a parecerem casuais. Estava desconhecido: o amante que nunca mostrava a cara, o mais ávido de amor mas também o mais mesquinho, o que não dava nada e queria tudo, o que não permitia que ninguém lhe deixasse no coração a pegada de um passo, o caçador acocorado saiu pelo meio da rua num arrebatamento de cartas assinadas, de presentes galantes, de rondas imprudentes à casa da pombeira, mesmo em duas ocasiões em que o marido não andava de viagem nem estava no mercado. Foi a única vez, desde os primeiros tempos do primeiro amor, que se sentiu atravessado por uma lança.

Seis meses depois do primeiro encontro se viram por fim no camarote de um navio fluvial que estava em reparos de pintura no cais do rio.

Foi uma tarde maravilhosa. Olímpia Zuleta tinha um amor alegre, de pombeira alvoroçada, e gostava de ficar nua durante várias horas, num repouso lento que tinha para ela tanto amor quanto o amor. O camarote estava desmantelado, pintado pela metade, e o cheiro da terebintina era bom de se carregar com as lembranças de uma tarde feliz. De repente, a conselho de uma inspiração insólita, Florentino Ariza destapou um tacho de pintura vermelha que estava ao alcance do beliche, molhou o indicador, e pintou no púbis da bela pombeira uma flecha de sangue voltada para o sul, e lhe escreveu um letreiro no ventre: *"Esta pomba é minha"*. Nessa mesma noite Olímpia Zuleta se despiu na frente do marido sem se lembrar do letreiro, e ele não disse uma palavra, nem se alterou sua respiração, nada, se limitando a ir ao banheiro pegar a navalha de barba enquanto ela punha a camisola e a degolou de um talho.

Florentino Ariza só veio a saber muitos dias depois, quando o marido fugitivo foi capturado e contou aos jornais as razões e a forma do crime. Durante muitos anos pensou com temor nas cartas assinadas, guardou a conta dos anos de cárcere do assassino que o conhecia muito bem devido aos negócios que fazia nos navios, mas não temia tanto a navalhada no pescoço, nem o escândalo público, como a má sorte de que Fermina Daza viesse a saber da sua deslealdade. Nos anos de espera, a mulher que cuidava de Trânsito Ariza teve que se retardar no mercado por causa de um aguaceiro fora de estação, e quando voltou a casa encontrou-a morta. Estava sentada na cadeira de balanço, sarapintada e floral, como sempre, e com os olhos tão vivos em um sorriso tão malicioso que a guardiã só reparou que estava morta passadas duas horas. Pouco antes tinha distribuído pelas crianças da vizinhança a fortuna em ouros e pedrarias das botijas enterradas debaixo da cama, dizendo que eram de comer, feito caramelos, e não foi possível recuperar algumas das mais valiosas. Florentino Ariza a enterrou na antiga fazenda da Mão de Deus, que era ainda conhecida como o Cemitério do Cólera, e semeou sobre seu túmulo um bosque de rosas.

Desde as primeiras visitas ao cemitério, Florentino Ariza descobriu que muito perto estava enterrada Olímpia Zuleta, sem lápide, mas com o nome e a data escritos com o dedo no cimento fresco da cripta, e achou horrorizado que era uma zombaria sangrenta do marido. Quando o rosal floresceu, punha uma rosa no túmulo, se não houvesse ninguém à vista, e mais tarde plantou ali uma muda cortada do rosal da mãe. Ambos os rosais proliferaram com tanto alvoroço que Florentino Ariza tinha que levar suas tesouras e outras ferramentas de jardim para mantê-los em ordem. Mas foi superior às suas forças: passados alguns anos os dois rosais se haviam espalhado feito mato no meio dos túmulos, e o bom cemitério da peste passou a se chamar Cemitério das Rosas, até que algum prefeito menos realista que a sabedoria popular arrasou numa só noite os rosais e pendurou um letreiro republicano no arco da entrada: Cemitério Universal.

A morte da mãe deixou Florentino Ariza condenado outra vez a seus compromissos maníacos: o escritório, os encontros em turnos estritos com as amantes crônicas, as partidas de dominó no Clube do Comércio, os mesmos livros de amor, as visitas dominicais ao cemitério. Era o óxido da rotina, tão denegrido e tão temido, mas que o havia protegido da consciência da idade. Contudo, num domingo de dezembro, quando os rosais dos túmulos tinham derrotado as tesouras, viu as andorinhas nos fios da luz elétrica recém-instalada, e notou de repente quanto tempo se passara desde a morte da mãe, e quanto desde o assassinato de Olímpia Zuleta, e quanto e quanto desde aquela outra tarde do dezembro distante em que Fermina Daza lhe mandara uma carta dizendo que sim, que o amaria por todo o sempre. Até então se comportara como se o tempo só passasse para os outros e não para ele. Ainda na semana anterior tinha encontrado na rua um dos tantos casais que o eram graças às cartas escritas por ele, e não reconheceu o filho mais velho, que era seu afilhado. Saiu do constrangimento com o espavento convencional: "Puxa, está um homem!" Continuava sendo assim, mesmo depois que o corpo começou a lhe mandar os primeiros sinais de alarma, pois sempre gozara da saúde de pedra dos doentios. Trânsito Ariza costumava dizer: "Meu filho só ficou doente mesmo com o cólera." Confundia o cólera com o amor, é claro, e isso muito tempo antes da sua memória se embrulhar. Mas de todas as maneiras se enganava, porque o filho tinha tido em segredo seis blenorragias, embora o médico dissesse que não eram seis e sim a mesma e única que reaparecia depois de cada batalha perdida. Tinha tido ademais uma adenite, quatro cancros moles e seis orquites, mas nem a ele nem a homem nenhum ocorreria enumerar tais coisas como doenças, e sim como troféus de guerra.

Completados quarenta anos, tinha tido que recorrer ao médico com dores indefinidas em várias partes do corpo. Depois de muitos exames, o médico tinha dito: "São coisas da idade." Ele voltava sempre para casa sem sequer perguntar a si mesmo se aquilo tinha algo a ver com ele. Pois o único ponto de referência do seu passado eram seus amores efêmeros com Fermina Daza, e só o que tivesse alguma coisa a ver com ela tinha algo a ver com as contas da sua vida. De maneira que na tarde em que viu as andorinhas nos fios de luz, repassou seu passado desde a lembrança mais antiga, repassou seus amores de ocasião, os incontáveis escolhos que tinha tido que contornar para alcançar um posto de mando, os incidentes sem conta que lhe causara a determinação encarniçada de que Fermina Daza fosse sua, e ele dela por cima de tudo e contra tudo, e só então descobriu que sua própria vida estava se escoando. Sentiu um calafrio nas vísceras que o deixou sem luz, e teve que soltar as ferramentas de jardim e se apoiar no muro do cemitério para não ser derrubado pela primeira patada da velhice.

— Porra — disse aterrado —, tudo está fazendo trinta anos!

Assim era. Trinta anos tinham passado também para Fermina Daza, sem dúvida, mas tinham sido para ela os mais gratos e reparadores de sua vida. Os dias de horror do Palácio de Casalduero estavam relegados à lixeira da memória. Morava em sua nova casa da Mangueira, dona absoluta do seu destino, com um marido que tornaria a preferir entre todos os homens do mundo se tivesse tido que escolher outra vez, com um filho que prolongava a tradição da estirpe na Escola de Medicina, e uma filha tão parecida com ela quando tinha sua idade que às vezes a perturbava a impressão de se sentir repetida. Tinha voltado três vezes à Europa depois da viagem de desespero prevista como sem retorno para não continuar a viver num susto perpétuo.

Deus deve ter escutado por fim as orações de alguém: depois de dois anos de estada em Paris, quando Fermina Daza e Juvenal Urbino mal começavam a buscar o que sobrara do amor entre os escombros, um telegrama de meia-noite os acordou com a notícia de que dona Blanca de Urbino estava com doença grave, e quase foi alcançado pelo outro, com a notícia da morte. Voltaram de pronto. Fermina Daza desembarcou com uma túnica de luto cuja largueza não dava para disfarçar seu estado. Estava grávida de novo, com efeito, e a notícia deu origem a uma canção popular mais maliciosa que maligna, cujo estribilho esteve na moda o resto do ano: *O que será que dá na bela em Paris, que sempre que vai volta para parir?* Apesar da letra ordinária, o doutor Juvenal Urbino mandava tocá-la até muitos anos depois nas festas do Clube Social como prova de sua boa disposição.

O nobre palácio do Marquês de Casalduero, de cuja existência e brasões não se encontrou nunca uma notícia certa, foi vendido primeiro à Tesouraria Municipal por um preço adequado, e depois revendido por uma fortuna ao governo central, quando um pesquisador holandês andou fazendo escavações para provar que ali estava o verdadeiro túmulo de Cristóvão Colombo: o quinto. As irmãs do doutor Urbino foram morar no convento das Salesianas, em reclusão sem votos, e Fermina Daza permaneceu na antiga casa do pai até que se terminou a quinta da Mangueira. Entrou nela pisando firme, entrou para mandar, com os móveis ingleses trazidos desde a viagem de núpcias e os complementares que fez vir depois da viagem de reconciliação, e a partir do primeiro dia começou a enchê-la de toda classe de bichos exóticos que ela própria ia comprar nas goletas das Antilhas. Entrou com o marido recuperado, o filho bem criado, a filha que nasceu quatro meses depois da volta e à qual batizaram com o nome de Ofélia. O doutor Urbino, de sua parte, entendeu que era impossível recuperar a esposa de um modo tão completo como a tivera na viagem de núpcias, porque a parte de amor que ele queria ela a dera aos filhos com o melhor do seu tempo, mas aprendeu a viver e a ser feliz com os resíduos. A harmonia pela qual tanto aspiravam culminou por onde menos esperavam num jantar de cerimônia em que serviram um prato delicioso que Fermina Daza não conseguiu identificar. Começou com uma boa porção, mas gostou tanto que repetiu com outra igual, e estava com pena de não se servir outra igual por princípio de boas maneiras quando descobriu que acabava de comer com um prazer insuspeitado dois pratos transbordantes de purê de berinjela. Perdeu com galhardia: a partir de então, na quinta da Mangueira foram servidas berinjelas em todas as suas formas quase com tanta frequência quanto no Palácio de Casalduero, e eram tão apetecidas por todos que o doutor Juvenal Urbino alegrava os tempos livres da velhice dizendo que queria ter outra filha para lhe pôr o nome bem-amado na casa: Berinjela Urbino.

Fermina Daza sabia então que a vida privada, ao contrário da vida pública, era mutável e imprevisível. Não lhe era fácil estabelecer diferenças reais entre crianças e adultos, mas em última análise preferia as crianças, por terem critérios mais certos. Mal dobrara o cabo da maturidade, desprovida por fim de qualquer ilusão, começou a vislumbrar a decepção de não ter sido nunca o que sonhava ser quando jovem, na praça dos Evangelhos, e sim algo que nunca ousara dizer sequer a si mesma: uma criada de luxo. Em sociedade passou a ser a mais amada, a mais mimada, e por isso mesmo a mais temida, mas em nada exigia de si mesma rigor maior ou se perdoava menos do que no governo da casa.

Sempre se sentiu vivendo uma vida emprestada pelo marido: soberana absoluta de um vasto império de felicidade edificado por ele e só para ele. Sabia que ele a amava para lá de tudo, mais do que ninguém no mundo, mas só para ele: a seu santo serviço.

Se alguma coisa a mortificava era a cadeia perpétua das refeições diárias. Pois não tinham só que estar na hora: tinham que ser perfeitas, e tinham que ser justo o que ele queria comer sem que antes lhe fosse perguntado. Se ela o fazia alguma vez, como uma das tantas cerimônias inúteis do ritual doméstico, ele sequer levantava a vista do jornal para responder: "Qualquer coisa." Dizia a sério, com seu jeito amável, porque não se podia conceber um marido menos despótico. Mas à hora de comer não podia ser qualquer coisa, e sim justo o que ele queria, e sem a mínima falha: que a carne não soubesse a carne, que o peixe não soubesse a peixe, que o porco não soubesse a sarna, que o frango não soubesse a penas. Mesmo quando não era tempo de aspargos era preciso encontrá-los a qualquer preço para que ele pudesse se extasiar no vapor de sua própria urina fragrante. Não punha a culpa nele: punha a culpa na vida. Mas ele era um protagonista implacável da vida. Bastava o tropeço de uma dúvida para que ele empurrasse o prato na mesa, dizendo: "Esta comida foi feita sem amor." Nesse sentido chegava a rasgos fantásticos de inspiração. Certa vez, mal provou uma tisana de camomila devolveu-a com uma única frase: "Esta droga está com gosto de janela." Tanto ela quanto as criadas se espantaram, pois ninguém sabia de alguém que tivesse bebido uma janela fervida, mas quando provaram a tisana procurando entender, entenderam: tinha gosto de janela.

Era um marido perfeito: nunca apanhava nada no chão, nem apagava a luz, nem fechava a porta. Na escuridão da manhã, quando faltava um botão na roupa, ela o ouvia dizer: "A gente devia ter duas mulheres, uma para querer bem, outra para pregar botão." Todos os dias, ao primeiro gole do café, e à primeira colherada de sopa fumegante, dava um uivo desesperado que já não assustava ninguém, e em seguida o suspiro: "No dia em que me mande desta casa, podem saber que foi porque me cansei de viver com a boca queimada." Dizia que nunca o almoço era mais apetitoso e fino do que nos dias em que ele não podia comê-lo por ter tomado purgante, e estava tão convencido de que era uma perfídia da mulher que acabou por não se purgar se ela não se purgasse com ele.

Aborrecida com sua incompreensão, ela lhe pediu um insólito presente de aniversário: que ele fizesse por um dia os trabalhos domésticos. Ele aceitou divertido, e com efeito tomou posse da casa desde o amanhecer. Serviu um café esplêndido, mas esqueceu que ela não se dava bem com ovos fritos e não tomava café com leite. Deu logo instruções para o almoço de aniversário com oito convidados e tomou disposições para a arrumação da casa, e tanto se esforçou por fazer um governo melhor que o dela que antes do meio-dia teve que capitular sem um gesto de vergonha. Desde o primeiro momento percebeu que não tinha a menor ideia de onde estava nada, sobretudo na cozinha, e as criadas deixaram que revirasse tudo para encontrar cada coisa, pois também jogaram o jogo. Às dez não se haviam tomado decisões para o almoço porque ainda não estava terminada a limpeza da casa nem a arrumação dos quartos, o banheiro estava por limpar, e ele esquecera de mandar botar o papel higiênico, trocar os lençóis e mandar o cocheiro buscar os filhos, e confundiu as tarefas das criadas: ordenou à cozinheira que fizesse as camas e pôs as arrumadeiras na cozinha. Às onze, quando já estavam a ponto de chegar os convidados, era tal o caos na casa que Fermina Daza reassumiu o comando, morta de rir, mas não com a atitude triunfal que teria querido adotar, e sim trêmula de compaixão diante da inutilidade doméstica do marido. Ele tirou sua forra com o argumento de sempre: "Pelo menos não me saí tão mal quanto você sairia procurando curar doentes." Mas a lição foi útil, e não só para ele. No curso dos anos ambos chegaram por caminhos diferentes à conclusão sábia de que não era possível morar juntos de outro modo, nem se amarem de outro modo: nada neste mundo era mais difícil do que o amor.

Na plenitude de sua nova vida, Fermina Daza via Florentino Ariza em diversas ocasiões públicas, e com tanto mais frequência quanto mais ele ascendia em seu trabalho, mas aprendeu a vê-lo com tanta naturalidade que mais de uma vez se esqueceu de cumprimentá-lo por distração. Ouvia falar dele amiúde, porque no mundo dos negócios era um tema constante sua escalada cautelosa mas irresistível na C.F.C. Ela o via melhorar de maneiras, sua timidez se decantava num certo distanciamento enigmático, assentava-lhe bem um ligeiro aumento de peso, convinha-lhe a lentidão da idade, e soubera resolver com dignidade a calvície arrasadora. Só continuou desafiando para sempre o tempo e a moda com a indumentária sombria, as sobrecasacas anacrônicas, o chapéu extraordinário, as gravatas de poeta, de fitas do armarinho da mãe, o guarda-chuva sinistro. Fermina Daza foi se acostumando a vê-lo de outro modo, e acabou por não relacioná-lo com o adolescente lânguido que se sentava a suspirar por ela exposto às ventanias de flores amarelas da praça dos Evangelhos. De qualquer maneira, nunca o viu com indiferença, e sempre se alegrou com as boas notícias que lhe davam a respeito dele, porque pouco a pouco iam aliviando sua culpa.

Contudo, quando já o imaginava apagado por completo da memória, reapareceu por onde menos o esperava, convertido em fantasma de suas saudades. Foram as primeiras auras da velhice, quando começou a sentir que algo irreparável acontecera em sua vida sempre que ouvia trovejar antes da chuva. Era a ferida incurável do trovão solitário, pedregoso e pontual, que retumbava todos os dias de outubro às três da tarde na serra de Villanueva, e cuja lembrança ia ficando mais recente com o passar dos anos. Enquanto as lembranças novas se confundiam na memória em poucos dias, as da viagem lendária pela província da prima Hildebranda se tornavam tão vívidas que pareciam de ontem, com a nitidez perversa da saudade. Lembrava-se de Manaure, a da serra, sua rua única, reta e verde, seus pássaros de bom agouro, a casa dos espantos onde acordava com a camisola empapada com as lágrimas de

Petra Morales, morta de amor muitos anos antes na mesma cama em que ela dormia. Lembrava-se do gosto das goiabas de então que nunca mais tinha tornado a ser o mesmo, dos presságios tão intensos que seu barulho se confundia com o da chuva, das tardes de topázio de São João de César, quando saía a passeio com a corte de primas assanhadas e mantinha os dentes apertados para que o coração não lhe saísse pela boca à medida que se aproximavam do telégrafo. Vendeu de qualquer maneira a casa do pai porque não podia aguentar a dor da adolescência, a visão da pracinha desolada tal como aparecia da sacada, a fragrância sibilina das gardênias nas noites de calor, o susto do retrato de dama antiga na tarde de fevereiro em que se decidiu seu destino, e onde quer que se revolvia sua memória daqueles tempos esbarrava na lembrança de Florentino Ariza. Contudo, sempre teve bastante serenidade para perceber que não eram lembranças de amor, nem de arrependimento, e sim a imagem de uma insipidez que lhe deixava um rastro de lágrimas. Sem saber, estava ameaçada pelo mesmo ardil de compaixão que levara à perdição tantas vítimas desprevenidas de Florentino Ariza.

Aferrou-se ao marido. E justo na época em que ele mais precisava dela, porque ia adiante dela com dez anos de desvantagem tateando só entre as névoas da velhice, e com as desvantagens piores de ser homem e mais fraco. Acabaram por se conhecer tanto que antes dos trinta anos de casados eram como um mesmo ser dividido, e se sentiam pouco à vontade com a frequência com que adivinhavam sem querer o pensamento um do outro, ou pelo acidente ridículo de um se antecipar a dizer em público o que o outro ia dizer. Tinham contornado juntos as incompreensões cotidianas, os ódios instantâneos, as grosserias recíprocas e os fabulosos relâmpagos de glória da cumplicidade conjugal. Foi a época em que se amaram melhor, sem pressa e sem excessos, e ambos foram mais conscientes e gratos pelas vitórias inverossímeis contra a adversidade. A vida ainda havia de confrontá-los com outras provas mortais, sem dúvida, mas já não tinha importância: estavam na outra margem.

Por ocasião das festividades do novo século houve um animado programa de atos públicos, o mais memorável dos quais foi a primeira viagem em balão, fruto da iniciativa inesgotável do doutor Juvenal Urbino. Metade da cidade se concentrou na Praia do Arsenal para admirar a subida do enorme globo de tafetá com as cores da bandeira, que carregou o primeiro correio aéreo a São João da Ciénaga, umas trinta léguas ao nordeste em linha reta. O doutor Juvenal Urbino e a mulher, que tinham conhecido a emoção do voo na Exposição Universal de Paris, foram os primeiros a subir à barquinha de vime, com o engenheiro de voo e seis convidados eminentes. Levavam uma carta do governador provincial às autoridades municipais de São João da Ciénaga, na qual se estabelecia para a história que aquele era o primeiro correio transportado pelos ares. Um cronista do *Diário do Comércio* perguntou ao doutor Juvenal Urbino quais seriam suas últimas palavras caso perecesse na aventura, e ele não demorou para pensar na resposta que havia de lhe custar tantas injúrias:

— Na minha opinião — disse — o século XIX muda para todo o mundo, menos para nós.

Perdido na cândida multidão que cantava o Hino Nacional enquanto o balão ganhava altura, Florentino Ariza se sentiu de acordo com alguém que ouviu comentar no tumulto que aquilo não era aventura própria para uma mulher, menos ainda na idade de Fermina Daza. Mas não foi tão perigosa, afinal. Ou foi menos perigosa do que deprimente. O balão chegou sem contratempos a seu destino, depois de uma viagem tranquila por um céu de um azul inverossímil. Voaram bem, muito baixo, com vento plácido e favorável, primeiro pelas encostas das cristas nevadas, e em seguida sobre o vasto pélago da Ciénaga Grande.

Do alto do céu, como as via Deus, viram as ruínas da mui antiga e heroica cidade de Cartagena das Índias, a mais bela do mundo, abandonada por seus povoadores devido ao medo pânico do cólera, depois de haver resistido a toda classe de assédios de ingleses e tropelias de bucaneiros durante três séculos. Viram as muralhas intactas, o capim nas ruas, as fortificações devoradas pelo amor-perfeito, os palácios de mármore e altares de ouro com seus vice-reis apodrecidos de peste dentro das armaduras.

Sobrevoaram as palafitas das Trojas de Cataca, pintadas de cores doidas, com cercados de criar iguanas comestíveis, e pencas de balsaminas e astromélias nos jardins lacustres. Centenas de meninos nus se atiravam n'água alvoroçados pela gritaria de todos, se atiravam pelas janelas, se atiravam do telhado das casas e das canoas que conduziam com uma perícia assombrosa, e fisgavam a água como savelhas para apanhar os volumes de roupa, os vidros de pastilhas para tosse, as coisas de comer que a caridosa e formosa mulher do chapéu de plumas lhes arremessava da barquinha do balão.

Sobrevoaram o oceano de sombras dos bananais, cujo silêncio se elevava até eles como um vapor letal, e Fermina Daza se lembrou de si mesma aos três anos, aos quatro talvez, passeando pela floresta sombria pela mão da mãe, que também era quase uma menina no meio de outras mulheres vestidas de musselina, tal qual ela, com sombrinhas brancas e chapéus de gaze. O engenheiro do balão, que ia observando o mundo com uma luneta, disse: "Parecem mortos." Passou a luneta ao doutor Juvenal Urbino, e este viu as carretas de bois entre as lavouras, as sebes ao longo da linha do trem, os canais gelados, e onde quer que detivesse a vista deparou com corpos humanos espalhados. Alguém disse que o cólera estava fazendo estragos nos povoados da Ciénaga Grande. O doutor Urbino, enquanto falava, não parou de olhar pela luneta.

— Pois deve ser uma modalidade muito especial do cólera — disse — porque cada morto tem seu tiro de misericórdia na nuca.

Pouco depois sobrevoaram um mar de espumas, e desceram sem novidade numa grande praia ardente, cujo solo rachado de salitre queimava como fogo vivo. Lá estavam as autoridades que só tinham como proteção contra o sol os guarda-chuvas do dia a dia, as escolas primárias agitando bandeirolas ao compasso dos hinos, as rainhas de beleza com flores esturricadas e coroas de papelão dourado, e gente da plantação de mamão da próspera localidade de Gayra, naqueles tempos a melhor da costa caribe. A única coisa que Fermina Daza queria era ver outra vez seu povoado natal, para compará-lo com suas lembranças mais antigas, mas não houve permissão para ninguém, devido aos riscos da peste. O doutor Juvenal Urbino entregou a carta histórica, que logo se perdeu entre outros papéis e nunca mais se soube dela, e a comitiva inteira quase morreu, asfixiada no torpor dos discursos. Foram afinal levados em mulas até o embarcadouro de Pueblo Viejo, onde o pântano se ligava ao mar, porque o engenheiro não conseguiu que o balão tornasse a subir. Fermina Daza estava certa de que passara por ali com a mãe, muito menina, numa carreta puxada por uma junta de bois. Já mais velha tinha contado isso ao pai, que morreu teimando que não era possível essa lembrança.

— Eu me lembro muito bem da viagem, e foi assim — disse ele — mas sucedeu pelo menos cinco anos antes de você nascer.

Os membros da expedição em balão voltaram três dias depois ao porto de origem, avariados por uma noite ruim, de tempestade, e foram recebidos como heróis. Perdido na multidão, é claro, estava Florentino Ariza, que reconheceu no semblante de Fermina Daza as marcas do pavor. Contudo, na mesma tarde tornou a vê-la numa exibição de ciclismo, também patrocinada pelo marido, e não tinha mais nenhum vestígio de cansaço. Pilotava um velocípede insólito que mais parecia um aparelho de circo, com uma roda dianteira muito alta sobre a qual ia sentada, e uma posterior muito pequena que apenas lhe servia de apoio. Trajava bombachas de sanefas coloridas que causaram escândalo entre as senhoras mais velhas e desconcerto entre os cavalheiros, mas ninguém ficou indiferente à sua destreza.

Essa, e tantas outras ao longo de tantos anos, eram imagens efêmeras que apareciam de repente a Florentino Ariza. sem quê nem por quê, e tornavam a desaparecer do mesmo modo deixando em seu coração uma trilha de ansiedade. Mas marcavam a pauta de sua vida, pois ele tinha conhecido as sevícias do tempo não tanto em sua própria carne como nas mudanças imperceptíveis que notava em Fermina Daza cada vez que a via.

Certa noite entrou na Pousada do Sancho, um restaurante colonial de alto coturno, e ocupou o canto mais afastado, como costumava fazer quando se sentava sozinho para comer suas merendas de passarinho. De repente viu Fermina Daza no grande espelho do fundo, sentada à mesa com o marido e outros dois casais, num ângulo em que ele podia vê-la refletida em todo o seu esplendor. Estava indefesa, conduzindo a conversação com uma graça e um riso que crepitavam como fogos de artifício, e sua beleza ficava mais radiante debaixo dos enormes lustres de pingentes: Alice tinha tornado a atravessar o espelho.

Florentino Ariza a observou à vontade e quase sem respirar, viu-a comer, viu-a provar apenas o vinho, viu-a tagarelando com o quarto Sancho da estirpe, viveu com ela um instante de sua vida sentado em sua mesa solitária, e durante mais de uma hora flanou sem ser visto pelo recinto vedado de sua intimidade. Depois tomou mais quatro xícaras de café para fazer tempo, até que a viu sair confundida com o grupo. Passaram tão perto que ele distinguiu o cheiro dela entre as lufadas de outros perfumes de suas acompanhantes.

A partir dessa noite, e durante quase um ano, manteve um assédio tenaz ao proprietário da pousada, oferecendo-lhe o que quisesse, em dinheiro ou em favores, para chegar ao que mais lhe apetecesse na vida, desde que lhe vendesse o espelho. Não foi fácil, pois o velho Sancho acreditava na lenda de que aquela preciosa moldura talhada por ebanistas vienenses era gêmea de outra que pertencera a Maria Antonieta, e que desaparecera sem deixar rastro: duas joias únicas. Quando por fim cedeu, Florentino Ariza pendurou o espelho na sua casa, não pelos primores da moldura e sim pelo espaço interior, que tinha sido ocupado durante duas horas pela imagem amada.

Quase só via Fermina Daza de braço dado com o marido, num concerto perfeito, movendo-se ambos num âmbito próprio, com uma assombrosa fluidez de siameses que só desafinava quando o cumprimentavam. Com efeito, o doutor Urbino lhe estreitava a mão com um afeto cálido, e até se permitia em certas ocasiões uma palmada no ombro. Ela, em compensação, o mantinha condenado ao regime impessoal dos formalismos, e nunca fez um mínimo gesto que o autorizasse a suspeitar que se lembrava dele em seus tempos de solteira. Viviam em dois mundos divergentes, mas, enquanto ele fazia toda a espécie de esforços para reduzir a distância, ela nunca deu um único passo que não fosse em sentido contrário. Passou muito tempo antes que ele se atrevesse a pensar que aquela indiferença não passava de uma couraça contra o medo. Ocorreu-lhe de repente, no batismo do primeiro navio de água doce construído nos estaleiros locais, que foi também a primeira ocasião oficial em que Florentino Ariza representou tio Leão XII como primeiro vice-presidente da C.F.C. Esta coincidência revestiu o ato de uma solenidade especial, e não faltou ninguém que tivesse alguma significação na vida da cidade.

Florentino Ariza se ocupava dos convidados no salão principal do navio, cheirando ainda a pintura recente e alcatrão derretido, quando uma salva de aplausos explodiu no cais e a banda atacou uma marcha triunfal. Teve que reprimir um estremecimento já quase tão antigo quanto ele próprio quando viu a formosa mulher dos seus sonhos no braço do marido, esplêndida em sua maturidade, desfilando como uma rainha de outros tempos entre a guarda de honra em uniforme de parada, debaixo de uma tempestade de serpentinas e pétalas naturais que lhe atiravam das janelas. Ambos respondiam com a mão às ovações, mas ela era tão deslumbrante que parecia ser a única no meio da multidão, vestida toda de um dourado imperial, dos sapatos de salto alto e das caudas de raposa no pescoço, até o chapéu-sino.

Florentino Ariza os esperou na ponte, junto com as autoridades provinciais, em meio ao estrondo da música e dos foguetes e dos três bramidos intensos do navio que deixaram o cais empapado de vapor. Juvenal Urbino cumprimentou a fila de recepção com aquela naturalidade tão sua que fazia cada um pensar que era alvo de um afeto especial: primeiro o comandante do navio em uniforme de gala, depois o arcebispo, depois o governador com sua mulher e o prefeito com a sua, e depois o chefe militar da praça, que era um andino recém-chegado. Em seguida às autoridades estava Florentino Ariza, terno de lã escura, quase invisível entre tantos notáveis. Depois de cumprimentar o comandante da praça, Fermina pareceu vacilar diante da mão estendida de Florentino Ariza. O militar, disposto a apresentá-los, perguntou a ela se se conheciam. Ela não disse nem que sim nem que não, estendendo a mão a Florentino Ariza com um sorriso de salão. O mesmo acontecera em duas ocasiões do passado, e havia de acontecer outras vezes, e Florentino Ariza o aceitou sempre como um comportamento próprio do caráter de Fermina Daza. Mas aquela tarde perguntou a si mesmo com sua infinita capacidade de ilusão se uma indiferença tão encarniçada não seria um subterfúgio para dissimular um tormento de amor.

A simples ideia lhe alvoroçou as querências. Voltou a rondar a quinta de Fermina Daza com as mesmas ânsias com que o fazia tantos anos antes na pracinha dos Evangelhos, não com a intenção calculada de que ela o visse, e sim com a única de vê-la para se certificar de que continuava no mundo. Só que agora era difícil passar despercebido. O bairro de Mangueira ficava numa ilha semideserta, separada da cidade histórica por um canal de águas verdes, e coberta de matagais de icaqueiro que tinham sido guarida de namorados domingueiros durante a Colônia. Em anos recentes tinham demolido a velha ponte de pedra dos espanhóis e construído uma de cimento com globos de luz, para dar passagem aos novos bondes de burro. No princípio, os moradores da Mangueira tinham que suportar um suplício que não se levara em conta no projeto, e que era dormir perto demais da primeira usina elétrica que teve a cidade, cuja trepidação era um terremoto contínuo. Nem o doutor Juvenal Urbino com todo seu poder conseguira que a mudassem para onde não estorvasse, até que intercedeu a seu favor sua comprovada cumplicidade com a Divina Providência. Uma noite a caldeira da usina arrebentou com uma explosão pavorosa, voou por cima das casas novas, atravessou metade da cidade pelos ares e fez desmoronar a galeria maior do antigo convento de São Julião o Hospitaleiro. O velho edifício em ruínas tinha sido abandonado em princípios daquele ano, mas a caldeira causou a morte de quatro presos que se haviam evadido à noitinha do cárcere local e estavam escondidos na capela.

Aquele subúrbio aprazível, com tão belas tradições de amor, não foi em compensação muito propício aos amores contrariados quando se converteu em bairro de luxo. As ruas eram poeirentas no verão, enlameadas no inverno e desoladas durante o ano inteiro, e as casas escassas se escondiam entre jardins frondosos, com varandas de mosaico em vez das sacadas salientes de outrora, como que feitas de propósito para desalentar os namorados furtivos. Ainda bem que naquela época se impôs a moda de passear de tarde nas velhas vitórias de praça reformadas para um cavalo só, e o trajeto terminava numa eminência de onde se apreciavam os crepúsculos desatinados de outubro melhor do que da torre do farol, e se avistavam os tubarões sigilosos tocaiando a praia dos seminaristas, e o transatlântico das quintas-feiras, imenso e branco, que quase se podia tocar com as mãos quando passava pelo canal do porto. Florentino Ariza costumava tomar uma vitória depois do duro dia de escritório, mas não arriava a capota como era costume nos meses de calor, permanecendo escondido no fundo do assento, invisível na sombra, sempre só, e ordenando itinerários imprevistos para não despertar os maus pensamentos do cocheiro. A única coisa do passeio que na realidade o interessava era o partenom de mármore rosado entre plantações de banana e mangueiras frondosas, réplica desafortunada das mansões idílicas dos algodoais da Luisiana. Os filhos de Fermina Daza voltavam para casa pouco antes das cinco. Florentino Ariza os via chegar no carro da família, e via sair depois o doutor Juvenal Urbino para suas visitas médicas de rotina, mas em quase um ano de rondas não pôde sequer vislumbrar a janela que buscava.

Uma tarde em que insistiu no passeio solitário apesar de estar caindo o primeiro aguaceiro devastador de junho, o cavalo resvalou na lama e tombou de bruços. Florentino Ariza viu com horror que estava bem na frente da quinta de Fermina Daza, e implorou ao cocheiro, sem pensar que sua consternação podia delatá-lo.

— Aqui não, por favor — gritou. — Em qualquer lugar menos aqui.

Perturbado pela pressa, o cocheiro procurou levantar o cavalo sem desatrelá-lo, e o eixo do carro quebrou. Florentino Ariza saltou como pôde, e aguentou a vergonha debaixo do rigor da chuva até que outros passantes se ofereceram para levá-lo a casa. Enquanto esperava, uma criada da família Urbino o vira com a roupa ensopada e chapinhando na lama até os joelhos, e lhe levou um guarda-chuva para que viesse se abrigar no terraço. Florentino Ariza não sonhava com tanta sorte nem no mais descomedido dos seus delírios, mas naquela tarde teria preferido morrer a ser visto por Fermina Daza em semelhante estado.

Quando moravam na cidade velha, Juvenal Urbino e a família iam aos domingos a pé da casa até a catedral, para a missa das oito, que era mais um ato mundano do que religioso. Mais tarde, quando mudaram de casa, continuaram indo de carro durante vários anos, e às vezes se deixavam ficar em tertúlias de amigos sob as palmeiras do parque. Mas quando se construiu o templo do seminário conciliar da Mangueira, com praia particular e cemitério próprio, passaram a só ir à catedral em ocasiões muito solenes. Sem saber destas mudanças, Florentino Ariza esperou vários domingos no terraço do Café da Paróquia, vigiando a saída das três missas. Depois percebeu o erro e foi à igreja nova, que esteve na moda até há poucos anos, e lá viu o doutor Juvenal Urbino com os filhos, pontuais às oito nos quatro domingos de agosto, mas Fermina Daza não estava com eles. Num desses domingos visitou o novo cemitério contíguo, onde os residentes do bairro de Mangueira estavam construindo seus panteões suntuosos, e seu coração deu um salto quando encontrou à sombra das grandes paineiras o mais suntuoso de todos, já terminado, com vitrais góticos e anjos de mármore, e com as lápides para toda a família em letras douradas. Entre elas, é claro, a de dona Fermina Daza de Urbino de la Calle, e em continuação a do marido, com um epitáfio comum: *Juntos também na paz do Senhor.*

Durante o restante do ano, Fermina Daza não assistiu a nenhum dos atos cívicos ou sociais, nem mesmo os do Natal, nos quais ela e o marido costumavam ser protagonistas de luxo. Mas onde mais se notou sua ausência foi na récita inaugural da temporada de ópera. No intervalo, Florentino Ariza surpreendeu um grupo em que sem dúvida falavam nela sem mencioná-la. Diziam que alguém a vira, numa certa meia-noite do junho anterior, subir ao transatlântico da Cunard, rumo ao Panamá, e que usava um véu escuro para que não se notassem os estragos causados pela doença secreta que a consumia. Alguém perguntou que mal tão terrível podia ser que se atrevia a atacar mulher de tantos poderes, e a resposta que recebeu veio saturada de uma bílis negra:

— Uma dama tão distinta só pode ter a tísica.

Florentino Ariza sabia que os ricos de sua terra não tinham doenças curtas. Ou bem morriam de repente, quase sempre às vésperas de uma festa maior que o luto prejudicava, ou iam se apagando em enfermidades lentas e abomináveis, cujas intimidades acabavam por cair no domínio público. A reclusão no Panamá era quase uma penitência obrigatória na vida dos ricos. Submetiam-se ao que Deus quisesse no Hospital dos Adventistas, um imenso galpão branco extraviado nos aguaceiros pré-históricos do Darién, onde os doentes perdiam a conta da pouca vida que lhes restava, e em cujos quartos solitários com janelas de cortina opaca ninguém podia saber com certeza se o cheiro do ácido fênico era de saúde ou de morte. Os que se restabeleciam voltavam carregados de presentes esplêndidos que repartiam a mancheias com uma certa angústia de quem pede perdão pela indiscrição de continuar vivo. Alguns voltavam com o abdome atravessado de costuras bárbaras que pareciam feitas com cânhamo de sapateiro, levantavam a camisa para mostrá-las às visitas, comparavam-nas com as de outros que tinham morrido sufocados pelos excessos da felicidade, e pelo restante dos seus dias continuavam contando e tornando a contar as aparições angelicais que tinham visto sob os efeitos do clorofórmio. Em compensação, ninguém jamais conheceu as visões dos que não voltaram, e entre estes os mais tristes: os que morreram desterrados no pavilhão dos tísicos, mais pela tristeza da chuva do que pelos padecimentos da doença.

A ter que escolher, Florentino Ariza não sabia o que teria preferido para Fermina Daza. Mas antes de mais nada preferia a verdade, ainda que insuportável, e por muito que a buscasse não deu com ela. Achava inconcebível que ninguém pudesse lhe dar pelo menos um indício para confirmar a versão. No mundo dos navios fluviais, que era o seu, não havia mistério que se pudesse conservar nem confidência que se pudesse guardar. No entanto, ninguém ouvira falar na mulher do véu preto. Ninguém sabia nada, numa cidade onde tudo se sabia, e onde muitas coisas se sabiam inclusive antes que acontecessem. Sobretudo as coisas dos ricos. Mas ninguém tinha explicação nenhuma para o desaparecimento de Fermina Daza. Florentino Ariza continuava rondando a Mangueira, ouvindo missas sem devoção na basílica do seminário, assistindo a atos cívicos que nunca lhe teriam interessado em outro estado de ânimo, mas a passagem do tempo só fazia aumentar o crédito da versão. Tudo parecia normal na casa dos Urbino, exceto a falta da mãe.

No meio de tantas averiguações encontrou outras novidades que não conhecia, ou que não andava buscando, e entre elas a da morte de Lorenzo Daza na aldeia cantábrica onde nascera. Recordava tê-lo visto durante muitos anos nas ruidosas guerras de xadrez no Café da Paróquia, a voz enrouquecida de tanto falar, e mais gordo e áspero à medida que afundava nas areias movediças de uma velhice ruim. Não tinham tornado a se dirigir a palavra desde o ingrato café da manhã de aguardente de anis no século anterior, e Florentino Ariza tinha certeza de que Lorenzo Daza ainda o recordava com rancor igual ao seu, mesmo depois de conseguir para a filha o casamento de fortuna que se convertera na única razão que tinha para viver. Mas estava tão decidido a encontrar uma informação inequívoca sobre a saúde de Fermina Daza que voltara ao Café da Paróquia para obtê-la do pai, na época em que ali se celebrou o torneio histórico em que Jeremiah de Saint-Amour enfrentou sozinho quarenta e dois adversários. Foi assim que se inteirou de que Lorenzo Daza tinha morrido, e se alegrou de todo o coração, embora sabendo que o preço daquela alegria podia ser o de continuar vivendo sem a verdade. No final admitiu como certa a versão do hospital de desenganados, sem mais consolo que não fosse o refrão conhecido: *Mulher enferma, mulher eterna*. Em seus dias de desalento, se conformava com a ideia de que a notícia da morte de Fermina Daza, caso ocorresse, a ele chegaria mesmo que não a buscasse.

Não chegaria nunca. Pois Fermina Daza estava viva e saudável na fazenda onde sua prima Hildebranda Sánchez vivia esquecida do mundo, a meia légua do povoado de Flores de Maria. Tinha ido sem escândalo, de comum acordo com o marido, enrolados ambos como adolescentes na única crise séria que sofriam em tantos anos de um casamento estável. Tinham sido apanhados de supetão no repouso da maturidade, quando já se sentiam a salvo de qualquer emboscada da adversidade, com os filhos grandes e bem-criados, e com o futuro aberto para que aprendessem a ser velhos sem azedumes. Tinha sido algo tão imprevisto para ambos que não quiseram resolver o caso aos gritos, com lágrimas e mediadores, como era de uso natural no Caribe, e sim com a sabedoria das nações da Europa, e de tanto não serem de cá nem de lá acabaram escorregando numa situação pueril que não era de lugar nenhum. Afinal ela decidira ir embora, sem saber sequer por quê, ou para quê, de pura raiva, e ele não fora capaz de dissuadi-la, impedido por sua consciência de culpa.

Fermina Daza, com efeito, embarcara à meia-noite dentro do maior sigilo e com a cara coberta por uma mantilha de luto, mas não num transatlântico da Cunard com destino ao Panamá, e sim no naviozinho regular de São João da Ciénaga, a cidade onde nasceu e onde morou até a puberdade, e cuja saudade ia ficando insuportável com os anos. Contra a vontade do marido e os costumes da época, só levou como acompanhante uma afilhada de quinze anos que se criara com a criadagem de sua casa, mas haviam avisado de sua viagem os comandantes dos navios e as autoridades de cada porto. Quando tomou sua irrefletida resolução, anunciou aos filhos que ia repousar uns três meses na companhia de tia Hildebranda, mas estava decidida a ficar. O doutor Juvenal Urbino conhecia muito bem a integridade do seu caráter, e estava tão atribulado que aceitou com humildade a decisão como um castigo de Deus pela gravidade de seus pecados. Mas não se haviam perdido de vista as luzes do navio e já estavam ambos arrependidos de suas fraquezas.

Apesar de terem mantido uma correspondência formal sobre os filhos e outros assuntos da casa, transcorreram quase dois anos sem que um ou outro encontrasse um caminho de regresso que não estivesse minado pelo orgulho. Os filhos foram passar em Flores de Maria as férias escolares do segundo ano, e Fermina Daza fez o impossível por parecer conformada com sua nova vida. Foi essa pelo menos a conclusão que tirou Juvenal Urbino das cartas do filho. Além disso, andou então por ali num giro pastoral o bispo de Riohacha, montado sob o pálio na sua célebre mula branca com gualdrapas bordadas a ouro. Atrás vieram peregrinos de comarcas remotas, sanfoneiros, vendedores ambulantes de comidas e amuletos, e a fazenda passou três dias submersa em inválidos e desenganados, que na realidade não vinham atraídos pelos sermões doutos e as indulgências plenárias, e sim pelos favores da mula, da qual se dizia que era milagreira pelas costas do dono. O bispo tinha sido íntimo da casa dos Urbino de la Calle desde seus anos de padre raso, e num certo meio-dia escapou de sua feira para almoçar na fazenda de Hildebranda. Depois do almoço, no qual só se falou de assuntos terrenos, levou a um canto Fermina Daza e quis ouvi-la em confissão. Ela se negou, de um modo amável mas firme, com o argumento explícito de que não tinha nada de que se arrepender. Embora não fosse esse seu propósito, pelo menos consciente, ficou com a ideia de que sua resposta ia chegar onde devia.

O doutor Juvenal Urbino costumava dizer, não sem certo cinismo, que aqueles dois amargos anos de sua vida não tinham sido culpa sua e sim do mau costume que tinha sua mulher de cheirar a roupa que a família tirava, e a que ela própria tirava, para saber pelo cheiro se era preciso mandar lavá-la embora parecesse limpa à primeira vista. Era o que fazia desde menina, e nunca pensou que se notasse tanto, até que o marido o percebeu na própria noite de núpcias. Percebeu também que ela fumava pelo menos três vezes por dia trancada no banheiro, mas isto não lhe chamou a atenção, pois as mulheres de sua classe costumavam trancar-se em grupos para falar de homens e fumar, e mesmo beber aguardente às canadas até se estirarem ébrias no chão. Mas o costume de farejar tudo quanto era roupa em seu caminho não só lhe pareceu insólito como perigoso para a saúde. Ela o levava na brincadeira, como levava tudo que não queria discutir, e dizia que não era para simples adorno que Deus lhe havia posto na cara aquele diligente nariz ornitológico. Certa manhã, enquanto ela andava fazendo compras, a criadagem alvoroçou a vizinhança procurando o filho de três anos que não era achado em nenhum esconderijo da casa. Ela chegou em meio ao pânico, deu duas ou três voltas de mastim rastreador, e encontrou o filho dormindo num guarda-roupa, onde ninguém pensou que pudesse se esconder. Quando o marido atônito perguntou como o encontrara, respondeu:

— Pelo cheiro de cocô.

A verdade é que o olfato não lhe servia só para lavar a roupa ou para achar crianças perdidas: era seu sentido de orientação em todas as ordens da vida, e sobretudo da vida social. Juvenal Urbino tinha observado isto ao longo do seu casamento, sobretudo no princípio, quando ela era uma adventícia ao ambiente predisposto contra ela há trezentos anos, e mesmo assim bracejava entre frondes de corais afiados sem tropeçar em ninguém, com um domínio do mundo que só podia ser um instinto sobrenatural. Essa faculdade temível, que tanto podia ter origem numa sabedoria milenar quanto num coração de pedra, teve sua hora de desgraça num mau domingo antes da missa, quando Fermina Daza por pura rotina aspirou fundo a roupa que o marido tinha usado a tarde anterior, e padeceu a sensação perturbadora de ter tido na cama um outro homem.

Aspirou primeiro o paletó e o colete enquanto tirava da botoeira o relógio de corrente e dos bolsos a lapiseira e a carteira e umas poucas moedas soltas e ia pondo tudo sobre a penteadeira, e depois aspirou a camisa pespontada enquanto tirava o prendedor de gravata e as abotoaduras de topázio dos punhos e o botão de ouro do colarinho postiço, e depois aspirou as calças enquanto tirava o chaveiro de onze chaves e o canivete de madrepérola, e aspirou afinal a ceroula e as meias e o lenço de linho com seu monograma bordado. Não havia a menor sombra de dúvida: em cada uma das peças havia um cheiro que não aparecera nelas em tantos anos de vida em comum, um cheiro impossível de definir, porque não era de flores nem de essências artificiais, e sim de algo próprio à natureza humana. Não disse nada, nem passou a encontrar o cheiro todos os dias, mas já não farejava a roupa do marido com a curiosidade de saber se era o caso de mandar lavar e sim com uma ansiedade insuportável que lhe ia roendo as entranhas.

Fermina Daza não soube onde situar o cheiro da roupa dentro da rotina do marido. Não podia ser entre a aula matinal e o almoço, pois supunha que nenhuma mulher em seu pleno juízo ia fazer um amor apressado a semelhantes horas, menos ainda com uma visita, enquanto dependia ainda de varrer a casa, fazer as camas, ir ao mercado, preparar o almoço, e talvez com a angústia de que chegasse da escola antes da hora um dos filhos escalavrado por uma pedrada e a encontrasse nua às onze da manhã no quarto por arrumar, e para cúmulo de horrores com um médico em cima. Sabia, por outro lado, que o doutor Juvenal Urbino só fazia amor de noite, de preferência na escuridão absoluta, e em último caso antes do café da manhã ao trinar dos primeiros pássaros. Depois dessa hora, dizia, era maior o trabalho de tirar a roupa e vesti-la de novo do que o prazer de um amor de galo. De maneira que a contaminação da roupa só podia ocorrer em alguma das visitas médicas, ou em qualquer momento escamoteado a suas noites de xadrez e cinema. Isso era difícil de esclarecer, porque, ao contrário de tantas amigas suas, Fermina Daza era demasiado orgulhosa para espionar o marido, ou pedir a alguém que o fizesse por ela. O horário das visitas, que parecia o mais apropriado para a infidelidade, era além disso o mais fácil de vigiar, porque o doutor Juvenal Urbino tinha sempre consigo uma relação minuciosa de cada um dos clientes, inclusive com a posição dos honorários, a partir da primeira visita e até que os despedia deste mundo com uma cruz final e uma frase pelo bem-estar de sua alma.

No fim de três semanas, Fermina Daza não encontrara o cheiro na roupa durante vários dias, tornara a encontrá-lo de novo quando menos esperava, e depois o encontrara mais descarnado que nunca durante vários dias consecutivos, embora um deles tivesse sido um domingo de festa familiar no qual ela e ele não se haviam separado um instante que fosse. Uma tarde se encontrou no gabinete do marido, contra seu costume e até contra seus desejos, como se não fosse ela e sim uma outra que estivesse fazendo algo que não faria jamais, decifrando com uma primorosa lupa de Bengala as intricadas notas de visitas dos últimos meses. Era a primeira vez que entrava sozinha nesse gabinete saturado de vapores de creosoto, atulhado de livros encadernados em peles de animais ignotos, de esmaecidas gravuras de grupos escolares, de pergaminhos honoríficos, de astrolábios e punhais de fantasia colecionados durante anos. Um santuário secreto que considerara sempre como a única parte da vida privada do marido à qual não tinha acesso por não estar incluída no amor, e por isso as poucas vezes em que estivera ali tinham sido com ele, sempre para assuntos fugazes. Não se sentia no direito de entrar sozinha, menos ainda para escrutínios que não lhe pareciam decentes. Mas ali estava. Queria encontrar a verdade, e a buscava com ânsias apenas comparáveis ao terrível temor de encontrá-la, impelida por uma ventania incontrolável mais imperiosa que sua altivez congênita, ainda mais imperiosa que sua dignidade: um suplício fascinante.

Não pôde tirar nada a limpo, porque os pacientes do marido, salvo os amigos comuns, eram também parte do seu domínio estanque, pessoas sem identidade que não se conheciam pela cara e sim pelas dores, não pela cor dos olhos ou as evasivas do coração, e sim pelo tamanho do fígado, o sarro na língua, os grumos na urina, as alucinações nas noites de febre. Pessoas que acreditavam no seu marido, que acreditavam viver graças a ele quando na realidade viviam para ele e acabavam reduzidas a uma frase escrita por ele do próprio punho e letra no pé do expediente médico: *Tranquilo, Deus está te esperando na porta.* Fermina Daza abandonou o escritório ao fim de duas horas com a sensação de se haver deixado tentar pela indecência.

Atiçada pela fantasia, começou a descobrir as mudanças operadas no marido. Achava-o evasivo, inapetente na mesa e na cama, propenso à exasperação e às réplicas irônicas, c quando estava em casa já não era o homem tranquilo de antes e sim um leão enjaulado. Pela primeira vez desde que se haviam casado vigiou seus atrasos, controlou-os aos minutos, e lhe pregava mentiras para extrair verdades, sentindo-se porém ferida de morte quando ele caía em contradição. Uma noite acordou sobressaltada por um estado fantasmagórico, e era que o marido a olhava na escuridão com olhos que lhe pareceram carregados de ódio. Sofrera um arrepio semelhante na flor da juventude, quando via Florentino Ariza aos pés da cama, só que sua aparição não era de ódio e sim de amor. Além disso, desta vez não se tratava de fantasia: o marido estava acordado às duas da madrugada, e se aprumara na cama para olhá-la adormecida, mas quando ela perguntou o que fazia, ele negou. Tornou a pôr a cabeça no travesseiro, e disse:

— Deve ter sido sonho seu.

Depois dessa noite, e por outros episódios semelhantes dessa época em que Fermina Daza não sabia de ciência certa onde acabava a realidade e onde começava o sonho, teve a revelação deslumbrante de que estava ficando louca. Reparou afinal que o marido não comungara na quinta-feira de Corpus Christi, nem em nenhum domingo das últimas semanas, nem encontrara tempo para os retiros espirituais do ano. Quando ela perguntou a que se deviam essas mudanças insólitas na sua saúde espiritual, recebeu uma resposta confusa. Esta foi a chave decisiva, porque ele não deixara de comungar numa data tão importante desde sua primeira comunhão aos oito anos. Desse modo viu não só que o marido estava em pecado mortal, como que resolvera persistir nele, posto que não acudia aos auxílios do confessor. Jamais imaginara que se pudesse sofrer tanto por algo que parecia ser o exato contrário do amor, mas nisso caíra, e resolveu que o único recurso para não morrer disso era tocar fogo no ninho de víboras que lhe empeçonhava as entranhas. Assim foi. Uma tarde começou a cerzir calcanhares de meias no terraço, enquanto o marido acabava sua leitura diária depois da sesta. De repente, interrompeu o trabalho, levantou os óculos para a testa, e o interpelou sem o mínimo tom de dureza:

— Doutor.

Ele estava mergulhado na leitura de *L'Île des pingouins,* o romance que todo mundo estava lendo naqueles dias, e respondeu sem vir à tona: *"Oui."* Ela insistiu:

— Você me olhe na cara.

Ele obedeceu, olhando sem vê-la pela bruma dos óculos de leitura, mas não precisou tirá-los para se queimar na brasa do olhar dela.

— Que está acontecendo? — perguntou.

— Você sabe melhor do que eu — disse ela.

E mais não disse. Abaixou de novo os óculos e continuou cerzindo as meias. O doutor Juvenal Urbino soube então que as longas horas de ansiedade haviam terminado. Ao contrário da forma em que prefigurava aquele instante, não houve um abalo sísmico do coração, e sim um golpe de paz. Era o grande alívio de que tivesse acontecido mais cedo que tarde aquilo que tarde ou cedo tinha que acontecer: o fantasma da senhorita Bárbara Lynch tinha afinal entrado na casa.

O doutor Juvenal Urbino a conhecera quatro meses antes, esperando a vez na consulta externa do Hospital da Misericórdia, e viu logo que algo de irreparável acabava de ocorrer em seu destino. Era uma mulata alta, elegante, de ossos grandes, com a pele da mesma cor e da mesma natureza branda do melado, vestida aquela manhã com um vestido vermelho com pintas brancas e um chapéu do mesmo gênero de abas muito amplas que lhe sombreavam o rosto até as pálpebras. Parecia de um sexo mais definido do que o resto dos humanos. O doutor Juvenal

Urbino não atendia no serviço externo, mas sempre que passava por ali com sobra de tempo gostava de relembrar aos alunos mais velhos que não há medicina melhor do que um bom diagnóstico. De maneira que arrumou um jeito de estar presente ao exame da mulata imprevista, tratando de ver que os discípulos não lhe notassem qualquer gesto que não parecesse casual, e mal se deteve nela, mas anotou muito bem na memória os dados de sua identidade. Nessa tarde, depois da última visita, fez o carro passar pelo endereço que ela dera na consulta, e lá estava, com efeito, tomando a fresca na varanda.

Era uma típica casa antilhana pintada toda de amarelo até o teto de zinco, as janelas com toldos e potes de cravos e samambaias pendurados no portal, e assentada sobre estacas de madeira no alagado da Má Criação. Um passarinho, um turpial, cantava na gaiola pendente do beiral. Na calçada do outro lado havia uma escola primária, e as crianças que saíam em tropel obrigaram o cocheiro a manter as rédeas firmes para impedir que o cavalo se espantasse. Foi uma sorte, porque a senhorita Bárbara Lynch teve tempo de reconhecer o doutor. Cumprimentou-o com um aceno de velhos conhecidos, convidou-o a tomar um café enquanto se acalmava a desordem, e ele o tomou encantado, contra seu costume, ouvindo-a falar de si mesma, que era a única coisa que a ele interessava a partir daquela manhã, e a única coisa que ia interessar-lhe, sem um minuto de paz, nos próximos meses. Certa ocasião, ele recém-casado, um amigo lhe dissera na frente da mulher que mais cedo ou mais tarde teria que se haver com uma paixão enlouquecedora, capaz de pôr em risco a estabilidade do seu casamento. Ele, que julgava conhecer-se a si mesmo, que conhecia a fortaleza de suas raízes morais, rira do prognóstico. Pois bem: aí estava.

A senhorita Bárbara Lynch, doutora em teologia, era filha única do reverendo Jonathan B. Lynch, pastor protestante, preto e seco, que andava de mula pelo casario indigente do alagado, pregando a palavra de um dos tantos deuses que o doutor Juvenal Urbino escrevia com minúscula para diferenciá-los do seu. Falava um bom castelhano, com uma pedrinha na sintaxe cujos tropeços frequentes aumentavam sua graça. Ia fazer vinte e oito anos em dezembro, se divorciara fazia pouco de outro pastor, discípulo do pai, com o qual estivera mal casada dois anos, e não guardara desejos de reincidir. Disse: "Meu único amor é o meu turpial." Mas o doutor Urbino era demasiado sério para achar que ela dissesse isso com segundas intenções. Pelo contrário: perguntou a si mesmo, confuso, se tantas facilidades juntas não seriam uma armadilha de Deus para depois cobrá-las em dobro, o que em seguida afastou de sua mente como um disparate teológico devido ao seu estado de confusão.

Na hora de se despedir, fez um comentário casual sobre a consulta médica da manhã, sabendo que nada agrada mais ao doente do que falar dos seus males, e ela foi tão esplêndida falando dos seus que ele prometeu voltar no dia seguinte, às quatro em ponto, para examiná-la de maneira mais completa. Ela se assustou: sabia que um médico daquela classe estava muito acima das suas possibilidades, mas ele a tranquilizou: "Nesta profissão tratamos de ver que os ricos paguem pelos pobres." Em seguida anotou em seu caderno de bolso: *senhorita Bárbara Lynch, alagado da Má Criação, sábado, 4 p.m.* Meses depois, Fermina Daza leria aquela ficha aumentada com os pormenores do diagnóstico, e com a evolução da enfermidade. O nome lhe chamou a atenção, e de momento lhe ocorreu que era uma dessas artistas extraviadas dos navios fruteiros de Nova Orleans, mas o endereço lhe deu a ideia de que o mais provável é que ela fosse da Jamaica, e preta, é claro, e a afastou sem cuidados do gosto do marido.

O doutor Juvenal Urbino chegou ao encontro de sábado dez minutos antes da hora, quando a senhorita Lynch ainda não tinha acabado de se vestir para recebê-lo. Desde seus tempos de Paris, quando tinha que se apresentar a um exame oral, não sentia tamanha tensão. Estendida na cama de linho, com uma tênue combinação de seda, a senhorita Lynch era de uma beleza interminável. Tudo nela era grande e intenso:

suas coxas de sereia, a pele a fogo brando, os seios atônitos, as gengivas diáfanas de dentes perfeitos, e todo seu corpo irradiava um vapor de boa saúde que era o cheiro humano que Fermina Daza encontrava na roupa do marido. Tinha ido à consulta externa porque sofria de algo que chamava com muita graça *cólicas torcidas,* e o doutor Urbino achava que era um sintoma que não se devia encarar com ligeireza. De maneira que apalpou seus órgãos internos com mais intenção do que atenção, e enquanto isso ia esquecendo a própria sabedoria e descobrindo assombrado que aquela criatura de maravilha era tão bela por dentro quanto por fora, e então se abandonou às delícias do tato, já não como o médico mais qualificado do litoral caribe, e sim como um pobre homem de Deus atormentado pela desordem dos instintos. Só uma vez lhe acontecera algo assim em sua severa vida profissional, e tinha sido seu dia de maior vergonha, porque a paciente, indignada, lhe afastou a mão, sentou na cama, e disse: "O que o senhor quer pode acontecer, mas assim não há de ser." A senhorita Lynch, porém, se abandonou às suas mãos, e quando não teve mais nenhuma dúvida de que o médico já não estava pensando em sua ciência, disse:

— Eu achava que isso não era permitido pela ética.

Ele estava ensopado de suor, como se estivesse saindo vestido de dentro de um tanque, e secou as mãos e a cara numa toalha.

— A ética — disse — imagina que nós médicos somos de ferro.

Ela lhe estendeu a mão agradecida.

— O fato de eu achar uma coisa não quer dizer que ela não se possa fazer — disse. — Imagine só o que será para uma pobre negra como eu que preste atenção em mim um homem de tanta fama.

— Não deixei de pensar em você um só instante — disse ele.

Foi uma confissão tão trêmula que teria merecido compaixão. Mas ela o livrou de todo mal dando uma gargalhada que iluminou o quarto.

— Isso eu sei desde que vi você no hospital, doutor — disse. — Negra sou, mas bronca não.

Não foi nada fácil. A senhorita Lynch queria sua honra limpa, queria segurança e amor, nessa ordem, e acreditava merecê-los. Deu ao doutor Urbino a oportunidade de seduzi-la, mas sem entrar no quarto ainda que ela estivesse sozinha na casa. O mais longe que chegou foi deixar que ele repetisse a cerimônia de apalpação e auscultação com todas as violações éticas que quisesse, mas sem lhe tirar a roupa. Ele, de sua parte, não pôde largar a isca uma vez mordida, e perseverou nos assédios quase diários. Por motivos de ordem prática, a relação continuada com a senhorita Lynch lhe era quase impossível, mas ele era fraco demais para se deter a tempo, como depois também havia de ser para seguir em frente. Foi seu limite.

O reverendo Lynch não tinha uma vida regular, ia embora a qualquer momento na mula carregada por um lado de bíblias e folhetos de propaganda evangélica, carregada de provisões por outro lado, e voltava quando menos se esperava. Outro inconveniente era a escola fronteira, pois as crianças cantavam as lições olhando a rua pelas janelas, e o que melhor viam era a casa da calçada oposta, com portas e janelas abertas de par em par desde as seis da manhã, e viam a senhorita Lynch pendurando a gaiola no beiral para que o turpial aprendesse as lições cantadas, viam-na com um turbante colorido a cantá-las ela também com sua brilhante voz caribe enquanto fazia os serviços da casa, e a viam depois sentada na varanda cantando em inglês os salmos da tarde.

Tinham que escolher uma hora em que não houvesse crianças, o que deixava duas possibilidades: a pausa do almoço, entre as doze e as duas, que era quando também o doutor almoçava, ou o final da tarde, quando as crianças iam para casa. Esta última foi sempre a hora melhor, mas quando ela soava o doutor já terminara suas visitas e dispunha de poucos minutos se quisesse jantar com a família. O terceiro problema, o mais grave para ele, era sua própria condição. Não podia ir sem o carro, que era muito conhecido e devia estar sempre à porta. Teria sido possível fazer o cocheiro cúmplice, como faziam quase todos os seus amigos do

Clube Social, mas isso estava fora do alcance dos seus costumes. Tanto assim que, quando as visitas à senhorita Lynch se tornaram evidentes demais, o próprio cocheiro familiar de libré se atreveu a perguntar se não seria melhor voltar mais tarde para buscá-lo para que o carro não ficasse tanto tempo estacionado à porta. O doutor Urbino, numa reação estranha a seu modo de ser, o cortou de um talho.

— Desde que conheço você, essa é a primeira vez que o ouço dizer uma coisa que não devia — disse. — Pois bem: dou o dito por não dito.

Não havia solução. Numa cidade como esta era impossível esconder uma enfermidade enquanto o carro do médico estivesse parado na porta. Às vezes o próprio médico tomava a iniciativa de ir a pé, se a distância permitisse, ou em carro de praça, para evitar suposições malignas ou prematuras. Mesmo assim, esses estratagemas de pouco serviam, pois as receitas que se aviavam nas farmácias permitiam decifrar a verdade, a tal ponto que o doutor Urbino prescrevia remédios falsos junto com os corretos, para preservar o direito sagrado dos doentes de morrer em paz com o segredo de suas doenças. Também podia justificar de diversas maneiras honestas a presença do carro na frente da casa da senhorita Lynch, mas não por muito tempo, e menos ainda por tanto quanto desejaria ele: toda a vida.

O mundo se transformou num inferno. Pois uma vez saciada a loucura inicial, ambos tomaram consciência dos riscos, e o doutor Juvenal Urbino não teve nunca a determinação de afrontar o escândalo. Nos delírios da febre prometia tudo, mas depois que tudo passava tudo tornava a ficar para depois. Em compensação, à medida que aumentavam as ânsias de estar com ela aumentava também o temor de perdê-la, de modo que os encontros foram ficando cada vez mais apressados e difíceis. Não pensava em outra coisa. Esperava as tardes com uma ansiedade insuportável, esquecia os outros compromissos, esquecia tudo menos ela, mas à medida que o carro se aproximava do alagado da Má Criação ia rogando a Deus que um inconveniente de última hora o obrigasse a passar ao largo. Ia em tal estado de angústia que às vezes se alegrava de ver da esquina a cabeça algodoada do reverendo Lynch lendo na varanda, e a filha na sala, catequizando as crianças do bairro com os Evangelhos cantados. Então ia feliz para casa para não continuar desafiando o azar, mas depois se sentia enlouquecer de ansiedade para que o dia inteiro se transformasse nas cinco da tarde de todos os dias.

De modo que os amores se tornaram impossíveis quando o carro se tornou notório demais à porta, e no fim de três meses já não passavam de ridículos. Sem tempo para se dizerem nada, a senhorita Lynch se metia no quarto logo que via entrar o amante aturdido. Adotara a precaução de vestir uma bata folgada nos dias em que o esperava, um lindo camisolão da Jamaica com babados de flores coloridas, mas sem roupa de baixo, sem nada, acreditando que a facilidade ia ajudá-lo contra o medo. Mas ele desperdiçava tudo que ela fazia para fazê-lo feliz. Ia atrás dela ofegante até o quarto, empapado de suor, e entrava estabanado atirando tudo no chão, a bengala, a maleta de médico, o chapéu panamá, e fazia um amor de pânico com as calças enroladas nos joelhos, o paletó abotoado para atrapalhar menos, com a corrente de ouro no colete, com os sapatos calçados, com tudo, e mais inclinado a ir embora quanto antes do que a cumprir com seu prazer. Ela ficava em jejum, mal entrando em seu túnel de solidão, quando ele já se abotoava de novo, exausto, como se tivesse feito o amor absoluto na linha divisória entre a vida e a morte, quando na realidade se limitara a fazer aquilo que o ato amoroso tem de façanha física. Mas estava em sua lei: o tempo justo para aplicar uma injeção endovenosa num tratamento de rotina. Então voltava a casa envergonhado de sua debilidade, com vontade de morrer, maldizendo-se por não ter a coragem de pedir a Fermina Daza que lhe arriasse as calças e o sentasse de bunda num braseiro. Não jantava, rezava sem convicção, fingia continuar na cama a leitura da sesta enquanto a mulher dava voltas e voltas pela casa pondo o mundo em ordem antes de se deitar. À medida que cabeceava sobre o livro ia afundando pouco a pouco no mangue inevitável da senhorita Lynch, em sua exalação de floresta jacente, sua cama de morrer, e então não conseguia pensar em nada além das cinco menos cinco da tarde de amanhã, e ela à sua espera na cama sem nada além do monte de bucha escura embaixo da bata de louca da Jamaica: o círculo infernal.

Havia já alguns anos que começara a ter consciência do peso do próprio corpo. Reconhecia os sintomas. Lera a respeito deles nos textos, confirmara-os na vida real, em pacientes mais velhos sem antecedentes graves que de repente começavam a descrever síndromes perfeitas que pareciam tiradas dos livros de medicina, e que no entanto se comprovavam imaginárias. Seu professor de clínica infantil de La Salpêtrière o aconselhara a pediatria como a especialidade mais honesta, porque as crianças só adoecem quando na realidade estão doentes, e não podem se comunicar com o médico com palavras convencionais e sim com sintomas concretos de doenças reais. Os adultos, em compensação, a partir de certa idade, ou bem tinham os sintomas sem as doenças, ou algo pior: enfermidades graves com sintomas de outras inofensivas. Ele os entretinha com paliativos, dando tempo ao tempo, até que aprendiam a não sentir seus achaques à força de conviver com eles na lixeira da velhice. Numa coisa nunca pensara o doutor Juvenal Urbino, e era que um médico da sua idade, que julgava ter visto tudo, não pudesse superar a inquietação de se sentir doente quando não estava. Ou pior: não crer que estava, por puro preconceito científico, quando talvez na realidade estivesse. Já aos quarenta anos, meio a sério meio de troça, dissera na cátedra: "A única coisa de que necessito na vida é alguém que me entenda." Mas quando se viu perdido no labirinto da senhorita Lynch, não havia mais troça no dito.

Todos os sintomas reais ou imaginários de seus pacientes mais velhos se acumularam em seu corpo. Sentia a forma do fígado com tal nitidez que podia dizer seu tamanho sem tocá-lo. Sentia o roncar de gato adormecido dos seus rins, sentia o brilho cambiante da vesícula, sentia o zumbido do sangue nas artérias. Às vezes amanhecia como um peixe sem ar para respirar. Tinha água no coração. Sentia que ele perdia o passo um instante, sentia que se atrasavam uma batida como nas marchas militares do colégio, uma vez e outra vez, e por fim sentia que se recuperava porque Deus é grande. Mas em vez de apelar para os mesmos remédios de distração que aconselhava aos doentes, estava transido de terror. Era certo: a única coisa de que necessitava na vida, também aos cinquenta e oito anos, era alguém que o entendesse. De maneira que apelou para Fermina Daza, o ser que mais o amava e ao qual mais amava neste mundo, e com quem acabava de pôr em paz sua consciência.

Pois isto aconteceu depois que ela o interrompeu na leitura da tarde para pedir que a olhasse na cara, e ele teve o primeiro indício de que seu círculo infernal fora descoberto. Não entendia como, no entanto, porque não podia imaginar que Fermina Daza tivesse encontrado a verdade por puro olfato. De todas as maneiras, e desde muito antes, esta não era uma cidade boa para se guardar segredos. Pouco tempo depois de instalados os primeiros telefones domésticos, vários casamentos que pareciam estáveis se acabaram devido a intrigas de chamadas anônimas, e muitas famílias atemorizadas suspenderam o serviço ou se negaram a adotá-lo durante anos. O doutor Urbino sabia que sua mulher se respeitava demais a si mesma para sequer admitir uma tentativa de inconfidência anônima por telefone, e não podia imaginar ninguém ousado a ponto de fazê-la em seu próprio nome. Em compensação, temia o método antigo: um papel enfiado por baixo da porta por mão desconhecida podia ser eficaz, não só por garantir o duplo anonimato do remetente e destinatário, como porque sua estirpe lendária permitia atribuir-lhe alguma relação metafísica com os desígnios da Divina Providência.

Os ciúmes não conheciam sua casa: durante mais de trinta anos de paz conjugal, o doutor Urbino se havia gabado em público muitas vezes, e até então tinha sido verdade, de ser como os fósforos suecos, que só acendem na própria caixa. Mas ignorava qual poderia ser a reação de uma mulher com tanto orgulho quanto a sua, com tanta dignidade e um caráter tão forte, diante de uma infidelidade comprovada. De maneira que depois de olhá-la na cara como ela lhe havia pedido, só soube baixar de novo o olhar para dissimular a perturbação, e continuou se fingindo de extraviado nos doces meandros da ilha de Alca, enquanto pensava no que fazer. Fermina Daza, de sua parte, também não disse mais nada. Quando acabou de cerzir as meias, atirou tudo sem qualquer ordem dentro da cesta de costura, deu na cozinha instruções para o jantar, e se retirou para o quarto.

Ele já tinha então sua resolução tão bem tomada que às cinco da tarde não passou pela casa da senhorita Lynch. As promessas de amor eterno, a ilusão de uma casa discreta para ela só onde a pudesse visitar sem sobressaltos, a felicidade sem pressa até a morte, tudo quanto prometera nas labaredas do amor ficou cancelado para sempre jamais. A última coisa que a senhorita Lynch teve dele foi um diadema de esmeraldas que o cocheiro lhe entregou sem comentários, sem um recado, sem uma nota escrita, e dentro de uma caixinha envolta em papel de farmácia para que o próprio cocheiro pensasse que se tratava de um remédio urgente. Não tornou a vê-la nem por acaso pelo resto da sua vida, e só Deus soube quanta dor lhe custou essa resolução, e quantas lágrimas de fel teve que derramar trancado na privada para sobreviver a seu desastre íntimo. Às cinco, em vez de ir ao encontro dela, fez perante seu confessor um ato de contrição profunda, e no domingo seguinte comungou com o coração em pedaços, mas com a alma tranquila.

Na mesma noite da renúncia, enquanto se despia para dormir, repetiu a Fermina Daza a amarga ladainha de suas insônias matinais, as pontadas súbitas, as ânsias de chorar ao entardecer, os sintomas cifrados do amor escondido que ele agora lhe contava como se fossem as misérias da velhice. Tinha que fazê-lo com alguém para não morrer, para não ter que contar a verdade, e no fim das contas aqueles desabafos se consagravam nos ritos domésticos do amor. Ela o ouviu com atenção, mas sem olhá-lo, sem dizer nada, enquanto recebia a roupa que ele ia tirando. Cheirava cada peça sem nenhum gesto que denunciasse sua raiva, a enrolava de qualquer jeito e a jogava na canastra de vime da roupa suja. Não encontrou o cheiro, mas dava no mesmo: amanhã será outro dia. Antes de se ajoelhar para rezar diante do pequeno altar do quarto de dormir, ele concluiu a narrativa de suas penúrias com um suspiro triste, e sincero, além disso: "Acho que vou morrer." Ela nem pestanejou antes de replicar.

— Seria o melhor — disse. — Assim ficaremos os dois mais tranquilos.

Anos antes, na crise de uma doença perigosa, ele tinha falado na possibilidade de morrer, e ela lhe dera a mesma réplica brutal. O doutor Urbino a atribuiu à inclemência própria das mulheres, graças à qual é possível que a terra continue girando ao redor do sol, porque ignorava então que ela interpunha sempre uma barreira de raiva para que não lhe notassem o medo. E, nesse caso, o mais terrível de todos, que era o medo de ficar sem ele.

Aquela noite, no entanto, lhe desejara a morte com todo o ímpeto de seu coração, e essa certeza o alarmou. Depois sentiu-a soluçar na escuridão, muito devagar, mordendo o travesseiro para que ele não percebesse. Isto acabou de confundi-lo, porque sabia que ela não chorava com facilidade por nenhuma dor do corpo ou da alma. Só chorava devido a uma raiva grande, mais ainda se esta se originava de algum modo em seu terror da culpa, e então quanto mais chorava com mais raiva ficava, porque não conseguia se perdoar pela fraqueza de chorar. Ele não se atreveu a consolá-la, sabendo que teria sido como consolar uma tigresa varada por uma lança, nem teve coragem para lhe dizer que os motivos do seu pranto tinham desaparecido essa tarde, e tinham sido arrancados pela raiz, e para sempre, até de sua memória.

O cansaço o venceu por uns minutos. Quando acordou, ela acendera sua tênue lâmpada de cabeceira e continuava com os olhos abertos mas sem chorar. Algo definitivo tinha acontecido com ela enquanto ele dormia: os sedimentos acumulados no fundo da sua idade através de tantos anos tinham sido revolvidos pelo suplício do ciúme, e tinham vindo à tona, e a haviam envelhecido num instante. Impressionado por suas rugas instantâneas, seus lábios murchos, as cinzas do seu cabelo, ele se arriscou a dizer que ela tentasse dormir: passava das duas. Ela falou sem olhar para ele, mas já sem traço de raiva na voz, quase com mansidão.

— Tenho o direito de saber quem é — disse.

E então ele contou tudo, sentindo que tirava de cima de si o peso do mundo, porque estava convencido de que ela sabia e só lhe faltava confirmar os pormenores. Mas não era assim, é claro, de maneira que enquanto ele falava ela voltou a chorar, não com soluços tímidos como no começo, e sim com umas lágrimas soltas e salobras que lhe escorriam pelo rosto, e lhe ardiam na camisola e lhe inflamavam a vida, porque ele não tinha feito o que ela esperava com a alma por um fio, e era que ele negasse tudo até a morte, que se indignasse com a calúnia, que cagasse aos gritos nesta sociedade filha de mãe ordinária que não tinha o menor escrúpulo em pisotear a honra alheia, e que se mantivesse imperturbável mesmo diante de provas as mais demolidoras da sua deslealdade: como um homem. Depois, quando ele contou que tinha estado à tarde com o confessor, teve medo de ficar cega de raiva. Desde o colégio tinha a convicção de que gente de igreja carecia de qualquer virtude inspirada por Deus. Esta era uma discrepância essencial na harmonia da casa, que tinham logrado contornar sem tropeços. Mas que o marido tivesse permitido que o confessor se imiscuísse a esse ponto numa intimidade que não era apenas dele, mas dela também, era coisa que ia mais longe do que tudo.

— É como contar a um daqueles ambulantes dos portais — disse.

Para ela era o fim. Tinha certeza de que sua honra andaria de boca em boca antes que o marido acabasse de cumprir a penitência, e o sentimento de humilhação que isso lhe causava era muito menos suportável do que a vergonha e a raiva e a injustiça da infidelidade. E o pior de tudo, porra: com uma preta. Ele corrigiu: "Mulata." Mas a essa altura toda precisão era de sobra: ela havia acabado.

— É a mesma praga — disse — e só agora eu entendo: era cheiro de preta.

Isto foi numa segunda-feira. Na sexta às sete da noite, Fermina Daza embarcou no naviozinho regular de São João da Ciénaga, levando só um baú, em companhia da afilhada e com o rosto coberto por uma mantilha para evitar perguntas e evitar que fossem feitas ao marido. O doutor Juvenal Urbino não foi ao porto, por acordo de ambos, depois de uma exaustiva conversa de três dias, na qual decidiram que ela fosse para a fazenda da prima Hildebranda Sánchez, na povoação de Flores de Maria, com tempo bastante para refletirem antes de tomar uma resolução final. Os filhos a aceitaram, sem conhecer os motivos, como uma viagem muitas vezes adiada que eles próprios desejavam há algum tempo. O doutor Urbino arrumou tudo de forma a que ninguém no seu mundinho pérfido pudesse fazer especulações maliciosas, e o fez tão bem que se Florentino Ariza não encontrou nenhuma pista do desaparecimento de Fermina Daza foi porque na realidade não havia, e não porque lhe faltassem meios de averiguação. O marido não tinha dúvida de que ela voltaria a casa logo que a raiva passasse. Mas ela partiu segura de que a raiva não passaria nunca.

Contudo, em breve ia constatar que essa determinação exagerada não era tanto fruto do ressentimento como da saudade. Depois da viagem de lua de mel tinha voltado várias vezes à Europa, apesar dos dez dias de mar, e sempre o fizera com tempo de sobra para ser feliz. Conhecia o mundo, aprendera a viver e a pensar de outro modo, mas nunca tinha voltado a São João da Ciénaga depois do frustrado voo em balão. O regresso à província da prima Hildebranda tinha para ela algo de redenção, ainda que tardia. Não passou a pensar assim a partir do seu desastre matrimonial: vinha de muito antes. A verdade é que a simples ideia de resgatar suas querências de adolescente a consolava da desdita.

Quando desembarcou com a afilhada em São João da Ciénaga, apelou para suas grandes reservas de caráter e reconheceu a cidade contra todas as advertências. O chefe civil e militar da praça, a quem ia recomendada, convidou-a a uma volta na vitória oficial à espera do trem de São Pedro Alexandrino, aonde ela queria ir para comprovar o que lhe haviam dito, que a cama em que morreu o Libertador era pequena como a de um menino. Então Fermina Daza tornou a ver seu povoado grande no pleno marasmo das duas da tarde. Tornou a ver as ruas que mais pareciam charcos cobertos de limo, e tornou a ver as mansões dos portugueses com seus escudos heráldicos talhados no pórtico e gelosias de bronze nas janelas, em cujos salões umbrosos se repetiam sem compaixão os mesmos exercícios de piano, titubeantes e tristes, que sua mãe recém-casada tinha ensinado às meninas das casas ricas. Viu a praça deserta sem uma árvore nas brasas da caliça, a fileira de coches de capotas fúnebres com os cavalos dormindo em pé, o trem amarelo de São Pedro Alexandrino, e na esquina da igreja velha viu a casa maior, a mais bela, com um corredor de arcadas de pedra esverdeada e um portão de mosteiro, e a janela do quarto onde ia nascer Álvaro muitos anos depois, quando ela não tivesse mais memória para se lembrar. Pensou na tia Escolástica, que continuava buscando sem esperança por céus e terras, e pensando nela se viu pensando em Florentino Ariza, com sua roupa de literato e seu livro de versos embaixo das amendoeiras da pracinha, coisa que poucas vezes lhe acontecia quando evocava seus anos ingratos do colégio. Depois de muitas voltas não conseguiu reconhecer a antiga casa familiar, pois onde supunha que estava só havia um cercado de porcos, e na curva da esquina a rua dos bordéis, com putas do mundo inteiro fazendo a sesta nos portais, pois o correio podia passar com alguma coisa para elas. Não era seu povoado.

Desde o princípio do passeio, Fermina Daza tapara a metade do rosto com a mantilha, não por medo de ser reconhecida onde ninguém podia conhecê-la, e sim devido à vista dos mortos que inchavam ao sol em todos os cantos, da estação do trem até o cemitério. O chefe civil e militar da praça lhe disse: "É o cólera." Ela sabia, porque tinha visto os coágulos brancos na boca dos cadáveres mirrados, mas notou que nenhum tinha o tiro de misericórdia na nuca, como na época do balão.

— É verdade — disse o oficial. — Também Deus melhora seus métodos.

A distância entre São João da Ciénaga e o antigo engenho de São Pedro Alexandrino era de apenas nove léguas, mas o trem amarelo se arrastava o dia inteiro, porque o maquinista era amigo dos passageiros habituais e estes lhe pediam o favor de parar de tempos em tempos para estirar as pernas andando pelos prados de golfe da companhia bananeira, e os homens tomavam banho nus nos rios diáfanos e gelados que se precipitavam da serra, e quando sentiam fome desciam para ordenhar as vacas soltas no pasto. Fermina Daza chegou aterrorizada, e apenas se concedeu tempo para admirar os tamarineiros homéricos em que o Libertador pendurava sua rede de moribundo, e para comprovar que a cama em que morreu, tal como lhe haviam dito, não só era pequena para um homem de tanta glória, como inclusive para um setemesinho. Contudo, outro visitante que parecia saber tudo disse que a cama era uma relíquia falsa, pois a verdade é que tinham deixado o Pai da Pátria morrer atirado pelos cantos. Fermina Daza ficou tão deprimida com o que viu e ouviu desde que saíra de casa que durante o resto da viagem não se deixou envolver por lembranças da viagem anterior, como sonhara fazer, evitando ao contrário passar pelos povoados de suas saudades. Desta forma os preservou e se preservou a si mesma da desilusão. Ouvia os acordeões nos atalhos por onde escapava ao desencanto, ouvia os gritos das rinhas de galo, as salvas de pólvora que tanto podiam ser de guerra como de pândega, e quando não havia meio de não atravessar o povoado, tapava o rosto com a mantilha para continuar a evocá-lo como era antes.

Uma noite, depois de muito se esquivar ao passado, chegou à fazenda da prima Hildebranda, e quando a viu esperando na porta esteve a ponto de desfalecer: era como se ver a si mesma no espelho da verdade. Estava gorda e decrépita, e carregada de filhos indômitos que não eram do homem que continuava amando sem esperanças e sim de um militar em uso de boa reforma com quem se casara por despeito e que a amou com loucura. Mas por dentro do corpo devastado continuava a mesma. Fermina Daza se recuperou da impressão com poucos dias de campo e boas recordações, mas só saiu da fazenda para ir à missa aos domingos com os netos de suas travessas cúmplices de antanho, rapagões em cavalos magníficos, e moças belas e bem-vestidas, como as mães na mesma idade, que saíam de pé nas carretas de boi, cantando em coro, até a igreja da missão no fundo do vale. Só passou pelo povoado de Flores de Maria, onde não estivera na viagem anterior, porque não imaginou que pudesse gostar dele, mas ao conhecê-lo ficou fascinada. Sua desgraça, ou a do povoado, foi que depois jamais conseguiu relembrá-lo como era na realidade, e sim como o imaginava antes de conhecê-lo.

O doutor Juvenal Urbino tomou a decisão de ir ao encontro dela depois de receber o informe do bispo de Riohacha. Sua conclusão foi que a demora da esposa não se devia ao fato de que não queria voltar e sim que não sabia como contornar o orgulho. Por isso partiu sem avisá-la, depois de uma troca de cartas com Hildebranda, das quais concluiu com clareza que as saudades da esposa se haviam invertido: agora só pensava em sua casa. Fermina Daza estava na cozinha às onze da manhã, preparando berinjelas recheadas, quando ouviu o grito dos peões, os relinchos, os disparos para o ar, e depois os passos resolutos no saguão, e a voz do homem:

— Mais vale chegar a tempo do que ser convidado.

Pensou que fosse morrer de alegria. Sem tempo para pensar, lavou as mãos de qualquer jeito, murmurando: "Graças, Deus meu, graças, como és bom", pensando que ainda não tinha tomado banho devido às malditas berinjelas que Hildebranda lhe pedira sem dizer quem é que vinha almoçar, pensando que estava tão velha e feia, e com o rosto tão descascado pelo sol, que ele ia se arrepender de ter vindo quando a visse em tal estado, maldita seja. Mas enxugou as mãos como pôde no avental, arrumou a aparência como pôde, apelou para toda a altivez com que a mãe a pusera no mundo para botar ordem no coração enlouquecido, e foi ao encontro do homem com seu doce andar de corça, a cabeça erguida, o olhar lúcido, o nariz de guerra, e grata ao seu destino pelo alívio imenso de voltar para casa, embora com menos facilidade do que acreditava ele, diga-se logo, porque partia feliz com ele, diga-se logo, mas também resolvida a lhe cobrar em silêncio os sofrimentos amargos que lhe haviam acabado com a vida.

Quase dois anos depois do desaparecimento de Fermina Daza, aconteceu um desses acasos impossíveis que Trânsito Ariza teria qualificado como uma brincadeira de Deus. Florentino Ariza não se deixara impressionar de modo especial pela invenção do cinema, mas Leona Cassiani o levou sem resistência à estreia espetacular de *Cabíria,* cuja publicidade se baseava nos diálogos escritos pelo poeta Gabriel D' Annunzio. O grande pátio a céu aberto do senhor Galileo Daconte, onde certas noites se desfrutava mais o esplendor das estrelas do que os amores mudos da tela, estava repleto de uma clientela seleta. Leona Cassiani seguia as peripécias da história com a alma por um fio. Florentino Ariza, em compensação, cabeceava de sono sob o peso esmagador do drama. Às suas costas, uma voz de mulher pareceu adivinhar seu pensamento:

— Deus meu, isso dura mais tempo que uma dor!

Foi só o que disse, coibida talvez pela ressonância da sua voz na penumbra, pois ainda não se impusera aqui o costume de adornar as fitas mudas com acompanhamento de piano, e na plateia em penumbra só se escutava o sussurro de chuva do projetor. Florentino Ariza só se lembrava de Deus nas situações mais difíceis, mas desta vez lhe deu graças com toda sua alma. Pois mesmo vinte braças debaixo da terra teria reconhecido de pronto aquela voz de metais surdos que carregava na alma desde a tarde em que a ouviu dizer no tapete de folhas amarelas de um parque solitário: "Agora vá embora, e não volte até que eu lhe avise." Sabia que estava sentada no assento atrás do seu, junto do esposo inevitável, e percebia sua respiração cálida e bem medida, e aspirava com amor o ar purificado pela boa saúde do seu alento. Não a sentiu roída pela traça da morte, como a imaginava no abatimento dos últimos meses, mas pelo contrário a evocou de novo na sua idade radiante e feliz, com o ventre arredondado pela semente do primeiro filho debaixo da túnica de Minerva. Imaginou-a como se a estivesse vendo sem olhar para trás, alheio por completo aos desastres históricos que transbordavam da tela. Deleitava-se com os hálitos do perfume de amêndoas que lhe chegava vindo da intimidade dela, ansioso por saber como achava ela que deviam se apaixonar as mulheres do cinema para que seus amores doessem menos que os da vida. Pouco antes do final, num clarão de júbilo, percebeu de repente que nunca estivera tanto tempo tão perto de alguém que amava tanto.

Esperou que os outros se levantassem quando se acenderam as luzes. Depois se levantou sem pressa, voltou-se distraído, abotoando o colete que sempre abria durante a função, e os quatro se viram tão perto que teriam que se cumprimentar de todos os modos, mesmo que algum deles não tivesse querido. Juvenal Urbino cumprimentou primeiro Leona Cassiani, que conhecia bem, e depois apertou a mão de Florentino Ariza com a gentileza habitual. Fermina Daza dirigiu a ambos um sorriso cortês, nada mais do que cortês, mas ainda assim um sorriso de alguém que os vira muitas vezes, que sabia quem eram, e que portanto não era preciso que lhe apresentassem. Leona Cassiani retribuiu com sua graça mulata. Em compensação, Florentino Ariza não soube o que fazer, porque ficou atônito ao vê-la.

Era outra. Não havia em sua cara nenhum indício da terrível enfermidade da moda, nem de nenhuma outra, e seu corpo conservava ainda o peso e a esbeltez dos seus melhores tempos, mas era evidente que os dois últimos anos tinham passado por ela com o rigor de dez mal vividos. O cabelo curto lhe assentava bem, com uma curva de asa nas faces, mas não era mais cor de mel e sim de alumínio, e os formosos olhos lanceolados tinham perdido meia vida de luz por trás de suas lunetas de avó. Florentino Ariza viu-a afastar-se pelo braço do marido entre a multidão que abandonava o cinema, e se surpreendeu de vê-la em lugar público com uma mantilha de pobre e chinelos de andar em casa. Mas o que mais o comoveu foi que o marido teve que agarrá-la pelo braço para lhe indicar o caminho melhor da saída, e mesmo assim ela calculou mal a altura e esteve a ponto de cair no degrau da porta.

Florentino Ariza era muito sensível a esses tropeços da idade. Quando ainda jovem, interrompia a leitura de versos nos parques para observar os casais de anciãos que se ajudavam na travessia da rua, e eram lições de vida que lhe haviam ajudado a vislumbrar as leis de sua própria velhice. Na idade do doutor Juvenal Urbino aquela noite do cinema, os homens floresciam numa espécie de juventude outonal, pareciam mais dignos com as primeiras cãs, se tornavam engenhosos e sedutores, sobretudo aos olhos das mulheres jovens, enquanto que suas murchas esposas tinham que se aferrar ao braço deles para não tropeçarem até na própria sombra. Poucos anos depois, no entanto, os maridos despencavam de repente no precipício de uma velhice infame do corpo e da alma, e então eram as esposas restabelecidas que tinham de guiá-los pelo braço como cegos de caridade, sussurrando-lhes ao ouvido, para não ferir seu orgulho de homens, que reparassem bem que eram três e não dois os degraus, que havia uma poça no meio da rua, que esse volume atravessado na calçada era um mendigo morto, enquanto os ajudavam a duras penas a atravessar a rua como se fosse o único vau no último rio da vida. Florentino Ariza se mirara tantas vezes nesse espelho que nunca teve tanto medo da morte quanto da infame idade em que precisasse ter uma mulher a guiá-lo pelo braço. Sabia que nesse dia, e só nesse, teria que renunciar à esperança de Fermina Daza.

O encontro lhe afugentou o sono. Em vez de levar Leona Cassiani no carro, acompanhou-a a pé através da cidade velha, onde seus passos ressoavam como ferraduras da cavalaria sobre as lajes. Às vezes retalhos de vozes fugidias escapavam dos balcões abertos, confidências de alcovas, soluços de amor ampliados pela acústica fantasmagórica e a fragrância quente dos jasmins nas vielas adormecidas. Uma vez mais, Florentino Ariza teve que fazer apelo a todas as suas forças para não revelar a Leona Cassiani seu amor reprimido por Fermina Daza. Caminhavam juntos, com seus passos contados, se amando sem pressa como noivos velhos, ela pensando nas graças de Cabíria, e ele pensando em sua própria desgraça. Um homem cantava num balcão da Praça da Alfândega, seu canto se repetindo por todo o recinto em ecos encadeados: *Quando eu cruzava as ondas imensas do mar.* Na rua dos Santos de Pedra, bem quando se despedia diante da sua casa, Florentino Ariza pediu a Leona Cassiani que o convidasse a um conhaque. Era a segunda vez que fazia o pedido em circunstâncias semelhantes. Na primeira, dez anos antes, ela havia dito: "Se subir a essa hora você vai ter que ficar para sempre." Não subiu. Mas agora teria subido de todas as maneiras, mesmo que depois tivesse que faltar com a palavra. Não obstante, Leona Cassiani o convidou a subir sem compromissos.

Foi assim que ele se achou quando menos esperava no santuário de um amor extinto antes de nascer. Os pais dela tinham morrido, seu único irmão tinha feito fortuna em Curaçau, e ela morava só na antiga casa familiar. Anos antes, quando ainda não tinha renunciado à esperança de fazê-la sua amante, Florentino Ariza costumava visitá-la aos domingos com o consentimento dos pais, e às vezes noite adentro até muito tarde, e tinha feito tantas contribuições ao arranjo da casa que acabou por reconhecê-la como sua. Contudo, aquela noite depois do cinema teve a sensação de que a sala de visitas tinha sido purificada de lembranças dele. Os móveis estavam em lugares diferentes, havia outros cromos pendurados nas paredes, e ele achou que tantas mudanças encarniçadas tinham sido feitas de propósito para perpetuar a certeza de que ele jamais existira. O gato não o reconheceu. Assustado com a sanha do esquecimento, disse: "Não se lembra mais de mim." Mas ela lhe respondeu de costas, enquanto servia os conhaques, que se isso o preocupava podia dormir tranquilo, porque os gatos não se lembram de ninguém.

Recostados no sofá, muito juntos, falaram de si mesmos, do que eram antes de se conhecer certa tarde de quem sabe quando no bonde de burro. Suas vidas transcorriam em escritórios contíguos, e nunca até então tinham falado de nada que não fosse o trabalho diário. Enquanto conversavam, Florentino Ariza lhe pôs a mão na coxa, começou a acariciá-la com seu suave tato de sedutor curtido, e ela deixou, mas não retribuiu nem com um tremor de cortesia. Só quando ele procurou ir mais longe é que ela pegou a mão exploradora e lhe deu um beijo na palma.

— Comporte-se bem — disse. — Há muito tempo descobri que você não é o homem que procuro.

Quando era muito jovem, um homem forte e destro, cujo rosto nunca viu, a derrubara de surpresa no cais, a desnudara aos tapas, fizera com ela um amor instantâneo e frenético. Atirada sobre as pedras, cheia de cortes pelo corpo todo, ela teria querido que aquele homem ficasse ali para sempre, para morrer de amor em seus braços. Não lhe vira o rosto, não lhe ouvira a voz, mas tinha a certeza de que o reconheceria entre milhares por sua forma e sua medida e seu modo de fazer amor. Desde então, aos que quisessem ouvi-la dizia: "Se você souber alguma vez de um tipo grande e forte que violou uma pobre negra da rua no

Cais dos Afogados, um quinze de outubro por volta das onze e meia da noite, diga a ele onde pode me encontrar." Dizia por puro hábito, e tinha dito a tantos que já não lhe restavam esperanças. Florentino Ariza tinha escutado muitas vezes esse relato como teria ouvido os adeuses de um navio na noite. Quando soaram as duas da madrugada tinham tomado três conhaques cada um, e ele sabia, sem dúvida, que não era o homem que ela esperava, e se alegrou em saber.

— Bravo, leoa — disse indo embora —, matamos o tigre.

Não foi só isso que acabou aquela noite. O falso segredo do pavilhão de tísicos lhe roubara o sono, porque lhe segredara a suspeita inconcebível de que Fermina Daza era mortal, e portanto podia morrer antes do marido. Mas quando a viu tropeçar na saída do cinema, deu por sua própria conta um passo mais rumo ao abismo, com a revelação súbita de que era ele e não ela aquele que podia morrer primeiro. Foi um presságio, e dos mais temíveis, porque se apoiava na realidade. Para trás haviam ficado os anos da espera imóvel, das esperanças venturosas, mas no horizonte só se vislumbrava o pélago insondável das doenças imaginárias, as micções gota a gota nas madrugadas de insônia, a morte diária ao entardecer. Pensou que cada um dos instantes do dia, que antes tinham sido mais do que seus aliados, seus cúmplices juramentados, começavam a conspirar do lado oposto. Poucos anos antes acudira a um encontro aventuroso com o coração oprimido pelo terror do risco, encontrara a porta sem ferrolho e os gonzos acabados de azeitar para que ele entrasse sem ruído, mas se arrependeu no último instante, por temor de causar a uma mulher alheia e serviçal o prejuízo irreparável de morrer na cama dela. De maneira que era razoável pensar que a mulher mais amada sobre a terra, a quem havia esperado de um século para o outro sem um suspiro de desencanto, mal teria tempo de lhe tomar o braço através de uma rua de túmulos lunares e canteiros de papoulas desordenadas pelo vento, para ajudá-lo a chegar são e salvo à outra calçada da morte.

A verdade é que para os critérios de sua época, Florentino Ariza tinha passado ao largo das lindes da velhice. Tinha cinquenta e seis anos, feitos e bem feitos, e achava que eram também muito bem vividos, por terem sido anos de amor. Mas nenhum homem da época teria afrontado o ridículo de parecer jovem na sua idade, ainda que fosse ou acreditasse ser, nem todos teriam tido o atrevimento de confessar sem pejo que ainda choravam às escondidas devido a uma desfeita do século anterior. Era uma época ruim para ser jovem: havia um modo de se vestir para cada idade, mas o modo da velhice começava pouco depois da adolescência, e durava até a tumba. Era, mais que uma idade, uma dignidade social. Os jovens se vestiam como seus avós, se faziam mais respeitáveis com óculos prematuros, e a bengala era muito bem-vista a partir dos trinta anos. Para as mulheres só havia duas idades: a idade de casar, que não ia além dos vinte e dois anos, e a idade de ser solteiras eternas: as esquecidas. As outras, as casadas, as mães, as viúvas, as avós, eram uma espécie diferente que não contava a idade em relação aos anos vividos, e sim em relação ao tempo que ainda faltava para morrerem.

Florentino Ariza, em compensação, enfrentou as insídias da velhice com uma temeridade encarniçada, mesmo consciente como era da estranha sorte sua de parecer velho desde muito menino. A princípio foi uma necessidade. Trânsito Ariza desmanchava e tornava a coser para ele as roupas que o pai resolvia jogar no lixo, por isso frequentava a escola primária com sobrecasacas que tocavam o chão quando se sentava, e chapéus ministeriais que afundavam até suas orelhas, apesar de terem a forma reduzida com recheio de algodão. Como além disso usava óculos de míope desde os cinco anos, e tinha o mesmo cabelo índio da mãe, que era eriçado e grosso feito crina de cavalo, seu aspecto não esclarecia nada. Por sorte, depois de tantas desordens de governo devido a tantas guerras civis superpostas, os critérios escolares eram menos seletivos do que antes, e havia uma mixórdia de origens e condições sociais nas escolas públicas. Meninos que ainda não tinham sido acabados de criar chegavam às aulas fedendo a pólvora de barricada, com insígnias e uniformes de oficiais rebeldes ganhos a bala em combates incertos, e com as armas do regulamento bem visíveis no cinto. Combatiam a tiros por qualquer briga de recreio, ameaçavam os professores que lhes dessem nota ruim nos exames, e um deles, estudante do terceiro grau no colégio La Salle e coronel de milícias reformado, matou com um balaço o irmão João Eremita, prefeito da comunidade, porque disse na aula de catecismo que Deus era membro nato do partido conservador.

Por outro lado, os filhos das grandes famílias em desgraça andavam vestidos de príncipes antigos, e alguns muito pobres andavam descalços. Entre tantas raridades vindas de todas as partes, Florentino Ariza se situava de todas as maneiras entre os mais raros, mas nem tanto que chamasse demais a atenção. O mais duro que ouviu foi alguém lhe gritando na rua: "Quem tem a cara feia e os bolsos vazios passa a vida a ver navios." De qualquer modo, aquela indumentária imposta pela necessidade já era desde então, e continuou sendo pelo resto da vida, a mais adequada à sua índole enigmática e seu caráter sombrio. Quando lhe deram o primeiro cargo importante na C.F.C., mandou fazer roupas sob medida no mesmo estilo das do pai, a quem evocava como um ancião morto na venerável idade de Cristo: trinta e três anos. Assim, Florentino Ariza deu sempre a impressão de ser muito mais velho do que era. Tanto assim que a faladeira Brígida Zuleta, uma amante fugaz que dizia as verdades sem papas na língua, lhe disse desde o primeiro dia que gostava mais dele quando tirava a roupa, porque nu tinha vinte anos menos. Contudo, remédio nunca encontrou, primeiro porque seu gosto pessoal não deixava que se vestisse de outro modo, e segundo porque ninguém sabia como se vestir de mais moço aos vinte anos, a menos que tirasse de novo do armário as calças curtas e o gorro de marinheiro. Por outro lado, ele próprio não conseguia escapar à noção de velhice do seu tempo, o que tornava apenas natural que ao ver Fermina Daza tropeçar à saída do cinema fosse abalado pelo raio pânico de que a puta da morte ia acabar ganhando sem remédio sua encarniçada guerra de amor.

Até então, sua grande batalha, travada de peito aberto e perdida sem glória, tinha sido a da calvície. Desde que viu os primeiros cabelos que ficavam emaranhados no pente, percebeu que estava condenado a um inferno cujo suplício escapa à imaginação dos que dele não padecem. Resistiu durante anos. Não houve glostoras nem loções que não experimentasse, nem crendice em que não cresse, nem sacrifício que não suportasse para defender da devastação voraz cada polegada da cabeça. Decorou as instruções do Almanaque Bristol para a agricultura, por ouvir alguém dizer que o crescimento do cabelo tinha relação direta com os ciclos das colheitas. Abandonou seu barbeiro de toda a vida, um calvo extremado, e adotou um forasteiro recém-chegado que só cortava cabelo quando a lua entrava em quarto crescente. O novo barbeiro começara a demonstrar que na realidade tinha a mão fértil, quando se descobriu que era um estuprador de noviças procurado por várias polícias das Antilhas, e o carregaram arrastando correntes.

Florentino Ariza tinha recortado nessas alturas todos os anúncios para calvos que encontrou nos jornais da bacia do Caribe, nos quais saíam os dois retratos juntos do mesmo homem, primeiro pelado como um melão e depois mais peludo que um leão: antes e depois de usar o remédio infalível. No fim de seis anos tinha experimentado cento e setenta e dois, além de outros métodos complementares que apareciam no rótulo dos vidros, e a única coisa que conseguiu com um deles foi um eczema do crânio, urticante e fétido, chamado tinha boreal pelos santarrões da Martinica, porque irradiava um resplendor fosforescente na escuridão. Recorreu por último a tudo quanto era erva de índio apregoada no mercado, e a todos os específicos mágicos e poções orientais que se vendiam no Portal dos Escrivães, mas quando deu o balanço das fraudes já ostentava uma tonsura de santo. No ano zero, enquanto a guerra civil dos Mil Dias dessangrava o país, passou pela cidade um italiano que fabricava perucas de cabelo natural sob medida. Custavam uma fortuna, e o fabricante não se responsabilizava por nada depois de três meses de uso, mas foram poucos os calvos solventes que não cederam à tentação. Florentino Ariza foi um dos primeiros. Experimentou uma peruca tão parecida com seu cabelo original que ele mesmo temia que se arrepiasse com mudanças de humor, mas não conseguiu assimilar a ideia de carregar na cabeça os cabelos de um morto. Seu único consolo foi que a avidez da calvície não lhe deu tempo de conhecer os próprios cabelos brancos. Um dia um dos bêbados alegres do cais fluvial o abraçou com mais efusão que de costume quando o viu sair do escritório, tirou o chapéu dele entre as troças dos estivadores, e lhe deu um beijo sonoro na grimpa.

— Careca divino! — gritou.

Nessa noite, aos quarenta e oito anos, mandou cortar as escassas penugens que lhe restavam na fronte e na nuca, e assumiu a fundo seu destino de calvo absoluto. A tal ponto que todas as manhãs antes do banho cobria de espuma não só o queixo, como ainda as partes do crânio onde acaso ameaçassem brotar de novo pelos, e punha tudo como nádegas de criança com a navalha de barba. Até então não tirava o chapéu nem mesmo dentro do escritório, pois a calvície lhe causava uma sensação de nudez que achava indecente. Mas quando a assimilou a fundo atribuiu-lhe virtudes varonis das quais ouvira falar, e que menosprezava como meras fantasias de calvos. Mais tarde adotou o novo costume de atravessar o crânio com os cabelos compridos do lado direito do repartido, e nunca mais o abandonou. Mas ainda assim continuou usando o chapéu, sempre no mesmo estilo fúnebre, mesmo depois de se impor a moda do chapéu de tartarita, que era o nome local do *canotier*.

A perda dos dentes, em compensação, não tinha sido uma calamidade natural, e sim fruto da incompetência de um dentista ambulante que resolveu aplicar remédios heroicos a uma infecção ordinária. O horror às brocas de pedal tinha impedido Florentino Ariza de visitar o dentista apesar de suas contínuas dores de dente, até que não pôde mais suportá-las. Sua mãe se assustou ao ouvir a noite inteira as queixas inconsoláveis no quarto pegado, porque achou que eram as mesmas de outros tempos já quase esfumados nas névoas de sua memória, mas quando o fez abrir a boca para ver onde é que o amor doía, descobriu que estava cheio de postemas.

Tio Leão XII mandou-o ao doutor Francis Adonay, um gigante negro de polainas e culotes de montar que andava nos navios fluviais com um gabinete dentário completo dentro de uns alforjes de capataz, e mais parecia um caixeiro-viajante do terror nos povoados do rio. Com um único olhar dentro da boca, determinou que era preciso tirar de Florentino Ariza até os dentes bons, para pô-lo de uma vez a salvo de novos percalços. Ao contrário da calvície, aquela cura de burro não lhe deu nenhuma preocupação, salvo o temor natural do massacre sem anestesia. Tampouco lhe desgostou a ideia da dentadura postiça, primeiro porque uma das nostalgias da sua infância era a lembrança de um mágico de feira que arrancava de si as duas mandíbulas e as deixava falando sozinhas numa mesa, e segundo porque punha fim às dores de dente que o haviam atormentado desde menino, quase tanto e com tanta crueldade quanto as dores de amor. Não lhe pareceu um golpe manhoso da velhice, como havia de lhe parecer a calvície, porque estava convencido de que, apesar do odor acre da borracha vulcanizada, sua aparência seria mais limpa com um sorriso ortopédico. De maneira que se submeteu sem resistência às tenazes incandescentes do doutor Adonay, e suportou a convalescença com um estoicismo de burro de carga.

Tio Leão XII se ocupou dos detalhes da operação como se fosse em sua própria carne. Tinha um interesse singular pelas dentaduras postiças, contraído numa de suas primeiras navegações pelo rio Madalena, e por culpa de sua dedicação maníaca ao *bel canto*. Numa noite de lua cheia, à altura do porto de Gamarra, apostou com um agrimensor alemão que era capaz de despertar as criaturas da selva cantando uma romança napolitana do passadiço do comandante. Por pouco não ganhou. Nas trevas do rio sentia-se o voejar das garças nos pântanos, o rabear dos jacarés, o pavor das savelhas procurando saltar em terra firme, mas na nota culminante, quando se receou que as artérias do cantor se fossem romper com a potência do canto, a dentadura postiça lhe saltou da boca com o alento final, e afundou nas águas.

O navio teve que demorar três dias no porto de Tenerife, enquanto lhe faziam outra dentadura de emergência. Ficou perfeita. Mas na navegação de volta, tratando de explicar ao comandante como perdera a dentadura anterior, tio Leão XII aspirou a pleno pulmão o ar ardente da selva, deu a nota mais alta de que foi capaz, susteve-a até o último alento procurando espantar os jacarés deitados ao sol que contemplavam sem pestanejar a passagem do navio, e também a dentadura nova afundou na corrente. Desde então teve cópias de dentes por toda parte, em diferentes lugares da casa, na gaveta da escrivaninha, e uma em cada um dos três navios da empresa. Além disso, quando comia fora de casa costumava levar uma sobressalente no bolso dentro de uma caixinha de pastilhas para a tosse, porque uma se partira quando ele comia torresmos num almoço campestre. Temendo que o sobrinho fosse vítima de sobressaltos semelhantes, tio Leão XII mandou que o doutor Adonay lhe fizesse de uma só vez duas dentaduras: uma de materiais baratos, para uso diário no escritório, e outra para os domingos e feriados, com uma chispa de ouro no dente do sorriso, para lhe imprimir um toque adicional de verdade. Por fim, num Domingo de Ramos alvoroçado por sinos de festa, Florentino Ariza voltou à rua com uma identidade nova, cujo sorriso sem jaça lhe deu a impressão de que alguém diferente dele tinha ocupado seu lugar no mundo.

Isto foi pela época em que morreu sua mãe e Florentino Ariza ficou só na casa. Era um rincão adequado ao seu modo de amar, porque a rua era discreta, não obstante o fato de que as tantas janelas de seu nome fizessem pensar em demasiados olhos por trás das cortinas. Mas tudo isso tinha sido feito para que Fermina Daza fosse feliz, e ela só, de maneira que Florentino Ariza preferiu perder muitas oportunidades durante seus anos mais fecundos a macular a casa com outros amores. Por sorte, cada degrau que escalava na C.F.C. implicava novos privilégios, sobretudo privilégios secretos, e um dos mais úteis para ele foi a possibilidade de usar os escritórios durante a noite, ou aos domingos e feriados, com a complacência dos zeladores. Uma vez, quando era vice-presidente, estava fazendo um amor de emergência com uma das moças do serviço dominical, ele sentado numa cadeira de escrivaninha, e ela acavalada sobre ele, quando de repente se abriu a porta. Tio Leão XII avançou a cabeça, como se tivesse errado de porta, e ficou olhando por cima dos óculos o sobrinho aterrorizado. "Porra!", disse o tio sem o menor espanto. "A mesma mania que tinha o seu pai!" E antes de fechar de novo a porta, a vista perdida no vácuo, disse:

— Quanto à senhorita, continue, não se vexe. Dou minha palavra de honra que nem vi seu rosto.

Não se voltou a falar no assunto, mas no escritório de Florentino Ariza foi impossível trabalhar na semana seguinte. Os eletricistas entraram segunda-feira em tropel para instalar um ventilador de pás no teto baixo. Os serralheiros chegaram sem aviso, e armaram um escândalo de guerra pondo um ferrolho na porta para que se pudesse fechá-la por dentro. Os carpinteiros tomaram medidas sem dizer para quê, os tapeceiros levaram amostras de cretones para ver se combinavam com a cor das paredes, e na semana seguinte tiveram que meter pela janela, pois não cabia pelas portas, um enorme sofá matrimonial com estampados de flores dionisíacas. Trabalhavam nas horas menos plausíveis, com uma impertinência que não parecia casual, e para quem quer que protestasse tinham a mesma resposta: "Ordem da direção geral." Florentino Ariza nunca soube se semelhante intromissão foi uma amabilidade do tio, velando por seus amores descarrilados, ou se era uma maneira muito sua de fazê-lo ver sua conduta abusiva. A verdade não lhe ocorreu, e era que tio Leão XII o estimulava porque a ele também chegara o rumor de que o sobrinho tinha costumes diferentes dos da maioria dos homens, isto o atormentava como um obstáculo para fazê-lo seu sucessor.

Ao contrário do irmão, Leão XII Loayza tinha tido um casamento estável que durou sessenta anos, e sempre se vangloriou de não ter trabalhado domingo. Tivera quatro filhos e uma filha, e a todos quis preparar para herdeiros do seu império, mas a vida o confrontou com uma dessas casualidades que eram de uso corrente nos romances do seu tempo, e nas quais ninguém acreditava na vida real: os quatro filhos tinham morrido, um atrás do outro, à medida que escalavam posições de mando, e a filha carecia por completo de vocação fluvial, e preferiu morrer contemplando os navios do Hudson de uma janela a cinquenta metros de altura. Tanto foi assim que não faltou quem desse como certa a patranha de que Florentino Ariza, com seu aspecto sinistro e seu guarda-chuva de vampiro, tinha feito alguma coisa para que sucedessem tantas casualidades juntas.

Quando o tio se aposentou contra a vontade, por prescrição médica, Florentino Ariza começou a sacrificar de bom grado alguns amores dominicais. Acompanhava-o ao seu refúgio campestre, a bordo de um dos primeiros automóveis que se viram na cidade, cuja manivela de arranque tinha tal força de retrocesso que destroncara o braço do primeiro chofer. Falavam durante horas, o velho na rede que tinha seu nome bordado em fios de seda, longe de tudo e de costas para o mar, numa antiga fazenda de escravos de cujos terraços floridos de astromélias se viam à tarde as cristas nevadas da serra. Sempre tinha sido difícil que Florentino Ariza e o tio falassem de algo que não fosse a navegação fluvial, e continuou sendo naquelas tardes lentas, nas quais a morte foi sempre um convidado invisível. Uma das preocupações recorrentes de tio Leão XII era que a navegação fluvial não passasse às mãos dos empresários do interior vinculados aos consórcios europeus. "Este foi sempre um negócio de matacongos", dizia em seu jargão. "Se cai na mão dos cachacos estes tornam a dá-lo de presente aos alemães." Sua preocupação resultava de uma convicção política que gostava de repetir mesmo que não viesse ao caso.

—Vou fazer cem anos, e já vi mudar tudo, até a posição dos astros no universo, mas ainda não vi mudar nada neste país — dizia. —Aqui se fazem novas constituições, novas leis, novas guerras cada três meses, mas continuamos na Colônia.

A seus irmãos maçons que atribuíam todos os males ao malogro do federalismo, respondia sempre: "A guerra dos Mil Dias se perdeu vinte e três anos antes, na guerra de 76." Florentino Ariza, cuja indiferença política tocava as raias do absoluto, ouvia estas arengas cada vez mais frequentes como se ouvisse o rumor do mar. Em compensação, era um contestador severo quanto à política da empresa. Contra o critério do tio, achava que o atraso da navegação fluvial, que sempre parecia à beira do desastre, só podia se remediar com a renúncia espontânea ao monopólio dos navios a vapor, concedido pelo Congresso Nacional à Companhia Fluvial do Caribe por noventa e nove anos e um dia. O tio protestava: "Quem te mete estas ideias na cabeça é minha xará Leona com suas tramas de anarquista." Mas só era certo em parte. Florentino Ariza fundamentava suas razões na experiência do comodoro alemão João B. Elbers, que destroçara seu nobre engenho com o exagero de sua ambição pessoal. O tio achava, em compensação, que o malogro de Elbers não resultara dos seus privilégios, e sim dos compromissos pouco realistas que contraíra ao mesmo tempo, e que tinham sido quase como chamar a si a responsabilidade pela geografia nacional: assumiu a responsabilidade de manter a navegabilidade do rio, as instalações portuárias, as vias terrestres de acesso, os meios de transporte. Além do mais, dizia, a oposição virulenta do presidente Simão Bolívar não foi obstáculo de fazer ninguém rir.

A maioria dos sócios encarava essas disputas como brigas matrimoniais, nas quais ambos os lados têm razão. A teimosia do velho parecia a eles natural, não porque a velhice o tornasse menos visionário do que sempre fora, o que se dizia com demasiada facilidade, mas porque a renúncia ao monopólio devia ser para ele como jogar no lixo os troféus de uma batalha histórica que ele e os irmãos tinham travado sozinhos nos tempos heroicos, contra adversários poderosos do mundo inteiro. Por isso ninguém o contrariou quando amarrou seus direitos de tal modo que ninguém podia tocar neles antes de sua extinção legal. Mas de repente, quando Florentino Ariza já depusera as armas nas tardes de meditação da fazenda, tio Leão XII deu seu consentimento para a renúncia ao privilégio centenário, com a única e respeitável condição de que não se fizesse antes da sua morte.

Foi seu ato final. Não tornou a falar de negócios, nem permitiu sequer que lhe fizessem consultas, nem perdeu um só cacho de sua esplêndida cabeça imperial, nem um átimo de sua lucidez, mas fez o possível para não ser visto por ninguém que pudesse ter pena dele. Passava os dias contemplando do terraço as neves perpétuas, balançando-se muito devagar numa cadeira de balanço vienense, junto de uma mesinha onde as criadas mantinham sempre quente um bule de café puro e um copo d'água de bicarbonato com duas dentaduras postiças, que agora só colocava para receber visitas. Via muito poucos amigos, e só falava de um passado tão remoto que era muito anterior à navegação fluvial. Contudo, adotou um tema novo: o desejo de que Florentino Ariza se casasse. Exprimiu-o várias vezes, e sempre da mesma forma.

— Se eu tivesse cinquenta anos menos — dizia — me casava com a xará Leona. Não posso imaginar uma esposa melhor.

Florentino Ariza estremecia com a ideia de que seu trabalho de tantos anos se frustrasse à última hora por esta condição imprevista. Teria preferido renunciar, atirar tudo pela janela, morrer, a falhar a Fermina Daza. Por sorte, tio Leão XII não insistiu. Quando fez noventa e dois anos reconheceu o sobrinho como herdeiro único, e se retirou da empresa.

Seis meses depois, por acordo unânime dos sócios, Florentino Ariza foi nomeado Presidente da Junta Diretora e Diretor Geral. No dia em que tomou posse do cargo, depois da taça de champanha, o velho leão em retiro pediu desculpas por falar sem se levantar da cadeira de balanço, e improvisou um breve discurso que mais pareceu uma elegia. Disse que sua vida tinha começado e terminava com dois acontecimentos providenciais. O primeiro foi que o Libertador o carregara nos braços, na povoação de Turbaco, quando ia em sua desditosa viagem rumo à morte. A outra tinha sido encontrar, contra todos os obstáculos que o destino lhe interpusera, um sucessor digno da sua empresa. No final, procurando desdramatizar o drama, concluiu:

— A única frustração que levo desta vida é a de ter cantado em tantos enterros, menos no meu.

Para fechar o ato, cantou a ária *E Lucevan le Stelle,* da Tosca. Cantou *a capella,* como gostava mais, e ainda com voz firme. Florentino Ariza se comoveu, o que apenas deixou transparecer no tremor da voz com que apresentou seus agradecimentos. Tal como tinha feito e pensado tudo que tinha feito e pensado na vida, chegava ao cume sem qualquer causa que não fosse a determinação encarniçada de estar vivo e em bom estado de saúde no momento de assumir seu destino à sombra de Fermina Daza.

Contudo, não foi só a lembrança dela que o acompanhou aquela noite na festa que lhe ofereceu Leona Cassiani. Acompanhou-o a lembrança de todas: tanto as que dormiam nos cemitérios, pensando nele através das rosas que semeava em cima delas, como as que ainda apoiavam a cabeça no mesmo travesseiro em que dormia o marido com os cornos dourados sob a lua. À falta de uma desejou estar com todas ao mesmo tempo, como sempre que ficava assustado. Pois mesmo em suas épocas mais difíceis e nos momentos piores, tinha mantido algum vínculo, por frágil que fosse, com as incontáveis amantes de tantos anos: sempre seguiu o fio de suas vidas.

Assim, aquela noite se lembrou de Rosalba, a mais antiga de todas, a que guardou o troféu da sua virgindade, cuja lembrança continuava a lhe doer como no primeiro dia. Bastava fechar os olhos para vê-la com a roupa de musselina e o chapéu de grandes fitas de seda, balançando a gaiola do menino no convés do navio. Várias vezes nos anos numerosos da sua idade aprontou tudo para ir procurá-la sem sequer saber onde, sem saber seu sobrenome, sem saber se era a ela que procurava, mas certo de encontrá-la em algum lugar entre florestas de orquídeas. A cada vez, devido a um inconveniente real de última hora, ou por uma falha intempestiva da sua vontade, a viagem era adiada quando já estavam a ponto de recolher a escada do navio: sempre por um motivo que tinha algo a ver com Fermina Daza.

Lembrou-se da viúva de Nazaret, a única com quem profanou a casa materna da Rua das Janelas, embora não tivesse sido ele e sim Trânsito Ariza quem a fez entrar. Consagrou a ela mais compreensão que a outra qualquer, por ser a única que irradiava ternura de sobra como se quisesse substituir Fermina Daza, embora fosse tão lerda na cama. Mas sua vocação de gata errante, mais indômita que a própria força da sua ternura, manteve ambos condenados à infidelidade. Contudo, conseguiram ser amantes intermitentes durante quase trinta anos graças à sua divisa de mosqueteiros: *Infiéis, mas não desleais.* Foi aliás a única que levou Florentino Ariza a assumir responsabilidades: quando lhe avisaram que tinha morrido e ia ser enterrada como indigente, enterrou-a à sua custa e assistiu só ao enterro.

Lembrou-se de outras viúvas amadas. De Prudência Pitre, a mais antiga das sobreviventes, conhecida de todos como a Viúva de Dois, porque era duas vezes. E da outra Prudência, a viúva de Arellano, a amorosa, que lhe arrancava os botões da roupa para que ele tivesse que demorar na casa enquanto ela os cosia de novo. E de Josefa, a viúva de Zúñiga, louca de amor por ele, que esteve a ponto de lhe cortar o bilro com as tesouras de podar, para que ele não fosse de ninguém embora não fosse dela.

Lembrou-se de Ángeles Alfaro, a efêmera e a mais amada de todas, que veio por seis meses ensinar instrumentos de arco na Escola de Música e passava com ele as noites de lua no terraço de sua casa, como a mãe a pusera no mundo, tocando as suítes mais belas de toda a música no violoncelo, com sua voz de homem entre suas coxas douradas. Desde a primeira noite de lua, cada um fez em pedaços o coração do outro num amor de principiantes ferozes. Mas Ángeles Alfaro foi como veio, com seu sexo meigo e seu violoncelo de pecadora, num transatlântico sob a bandeira do esquecimento, e a única coisa que dela restou nos terraços enluarados foram seus sinais de adeus com um lenço branco que parecia uma pomba no horizonte, solitária e triste, como nos versos dos Jogos Florais. Com ela aprendeu Florentino Ariza o que já padecera muitas vezes sem saber: pode-se estar apaixonado por várias pessoas ao mesmo tempo, por todas com a mesma dor, sem trair nenhuma. Solitário entre a multidão do cais, dissera a si mesmo com um toque de raiva: "O coração tem mais quartos que uma pensão de putas." Estava banhado em lágrimas com a dor dos adeuses. Contudo, mal desaparecera o navio na linha do horizonte e a lembrança de Fermina Daza tinha voltado a ocupar seu espaço total.

Lembrou-se de Andreia Varón, diante de cuja casa passara a semana anterior, mas a luz alaranjada na janela do banheiro advertiu-o de que não podia entrar: alguém tinha chegado antes. Alguém: homem ou mulher, porque Andreia Varón não se detinha em minúcias dessa índole nas desordens do amor. De todas as da lista era a única que vivia do seu corpo, mas o administrava a seu bel-prazer, sem capataz de campo. Nos seus anos bons tinha feito uma lendária carreira de cortesã clandestina, que lhe valeu o nome de guerra de Nossa Senhora de Todos. Enlouqueceu governadores e almirantes, viu chorar no seu ombro alguns próceres das armas e das letras que não eram tão ilustres quanto acreditavam ser, e mesmo alguns que eram. Foi verdade, por outro lado, que o presidente Rafael Reyes, em apenas uma apressada meia hora entre duas visitas casuais à cidade, estabeleceu para ela uma pensão vitalícia por serviços excepcionais prestados ao Ministério do Tesouro, onde não fora empregada um só dia. Repartiu suas dádivas de prazer até os limites do corpo, e embora sua conduta imprópria fosse do domínio público, ninguém teria podido exibir contra ela uma prova terminante, porque seus cúmplices insignes a protegeriam como a própria vida, conscientes de que não era ela e sim eles os que mais tinham a perder com o escândalo. Florentino Ariza tinha violado por ela seu princípio sagrado de não pagar, e ela violara o seu de não fazê-lo grátis nem com o marido. Tinham ficado de acordo quanto ao preço simbólico de um peso por vez, mas ela não recebia nem ele entregava, guardando o dinheiro num porquinho mealheiro até poderem comprar com ele algum engenho ultramarino no Portal dos Escrivães. Foi ela que atribuiu uma sensualidade diferente aos clisteres que ele usava para suas crises de prisão de ventre, convencendo-o a compartilhá-los, a fazerem juntos as aplicações no transcurso de suas tardes loucas, tratando de inventar ainda mais amor dentro do amor.

Considerava uma sorte que em meio a tantos encontros de aventura, a única que o fez provar uma gota de amargura foi a tortuosa Sara Noriega, que terminou seus dias no manicômio da Divina Pastora, recitando versos senis de tão desaforada obscenidade que foram forçados a isolá-la para que não acabasse de enlouquecer as outras loucas. Contudo, quando recebeu completa a responsabilidade da C.F.C. já não tinha muito tempo nem excesso de ânimo para tentar substituir Fermina Daza por quem fosse: sabia que era insubstituível. Pouco a pouco tinha caído na rotina de visitar as já estabelecidas, dormindo com elas enquanto servissem, enquanto fosse possível, enquanto tivessem vida. No domingo de Pentecostes em que morreu Juvenal Urbino, só lhe restava uma, uma só, com quatorze anos apenas feitos, e com tudo que nenhuma outra tinha tido até então para torná-lo louco de amor.

Chamava-se América Vicuña. Tinha vindo dois anos antes da localidade marítima de Porto Pai recomendada pela família a Florentino Ariza, seu correspondente, com quem tinha um parentesco sanguíneo reconhecido. Vinha com uma bolsa do governo para fazer os estudos de professora, trazendo seu petate e um bauzinho de folha que parecia de boneca, e mal desceu do navio com seus botins brancos e a trança dourada, ele teve o pressentimento atroz de que iam fazer juntos a sesta de muitos domingos. Era ainda uma menina em todos os sentidos, com aparelho nos dentes e raladuras de escola primária nos joelhos, mas ele vislumbrou de pronto a classe de mulher que ia ser em breve, e a cultivou para si num lento ano de sábados de circo, de domingos de parques com sorvetes, de tardes infantis com que ganhou sua confiança, ganhou seu carinho, levando-a pela mão com uma suave astúcia de avô bondoso até seu matadouro clandestino. Para ela foi imediato: abriram-se as portas do céu. Explodiu numa eclosão floral que a deixou flutuando num limbo de ventura, e foi um estímulo eficaz em seus estudos, pois se manteve sempre no primeiro lugar da classe para não perder a saída do fim de semana. Para ele foi o rincão mais abrigado na enseada da velhice. Depois de tantos anos de amores calculados, o gosto desabrido da inocência tinha o encanto de uma perversão renovadora.

Coincidiram. Ela se comportava como o que era, uma menina disposta a descobrir a vida sob a guia de um homem venerável que não se espantava com nada, e ele assumiu consciente o papel que mais tinha temido na vida: o de noivo senil. Nunca a identificou com Fermina Daza, apesar de ser mais do que fácil a parecença, não só pela idade, pelo uniforme escolar, pela trança, pelo andar montanhês, como pelo caráter altivo e imprevisível. E mais: a ideia da substituição, que tão aliciante tinha sido para sua mendicidade de amor, se apagou por completo. Gostava dela pelo que era, e acabou amando-a pelo que era numa febre de delícias crepusculares. Foi a única com quem tomou precauções drásticas contra uma gravidez acidental. Depois de uma meia dúzia de encontros, não havia para ambos sonho maior que as tardes dos domingos.

Posto que ele era a única pessoa autorizada a tirá-la do internato, ia buscá-la no Hudson de seis cilindros da C.F.C., e às vezes arriavam a capota nas tardes sem sol para passear pela praia, ele com o chapéu tétrico, ela morta de rir, segurando com as duas mãos o gorro de marinheiro do uniforme escolar para que o vento não o carregasse. Alguém lhe dissera que não andasse com seu protetor mais do que o indispensável, que não comesse nada que ele tivesse provado nem ficasse muito perto do seu hálito, porque a velhice era contagiosa. Mas ela não se importava. Ambos se mostravam indiferentes ao que se pudesse pensar deles, porque o parentesco era bem conhecido, e além disso suas idades extremas os punham a salvo de qualquer suspicácia.

Acabavam de fazer amor domingo de Pentecostes, às quatro da tarde, quando começaram os dobres. Florentino Ariza teve que dominar o sobressalto do coração. Na sua juventude, o ritual dos dobres estava incluído no preço dos funerais, e só era negado aos de escassa solenidade. Mas depois de nossa última guerra, na ponte dos dois séculos, o regime conservador consolidou seus costumes coloniais, e as pompas fúnebres se tornaram tão dispendiosas que só os mais ricos podiam pagar. Quando morreu o arcebispo Dante de Luna, os sinos de toda a província dobraram durante nove dias com suas noites, e foi tal o tormento público que o sucessor eliminou dos funerais o requisito dos dobres, e os deixou reservados aos mortos mais ilustres. Por isso quando Florentino Ariza ouviu dobres na catedral às quatro da tarde de um domingo de Pentecostes, sentiu-se visitado por um fantasma de suas mocidades perdidas. Nunca imaginou que fossem os dobres por que tanto havia anelado durante tantos e tantos anos, a partir do domingo em que viu Fermina Daza grávida de seis meses, à saída da missa solene.

— Porra — disse na penumbra. — Tem que ser um tubarão dos graúdos para que dobrem por ele na catedral.

América Vicuña, nua em pelo, acabou de despertar.

— Deve ser por causa do Pentecostes — disse.

Florentino Ariza não era nem de longe perito em negócios de igreja, nem voltara à missa desde que tocava violino no coro com um alemão que lhe ensinou além disso a ciência do telégrafo, e de cujo destino não se teve nunca uma notícia certa. Mas sabia sem dúvida que os sinos não dobravam pelo Pentecostes. Havia um luto na cidade, sem dúvida, e ele sabia. Uma comissão de refugiados do Caribe estivera em sua casa aquela manhã com a informação de que Jeremiah de Saint-Amour amanhecera morto em seu estúdio de fotógrafo. Embora Florentino Ariza não fosse seu amigo próximo, era de muitos outros refugiados que o convidavam a seus atos públicos, e sobretudo a seus enterros. Mas estava certo de que os sinos não dobravam por Jeremiah de Saint--Amour, que era um incrédulo militante e um anarquista empedernido, e que além disso tinha morrido por sua própria mão.

— Não — disse —, dobres assim só podem ser de governador para cima.

América Vicuña, com o pálido corpo atigrado pelas raias de luz das persianas mal fechadas, não tinha idade para pensar na morte. Tinham feito amor depois do almoço e estavam deitados na vazante da sesta, ambos nus sob o ventilador de pás, cujo zumbido não chegava a ocultar a crepitação de granizo dos urubus andando no teto de zinco aquecido. Florentino Ariza a amava como amara tantas outras mulheres casuais em sua longa vida, mas a esta amava com mais angústia que a outra qualquer porque tinha a certeza de estar morto de velho quando ela terminasse a escola superior.

O quarto parecia mais um camarote de navio, com as paredes de ripas de madeira muitas vezes pintadas por cima da pintura anterior, como os navios, mas o calor era mais intenso que o dos camarotes dos navios do rio às quatro da tarde, mesmo com o ventilador elétrico pendurado sobre a cama, devido à reverberação do telhado metálico. Não era um quarto de dormir formal e sim um camarote de terra firme mandado construir por Florentino Ariza atrás dos seus escritórios da C.F.C., sem propósitos ou pretextos além dos de dispor de uma boa guarida para seus amores de velho. Nos dias comuns era difícil dormir ali com os gritos dos estivadores e o estrondo das gruas do porto fluvial, e os bramidos enormes dos navios no cais. No entanto, para a menina era um paraíso domingueiro.

No dia de Pentecostes pensavam estar juntos até que ela tivesse que voltar ao internato, cinco minutos antes do ângelus, mas os dobres fizeram Florentino Ariza lembrar sua promessa de assistir ao enterro de Jeremiah de Saint-Amour, e se vestiu mais depressa que de costume. Antes, como sempre, teceu para a menina a trança solitária que ele mesmo desfazia antes de fazer amor, e a pôs em cima da mesa para amarrar o laço dos sapatos do uniforme, que ela sempre dava mal. Ele a ajudava sem malícia e ela o ajudava a ajudá-la como se fosse um dever: ambos haviam perdido consciência de suas idades desde os primeiros encontros, e se tratavam com a confiança de dois esposos que já tinham ocultado um do outro tantas coisas na vida que não tinham mais quase nada a se dizer.

Os escritórios estavam fechados e às escuras devido ao dia feriado, e no cais deserto só havia um navio com as caldeiras apagadas. O bochorno anunciava chuvas, as primeiras do ano, mas a transparência do ar e o silêncio dominical do porto pareciam de um mês benigno. Visto dali era mais cru o mundo do que na penumbra do camarote, e doíam mais os dobres ainda que não se soubesse por quem eram. Florentino Ariza e a menina desceram ao pátio de salitre que tinha servido de porto negreiro aos espanhóis e onde havia ainda restos dos instrumentos de pesagem e outros ferros carcomidos do comércio de escravos. O automóvel os esperava à sombra dos armazéns, e só acordaram o chofer adormecido sobre o volante quando se haviam instalado nos assentos. O automóvel deu a volta por trás dos armazéns cercados com arame de galinheiro, atravessou o espaço do antigo mercado da baía das Ânimas onde havia marmanjos quase nus jogando bola, e saiu do porto fluvial entre uma poeirada ardente. Florentino Ariza tinha certeza de que as homenagens fúnebres não podiam ser por Jeremiah de Saint-Amour, mas a insistência dos dobres o fez duvidar. Pôs a mão no ombro do chofer e perguntou gritando no ouvido dele por quem dobravam os sinos.

— É por aquele médico da pastora de cabras — disse o chofer. — Como se chama?

Florentino não precisou pensar para saber de quem falava. No entanto, quando o chofer contou como tinha morrido, a ilusão instantânea se desvaneceu, porque não lhe pareceu verossímil. Nada parece tanto com uma pessoa quanto a forma de sua morte, e nenhuma podia parecer menos que esta com o homem que ele imaginava. Mas era ele mesmo, ainda que parecesse absurdo: o médico mais velho e mais qualificado da cidade, e um dos seus homens insignes por outros muitos méritos, tinha morrido com a espinha dorsal despedaçada, aos oitenta e um anos de idade, ao cair de um galho de mangueira quando procurava pegar um louro.

Tudo que Florentino Ariza fizera desde que Fermina Daza se casou fundava-se na esperança desta notícia. Contudo, chegada a hora, não se sentiu sacudido pela comoção de triunfo que tantas vezes previra em suas insônias mas por um golpe de terror: a lucidez fantástica de que ele podia ser o morto por quem tocavam os sinos. Sentada a seu lado no automóvel que rodava aos saltos pelas ruas de pedras, América Vicuña se assustou com a palidez dele e perguntou o que era. Florentino Ariza pegou a mão dela com a sua mão gelada.

— Ai, minha menina — suspirou —, eu precisaria de outros cinquenta anos para contar a você.

Esqueceu o enterro de Jeremiah de Saint-Amour. Deixou a menina na porta do internato com a promessa apressada de que voltaria para apanhá-la no sábado seguinte, e mandou que o chofer o levasse à casa do doutor Juvenal Urbino. Encontrou um tumulto de automóveis e carros de aluguel nas ruas contíguas, e uma multidão de curiosos diante da casa. Os convidados do doutor Lácides Olivella, que tinham recebido a má notícia no apogeu da festa, chegavam em tropel. Não era fácil alguém se mexer dentro da casa por causa da multidão, mas Florentino Ariza conseguiu abrir caminho até o quarto principal, se pôs na ponta dos pés para olhar por cima dos grupos que bloqueavam a porta, e viu Juvenal Urbino na cama matrimonial como tinha querido ver desde que ouviu falar nele pela primeira vez, chafurdando na indignidade da morte. O carpinteiro acabava de lhe tomar as medidas para o caixão. A seu lado, ainda com o mesmo vestido de avó recém-casada que tinha posto para a festa, Fermina Daza estava absorta e melancólica.

Florentino Ariza tinha prefigurado aquele momento nos mais ínfimos detalhes desde os dias de juventude em que se consagrou por completo à causa desse amor temerário. Por ela ganhara nome e fortuna sem reparar demais nos métodos, por ela cuidara de sua saúde e sua aparência pessoal com um rigor que não parecia muito varonil a outros homens do seu tempo, e esperara aquele dia como ninguém teria esperado nada nem ninguém neste mundo: sem um instante de desalento. A comprovação de que a morte interviera por fim a seu favor infundiu-lhe a coragem de que necessitava para reiterar a Fermina Daza, em sua primeira noite de viúva, o juramento de sua fidelidade eterna e seu amor para sempre.

Não negava à sua consciência que tinha sido um ato irrefletido, sem o menor sentido do como e do quando, e apressado pelo medo de que a ocasião não se repetisse jamais. Ele o teria preferido e inclusive o havia imaginado muitas vezes de um modo menos brutal, mas a sorte não tinha deixado escolha. Saíra da casa do luto com a dor de deixar a viúva no mesmo estado de comoção em que estava ele, mas nada teria podido fazer para impedi-lo, porque sentia que aquela noite bárbara estava escrita desde sempre no destino de ambos.

Não voltou a dormir uma noite completa nas duas semanas seguintes. Perguntava-se desesperado onde estaria Fermina Daza sem ele, que estaria pensando, que ia fazer nos anos que lhe ficavam para viver com a carga de assombro que ele deixara em suas mãos. Sofreu uma crise de prisão de ventre que lhe deixou a barriga como um tambor, e teve que recorrer a paliativos menos indulgentes que as lavagens. Seus achaques de velho, que ele suportava melhor que seus contemporâneos porque os conhecia desde moço, atacaram-no todos ao mesmo tempo. Quarta-feira apareceu no escritório depois de uma semana de faltas, e Leona Cassiani se assustou ao vê-lo em semelhante estado de palidez e abatimento. Mas ele a tranquilizou: era uma vez mais a insônia, como sempre, e tornou a morder a língua para que a verdade não saísse pelas tantas goteiras que tinha no coração. A chuva não lhe deu uma trégua de sol para pensar. Passou outra semana irreal, sem poder se concentrar em nada, comendo mal e dormindo pior, procurando perceber sinais cifrados que lhe indicassem o caminho da salvação. Mas a partir da sexta-feira foi invadido por uma placidez sem motivo que interpretou como anúncio de que nada de novo ia suceder, de que tudo que fizera na vida tinha sido inútil e não tinha como continuar: era o final. Segunda-feira, no entanto, ao chegar a sua casa da Rua das Janelas, deparou com uma carta que boiava na água empoçada dentro do saguão, e reconheceu de pronto no envelope molhado a caligrafia imperiosa que tantas mudanças da vida não tinham conseguido mudar, e até julgou perceber o perfume noturno das gardênias murchas, porque o coração já lhe dissera tudo desde o primeiro assombro: era a carta que tinha esperado, sem um instante de sossego, durante mais de meio século.

Fermina Daza não podia imaginar que aquela carta sua, instigada por uma raiva cega, pudesse ser interpretada por Florentino Ariza como uma carta de amor. Tinha posto nela toda a fúria de que era capaz, suas palavras mais cruéis, os opróbrios mais injuriosos, e injustos aliás, que no entanto lhe pareciam mínimos diante do tamanho da ofensa. Foi o último ato de um amargo exorcismo com o qual procurava criar um pacto de conciliação com seu novo estado. Queria ser outra vez ela mesma, recuperar tudo que tivera de ceder em meio século de uma servidão que a fizera feliz, sem dúvida, mas que uma vez morto o marido não deixava a ela nem traços da sua identidade. Era um fantasma numa casa alheia que de um dia para outro se tornara imensa e solitária, e na qual vagava à deriva, perguntando a si mesma angustiada quem estava mais morto: o que tinha morrido ou a que tinha ficado.

Não podia afugentar um recôndito sentimento de rancor contra o marido por havê-la deixado só no meio do oceano. Tudo que era dele a fazia chorar: o pijama debaixo do travesseiro, os chinelos que sempre lhe pareceram de doente, a recordação de sua imagem se despindo no fundo do espelho enquanto ela se penteava para dormir, o cheiro de sua pele que havia de persistir na dela muito tempo depois da morte. Parava no meio de qualquer coisa que estivesse fazendo e dava um tapinha na própria testa, porque de repente se lembrava de alguma coisa que esquecera de lhe dizer. A cada instante lhe vinham à mente as tantas perguntas cotidianas que só ele podia responder. Certa vez ele dissera algo que ela não podia conceber: os amputados sentem dores, cãibras, cócegas, na perna que não têm mais. Assim se sentia ela sem ele, sentindo que ele estava onde não mais se encontrava.

Ao despertar em sua primeira manhã de viúva, tinha se virado na cama, ainda sem abrir os olhos, em busca de uma posição mais cômoda para continuar dormindo, e foi nesse momento que ele morreu para ela. Pois só então tomou consciência de que ele passara a noite pela primeira vez fora de casa. A outra impressão foi à mesa, não porque se sentisse só, como de fato estava, mas pela certeza estranha de estar comendo com alguém que já não existia. Esperou que sua filha Ofélia viesse de Nova Orleans, com o marido e as três filhas, para de novo se sentar à mesa para comer, mas não na de sempre e sim numa mesa improvisada, menor, que mandou botar no corredor. Até então não tinha feito nenhuma refeição regular. Passava pela cozinha a qualquer hora, quando tinha fome, e metia o garfo nas panelas e comia um pouco de tudo sem nada pôr num prato, de pé na frente do fogão, falando com as empregadas, as únicas com quem se sentia bem, e com quem se entendia melhor. Contudo, por mais que tentasse, não conseguia afastar a presença do marido morto: por onde quer que fosse, por onde quer que passasse, em qualquer coisa que fizesse esbarrava em alguma coisa que a fazia lembrar-se dele. E se por um lado lhe parecia honesto e justo que lhe doesse o que doía, queria por outro lado fazer todo o possível para não se deleitar com a dor. Por isso impôs a si mesma a resolução drástica de desterrar da casa tudo quanto relembrasse o marido morto, como única coisa que lhe ocorria para continuar vivendo sem ele.

Foi uma cerimônia de extermínio. O filho aceitou levar a biblioteca para que ela instalasse no gabinete o quarto de costura que jamais tivera depois de casada. Pelo seu lado, a filha levaria alguns móveis e numerosos objetos que lhe pareciam muito apropriados para os leilões de antiguidades de Nova Orleans. Tudo isto foi um alívio para Fermina

Daza, ainda que não achasse graça nenhuma em comprovar que as coisas compradas por ela na viagem de núpcias já fossem relíquias de antiquário. Contra o estupor mudo das criadas, dos vizinhos, das amigas da vizinhança que vinham acompanhá-la naqueles dias, fez atear uma fogueira num terreno vazio detrás da casa, e nela queimou tudo que lhe lembrava o marido: as roupas mais custosas e elegantes que se viram na cidade desde o século anterior, os sapatos mais finos, os chapéus que se pareciam mais com ele do que os retratos, a cadeira de balanço da sesta da qual se levantara pela última vez para morrer, inúmeros objetos tão ligados à sua vida que já formavam parte da sua identidade. Tudo fez sem uma sombra de dúvida, na certeza plena de que o marido teria aprovado, e não somente por higiene. Pois ele exprimira muitas vezes o desejo de ser incinerado, e não encerrado na escuridão sem frestas de uma caixa de cedro. Sua religião o interditava, antes de mais nada: ousara sondar a opinião do arcebispo, pois não custava tentar, e este respondera com uma negativa terminante. Era uma pura ilusão, porque a Igreja não permitia a existência de fornos crematórios em nossos cemitérios, nem para uso de religiões diferentes da católica, e a ninguém mais do que ao próprio Juvenal Urbino teria ocorrido a conveniência de construí-los. Fermina Daza não esqueceu aquele terror do esposo, e mesmo na confusão das primeiras horas se lembrou de mandar que o carpinteiro lhe deixasse o consolo de uma brecha de luz no caixão.

De todas as maneiras foi um holocausto inútil. Fermina Daza percebeu em pouco tempo que a lembrança do marido morto era tão refratária ao fogo como parecia ser à passagem dos dias. Pior: depois da incineração das roupas não só continuava penando pelo muito que tinha amado nele, como ainda pelo que mais a incomodava: os barulhos que fazia quando se levantava. Essas lembranças a ajudaram a sair dos charcos do luto. Acima de tudo, adotou a resolução firme de prosseguir na vida lembrando o marido como se não tivesse morrido. Sabia que o despertar de cada manhã continuaria sendo difícil, mas cada vez menos.

No término da terceira semana, com efeito, começou a vislumbrar as primeiras luzes. Mas à medida que aumentavam e se tornavam mais claras, tomava consciência de que havia em sua vida um fantasma atravessado que não lhe dava um instante de sossego. Não era o fantasma digno de compaixão que a espreitava na pracinha dos Evangelhos, e que ela evocava a partir da velhice com certa ternura, e sim o fantasma abominável da sobrecasaca de verdugo e do chapéu apoiado no peito, cuja impertinência estúpida a perturbara de tal modo que já lhe era impossível não pensar nele. Sempre, desde que o repudiara aos dezoito anos, guardou a convicção de ter deixado nele uma semente de ódio que o tempo só faria dilatar. Contara com esse ódio em todos os momentos, sentia-o no ar quando o fantasma estava perto, sua mera visão a perturbava, a assustava de tal modo que nunca encontrou uma maneira natural de se comportar com ele. Na noite em que ele reiterou seu amor, com as flores do marido morto perfumando ainda a casa, ela não pôde aceitar que aquele desplante não fosse o primeiro passo de quem sabe lá que sinistro propósito de vingança.

A persistência da lembrança aumentava sua raiva. Quando acordou pensando nele, no dia seguinte ao do enterro, conseguiu varrê-lo da memória com um simples gesto da vontade. Mas a raiva voltava sempre, e em breve percebeu que o desejo de esquecê-lo era o mais forte estímulo para se lembrar dele. Então se atreveu a evocar pela primeira vez, vencida pela saudade, os tempos ilusórios daquele amor irreal. Tratava de precisar como era a pracinha de então, as amendoeiras ao vento, o banco de onde ele a amava, porque nada disso existia mais como naquele tempo. Tinha mudado tudo, haviam carregado as árvores com seu tapete de folhas amarelas, e em lugar da estátua do herói decapitado tinham posto a de outro com uniforme de gala, sem nome, sem datas, sem motivos que o justificassem, sobre um pedestal aparatoso dentro do qual estavam instalados os controles elétricos do bairro. Sua casa, por fim vendida há muitos anos, caía aos pedaços nas mãos do governo provincial. Não lhe era fácil recuperar a imagem de Florentino Ariza, e muito menos conceber que aquele rapaz taciturno, tão desvalido debaixo da chuva, fosse aquela mesma ruína carunchosa que se plantara diante dela sem nenhuma consideração pelo seu estado, sem o menor respeito pela sua dor, e que lhe abrasara a alma como uma injúria de chamas vivas que até agora lhe atalhava a respiração.

A prima Hildebranda Sánchez tinha vindo visitá-la pouco depois de sua estada na fazenda de Flores de Maria recuperando-se da hora negra da senhorita Lynch. Tinha chegado velha, gorda, feliz, acompanhada do filho mais velho, que tinha sido coronel do exército, como o pai, mas repudiado por ele devido à sua atuação indigna na matança dos trabalhadores dos bananais em São João da Ciénaga. As duas primas se haviam visto muitas vezes, e sempre deixavam correr as horas nas saudades da época em que se haviam conhecido. Na última visita, Hildebranda estava mais nostálgica do que nunca, e muito atingida pela carga da velhice. Para fruírem melhor as saudades, trouxe sua cópia do retrato de dama antiga que tirara o fotógrafo belga na tarde em que o jovem Juvenal Urbino deu a estocada de misericórdia na voluntariosa Fermina Daza. A cópia desta se perdera, e a de Hildebranda era quase invisível, mas ambas se reconheceram através das brumas do desencanto: moças e belas como jamais voltariam a ser.

Para Hildebranda era impossível não falar de Florentino Ariza, porque sempre identificou a sorte dele com a sua. Evocava-o como no dia em que passou o primeiro telegrama, e jamais conseguira tirar do coração a lembrança do passarinho triste condenado ao esquecimento. De sua parte, Fermina o vira muitas vezes, sem conversar com ele, é claro, e não podia conceber que fosse a mesma pessoa do seu primeiro amor. Sempre lhe haviam chegado notícias dele, como mais cedo ou mais tarde chegavam as de tudo que significasse alguma coisa na cidade. Dizia-se que ele não tinha casado por ser de costumes diferentes, mas tampouco a isso prestou atenção, em parte por nunca fazer caso de rumores, e em parte porque de todos os modos diziam-se coisas semelhantes de muitos homens inatacáveis. Em compensação, achava estranho que Florentino Ariza persistisse na indumentária mística, nas loções raras, e que continuasse tão enigmático depois de abrir seu caminho na vida de um modo tão espetacular, além de tão honesto. Não conseguia acreditar que fosse o mesmo, e sempre se admirava quando Hildebranda suspirava: "Pobre homem, como deve ter sofrido!" Pois ela o via sem sofrimento desde muito tempo: era uma sombra apagada.

Mesmo assim, na noite em que o encontrou no cinema, nos tempos em que voltou de Flores de Maria, algo estranho aconteceu no seu coração. Não se admirou que estivesse com uma mulher, e preta, ainda por cima. Admirou-se de vê-lo tão bem conservado, comportando-se com mais naturalidade, e não lhe ocorreu achar que talvez fosse ela e não ele quem havia mudado depois da irrupção perturbadora da senhorita Lynch em sua vida privada. A partir de então, e durante mais de vinte anos, continuou a vê-lo com olhos mais compassivos. Na noite do velório do marido não só lhe pareceu compreensível que estivesse ali, como até interpretou o fato como término natural do rancor: um ato de perdão e esquecimento. Por isso foi tão imprevista a reiteração dramática de um amor que para ela não existira nunca, e numa idade em que não restava a ela e a Florentino Ariza nada mais que esperar da vida.

A raiva mortal do primeiro impacto continuava intacta depois da cremação simbólica do marido, e mais crescia e se ramificava quanto menos capaz se sentia de dominá-la. Pior: os espaços da memória onde lograva apaziguar as lembranças do morto iam sendo ocupados pouco a pouco de um modo inexorável pela campina de papoulas onde estavam enterradas as lembranças de Florentino Ariza. Assim, pensava nele sem querer, e quanto mais pensava nele mais raiva lhe dava, e quanto mais raiva lhe dava mais pensava nele, até que a coisa ficou tão insuportável que lhe afogou a razão. Então sentou no gabinete do marido morto, e escreveu a Florentino Ariza uma carta de três páginas irracionais, tão carregadas de injúrias e de provocações infames que lhe deixaram o alívio de ter cometido em sã consciência o ato mais indigno de sua longa vida.

Também para Florentino Ariza aquelas semanas tinham sido de agonia. Na noite em que reiterou seu amor a Fermina Daza tinha vagado sem rumo pelas ruas descompostas pelo dilúvio da tarde, a si mesmo perguntando aterrado o que ia fazer com a pele do tigre que acabava de matar depois de haver resistido ao seu assédio durante mais de meio século. A cidade estava em estado de emergência devido à violência das águas. Em algumas casas havia homens e mulheres meio nus procurando salvar do dilúvio o que Deus quisesse, e Florentino Ariza teve a impressão de que aquele desastre de todos tinha algo a ver com o seu. Mas o ar era manso e as estrelas do Caribe estavam quietas em seu lugar. De repente, em meio a um silêncio das outras vozes, Florentino Ariza reconheceu a do homem que Leona Cassiani e ele tinham ouvido cantar muitos anos antes, à mesma hora e na mesma esquina: *Da ponte me retirei banhado em lágrimas.* Uma canção que de algum modo, aquela noite e só para ele, tinha algo a ver com a morte.

Nunca como então lhe fez tanta falta Trânsito Ariza, sua palavra sábia, sua cabeça de rainha de brincadeira enfeitada com flores de papel. Não podia evitar: sempre que se encontrava à beira do cataclismo, fazia-lhe falta o amparo de uma mulher. De maneira que passou pela Escola Normal buscando o rumo das atingíveis, e viu que havia luz na grande fileira de janelas do dormitório de América Vicuña. Teve que fazer um grande esforço para não incorrer na loucura de avô de carregá-la às duas da madrugada, morna de sono entre as fraldas, cheirando ainda a emanações de berço.

No outro extremo da cidade estava Leona Cassiani, só e livre, e disposta sem dúvida a lhe proporcionar às duas da madrugada, às três, a qualquer hora e em qualquer circunstância a compaixão que lhe fazia falta. Não teria sido a primeira vez que batia à sua porta no ermo de suas insônias, mas compreendeu que ela era demasiado inteligente, e se amavam demais, para que ele fosse chorar no seu regaço sem revelar o motivo. Ao cabo de muito pensar, sonâmbulo pela cidade deserta, ocorreu a ele que com nenhuma estaria melhor do que com Prudência Pitre: a Viúva de Dois. Era mais moça que ele. No século anterior se haviam conhecido, e se haviam deixado de se encontrar era porque ela se empenhara em não se deixar ver como estava, meio cega, e deveras à beira da decrepitude. Logo que se lembrou dela, Florentino Ariza voltou à Rua das Janelas, meteu numa sacola de mercado duas garrafas de vinho do porto e um vidro de conservas, e foi procurá-la sem saber sequer se estava em sua casa de sempre, se estava só, ou se estava viva.

Prudência Pitre não tinha esquecido a senha das unhas arranhando a porta, com a qual ele se identificava quando ainda se acreditavam jovens embora já não fossem, e abriu sem perguntas. A rua estava às escuras, e ele era apenas visível com a roupa de lã preta, o chapéu duro e o guarda-chuva de morcego pendurado no braço, e ela não tinha olhos para vê-lo a menos que fosse à plena luz, mas o reconheceu pelo clarão do lampião na armação metálica dos óculos. Parecia um assassino de mãos ainda ensanguentadas.

— Asilo para um pobre órfão — disse.

Foi a única coisa que acertou dizer, só para dizer alguma coisa.

Surpreendeu-se de ver quanto havia envelhecido desde que a vira pela última vez, e sentiu que ela também o via assim. Mas se consolou pensando que um momento depois, quando se repusessem do golpe inicial, iriam notando menos um no outro os desgastes da vida, e tornariam a se ver tão jovens quanto tinham sido um para o outro ao se conhecerem:

— Você está com cara de enterro — disse ela.

Assim era. Ela também estivera na janela desde as onze, como quase toda a cidade, contemplando a passagem do cortejo mais concorrido e suntuoso que se vira desde a morte do arcebispo De Luna. Acordara da sesta com trovões de artilharia que faziam tremer a terra, com a discórdia das bandas militares, a desordem dos cânticos fúnebres por cima do clamor dos sinos de todas as igrejas, que dobravam sem pausas desde o dia anterior. Tinha visto da sacada os militares da cavalaria em uniforme de parada, as comunidades religiosas, os colégios, as grandes limusines negras da autoridade invisível, as carruagens de cavalos com morriões de plumas e gualdrapas de ouro, o ataúde amarelo coberto com a bandeira na carreta de um canhão histórico, e por último a fila das velhas vitórias descobertas que continuavam a se manter vivas para carregar as coroas. Ainda nem haviam acabado de passar diante do balcão de Prudência Pitre, pouco depois do meio-dia, quando despencou o dilúvio, e o cortejo se dispersou às carreiras.

— Que maneira mais absurda de morrer — disse ela.

— A morte não tem noção do ridículo — disse ele, e acrescentou com pena: — sobretudo em nossa idade.

Estavam sentados no terraço, frente ao mar aberto, vendo a lua com um halo que ocupava metade do céu, vendo as luzes coloridas dos navios no horizonte, gozando a brisa tíbia e perfumada depois da tempestade. Bebiam porto e comiam conservas com o pão que Prudência Pitre cozia em casa e trazia em fatias da cozinha. Tinham passado muitas noites como essa, depois que ela ficou viúva e sem filhos. Florentino Ariza a encontrou numa época em que teria recebido qualquer homem que quisesse sua companhia, ainda que fosse um operário horista, e conseguiram estabelecer uma relação mais séria e prolongada do que parecia possível.

Embora nunca tivesse jamais insinuado tal coisa, ela teria vendido a alma ao diabo para se casar com ele em segundas núpcias. Sabia que não era fácil submeter-se à sua mesquinharia, a suas necessidades de velho prematuro, à sua ordem de maníaco, à sua ansiedade de pedir tudo sem dar nada de nada, mas em compensação não havia homem que mais que ele se deixasse acompanhar, porque não havia outro no mundo tão necessitado de amor. Tampouco havia outro tão escorregadio, de modo que o amor não passou de onde sempre chegava com ele: até onde não interferisse com sua determinação de se conservar livre para Fermina Daza. Mesmo assim, prolongou-se por muitos anos, até mesmo depois de arrumar ele as coisas para que Prudência Pitre casasse de novo, com um caixeiro-viajante que ficava três meses e viajava outros três, e com quem ela teve uma filha e quatro filhos, um dos quais, segundo ela jurava, era de Florentino Ariza.

Conversaram sem se preocupar com a hora, porque ambos estavam acostumados a compartilhar suas insônias de jovens, e tinham muito menos que perder em suas insônias de velhos. Embora quase nunca passasse do segundo cálice, Florentino Ariza não tinha recobrado o alento depois do terceiro. Suava em bicas, e a Viúva de Dois lhe disse para tirar o paletó, o colete, as calças, que tirasse o que quisesse, porque, porra, no fim das contas se conheciam melhor nus do que vestidos. Ele disse que tirava se ela também o fizesse, mas ela não quis: há tempos se vira no espelho do guarda-roupa, e tinha compreendido na hora que não tinha mais sentido deixar-se ver nua por ele ou por ninguém.

Florentino Ariza, num estado de exaltação que não tinha conseguido apaziguar com quatro cálices de vinho do porto, continuou falando no passado, nas boas lembranças do passado que eram seu tema único há tanto tempo, mas ansioso por encontrar no passado um caminho secreto para desabafar. Pois disso é que sentia falta: botar a alma pela boca. Quando percebeu os primeiros fulgores no horizonte tentou uma aproximação enviesada. Perguntou, de um modo que parecia casual: "Que faria você se alguém lhe propusesse casamento, assim como você está, viúva e na sua idade?" Ela riu, com um enrugado riso de velha, e perguntou por sua vez:

— Você pergunta por causa da viúva de Urbino?

Florentino Ariza esquecia sempre quando menos devia que as mulheres pensam mais no sentido oculto das perguntas que nas próprias perguntas, e Prudência Pitre mais que qualquer outra. Presa de um pavor súbito devido à sua pontaria de arrepiar, barafustou pela porta falsa: "Pergunto por sua causa." Ela tornou a rir: "Vá zombar da puta da sua mãe, que em paz descanse." Depois instou com ele para que dissesse o que queria dizer, porque sabia que nem ele nem nenhum outro homem a teria despertado às três da madrugada, e depois de tantos anos sem vê-la, só para beber vinho do porto e comer pão caseiro com conservas. Disse: "Isso a gente só faz quando procura alguém com quem chorar." Florentino Ariza bateu em retirada.

— Por uma vez você se engana — disse. — Até que esta noite minhas razões são mais para cantar.

— Então cantemos — disse ela.

Começou a entoar com muito boa voz a canção da moda: *Ramona, os sinos plangem para o céu*. Foi o final da noite, pois ele não se atreveu a jogar jogos proibidos com uma mulher que lhe dera demasiadas provas de conhecer o outro lado da lua. Saiu para uma cidade diferente, rarefeita pelas últimas dálias de junho, e para uma rua de sua juventude por onde desfilavam as viúvas de trevas da missa das cinco. Mas então foi ele e não elas quem mudou de calçada para que não lhe vissem as lágrimas que não podia mais reprimir, não desde a meia-noite, como ele acreditava, porque estas eram outras: as que trazia atravessadas na garganta há cinquenta e um anos, nove meses e quatro dias.

Tinha perdido a conta do seu tempo, quando acordou sem saber onde diante de um vendaval deslumbrante. A voz de América Vicuña jogando bola no jardim com as empregadas colocou-o na realidade: estava na cama da mãe, cuja alcova conservava intacta, e onde costumava dormir para se sentir menos só nas poucas ocasiões em que a *solidão* o inquietava. Diante da cama estava o grande espelho da Pousada do Sancho, e a ele bastava acordar para ver Fermina Daza refletida no fundo. Soube que era sábado, porque era o dia em que o chofer apanhava no internato América Vicuña, e a levava a sua casa. Percebeu que tinha dormido sem saber, sonhando que não podia dormir, com um sono perturbado pela cara de raiva de Fermina Daza. Tomou banho pensando qual devia ser o passo seguinte, vestiu-se bem devagar com suas melhores roupas, perfumou-se e engomou o bigode branco de pontas afiadas, e ao sair do quarto viu do corredor do segundo andar a bela criatura de uniforme, que agarrava a bola no ar com a graça que tantos sábados o fizera estremecer, mas que essa manhã não lhe causou a menor perturbação. Chamou-a com um gesto para sair, e antes de entrar no automóvel lhe disse sem necessidade: "Hoje não vamos fazer coisinhas." Levou-a à Sorveteria Americana, apinhada a essa hora de pais tomando sorvete com os filhos debaixo dos ventiladores de pá pendurados do teto baixo. América Vicuña pediu um sorvete de vários andares, cada um de uma cor diferente numa taça gigantesca, que era seu predileto e o mais vendido porque exalava uma fumaçada mágica. Florentino Ariza tomou um café puro, olhando a menina sem falar, enquanto ela tomava o sorvete com uma colher de cabo bem comprido para chegar ao fundo da taça. Sem deixar de olhá-la, disse de repente:

— Vou me casar.

Ela o olhou nos olhos com um lampejo de incerteza, mantendo a colher no ar, mas logo se refez e sorriu.

— Está brincando — disse. — Os velhinhos não se casam.

Essa tarde deixou-a no internato à hora do ângelus, debaixo de um aguaceiro obstinado, depois de terem visto juntos os títeres do parque, de terem almoçado nas barracas de peixe frito do cais, de terem visto as feras enjauladas de um circo que acabava de chegar, de comprar nos portais toda classe de doces para levar para o internato, e de terem percorrido a cidade várias vezes no automóvel de capota arriada para que ela fosse se acostumando à ideia de que ele era seu tutor, e não mais seu amante. No domingo mandou o automóvel para ver se ela queria passear com as amigas, mas não a quis ver, porque a partir da semana anterior passara a ter noção plena da idade de ambos. Essa noite tomou a decisão de escrever a Fermina Daza uma carta de desculpas, embora fosse só para não capitular, mas deixou-a para o dia seguinte. Segunda-feira, ao fim de três semanas exatas de paixão, entrou em casa ensopado de chuva, e encontrou a carta dela.

Eram oito da noite. As duas criadas estavam deitadas, e tinham deixado no corredor a única luz permanente que permitia a Florentino Ariza chegar até o quarto de dormir. Sabia que seu jantar esturricado e insípido estava na mesa da sala de jantar, mas o pouco de fome que tinha depois de tantos dias comendo de qualquer maneira se esvaiu com a comoção da carta. Teve trabalho em acender a luz geral do quarto de tanto que lhe tremiam as mãos. Pôs a carta molhada em cima da cama, acendeu a lâmpada da mesa de cabeceira, e, com a pretensa calma que era recurso muito seu para se aquietar, tirou o paletó empapado e o colocou no espaldar da cadeira, tirou o colete e o pôs muito bem dobrado em cima do paletó, tirou a fita de seda preta e o colarinho de celuloide que já tinha saído de moda no mundo, desabotoou a camisa até a cintura e desafivelou o cinto para respirar melhor, e por último tirou o chapéu que pôs para secar junto à janela. De repente estremeceu porque não soube onde estava a carta, e era tal seu nervosismo que se surpreendeu quando a encontrou, pois não lembrava de tê-la colocado em cima da cama. Antes de abri-la secou o envelope com um lenço, tomando o cuidado de não borrar a tinta com que seu nome estava escrito, e enquanto o fazia se deu conta de que aquele segredo não era mais compartilhado por duas pessoas, e sim três, pelo menos, pois quem quer que houvesse trazido a carta teria reparado que a viúva de Urbino tinha escrito a alguém de fora do seu mundo apenas três semanas depois de morto o marido, com tanta premência que não mandara a carta pelo correio, e com tanto sigilo que dera ordens para que não fosse entregue em mãos e sim enfiada por baixo da porta como um bilhete anônimo. Não precisou rasgar o envelope, pois a cola se dissolvera com a água, mas a carta estava seca: três páginas densas, sem cabeçalhos, e assinadas com as iniciais do nome de casada.

Leu-a uma vez com toda a pressa sentado na cama, mais intrigado pelo tom que pelo conteúdo, e antes de passar à segunda página já sabia que era justo a carta de impropérios que esperava receber. Colocou-a aberta na zona luminosa do abajur, tirou os sapatos e as meias molhadas, apagou junto à porta a luz do teto, e afinal colocou a bigodeira de camurça e se deitou sem tirar as calças e a camisa, com a cabeça apoiada em dois travesseirões que usava como espaldar para ler. Assim releu a carta, agora letra por letra, esquadrinhando cada letra para que nenhuma de suas intenções ocultas ficasse por desentranhar, e a leu depois quatro vezes mais, até ficar tão saturado que as palavras escritas começaram a perder o sentido. Por último guardou-a sem o envelope na gaveta da mesa de cabeceira, se deitou de costas com as mãos entrelaçadas na nuca, e ficou durante quatro horas com a vista imóvel no espaço do espelho onde ela estivera, sem pestanejar, mal respirando, mais morto que um morto. À meia-noite em ponto foi à cozinha, preparou e levou para o quarto uma garrafa térmica de café espesso como petróleo cru, atirou a dentadura postiça no copo d'água boricada que estava sempre pronto para isto na mesa de cabeceira, tornou a deitar na mesma posição de mármore jacente com variações instantâneas de tempos em tempos para tomar um sorvo de café, até que a arrumadeira entrou às seis com outra garrafa térmica cheia.

A essa hora, Florentino Ariza já sabia qual ia ser cada um dos seus passos seguintes. Na realidade não lhe doeram os insultos nem se preocupou em aclarar as imputações injustas, que podiam ter sido piores conhecendo-se o caráter de Fermina Daza e a gravidade do motivo. A única coisa que lhe interessou foi que a carta em si mesma lhe dava a oportunidade e reconhecia seu direito de resposta. Mais ainda: exigia. Desta forma a vida estava agora no limite onde tinha querido levá-la. Tudo mais dependia dele, e tinha a convicção firme de que seu inferno privado de mais de meio século lhe propunha ainda muitas provações mortais que ele estava disposto a afrontar com mais ardor e mais dor e mais amor que todas as anteriores, porque seriam as últimas.

Cinco dias depois de receber a carta de Fermina Daza, quando chegou aos seus escritórios, sentiu que flutuava no vácuo abrupto e incomum das máquinas de escrever, cujo ruído de chuva tinha acabado por se notar menos que seu silêncio. Era uma pausa. Quando o ruído recomeçou, Florentino Ariza assomou à sala de Leona Cassiani e a contemplou sentada diante de sua máquina pessoal, que obedecia à ponta dos seus dedos como um instrumento humano. Ela se sentiu observada, e olhou para a porta com seu terrível sorriso solar, mas não deixou de escrever até o final do parágrafo.

— Diga-me uma coisa, leoa de minh'alma — perguntou Florentino Ariza: — como se sentiria você se recebesse uma carta de amor escrita nesse traste?

O gesto dela, que já não se espantava com nada, foi de surpresa legítima.

— Ora essa! — exclamou. — Juro que nunca pensei no assunto.

Por isso mesmo não tinha resposta. Tampouco Florentino Ariza tinha pensado no assunto até então, e resolveu correr o risco a fundo. Levou para casa uma das máquinas do escritório em meio às troças cordiais dos subalternos: "Louro velho não aprende a falar." Leona Cassiani, entusiasta de qualquer novidade, se ofereceu para lhe dar lições de datilografia a domicílio. Mas ele era contra os aprendizados metódicos desde que Lotário Thugut quis ensiná-lo a tocar violino por música, com a ameaça de que ia precisar pelo menos um ano para começar, cinco para ser aceitável numa orquestra profissional, e a vida inteira de seis horas diárias para tocar bem. Contudo, conseguiu que a mãe lhe comprasse um violino de cego, e com as cinco regras básicas dadas por Lotário Thugut se atreveu a tocar antes de um ano no coro da catedral, e a endereçar serenatas a Fermina Daza a partir do cemitério dos pobres e segundo a direção dos ventos. Se isto ocorrera aos seus vinte anos com algo tão difícil quanto o violino, não via por que não faria o mesmo aos setenta e seis com um instrumento de um dedo só como a máquina de escrever.

Assim foi. Necessitou de três dias para aprender a posição das letras no teclado, outros seis para aprender a pensar ao mesmo tempo que escrevia, e outros três para terminar a primeira carta sem erros, depois de rasgar meia resma de papel. O cabeçalho foi solene: *Senhora,* e a assinou com a inicial de seu nome, como costumava fazer nas missivas perfumadas de sua juventude. Mandou-a pelo correio, num envelope com tarjas de luto como era de rigor numa carta para uma viúva recente, e sem o nome do remetente no dorso.

Era uma carta de seis páginas que não tinha nada que ver com qualquer outra que jamais houvesse escrito. Não tinha nem o tom, nem o estilo, nem o sopro retórico dos primeiros anos do amor, e seu argumento era tão racional e bem medido que o perfume de uma gardênia teria sido um ex-abrupto. De certo modo, foi a aproximação mais acertada das cartas mercantis que nunca soube escrever. Anos depois, uma carta pessoal escrita por meios mecânicos ia ser considerada quase ofensiva, mas nesse tempo a máquina de escrever era ainda um animal de escritório, sem uma ética própria, cuja domesticação para usos privados não estava prevista nos manuais de urbanidade. Mais parecia um modernismo audaz, e assim terá entendido Fermina Daza, pois, na segunda carta que escreveu a Florentino Ariza, começava se desculpando pelos defeitos de sua letra, por não dispor de meios de escrita mais adiantados do que a pena de aço.

Florentino Ariza sequer mencionou a carta tremenda que ela havia mandado, tentando desde o princípio um método diferente de sedução, sem qualquer referência aos amores do passado, nem ao simples passado: água passada não move moinho. Era antes uma extensa meditação sobre a vida; com base nas suas ideias e experiências das relações entre homem e mulher, que um dia pensara em escrever como complemento do

Secretário dos Namorados. Só que agora a envolveu num estilo patriarcal, de memórias de velho, para que não se notasse demais que na realidade era um documento de amor. Escreveu muitos rascunhos à moda antiga, que antes de serem lidos de cabeça fria já estavam ardendo na candeia. Sabia que qualquer descuido convencional, a menor ligeireza nostálgica podia revolver no coração dela ressaibos do passado, e embora previsse que ela devolveria cem cartas antes de ousar abrir a primeira, preferia que isso não acontecesse nem uma vez. Por isso planejou até o último pormenor como numa guerra final: tudo tinha que ser diferente para suscitar novas curiosidades, novas intrigas, novas esperanças, numa mulher que vivera em sua plenitude uma vida completa. Tinha que ser uma ilusão desatinada, capaz de lhe dar a coragem de jogar no lixo os preconceitos de uma classe que não tinha sido a sua original, mas acabara por ser mais que de outra qualquer. Tinha que ensiná-la a pensar no amor como um estado de graça que não era meio para nada, e sim origem e fim em si mesmo.

Teve o bom-senso de não esperar uma resposta imediata, pois lhe bastava que a carta não fosse devolvida. Não foi, como não foi nenhuma das seguintes, e à medida que passavam os dias se acelerava sua ansiedade, pois quanto mais dias passavam sem devoluções mais aumentava a esperança de uma resposta. A frequência das cartas começou condicionada pela habilidade dos seus dedos: primeiro uma por semana, depois duas, e por fim uma diária. Alegrou-se com o progresso dos correios desde seus tempos de missivista, pois não teria corrido o risco de se deixar ver todos os dias na Agência Postal pondo uma carta para uma mesma pessoa, nem enviá-la por alguém que podia falar depois. Em compensação, nada mais fácil que mandar um empregado comprar os selos para todo um mês, e depois enfiar a carta numa das três caixas postais situadas na cidade velha. Em pouco tempo incorporou o rito à sua rotina: aproveitava as insônias para escrever, e no dia seguinte, a caminho do escritório, pedia ao chofer que parasse um minuto diante de uma caixa de esquina e ele mesmo saltava para depositar a carta. Nunca permitiu que o chofer o fizesse por ele, como pretendeu numa manhã de chuva, e às vezes tomava a precaução de não levar uma e sim várias cartas ao mesmo tempo para parecer mais natural. O chofer não sabia, é claro, que as cartas suplementares eram folhas em branco que Florentino Ariza dirigia a si mesmo, pois nunca mantivera correspondência privada com ninguém, salvo o informe de tutor que mandava no fim de cada mês aos pais de América Vicuña com suas impressões pessoais sobre a conduta, o ânimo e a saúde da menina, e a boa marcha dos seus estudos.

Começou a numerar as cartas a partir do primeiro mês, e a encabeçá-las com um resumo das anteriores como os folhetins em série dos jornais, por temor de que Fermina Daza não notasse que tinham uma certa continuidade. Quando se tornaram diárias, além disso, trocou os envelopes de tarja de luto por envelopes brancos e amplos, o que acabou de lhes dar a impessoalidade cúmplice das cartas comerciais. Quando começou estava disposto a submeter sua paciência a uma prova maior, ao menos até não ter a evidência de que perdia o tempo com o único método diferente que pôde conceber. Esperou, com efeito, sem os desânimos de toda índole que lhe causavam as esperas da juventude, e sim com a teimosia de um ancião de cimento sem nada mais em que pensar, sem nada mais que fazer numa companhia fluvial que já então navegava sozinha com ventos favoráveis, e ainda por cima convencido de que estaria vivo e no pleno domínio de suas faculdades de homem no dia de amanhã, de mais tarde ou de sempre em que Fermina Daza se convencesse afinal de que suas ânsias de viúva solitária só tinham o remédio de arriar para ele suas pontes levadiças.

Enquanto isso, continuou com sua vida regular. Prevendo uma resposta favorável, iniciou uma segunda renovação da casa para que fosse digna de quem teria podido considerar-se sua dona e senhora desde que foi comprada. Tornou a visitar Prudência Pitre várias vezes, como havia prometido, para demonstrar que a amava apesar dos estragos da idade, à luz do sol e com as portas abertas, e não apenas em suas noites de desamparo. Continuou passando pela casa de Andreia Varón quando encontrava apagada a luz do banheiro, e se embrutecendo com as loucuras de sua cama ainda que apenas para não perder a regularidade do amor, de acordo com outra superstição sua, nunca desmentida até então, de que o corpo continua enquanto a gente continue.

O único estorvo foi o estado de sua relação com América Vicuña. Tinha repetido ao chofer a ordem de apanhá-la aos sábados às dez da manhã no internato, mas não sabia o que fazer com ela durante o fim de semana. Pela primeira vez não se ocupou dela, e ela se ressentiu com a mudança. Ele a entregava às empregadas para que a levassem à sessão de cinema da tarde, aos coretos do parque infantil, às tômbolas de beneficência, ou inventava para ela programas dominicais com outras companheiras do colégio para não ter que levá-la ao paraíso escondido atrás de seus escritórios, onde ela queria voltar sempre desde que a levou pela primeira vez. Não percebia, nas nebulosas de sua nova ilusão, que as mulheres podem se tornar adultas em três dias, e eram três os anos que haviam passado desde que a recebera no motoveleiro de Porto Pai. Por muito que ele quisesse suavizá-la, a mudança para ela foi brutal, embora não concebesse o motivo. No dia em que ele disse na sorveteria que ia se casar, ela sofreu um impacto de pânico, mas achou que a possibilidade era tão absurda que a esqueceu por completo. Em breve compreendeu, porém, que ele se comportava como se fosse coisa certa, com evasivas sem explicação, não como se tivesse sessenta anos mais e sim menos que ela.

Uma tarde de sábado, Florentino Ariza a encontrou escrevendo a máquina no seu quarto de dormir, e bastante bem, pois estudava datilografia no colégio. Tinha feito mais de meia página de escritura automática, mas em certos trechos era fácil separar uma frase reveladora de seu estado de ânimo. Florentino Ariza se inclinou sobre seu ombro para ler o que escrevia. Ela se perturbou com seu calor de homem, seu alento entrecortado, o perfume de sua roupa, que era o mesmo de seu travesseiro. Não era mais a menina recém-chegada que ele despia peça a peça com gracinhas de bebê: primeiro estes sapatinhos para o ursinho, depois esta blusinha para o cachorrinho, depois estas calcinhas de flores para o coelhinho, e agora um beijinho na pombinha linda do papai. Não: agora era uma mulher feita e direita e que gostava de tomar a iniciativa. Continuou escrevendo com um só dedo da mão direita, e com a esquerda pegou às apalpadelas a perna dele, tateou, encontrou, sentiu-o reviver, crescer, suspirar de ansiedade, e sua respiração de velho se tornou áspera e difícil. Ela o conhecia: a partir desse ponto ele ia perder o domínio, sua razão se desarticulava, ficava à sua mercê, e não encontraria os caminhos da volta sem antes chegar ao final. Ela o foi levando pela mão até a cama, como se fosse um pobre cego da rua, e o trinchou bocado a bocado com uma ternura maligna, pôs sal a seu gosto, pimenta de cheiro, um dente de alho, cebola picada, o suco de um limão, uma folha de louro, até que ele ficou temperado na travessa diante do forno pronto na temperatura exata. Não havia ninguém em casa. As criadas tinham saído, os pedreiros e carpinteiros da reconstrução não trabalhavam aos sábados: tinham o mundo inteiro para eles dois. Mas ele saiu do êxtase à beira do abismo, afastou a mão dela, se recompôs, disse com voz trêmula:

— Cuidado, não temos camisinhas.

Ela ficou muito tempo deitada de costas na cama, pensando, e, quando voltou ao internato, com uma hora de antecipação, tinha apurado o olfato e afiado as unhas para encontrar as marcas da lebre enfurnada que havia transtornado sua vida. Florentino Ariza, por sua vez, incorreu uma vez mais num erro de homem: achou que ela se convencera da inutilidade de seus propósitos e tinha resolvido esquecê-lo.

Mergulhou em si mesmo. Ao fim de seis meses sem qualquer sinal, viu-se dando voltas na cama até romper o dia, perdido no deserto de uma insônia diferente. Pensava que Fermina Daza tinha aberto a primeira carta devido à sua aparência ingênua, tinha chegado até a inicial conhecida de outras cartas de outrora, e a jogara nas chamas do lixo sem se dar sequer o trabalho de rasgá-la. Teria bastado ver o envelope das seguintes para fazer o mesmo sem abri-las, e assim até o fim dos tempos, enquanto ele chegava ao término de suas meditações escritas. Não acreditava que existisse uma mulher capaz de resistir à curiosidade de meio ano de cartas cotidianas sem sequer saber de que cor era a tinta com que estavam escritas. Mas se uma existia, só podia ser ela.

Florentino Ariza sentia que o tempo da velhice não era uma corrente horizontal mas uma cisterna sem fundo por onde se escoava a memória. Seu engenho se esgotava. Depois de rondar a quinta da Mangueira durante vários dias, compreendeu que com aquele método juvenil não conseguiria transpor as portas condenadas pelo luto. Certa manhã, procurando um número no catálogo telefônico, encontrou por acaso o dela. A campainha tocou muitas vezes, e por fim reconheceu a voz, séria e afônica: "Sim?" Desligou sem falar, mas a distância infinita daquela voz inatingível lhe abalou o espírito.

Naqueles dias Leona Cassiani celebrou seu aniversário e convidou a sua casa um pequeno número de amigos. Ele estava distraído e entornou o molho da galinha. Ela limpou sua lapela molhando no copo d'água a ponta do guardanapo, que em seguida colocou nele feito um babador para evitar acidente maior: ficou feito um bebê velho. Notou que várias vezes durante a refeição tirou os óculos para enxugá-los no lenço, porque seus olhos choravam. À hora do café dormiu com a xícara na mão, e ela tratou de pegá-la sem o acordar, mas ele reagiu envergonhado: "Eu só estava descansando a vista." Leona Cassiani foi se deitar espantada de ver como já se notava a velhice dele.

No primeiro aniversário da morte de Juvenal Urbino, a família enviou cartões de convite para uma missa comemorativa na catedral. Nessa altura, Florentino Ariza não havia recebido de resposta qualquer sinal, o que o impeliu à decisão audaz de ir à missa embora não tivesse sido convidado. Foi um acontecimento social mais faustoso que comovente. Os assentos das primeiras filas, reservados com caráter vitalício e hereditário, tinham no espaldar uma placa de cobre com o nome do dono. Florentino Ariza chegou entre os primeiros convidados para se sentar num lugar por onde Fermina Daza não pudesse passar sem vê-lo. Pensou que os melhores seriam os da nave central, em seguida aos assentos reservados, mas era tamanha a afluência que nem ali encontrou lugar vago, e teve que sentar-se na nave dos parentes pobres. Dali viu entrar Fermina Daza pelo braço do filho, vestida de veludo preto até os punhos, sem nenhum adereço, com uma fileira contínua de botões do pescoço à ponta dos pés, como uma sotaina de bispo, e um leve xale de renda castelhana em lugar do chapéu de véu das outras viúvas, e mesmo de muitas senhoras que gostariam de ser. O rosto descoberto tinha um resplendor de alabastro, os olhos lanceolados viviam com a vida própria debaixo dos enormes lustres da nave central, e andava tão direita, tão altiva, tão dona de si, que não parecia mais velha que o filho. Florentino Ariza, de pé, apoiou a ponta dos dedos no espaldar do assento até que a vertigem passou ao largo, porque sentiu que ele e ela não estavam a sete passos de distância e sim em duas eras distintas.

Fermina Daza suportou a cerimônia no genuflexório familiar diante do altar-mor, de pé todo o tempo, na mesma postura com que assistia à ópera. Mas no final rompeu as normas da liturgia, e não ficou no seu lugar para receber a renovação das condolências, de acordo com os usos vigentes, abrindo caminho para agradecer a cada um dos convidados: um gesto inovador que estava muito de acordo com seu modo de ser. Cumprimentando uns e outros chegou aos bancos dos parentes pobres, e afinal olhou à sua volta para se certificar de que não faltava cumprimentar mais nenhum conhecido. Florentino Ariza sentiu então que um vento sobrenatural o arrancava de seu centro: ela o havia visto. Fermina Daza, com efeito, se afastou de seus acompanhantes com a naturalidade com que fazia tudo em sociedade, estendeu-lhe a mão, e lhe disse com um sorriso muito doce:

— Obrigada por ter vindo.

Pois não só recebera as cartas como as lera com grande interesse, encontrando nelas sérios motivos de reflexão para continuar vivendo. Estava na mesa, tomando café com a filha, quando recebeu a primeira. Abriu-a por curiosidade ao ver que estava escrita a máquina, e um rubor súbito lhe abrasou o rosto ao reconhecer a inicial da assinatura. Mas se dominou e guardou a carta no bolso do avental. Disse: "São pêsames do governo." A filha se espantou: "Já chegaram todos." Ela não se alterou: "Chegou mais um." Seu propósito era queimar a carta mais tarde, longe das perguntas da filha, mas não resistiu à tentação de dar antes uma olhada. Esperava uma réplica merecida à sua carta de injúrias, que tinha começado a lhe pesar no momento mesmo em que a mandou, mas a partir do cabeçalho senhorial e dos propósitos do primeiro parágrafo compreendeu que alguma coisa tinha mudado no mundo. Ficou tão intrigada que se trancou no quarto para ler a carta com tranquilidade antes de queimá-la, e leu três vezes sem tomar fôlego.

Eram meditações sobre a vida, o amor, a velhice, a morte: ideias que tinham passado muitas vezes a voejar como pássaros noturnos sobre sua cabeça, mas que se desmanchavam numa esteira de penas quando procurava segurá-las. Ali estavam, nítidas, simples, tal como teria gostado de dizê-las, e uma vez mais lamentou que o marido não estivesse vivo para comentá-las com ele, como costumavam comentar antes de dormir certos acontecimentos do dia. Desse modo se revelava um Florentino Ariza desconhecido, com uma clarividência que não correspondia às missivas febris da juventude nem à sua conduta sombria da vida inteira. Eram antes as palavras do homem que tia Escolástica imaginava inspirado pelo Espírito Santo, e este pensamento tornou a assustá-la como da primeira vez. Em todo caso, o que mais contribuiu para acalmar seu ânimo foi a certeza de que aquela carta de velho sábio não era uma tentativa de reiterar a impertinência da noite do luto, e sim uma maneira muito nobre de apagar o passado.

As cartas seguintes acabaram de apaziguá-la. Queimou-as de todos os modos, depois de lê-las com um interesse crescente, ainda que elas enquanto as queimava lhe fossem deixando um sedimento de culpa que não conseguia dissipar. Foi por isso que quando começou a recebê-las numeradas encontrou a justificação moral que estava desejando para não destruí-las. Sua intenção inicial, em todo caso, não era conservá-las para si mas esperar uma ocasião de devolvê-las a Florentino Ariza para que não se perdesse algo que a ela parecia de tanta utilidade humana. O mal foi que o tempo passou e as cartas continuaram chegando, uma cada três ou quatro dias de todo o ano, e ela não soube como devolvê-las sem dar a impressão da desfeita que não queria cometer, e sem ter que apresentar razões numa carta que seu orgulho se negava a escrever.

Aquele primeiro ano tinha bastado para que assumisse a viuvez. A lembrança purificada do marido deixou de ser um tropeço em seus atos cotidianos, em seus pensamentos íntimos, em suas intenções mais simples, e se converteu numa presença vigilante que a guiava sem estorvá-la. Às vezes o encontrava, não como uma aparição mas em carne e osso, onde em verdade lhe fazia falta. Animava-se com a certeza de que ele estava ali, vivo ainda mas sem seus caprichos de homem, sem suas exigências patriarcais, sem a necessidade exaustiva de que ela o amasse com o mesmo ritual de beijos importunos e palavras ternas com que a amava. Agora o entendia melhor que quando estava vivo, entendia a ansiedade de seu amor, a urgência de encontrar nela a segurança que parecia ser o suporte de sua vida pública, e que na realidade nunca teve. Um dia, no cúmulo da exasperação, ela havia gritado: "Você nem repara como sou infeliz." Ele tirou os óculos com um gesto muito seu, sem se alterar, inundou-a com as águas diáfanas de seus olhos pueris, e numa só frase atirou-lhe em cima o peso de sua sapiência insuportável: "Lembre sempre que o mais importante num bom casamento não é a felicidade e sim a estabilidade." Desde suas primeiras solidões de viúva ela compreendeu que a frase não escondia a ameaça mesquinha que lhe havia atribuído em seu tempo, e sim a pedra de toque que a ambos proporcionara tantas horas felizes.

Em suas tantas viagens pelo mundo, Fermina Daza comprava todas as coisas que lhe chamassem a atenção pela novidade. Ela as desejava devido a um impulso primário que o marido se comprazia em racionalizar, e eram coisas belas e úteis enquanto estavam em seu meio de origem, nas vitrines de Roma, de Paris, de Londres, ou daquela Nova York trepidante do charleston onde começavam a crescer os arranha-céus, mas não resistiam à prova das valsas de Strauss com torresmos e das batalhas de flores a quarenta graus à sombra. Por isso regressava com meia dúzia de baús verticais, enormes, de metal laqueado, fechaduras e cantoneiras de cobre como féretros de fantasia, dona e senhora das últimas maravilhas do mundo, que no entanto só valiam seu peso em ouro no instante fugaz em que alguém do seu mundo local as via por uma vez. Pois com essa finalidade tinham sido compradas: para que os outros as vissem uma vez. Ela adquirira noção do vazio de sua imagem pública desde muito antes de começar a envelhecer, e com frequência dizia em casa: "Precisamos nos livrar de tantas bugigangas que já não nos deixam onde viver." O doutor Urbino fazia troça dos seus propósitos estéreis, pois sabia que os espaços liberados só iam servir para que ela os enchesse de novo. Mas ela insistia, já que na verdade não havia lugar para uma coisa mais, nem havia em canto algum algo que na realidade servisse para algo, como camisas penduradas em maçanetas de porta ou abrigos de inverno europeu socados nos armários da cozinha. Havia por isso as manhãs em que se levantava de espírito destemido e investia contra os guarda-roupas, esvaziava os baús, desmantelava os desvãos, e armava uma guerra sem quartel aos montões de roupa demasiado vista, chapéus nunca usados por falta de ocasião enquanto ainda estavam na moda, sapatos copiados por artistas da Europa dos que as imperatrizes usavam para ser coroadas, e que aqui eram desprezados pelas senhoritas de alta linhagem por serem idênticos aos que as pretas compravam no mercado para andar em casa. Durante toda a manhã o pátio permanecia em estado de emergência, e dava trabalho respirar na casa devido às lufadas acres das bolas de naftalina. Mas a calma se restabelecia em poucas horas, já que no final ela se compadecia de tanta seda espalhada pelo chão, tantos brocados inúteis e desperdícios de passamanaria, tantas caudas de raposas azuis condenadas à fogueira.

— Isto é pecado queimar — dizia — com tanta gente que não tem o que comer.

Assim, a queima se acalmava, se acalmou sempre, e as coisas se limitavam a trocar de lugar, de seus cantos de privilégio às antigas cavalariças transformadas em depósito de sobras, enquanto os espaços liberados, tal como ele dizia, começavam a encher de novo, a transbordar de coisas que viviam um instante e iam morrer nos guarda-roupas: até a seguinte queima. Ela dizia: "Devia-se inventar o que fazer com as coisas que nem servem para nada nem se pode jogar fora." Assim era: amedrontava-se com a voracidade dos objetos invadindo os espaços do viver, desalojando os humanos, encurralando-os, até que Fermina Daza os punha onde não se vissem. Pois não era tão ordenada quanto acreditava, mas tinha um método próprio e desesperado de parecer que era: escondia a desordem. No dia em que morreu Juvenal Urbino tiveram que desocupar a metade do gabinete e amontoar as coisas nos quartos para ter um espaço em que velá-lo.

A passagem da morte pela casa deixou a solução. Uma vez que queimou a roupa do marido, Fermina Daza percebeu que o pulso não lhe havia tremido, e com o mesmo impulso continuou armando a fogueira de tempos em tempos, atirando tudo às chamas, o velho e o novo, sem pensar na inveja dos ricos nem na desforra dos pobres que morriam de fome. Por último, fez cortar pela raiz o pé de manga até não ficar nenhum vestígio da desgraça, e deu o louro vivo de presente ao novo Museu da Cidade. Só então respirou a gosto numa casa como sempre a sonhara: ampla, fácil e sua.

Ofélia, a filha, lhe fez companhia três meses e voltou a Nova Orleans. O filho trazia os seus a almoçar em família aos domingos, e sempre que podia durante a semana. As amigas mais próximas de Fermina Daza começaram a visitá-la uma vez superada a crise do luto, jogavam baralho diante do quintal pelado, ensaiavam novas receitas de cozinha, punham-na em dia quanto à vida secreta do mundo insaciável que continuava existindo sem ela. Uma das mais assíduas foi Lucrécia del Real del Obispo, uma aristocrata à moda antiga com quem sempre manteve boa amizade, e que se aproximou mais dela a partir da morte de Juvenal Urbino. Entrevada de artrite e arrependida de sua vida airada, Lucrécia del Real não só lhe fazia então a melhor companhia, como a consultava acerca dos projetos cívicos e mundanos que se preparavam na cidade, o que fazia com que ela se sentisse útil por si mesma e não pela sombra protetora do marido. Contudo, nunca como então se identificou tanto com ele, pois lhe tiraram o nome de solteira por que sempre a haviam chamado, e começou a ser a viúva de Urbino.

Era inconcebível, mas, à medida que se aproximava o primeiro aniversário da morte do marido, Fermina Daza se sentia entrando num âmbito de sombra, fresco, silencioso: a floresta do irremediável. Não estava ainda muito consciente, nem o esteve durante vários meses, de quanto a ajudaram a recobrar a paz de espírito as meditações escritas de Florentino Ariza. Foram elas, aplicadas a suas experiências, que lhe permitiram entender sua própria vida, e esperar com serenidade os desígnios da velhice. O encontro na missa de ano foi uma ocasião providencial de dar a entender a Florentino Ariza que ela também, graças às suas cartas de ânimo, estava disposta a apagar o passado.

Dois dias depois recebeu dele uma carta diferente: escrita a mão, em papel de linho, e com seu nome completo de remetente muito claro no dorso do envelope. Era a mesma letra florida das primeiras cartas, a mesma vontade lírica, mas aplicadas a um parágrafo singelo de gratidão pela deferência do cumprimento na catedral. Fermina Daza continuou pensando nela com as saudades alvoroçadas vários dias depois de lê-la, e com a consciência tão limpa que na quinta-feira seguinte perguntou a Lucrécia del Real del Obispo, sem que viesse à baila, se por acaso conhecia Florentino Ariza, o dono dos navios do rio. Lucrécia respondeu que sim: "Parece que é um súcubo perdido." Repetiu a versão corrente de que nunca se soubera de mulher dele, embora fosse tão bom partido, e que tinha um escritório secreto onde levava os meninos que perseguia de noite pelo cais. Fermina Daza tinha escutado essa lenda até onde ia sua memória, e nunca acreditou nela ou lhe deu importância. Mas quando a ouviu repetida com tanta convicção por Lucrécia del Real del Obispo, de quem também se dissera numa época que tinha gostos esquisitos, não pôde resistir à premência de pôr as coisas no seu devido lugar. Contou que conhecia Florentino Ariza desde menino. Relembrou que a mãe dele tinha armarinho na Rua das Janelas, e que além disso comprava camisas e lençóis velhos para desfiar e vender como algodão de emergência durante as guerras civis. E concluiu com firmeza: "É gente honesta, feita à força de pulso." Foi tão veemente que Lucrécia deu o dito por não dito: "No fim das contas, de mim também dizem o mesmo." Fermina Daza não teve a curiosidade de perguntar a si mesma por que fazia uma defesa tão apaixonada de um homem que não passara de uma sombra em sua vida. Continuou pensando nele, sobretudo quando chegava o correio sem nova carta. Tinham transcorrido duas semanas de silêncio, quando uma das empregadas a despertou da sesta com um sussurro de alarma.

— Senhora — disse —, aí está seu Florentino.

Estava ali. A primeira reação de Fermina Daza foi de pânico. Chegou a pensar que não, que ele voltasse outro dia em hora mais apropriada, que não estava em condições de receber visitas, que não havia nada de que falar. Mas se repôs em seguida, e deu ordens para que o fizessem passar à sala e lhe levassem café enquanto ela se arrumava para atendê-lo. Florentino Ariza tinha esperado na porta da rua, ardendo sob o sol infernal das três, mas com as rédeas na mão. Estava preparado para não ser recebido, ainda que mediante desculpas amáveis, e essa certeza o mantinha tranquilo. Mas a decisão do recado o abalou à medula dos ossos, e ao entrar na sombra fresca da sala não teve tempo de pensar no milagre que estava vivendo, porque suas entranhas se encheram de pronto com uma explosão de espuma dolorosa. Sentou-se sem respirar, assediado pela lembrança maldita da cagada de pássaro em sua primeira carta de amor, e permaneceu imóvel na penumbra enquanto passava a primeira rajada de calafrios, resolvido a aceitar nesse momento qualquer desgraça, menos aquele percalço injusto.

Ele se conhecia bem: apesar de sua prisão de ventre congênita, os intestinos o haviam traído em público três ou quatro vezes em seus muitos anos, e nas três ou quatro vezes tinha tido que se render. Só nessas ocasiões, e em outras de igual urgência, percebia a verdade de uma frase que gostava de repetir de brincadeira: "Não creio em Deus, mas tenho medo dele." Não teve tempo para dúvidas: tratou de rezar qualquer oração de que se lembrasse, mas não encontrou nenhuma. Quando menino, outro menino lhe ensinara umas palavras mágicas para que acertasse num passarinho com uma pedra: "Tino tino se não te acerto te escarabino." Experimentou quando foi ao monte pela primeira vez, com bodoque novo, e o pássaro caiu fulminado. De maneira confusa, achou que uma coisa tinha algo a ver com a outra, e repetiu a fórmula com fervor de oração, mas não surtiu o mesmo efeito. Uma torcedura das tripas feito um eixo de espiral o ergueu do assento, a espuma do seu ventre cada vez mais espessa e dolorida emitiu um queixume, e o deixou coberto de um suor gelado. A criada que trazia o café se assustou com seu semblante de morto. Ele suspirou: "É o calor." Ela abriu a janela, para ser amável, mas o sol da tarde deu em cheio no rosto dele, e foi preciso fechá-la de novo. Ele tinha compreendido que não aguentaria um momento mais, quando apareceu Fermina Daza quase invisível na penumbra, e se assustou ao vê-lo em semelhante estado.

— Pode tirar o paletó — disse.

Mais que a torcedura mortal, ele sofreria se ela conseguisse ouvir suas tripas borbulhando. Mas conseguiu sobreviver ainda um instante para dizer que não, que só tinha passado para lhe perguntar quando poderia fazer uma visita. Ela, de pé, desconcertada, disse: "Mas já está aqui." E o convidou a passar ao pátio onde faria menos calor. Ele recusou com uma voz que a ela mais pareceu um suspiro de dor.

— Eu lhe imploro que seja amanhã.

Ela lembrou que amanhã era quinta-feira, dia da visita infalível de Lucrécia del Real del Obispo, mas encontrou uma solução definitiva: "Depois de amanhã às cinco." Florentino Ariza agradeceu, fez uma despedida de emergência com o chapéu, e foi embora sem provar o café. Ela continuou perplexa no centro da sala, sem entender o que acabava de acontecer, até que se extinguiu no fundo da rua a petardaria do automóvel. Florentino Ariza buscou então a posição menos dolorida no assento posterior, fechou os olhos, afrouxou os músculos e se entregou à vontade do corpo. Foi como tornar a nascer. O chofer, que depois de tantos anos a seu serviço já não se espantava com nada, manteve-se impassível. Mas ao abrir a porta diante do portal da casa, disse:

— Tome cuidado, Seu Floro, que isso parece cólera.

Mas era o de sempre. Florentino Ariza o agradeceu a Deus na sexta-feira às cinco em ponto, quando a criada o conduziu pela penumbra da sala até o pátio, onde encontrou Fermina Daza junto a uma mesinha posta para duas pessoas. Ofereceu-lhe chá, chocolate ou café. Florentino Ariza pediu café, muito quente e muito forte, e ela disse à criada: "Para mim o de sempre." O de sempre era uma infusão bem carregada de diversas classes de chás orientais, que lhe erguiam o ânimo depois da sesta. Quando ela terminou com o bule, e ele com a cafeteira, ambos já haviam ensaiado e interrompido vários temas, não tanto porque deveras tivessem interesse neles, como para evitar outros que nem ele nem ela ousavam abordar. Estavam ambos intimidados, sem entender o que faziam tão longe da juventude na varanda enxadrezada de uma casa de ninguém que ainda recendia a flores de cemitério. Pela primeira vez achavam-se diante um do outro a tão curta distância e com tempo bastante para se verem com serenidade depois de meio século, e ambos se haviam visto tal como eram: dois anciãos espreitados pela morte, sem nada em comum além da lembrança de um passado efêmero que já não era deles mas de dois jovens desaparecidos que podiam ser seus netos. Ela achou que ele ia convencer-se afinal da irrealidade de seu sonho, o que o redimiria da impertinência.

Para evitar silêncios incômodos ou temas indesejáveis, ela fez perguntas óbvias sobre os navios fluviais. Parecia mentira que ele, sendo o dono, só tivesse viajado uma vez, havia muitos anos, quando não tinha nada a ver com a empresa. Ela não sabia o motivo, e ele teria dado a alma para dizer qual. Tampouco ela conhecia o rio. Seu marido compartilhava sua aversão pelos ares andinos, e a disfarçava com argumentos variados: os perigos da altura para o coração, o risco de uma pneumonia, a falsidade dos da terra, as injustiças do centralismo. Por isso conheciam meio mundo mas não conheciam seu país. No momento havia um hidroavião Junkers que ia de povoado em povoado pela bacia do Madalena, como um gafanhoto de alumínio, com dois tripulantes, seis passageiros e os sacos do correio. Florentino Ariza comentou: "É feito um caixão de defunto aéreo." Ela estivera na primeira viagem de balão, e não tinha sofrido nenhum susto, mas mal podia crer que fosse a mesma pessoa que se atrevera a semelhante aventura. Disse: "É diferente." Querendo dizer que ela é que tinha mudado, não as maneiras de viajar.

Às vezes se surpreendia com o barulho dos aviões. Ela os vira passar muito baixo, fazendo manobras acrobáticas, no centenário da morte do Libertador. Um deles, preto como um urubu enorme, passou roçando os telhados da Mangueira, deixou um pedaço de asa numa árvore vizinha, e ficou pendurado nos fios elétricos. Mas nem mesmo assim Fermina Daza assimilara a existência dos aviões. Nem tivera a curiosidade de ir nos últimos anos até a enseada de Manzanillo, onde amerissavam os hidroaviões depois que as lanchas da guarda enxotavam as canoas de pescadores e os botes de recreio, cada vez mais numerosos. Velha como estava, tinha sido escolhida para receber com um ramo de rosas Charles Lindbergh quando veio em seu voo de boa vontade, e não entendeu como podia se elevar nos ares um homem tão grande, tão louro, tão bonito, dentro de um aparelho que parecia de folha enrugada, e que dois mecânicos empurravam pela cauda para ajudar a subir. A ideia de que uns aviões não muito maiores pudessem carregar oito pessoas não lhe entrava na cabeça. Em compensação, tinha ouvido dizer que os navios fluviais eram uma delícia porque não jogavam como os do mar, mas enfrentavam outros perigos mais graves, como os bancos de areia e os assaltos de bandoleiros.

Florentino Ariza explicou que tudo isso eram lendas de outros tempos: os navios atuais tinham salão de baile, camarotes amplos e luxuosos como quartos de hotel, com banheiro privado e ventiladores elétricos, e desde a última guerra civil não havia mais assaltos armados. Explicou ainda, com a satisfação de um triunfo pessoal, que estes progressos se deviam antes de mais nada à liberdade de navegação propugnada por ele, que estimulara a concorrência: em vez de uma empresa única, como antes, havia três muito ativas e prósperas. Contudo, o rápido progresso da aviação era um perigo real para todos. Ela procurou consolá-lo: os navios existiriam sempre, porque não eram muitos os loucos dispostos a se meterem num aparelho que parecia ser contra a natureza. Por último, Florentino Ariza falou nos progressos do correio, tanto no transporte como na distribuição, vendo se ela falava nas suas cartas. Não conseguiu.

Pouco depois, no entanto, a ocasião chegou espontânea. Estavam muito afastados do tema, quando uma criada os interrompeu para entregar a Fermina Daza uma carta recebida nesse instante pelo correio urbano especial, de criação recente, que utilizava o mesmo sistema de distribuição dos telegramas. Ela não encontrou os óculos de ler, o que sempre lhe acontecia. Florentino Ariza conservou a serenidade.

— Não é necessário — disse: — esta carta é minha.

Era. Ele a escrevera na véspera, num terrível estado de depressão por não ter podido superar a vergonha da primeira visita frustrada. Nela se desculpava pela impertinência de querer visitá-la sem permissão prévia, e desistia dos propósitos de voltar. Ele a pusera na caixa sem pensar duas vezes, e quando refletiu melhor já era tarde. Mesmo assim, não lhe pareceram necessárias tantas explicações, embora pedisse a Fermina Daza o favor de não ler a carta.

— Claro — disse ela. — No fim das contas, as cartas são de quem as escreve. Não é certo?

Ele deu um passo firme.

— Sem dúvida — disse. — Por isso são a primeira coisa que se devolve quando há um rompimento.

Ela passou ao largo da intenção e devolveu a carta, dizendo: "É pena que não possa lê-la porque as outras me serviram muito." Ele respirou fundo, surpreendido de ouvir dela muito mais que esperara, e disse: "Não imagina como fico feliz em saber." Mas ela mudou o assunto, e ele não conseguiu que o retomasse pelo resto da tarde.

Despediu-se passadas as seis, quando começaram a acender as luzes da casa. Sentia-se mais seguro, mas sem demasiadas ilusões, porque não esquecia o caráter volúvel e as reações imprevistas de Fermina Daza aos vinte anos, e não tinha razões para pensar que ela tivesse mudado. Por isso se atreveu a perguntar com uma humildade sincera se podia voltar outro dia, e a resposta tornou a surpreendê-lo.

— O senhor volte quando quiser — disse ela. — Quase sempre estou só.

Quatro dias depois, terça-feira, voltou sem se anunciar, e ela não esperou que servissem o chá para lhe falar de quanto tinham sido úteis suas cartas. Ele disse que não eram cartas num sentido estrito e sim folhas soltas de um livro que teria gostado de escrever. Ela também tinha entendido assim. Tanto assim que pensava em devolvê-las, desde que ele não visse isso como um desdouro, para que lhes desse melhor destino. Continuou falando do bem que lhe haviam feito no duro transe que estava vivendo, e o fazia com tanto entusiasmo, com tanta gratidão, talvez com tanto afeto, que Florentino Ariza ousou dar algo mais que um passo firme: um salto mortal.

— Antes nós nos tratávamos por você — disse.

Era uma palavra proibida: *antes.* Ela sentiu passar o anjo quimérico do passado, e procurou evitá-lo. Mas ele foi mais fundo: "Em nossas cartas de antes, quero dizer." Ela se aborreceu, e teve que fazer um esforço sério para não demonstrá-lo. Mas ele percebeu, e compreendeu que devia avançar com mais tato, embora o tropeço lhe ensinasse que ela continuava tão arisca como na juventude, mas tinha aprendido a ser arisca com doçura.

— Quero dizer — disse ele — que estas cartas são coisa muito diferente.

— Tudo mudou no mundo — disse ela.

— Eu não — disse ele. — E a senhora?

Ela ficou com a segunda chávena de chá no meio do caminho e o increpou com uns olhos que eram sobreviventes dos tempos da inclemência.

— Tanto faz — disse. — Acabo de completar setenta e dois anos.

Florentino Ariza recebeu o golpe no centro do coração. Teria gostado de encontrar uma réplica com a rapidez e o instinto de uma seta, mas o peso da idade o venceu: nunca se sentira tão esgotado numa conversação tão breve, o coração lhe doía, e cada golpe repercutia com ressonância metálica em suas artérias. Sentiu-se velho, triste, inútil, e com umas ânsias tão prementes de chorar que não pôde mais falar. Terminaram a segunda xícara num silêncio sulcado de presságios, e quando ela tornou a falar foi para pedir a uma criada a pasta das cartas. Ele esteve a ponto de pedir que ela guardasse as cartas, pois tinha cópias de papel carbono, mas achou que tal precaução ia parecer ignóbil. Não havia mais nada que falar. Antes de se despedir, ele sugeriu voltar na outra terça-feira à mesma hora. Ela perguntou a si mesma se devia ser tão condescendente.

— Não vejo que sentido teriam tantas visitas — disse.

— Eu não pensei que tivessem nenhum — disse ele.

De maneira que voltou na terça às cinco, e em todas as terças seguintes, sem a convenção do aviso, porque as visitas semanais se haviam incorporado à rotina de ambos no final do segundo mês. Florentino Ariza levava biscoitinhos ingleses para o chá, castanhas confeitadas, azeitonas gregas, pequenas delícias de mesa que encontrava nos transatlânticos. Numa das terças-feiras levou a cópia do retrato dela e Hildebranda, tirado pelo fotógrafo belga há mais de meio século, que ele comprara por quinze cêntimos num saldo de cartões-postais do Portal dos Escrivães. Fermina Daza não pôde entender como o retrato chegara lá, nem ele pôde a não ser como um milagre do amor. Certa manhã, enquanto cortava rosas do seu jardim, Florentino Ariza não pôde resistir à tentação de lhe levar uma na próxima visita. Foi um problema difícil na linguagem das flores por tratar-se de viúva recente. Uma rosa vermelha, símbolo da paixão em chamas, podia ser ofensiva a seu luto. As rosas amarelas, que em outra linguagem eram as flores da boa sorte, exprimiam ciúmes no vocabulário comum. Certa vez lhe haviam falado nas rosas negras da Turquia, que talvez fossem as mais indicadas, mas não tinha podido obtê-las para aclimatá-las em seu pátio. Depois de muito pensar se arriscou com uma rosa das brancas, que lhe agradavam menos que as outras, por insípidas e mudas: não diziam nada. À última hora, prevenindo o caso de Fermina Daza emprestar-lhes algum sentido, tirou os espinhos.

Foi bem recebida, como um presente sem intenções ocultas, e assim se enriqueceu o ritual das terças. Tanto que quando ele chegava com a rosa branca já estava preparado o jarro de flor com água no centro da mesinha do chá. Numa dessas terças, ao colocar a rosa, ele disse de um jeito que parecesse casual:

— Em nossos tempos não se usavam rosas e sim camélias.

— É verdade — disse ela —, mas a intenção era outra, como o senhor sabe.

Assim foi sempre: ele tentava avançar e ela lhe fechava o caminho. Mas nesta ocasião, apesar de sua resposta na hora, Florentino Ariza percebeu que acertara no alvo, porque ela teve que virar o rosto para não se ver que enrubescera. Um rubor ardente, juvenil, com vida própria, cuja impertinência lhe deu um sentimento de irritação consigo mesma. Florentino Ariza tomou o maior cuidado em suscitar temas menos ásperos, mas sua gentileza foi tão evidente que ela se soube descoberta, o que aumentou sua raiva. Foi uma terça ruim. Ela esteve a ponto de pedir que não voltasse mais, mas a ideia de uma briga de noivos pareceu tão ridícula na idade e situação de ambos que lhe deu um acesso de riso. Na terça-feira seguinte, quando Florentino Ariza punha a rosa no jarro, ela esquadrinhou a consciência e comprovou com alegria que não restava da semana anterior um só traço de ressentimento.

As visitas começaram a adquirir em tempo muito breve uma incômoda amplitude familiar, pois o doutor Urbino Daza e a mulher apareciam às vezes como por acaso, e se deixavam ficar, jogando cartas. Florentino Ariza não sabia jogar, mas Fermina lhe ensinou numa única visita, e os dois mandaram aos esposos Urbino Daza um desafio escrito para a terça-feira seguinte. Eram encontros tão agradáveis para todos que se oficializaram com tanta rapidez quanto as visitas, e se estabeleceram normas para as contribuições de cada um. O doutor Urbino Daza e a mulher, que era uma doceira excelente, contribuíam com tortas originais, sempre diferentes. Florentino Ariza continuou levando as curiosidades que encontrava nos navios da Europa, e Fermina Daza dava tratos à bola para inventar cada semana uma surpresa nova. Os torneios se jogavam na terceira terça-feira de cada mês, e não se faziam apostas em dinheiro, mas impunha-se ao perdedor uma contribuição especial para a partida seguinte.

O doutor Urbino Daza correspondia à sua imagem pública: era fraco de iniciativa, tardo de maneiras, e sofria de sobressaltos súbitos, tanto de alegria como de desgosto, e de rubores inoportunos que faziam temer pelo seu vigor mental. Mas era sem a menor dúvida, o que se notava até demais mesmo à primeira vista, aquilo que Florentino Ariza mais temia que se dissesse dele: um homem bom. Sua mulher, em compensação, tinha vivacidade com uma chispa plebeia, oportuna e certeira, que dava um toque mais humano à sua elegância. Não se podia desejar casal melhor como parceiro de cartas, e a insaciável necessidade de amor de Florentino Ariza chegou ao auge com a ilusão de se sentir em família.

Uma noite, quando saíam juntos da casa, o doutor Urbino Daza convidou-o a almoçar: "Amanhã, às doze e meia em ponto, no Clube Social." Era um manjar delicioso com um vinho envenenado: o Clube Social se reservava o direito de vetar convidados por motivos diversos, e um dos mais importantes era a condição de filho natural. Tio Leão XII tinha tido experiências irritantes nesse terreno, e o próprio Florentino Ariza sofrera a vergonha de o fazerem sair quando já estava sentado à mesa, a convite de um sócio fundador. Este, a quem Florentino Ariza fazia favores difíceis no comércio fluvial, só teve o recurso de levá-lo a almoçar em outro lugar.

— Nós que fazemos os regulamentos somos os mais obrigados a cumpri-los — disse.

Não obstante, Florentino Ariza correu o risco com o doutor Urbino Daza, e foi recebido com um tratamento especial, embora não lhe pedissem para assinar o livro de ouro dos convidados notáveis. O almoço foi breve, dos dois sozinhos, e transcorreu em tom menor. Os temores que inquietavam Florentino Ariza desde a tarde anterior em relação àquele encontro se desfizeram com o cálice de vinho do porto do aperitivo. O doutor Urbino Daza queria falar de sua mãe. Pelo muito que disse, Florentino Ariza percebeu que ela falara nele ao filho. E havia algo ainda mais surpreendente: mentira a seu favor. Contou-lhe que eram amigos desde crianças, que brincavam juntos desde a chegada dela de São João da Ciénaga, que ele a iniciara nas primeiras leituras, e por isso lhe guardava uma antiga gratidão. Tinha dito ademais que amiúde, quando ela saía da escola, passava muitas horas com Trânsito Ariza fazendo prodígios de bordados no armarinho, pois era uma professora notável, e que se não tinha continuado a ver Florentino Ariza com a mesma frequência não tinha sido por gosto mas pela divergência de suas vidas.

Antes de chegar ao fundo de seus propósitos, o doutor Urbino Daza fez algumas divagações sobre a velhice. Achava que o mundo andaria mais rápido sem o estorvo dos anciãos. Disse: "A humanidade, como os exércitos em campanha, avança na velocidade do mais lento." Previa um futuro mais humanitário, e por isso mesmo mais civilizado, de seres humanos isolados em cidades marginais a partir do momento em que não pudessem mais cuidar de si mesmos, para lhes poupar a vergonha, os sofrimentos, a solidão espantosa da velhice. Do ponto de vista médico, segundo ele, o limite podia ser o dos sessenta anos. Mas enquanto se chegava a esse grau de caridade, a única solução eram os asilos, onde os anciãos se consolavam uns aos outros, se identificavam em seus gostos e suas aversões, em suas mágoas e tristezas, a salvo das discórdias naturais com as gerações seguintes. Disse: "Os velhos, entre velhos, são menos velhos." Pois bem: o doutor Urbino Daza queria agradecer a Florentino Ariza a boa companhia que fazia a sua mãe na solidão da viuvez, instava com ele para que continuasse a fazê-lo para bem de ambos e comodidade de todos, e para que tivesse paciência com seus humores senis. Florentino Ariza se sentiu aliviado com a solução da entrevista. "Fique tranquilo", disse. "Sou quatro anos mais velho que ela, e não só agora mas desde antes, muito antes do seu nascimento." Depois cedeu à tentação de desabafar com um toque de ironia.

— Na sociedade do futuro — concluiu — o senhor teria que ir agora ao campo-santo, para nos levar, a ela e a mim, um ramo de antúrio para o almoço.

O doutor Urbino Daza não tinha reparado até então na inconveniência de sua profecia, e enfiou por um desfiladeiro de explicações que acabaram de emaranhá-lo. Mas Florentino Ariza o ajudou a sair. Estava radiante, pois sabia que mais tarde ou mais cedo ia ter um encontro como aquele com o doutor Urbino Daza, para cumprir um requisito social inevitável: a petição formal da mão de sua mãe. O almoço foi muito animador, não só pelo seu próprio motivo, como por demonstrar como ia ser fácil e bem recebida aquela petição inexorável. Se tivesse contado com o consentimento de Fermina Daza, nenhuma ocasião teria sido mais propícia. E mais: depois do que haviam falado durante aquele almoço histórico, o formalismo do pedido ficava de sobra.

Florentino Ariza subia e descia escadas com um cuidado especial, mesmo quando jovem, por ter sempre achado que a velhice começava com uma primeira queda sem importância, e a morte vinha em seguida com a segunda. Mais perigosa que todas as escadas lhe parecia a de seus escritórios, íngreme e de espaços estreitos, e desde muito antes de começar a se esforçar para não arrastar os pés ele a subia olhando bem os degraus e agarrado ao corrimão com as duas mãos. Muitas vezes lhe sugeriram que a substituísse por outra menos arriscada, mas a decisão ficava sempre para o mês entrante, porque ele achava que seria uma concessão feita à velhice. À medida que passavam os anos levava mais tempo para subir, não porque lhe custasse mais trabalho, como se apressava em explicar, e sim porque cada vez subia com mais cuidado. Contudo, no dia em que regressou do almoço com o doutor Urbino Daza, depois do cálice de vinho do porto do aperitivo e meio copo de vinho tinto com a refeição, e sobretudo depois da conversação triunfal, procurou atingir o terceiro degrau com um passo de dança tão juvenil que torceu o tornozelo esquerdo, caiu de costas e não se matou por milagre. No momento em que caía teve lucidez suficiente para pensar que não ia morrer daquele acidente, porque não era possível na lógica da vida que dois homens que haviam amado tanto durante tantos anos a mesma mulher pudessem morrer do mesmo modo com apenas um ano de diferença. Tinha razão. Puseram-lhe uma couraça de gesso do pé à barriga da perna, e o obrigaram a ficar imóvel na cama, mas continuou mais vivo que antes da queda. Quando o médico lhe ordenou os sessenta dias de invalidez, não pôde acreditar em tanta desdita.

— Não me faça isto, doutor — implorou. — Dois meses dos meus são como dez anos dos seus.

Várias vezes procurou se levantar carregando a perna de estátua com as duas mãos, mas foi sempre vencido pela realidade. Mas quando por fim voltou a andar com o tornozelo ainda dolorido e as costas em carne viva, teve motivos de sobra para acreditar que o destino tinha premiado sua perseverança com uma queda providencial.

Seu dia pior foi a primeira segunda-feira. A dor tinha cedido, e o prognóstico médico era muito animador, mas ele se negava a aceitar o fatalismo de não ver Fermina Daza na tarde seguinte, pela primeira vez em quatro meses. Não obstante, depois de uma sesta de resignação se submeteu à realidade e escreveu uma nota de desculpas. Escreveu-a a mão, em papel perfumado e com tinta luminosa para se ler na escuridão, e dramatizou sem pudores a gravidade do percalço procurando suscitar compaixão. Ela respondeu dois dias depois, muito comovida, muito amável, mas sem uma palavra a mais ou a menos, como nos grandes dias do amor. Ele pegou a oportunidade em pleno voo e tornou a escrever. Quando ela respondeu pela segunda vez, resolveu ir muito mais longe do que nas conversas cifradas das terças, e mandou instalar um telefone perto da cama a pretexto de vigiar o curso diário da empresa. Pediu à telefonista central que o ligasse com o número de três algarismos que sabia de cor desde a primeira chamada. A voz de timbre apagado, tensa no mistério da distância, a voz amada respondeu, reconheceu a outra voz, e se despediu depois de três frases convencionais de saudação. Florentino Ariza ficou desconsolado com a indiferença: estavam outra vez no princípio.

Dois dias depois, no entanto, recebeu uma carta de Fermina Daza suplicando que não lhe telefonasse mais. Suas razões eram válidas. Havia tão poucos telefones na cidade que a comunicação se fazia através de uma telefonista que conhecia todos os assinantes, sua vida e seus milagres, e não importava que não estivessem em casa: encontrava-os onde estivessem. Em troca de tanta eficácia, mantinha-se inteirada das conversas, descobria os segredos da vida privada, os dramas mais bem guardados, e não era raro que interviesse num diálogo para introduzir seu ponto de vista ou apaziguar os ânimos. Por outro lado, no curso daquele ano se havia fundado *A Justiça,* um jornal vespertino cuja finalidade única era fustigar as famílias de nomes ilustres, dando nomes próprios e sem considerações de nenhuma espécie, como represália do proprietário porque seus filhos não tinham sido admitidos no Clube Social. Apesar da limpeza de sua vida, Fermina Daza se preocupava então mais do que nunca com tudo que falava ou fazia, mesmo com suas amizades íntimas. De maneira que continuou ligada a Florentino Ariza pelo fio anacrônico das cartas. A correspondência de ida e vinda chegou a ser tão frequente e intensa que ele esqueceu a perna, o castigo da cama, esqueceu tudo e se consagrou por completo a escrever numa mesinha portátil das que se usavam nos hospitais para as refeições dos doentes.

Tornaram a se tratar por você, tornaram a trocar comentários sobre suas vidas como nas cartas de antes, mas Florentino Ariza tratou de andar outra vez com pressa demais: escreveu o nome dela com furos de alfinete nas pétalas de uma camélia, e mandou-a numa carta. Dois dias depois recebeu-a de volta sem qualquer comentário. Fermina Daza não tinha outro recurso: aquilo tudo para ela eram coisas de crianças. Mais ainda quando Florentino Ariza insistiu em evocar suas tardes de versos melancólicos na pracinha dos Evangelhos, os esconderijos das cartas no caminho da escola, as aulas de bordado debaixo das amendoeiras. Ainda que morta de pena ela o pôs no seu lugar com uma pergunta que parecia casual em meio a outros comentários triviais: "Por que é que você insiste em falar no que não existe?" Mais tarde criticou nele a pertinácia estéril de não se deixar envelhecer com naturalidade. Essa era, segundo ela, a causa de sua precipitação e seus descalabros constantes na evocação do passado. Não entendia como um homem capaz das reflexões que tanto apoio lhe haviam dado para suportar a viuvez se enrolava daquele modo infantil quando procurava aplicá-las à sua própria vida. Os papéis se inverteram. Então foi ela quem procurou dar-lhe novo ânimo para ver o futuro, com uma frase que ele, em sua pressa estouvada, não soube decifrar: *Deixe que* o *tempo passe e já veremos o que traz*. Pois nunca foi tão bom aluno quanto ela. A imobilidade forçada, a certeza cada dia mais lúcida da fugacidade do tempo, os loucos desejos de vê-la, tudo demonstrava que seus temores da queda tinham sido mais certeiros e trágicos do que havia previsto. Pela primeira vez começou a pensar de um modo racional na realidade da morte.

Leona Cassiani o ajudava a tomar banho e mudar o pijama de dois em dois dias, dava as lavagens, ajeitava o urinol portátil, aplicava compressas de arnica nas úlceras das costas, fazia massagens a conselho médico para evitar que a imobilidade lhe causasse outros males piores. Aos sábados e domingos alternava com ela América Vicuña, que em dezembro daquele ano devia receber seu diploma de professora. Ele tinha prometido mandá-la fazer um curso superior no Alabama por conta da companhia fluvial, em parte para amordaçar a consciência, e sobretudo para não fazer frente às queixas que ela não encontrava como fazer, nem às explicações que ele devia. Nunca imaginou quanto ela sofria nas insônias do internato, nos fins de semana sem ele, na vida sem ele, porque nunca imaginou quanto o amava. Sabia por uma carta oficial do colégio que do primeiro lugar que ela sempre ocupava tinha passado ao último, e estava a ponto de ser reprovada nos exames finais. Mas se esquivou ao dever de responsável: não informou de nada aos pais de América Vicuña, impedido por um sentimento de culpa que procurava escamotear, tampouco comentou com ela, devido ao bem fundado temor de que o implicasse em seu fracasso. Por isso deixou as coisas como estavam. Sem perceber, começava a protelar seus problemas na esperança de que a morte os resolvesse.

Não só as duas mulheres que se ocupavam dele, como o próprio Florentino Ariza, se espantavam de ver como estava mudado. Apenas dez anos atrás tinha atacado uma de suas criadas atrás da escada principal da casa, vestida e em pé, e em menos tempo que um galo filipino a deixou em estado de graça. Teve que presenteá-la com uma casa mobiliada para que ela jurasse que o autor de sua desonra era um vago noivo dominical que sequer a havia beijado, e os pais e tios dela, bons macheteiros de safra, obrigaram os dois a casar. Não parecia possível que fosse o mesmo homem, aquele que manuseavam pelo direito e pelo avesso duas mulheres que há poucos meses o faziam tremer de amor, que o ensaboavam por cima e por baixo, secavam com toalhas de algodão egípcio e lhe davam massagens de corpo inteiro, sem que ele soltasse um suspiro de perturbação. Cada qual tinha uma explicação diferente para sua inapetência. Leona Cassiani achava que eram os prelúdios da morte. América Vicuña atribuía-lhe uma origem oculta cuja trama não conseguia desentranhar. Só ele sabia a verdade, e tinha nome próprio. De qualquer maneira era injusto: mais padeciam elas a servi-lo do que ele sendo tão bem servido.

Três semanas bastaram a Fermina Daza para ver a falta que lhe faziam as visitas de Florentino Ariza. Passava muito bem seu tempo com as amigas assíduas, melhor ainda à medida que o tempo a afastava dos costumes do marido. Lucrécia del Real del Obispo tinha ido ao Panamá para examinar uma dor de ouvido que não cedia com nada, e voltou muito aliviada depois de um mês, mas ouvindo menos que antes com uma trombetinha que colocava na orelha. Fermina Daza era a amiga que tolerava melhor suas confusões de perguntas e respostas, o que estimulava tanto Lucrécia que não havia dia em que não aparecesse por ali a qualquer hora que fosse. Mas Fermina Daza não pôde preencher com nenhuma outra pessoa as tardes calmantes de Florentino Ariza.

A memória do passado não redimia o futuro, como ele se empenhava em acreditar. Pelo contrário: reforçava a convicção que Fermina Daza sempre tivera de que aquele alvoroço febril dos vinte anos tinha sido alguma coisa muito nobre e muito bela, mas amor, não. Apesar de sua franqueza crua, não tinha intenção de revelar isto a ele nem pelo correio nem em pessoa, nem tinha coração para lhe dizer como soavam falsos os sentimentalismos de suas cartas para quem conhecera o prodígio de consolação de suas meditações escritas, como o desmereciam suas mentiras líricas e quanto sua causa era prejudicada pela insistência maníaca de resgatar o passado. Não: nenhuma linha de suas cartas de outrora nem momento nenhum de sua própria juventude tediosa a haviam feito sentir que sem ele as tardes de uma terça-feira pudessem ser tão dilatadas como na realidade eram, tão solitárias e indescritíveis sem ele.

Num de seus arrancos de simplificação, ela mandara para as cavalariças a radiola com que o marido a presenteara num de seus aniversários, e que ambos tinham pensado em dar ao museu por ter sido a primeira que chegou à cidade. Nas sombras do seu luto tinha resolvido não tornar a usá-la, pois uma viúva da sua linhagem não podia escutar música de espécie nenhuma sem ofender a memória do morto, mesmo que apenas na intimidade. Mas depois da terceira terça de abandono mandou-a pôr de novo na sala, não para desfrutar das canções sentimentais da emissora de Riobamba, como antes, mas para encher suas horas mortas com as novelas de lágrimas de Santiago de Cuba. Foi uma boa coisa, pois quando nasceu sua filha tinha começado a perder o hábito da leitura que o marido lhe inculcara com tanta aplicação a partir da viagem de bodas, e com o cansaço progressivo da vista perdeu-o por completo, a ponto de passar meses sem saber onde estavam os óculos.

Apegou-se de tal modo às novelas radiofônicas de Santiago de Cuba que esperava com ansiedade os capítulos encadeados de todos os dias. De vez em quando ouvia as notícias para saber o que acontecia no mundo, e nas poucas ocasiões em que ficava só em casa escutava com o volume muito baixo, remotos e nítidos, os merengues de São Domingos e as plenas de Porto Rico. Uma noite, numa estação desconhecida que irrompeu de súbito com tanta força e tanta claridade como se estivesse na casa vizinha, ouviu uma notícia pavorosa: um casal de anciãos que repetia a lua de mel no mesmo lugar que quarenta anos antes fora assassinado a golpes de remo pelo barqueiro que os levava a passeio, para roubar o dinheiro que tinham: quatorze dólares. Sua impressão foi ainda maior quando Lucrécia del Real lhe contou o relato completo publicado num jornal local. A polícia tinha descoberto que os anciãos mortos a pauladas, ela de setenta e oito anos e ele de oitenta e quatro, eram amantes clandestinos que passavam férias juntos havia quarenta anos, mas ambos tinham seus respectivos lares, estáveis e felizes, e com famílias numerosas. Fermina Daza, que nunca chorara com os novelões radiofônicos, teve que reprimir o nó de lágrimas que ficou entalado em sua garganta. Na carta seguinte, Florentino Ariza lhe mandou sem nenhum comentário o recorte de jornal com a notícia.

Não eram as últimas lágrimas que Fermina Daza ia reprimir. Florentino Ariza ainda não cumprira seus sessenta dias de reclusão, quando *A Justiça* revelou, em toda a extensão da primeira página e com fotos dos protagonistas, os supostos amores ocultos do doutor Juvenal Urbino e Lucrécia del Real del Obispo. Especulava-se sobre os pormenores da relação, sua frequência e seu modo, e sobre a complacência do marido, entregue a descalabros de sodomia com os pretos do seu engenho de açúcar. O relato publicado com enormes tipos de madeira em tinta de sangue retumbou como o trovão de um cataclismo na desconjuntada aristocracia local. No entanto, não havia uma só linha verdadeira: Juvenal Urbino e Lucrécia del Real eram amigos íntimos desde seus anos de solteiros e amigos continuaram depois de casados, mas nunca foram amantes. Em todo caso, não parecia que a publicação se destinasse a enodoar o nome do doutor Juvenal Urbino, cuja memória gozava do respeito unânime, e sim a prejudicar o marido de Lucrécia del Real, eleito presidente do Clube Social a semana anterior. O escândalo foi sufocado em poucas horas. Mas Lucrécia del Real não tornou a visitar Fermina Daza, o que esta interpretou como um reconhecimento da culpa.

Muito em breve ficou claro, no entanto, que tampouco Fermina Daza estava a salvo dos riscos de sua classe. *A Justiça* se encarniçou contra ela pelo seu único flanco débil: os negócios do pai. Quando este teve que se desterrar à força, ela ficou a par de um só episódio de seus comércios turvos, tal como lhe contou Gala Placídia. Mais tarde, quando o doutor Urbino o confirmou depois da entrevista com o governador, ficou convencida de que o pai tinha sido vítima de uma infâmia. O fato é que dois agentes do governo se haviam apresentado com uma ordem de busca na casa da praça dos Evangelhos, revistaram-na de cima a baixo sem achar o que procuravam, e por fim mandaram abrir o guarda-roupa com portas de espelho da antiga alcova de Fermina Daza. Gala Placídia, sozinha na casa e sem meios de prevenir ninguém, negou-se a abri-lo, com a desculpa de que não tinha as chaves. Foi quando um dos agentes quebrou o espelho das portas com a coronha do revólver, e descobriu que entre o cristal e a madeira havia um espaço atulhado de notas falsas de cem dólares. Esta foi a culminação de uma cadeia de pistas que conduziam a Lorenzo Daza como último elo de uma vasta operação internacional. Era uma fraude de mestre pois as notas ostentavam as marcas d'água do papel original: tinham apagado notas de um dólar mediante um procedimento químico que parecia coisa de magia, e tinham impresso em seu lugar notas de cem. Lorenzo

Daza alegou que o guarda-roupa fora comprado muito depois do casamento da filha, e devia ter chegado a casa com as notas escondidas, mas a polícia comprovou que estava ali desde que Fermina Daza ia ao colégio. Ninguém senão ele teria podido esconder a falsa fortuna atrás dos espelhos. Foi só isso que o doutor Urbino contou à esposa quando se comprometeu com o governador a mandar o sogro de regresso à sua terra para abafar o escândalo. Mas o jornal contava muito mais.

Contava que durante uma das tantas guerras civis do século anterior, Lorenzo Daza tinha sido intermediário entre o governo do presidente liberal Aquileo Parra e um tal Joseph K. Korzeniowski, polonês de origem, que fizera estada de vários meses aqui na tripulação do navio mercante *Saint Antoine,* de bandeira francesa, procurando definir um confuso negócio de armas. Korzeniowski, que mais tarde ficaria célebre no mundo com o nome de Joseph Conrad, fez contato não se sabia como com Lorenzo Daza, que lhe comprou o carregamento de armas por conta do governo, com suas credenciais e seus recibos em regra, e pago com ouro de lei. Segundo a versão do jornal, Lorenzo Daza deu como desaparecidas as armas num assalto improvável, e tornou a vendê-las pelo dobro do preço real aos conservadores em guerra contra o governo.

Também contava *A Justiça* que Lorenzo Daza comprou a preço muito baixo um carregamento de botas que eram sobras do exército inglês, nos tempos em que o general Rafael Reyes fundou a Marinha de Guerra, e nessa única operação duplicou sua fortuna em seis meses. Segundo o jornal, quando o carregamento chegou a este porto, Lorenzo Daza negou-se a recebê-lo porque só vinham as botas do pé direito, mas foi o único concorrente quando a alfândega o leiloou de acordo com as leis vigentes, e o comprou pela quantia simbólica de cem pesos. Naqueles mesmos dias, um cúmplice seu comprou em iguais condições o carregamento de botas esquerdas, que chegara pela alfândega de Riohacha. Uma vez emparelhadas, Lorenzo Daza se valeu de seu parentesco político com os Urbino de la Calle, vendendo as botas à nova Marinha de Guerra com um lucro de dois mil por cento.

A informação de *A Justiça* terminava dizendo que Lorenzo Daza não abandonara São João da Ciénaga em fins do século anterior em busca de melhores ares para o futuro da filha, como gostava de dizer, e sim por ter sido pilhado na próspera indústria de misturar tabaco importado com papel picado, e de uma forma tão hábil que nem os fumadores refinados notavam o engano. Também se revelavam seus vínculos com uma empresa clandestina internacional, cuja atividade mais fecunda em fins do século anterior tinha sido a introdução ilegal de chineses a partir do Panamá. Em compensação, o suspeito negócio de mulas, que tanto havia prejudicado sua reputação, parecia ser o único honesto que jamais tivera.

Quando Florentino Ariza abandonou a cama, com as costas em áscuas e pela primeira vez com uma sólida bengala em lugar do guarda-chuva, foi à casa de Fermina Daza. Encontrou-a desconhecida, com os estragos da idade à flor da pele, e com um ressentimento que lhe havia tirado os desejos de viver. O doutor Urbino Daza, em duas visitas que fez a Florentino Ariza durante seu exílio, lhe havia falado na consternação em que mergulhara a mãe com as duas publicações de *A Justiça*. A primeira lhe provocou uma raiva tão insensata devido à infidelidade do marido e à traição da amiga que renunciou ao costume de visitar o mausoléu familiar um domingo de cada mês, porque ficava fora de si com o fato dele não poder ouvir dentro do caixão os impropérios que ela queria gritar: brigou com o morto. A Lucrécia del Real mandou dizer, por quem quisesse dizê-lo, que se contentasse com o consolo de ter tido pelo menos um homem no meio de tanta gente que passara por sua cama. Da publicação sobre Lorenzo Daza era impossível saber o que é que a afetava mais, se a publicação ela própria, ou o tardio descobrimento da verdadeira identidade do pai. Mas uma das duas, ou ambas, a haviam aniquilado. O cabelo cor de aço limpo, que tanto enobrecia seu rosto, parecia agora de fiapos amarelos de milho, e os formosos olhos de pantera não recobravam o brilho de outrora nem com o esplendor da raiva. Notava-se em cada gesto seu a decisão de não continuar vivendo. Há muito tempo tinha renunciado ao hábito de fumar, trancada no banheiro ou de qualquer outra forma, mas reincidiu pela primeira vez em público e com uma voracidade desenfreada, a princípio com cigarros que ela própria preparava, como sempre gostara de fazer, e depois com os mais ordinários dos encontrados no comércio, porque já não tinha tempo nem paciência para enrolá-los. Um homem que não fosse Florentino Ariza teria perguntado a si mesmo que podia prometer o futuro a um ancião como ele, coxo e com as costas esbraseadas de esfoladuras de burro, e a uma mulher que já não ansiava por nenhuma felicidade além da morte. Mas ele não. Ele resgatou uma luzinha de esperança entre os escombros do desastre, pois achou que a desgraça de Fermina Daza a engrandecia, a raiva a embelezava, o rancor contra o mundo lhe devolvera o caráter agreste dos vinte anos.

Tinha um novo motivo para ser grata a Florentino Ariza, porque com base nas publicações infames ele havia mandado a *A Justiça* uma carta exemplar sobre a responsabilidade ética da imprensa e o respeito pela honra alheia. Não foi publicada, mas o autor mandou uma cópia ao *Diário do Comércio*, o mais antigo e sério do litoral caribenho, e este a destacou na primeira página. Estava assinada com o pseudônimo de Júpiter, e era tão argumentada, incisiva e bem escrita que foi atribuída a alguns dos escritores mais notáveis da província. Foi uma voz solitária no meio do oceano, mas que se ouviu muito fundo e muito longe. Fermina Daza soube quem era o autor sem que ninguém lhe dissesse nada, pois reconheceu algumas ideias e até uma frase literal das reflexões morais de Florentino Ariza. De maneira que o recebeu com um afeto reverdecido na desordem do seu abandono. Foi por essa época que América Vicuña se viu só uma tarde de sábado no quarto de dormir da Rua das Janelas, e sem que as procurasse, por puro acaso, descobriu dentro de um armário sem chave as cópias datilográficas das meditações de Florentino Ariza, e as cartas manuscritas de Fermina Daza.

O doutor Urbino Daza se alegrou com o reatamento das visitas que tanto animavam sua mãe. Ao contrário de Ofélia, a irmã, que voltou de Nova Orleans no primeiro navio de transporte de frutas logo que soube que Fermina Daza mantinha uma amizade estranha com um homem cuja qualificação moral não era das melhores. Seu alarma gerou crises desde a primeira semana, quando verificou o grau de familiaridade e domínio com que Florentino Ariza entrava na casa, e dos cochichos e fugazes arrufos de noivos com que transcorriam as visitas até bem entrada a noite. O que para o doutor Urbino Daza era uma saudável afinidade de dois anciãos solitários, para ela era uma forma viciosa de concubinato secreto. Assim foi sempre Ofélia Urbino, mais parecida com dona Blanca, sua avó paterna, do que se tivesse sido sua filha. Era distinta como a avó, altaneira como a avó, e vivia como a avó à mercê dos preconceitos. Não era capaz de conceber a inocência de uma amizade entre um homem e uma mulher nem aos cinco anos de idade, e muito menos aos oitenta. Numa disputa aguerrida que teve com o irmão, disse que a única coisa que faltava para que Florentino Ariza acabasse de consolar sua mãe era que se metesse com ela em sua cama de viúva. O doutor Urbino Daza não tinha coragem para enfrentá-la, nunca tinha tido, mas sua mulher intercedeu com uma justificação serena do amor a qualquer idade. Ofélia perdeu as estribeiras.

— O amor é ridículo na nossa idade — gritou — mas na idade deles é uma porcaria.

Empenhou-se com tal ímpeto na determinação de afugentar Florentino Ariza da casa que chegou aos ouvidos de Fermina Daza. Ela a chamou ao quarto, como sempre que queria falar sem ser ouvida pelas criadas, lhe pediu que repetisse as recriminações. Ofélia não suavizou nada: estava certa de que Florentino Ariza, cuja fama de pervertido ninguém ignorava, mantinha uma relação equívoca, mais prejudicial ao bom nome da família que as tratantadas de Lorenzo Daza e as aventuras ingênuas de Juvenal Urbino. Fermina Daza a escutou sem dizer palavra, sem mesmo pestanejar, mas quando acabou de escutar era outra: tinha voltado à vida.

— Só tenho pena é de não ter forças para dar em você a surra de couro que você merece, por atrevida e cheia de malícia — disse. — Mas agora mesmo você vai embora desta casa, e juro pelos restos de minha mãe que não pisa mais nela enquanto eu estiver viva.

Não houve poder capaz de dissuadi-la. Enquanto isso, Ofélia foi morar na casa do irmão, e de lá mandou toda espécie de súplicas por emissários de monta. Mas foi inútil. Nem a mediação do filho nem a intervenção das amigas conseguiram demovê-la. À nora, com quem manteve sempre uma certa cumplicidade plebeia, soltou por fim uma confidência com a fala florida de seus melhores anos: "Faz um século me cagaram a vida com esse pobre homem porque éramos demasiado jovens, e agora querem repetir a dose porque somos demasiado velhos." Acendeu um cigarro na guimba de outro, e acabou de se livrar do veneno que lhe roía as entranhas.

— Que vão à merda — disse. — Se nós viúvas temos alguma vantagem, é que já não resta ninguém que nos dê ordens.

Não houve nada a fazer. Quando por fim se convenceu de que estavam esgotadas todas as instâncias, Ofélia voltou a Nova Orleans. A única coisa que conseguiu da mãe foi que se despedisse dela, e Fermina Daza concordou depois de muitas súplicas, mas sem lhe permitir que entrasse na casa: tinha jurado pelos ossos da mãe, que para ela, naqueles dias de trevas, eram os únicos que continuavam limpos.

Numa de suas primeiras visitas, falando de seus navios, Florentino Ariza tinha feito a Fermina Daza um convite formal para que embarcasse numa viagem de descanso pelo rio. Com mais um dia de trem podia ir até a capital da república, que eles, como a maioria dos caribenhos de sua geração, continuavam chamando pelo nome que teve até o século anterior: Santa Fé. Mas ela conservava as prevenções do marido e não queria conhecer uma cidade gelada e sombria onde as mulheres só saíam de casa para a missa das cinco, e não podiam entrar nas sorveterias nem nas repartições públicas, segundo lhe haviam dito, e onde havia a toda hora engarrafamentos de enterros nas ruas e uma garoa miúda desde os tempos do descobrimento: pior do que em Paris. Em compensação, sentia uma atração muito forte pelo rio, queria ver os jacarés tomando sol nas pontas de areia, queria ser acordada no meio da noite pelo choro de mulher dos peixes-boi, mas a ideia de uma viagem tão difícil, na sua idade, e ainda por cima viúva e só, lhe parecia irreal.

Florentino Ariza reiterou o convite mais adiante, quando ela resolvera continuar viva sem o marido, e então lhe pareceu mais viável. Mas depois da briga com a filha, azedada pelas injúrias ao pai, pelo rancor ao marido morto, pela raiva de lembrar os salamaleques hipócritas de Lucrécia del Real, que teve por tantos anos como sua melhor amiga, ela mesma se sentia de sobra na própria casa. Uma tarde, enquanto tomava sua infusão de folhas universais, olhou para o pântano do quintal, onde não tornaria a brotar a árvore da sua desventura.

— O que eu gostaria de fazer era me soltar desta casa, andando em linha reta, reta, reta, e não voltar nunca mais — disse.

— Vá num navio — disse Florentino Ariza. Fermina Daza o olhou pensativa.

— Pois olhe que podia ser — disse.

Não tinha pensado nisso um momento antes de falar, mas bastou admitir a possibilidade para dar a coisa como feita. O filho e a nora ouviram encantados. Florentino Ariza se apressou a precisar que Fermina Daza seria hóspede de honra em seus navios, haveria para ela um camarote arranjado como se fosse sua casa, um serviço perfeito, e o comandante em pessoa se devotaria à sua segurança e seu bem-estar. Levou mapas da rota para entusiasmá-la, cartões-postais de poentes furibundos, poemas ao paraíso primitivo do Madalena escritos por viajantes ilustres, ou que tinham chegado a tal pela excelência do poema. Ela lhes dava uma olhadela quando estava no humor certo.

— Você não precisa me enganar como a uma criança — dizia. — Se vou, é porque resolvi, não pelo interesse da paisagem.

Quando o filho sugeriu que sua esposa a acompanhasse, ela cortou a proposta pela raiz: "Estou muito crescida para que alguém cuide de mim." Ela própria acertou os pormenores da viagem. Sentiu um imenso descanso com a ideia de viver oito dias de subida e cinco de descida sem nada além do indispensável: meia dúzia de vestidos de algodão, suas coisas de toucador e asseio, um par de sapatos para embarcar e desembarcar e as babuchas caseiras para a viagem, e nada mais: o sonho de sua vida.

Em janeiro de 1824, o comodoro João Bernardo Elbers, fundador da navegação fluvial, tinha içado a bandeira do primeiro navio a vapor que sulcou o rio Madalena, um traste primitivo de quarenta cavalos de força chamado *Fidelidade*. Mais de um século depois, num 7 de julho às seis da tarde, o doutor Urbino Daza e a mulher acompanharam Fermina Daza a embarcar no navio que a levaria em sua primeira viagem pelo rio. Era o primeiro construído nos estaleiros locais, que Florentino Ariza batizara em memória de seu antecessor glorioso: *Nova Fidelidade*. Fermina Daza jamais pôde acreditar que aquele nome tão significativo para eles fosse deveras uma casualidade histórica, e não mais uma graça do romantismo crônico de Florentino Ariza.

Em todo caso, ao contrário de outros navios fluviais, antigos e modernos, o *Nova Fidelidade* tinha junto do camarote do comandante um camarote suplementar, amplo e confortável: uma sala de visitas com móveis de bambu de cores festivas, um quarto de dormir matrimonial decorado de alto a baixo com motivos chineses, um banheiro com banheira e chuveiro, um mirante coberto, muito amplo, com samambaias dependuradas e uma visão completa pela frente e pelos dois bordos do navio, e um sistema de refrigeração silencioso que mantinha todo o recinto a salvo do estrondo exterior num clima de primavera perpétua. Este aposento de luxo, conhecido como Camarote Presidencial porque ali haviam viajado até então três presidentes da república, não tinha um propósito comercial, reservado que era a autoridades de categoria e convidados muito especiais. Florentino Ariza o fizera construir com essa finalidade de imagem pública logo que foi nomeado presidente da C.F.C., mas com a certeza íntima de que mais cedo ou mais tarde ia ser o refúgio feliz de sua viagem de núpcias com Fermina Daza.

Chegado o dia, com efeito, ela tomou posse do Camarote Presidencial em sua condição de dona e senhora. O comandante do navio fez as honras de bordo ao doutor Urbino Daza e esposa, e a Florentino Ariza, com champanha e salmão defumado. Chamava-se Diego Samaritano, vestia uniforme de linho branco, de uma correção absoluta, do bico dos botins ao boné com o escudo da C.F.C. bordado em fio de ouro, e tinha em comum com os demais capitães do rio uma corpulência de paineira, uma voz peremptória e maneiras de cardeal florentino.

Às sete da noite deram o primeiro sinal de partida, e Fermina Daza sentiu-o ressoar com uma dor aguda dentro do ouvido esquerdo. Na noite anterior tinha tido sonhos sulcados de maus pressentimentos que não ousou decifrar. Muito cedo de manhã se fez levar ao vizinho panteão do seminário, que então se chamava Cemitério da Mangueira, e se reconciliou com o marido morto, de pé diante da sua cripta, num monólogo em que soltou os justos reproches que trazia atravessados na garganta. Depois lhe contou os pormenores da viagem e se despediu até muito breve. Não quis dizer a ninguém mais que partia, como fizera quase sempre que viajava à Europa, para evitar os adeuses exaustivos. Apesar de suas tantas viagens tinha a impressão de ser esta a primeira, e à medida que o dia rodava lhe aumentava a aflição. Uma vez a bordo, se sentiu abandonada e triste, e queria ficar só para chorar.

Quando soou o último aviso, o doutor Urbino Daza e a mulher se despediram dela sem dramas, e Florentino Ariza os acompanhou à passarela de desembarque. O doutor Urbino Daza se afastou para lhe ceder o lugar depois de passar sua esposa, e só então percebeu que Florentino Ariza também partia em viagem. O doutor Urbino Daza não conseguiu disfarçar seu desconcerto.

— Mas disto não havíamos falado — disse.

Florentino Ariza lhe mostrou a chave do seu camarote com uma intenção demasiado evidente: um camarote ordinário na coberta comum. Mas isso não pareceu ao doutor Urbino Daza prova suficiente de inocência. Dirigiu à mulher um olhar de náufrago, em busca de um ponto de apoio para seu desconcerto, mas se encontrou com uns olhos gelados. Ela lhe disse muito baixo, com voz severa: "Você também?" Sim: ele também, como a irmã Ofélia, pensava que o amor tinha uma idade em que começava a ser indecente. Mas soube reagir a tempo, e se despediu de Florentino Ariza com um aperto de mão mais resignado que agradecido.

Florentino Ariza os viu desembarcar da amurada do salão. Tal como esperava e desejava, o doutor Urbino Daza e a mulher se voltaram para olhá-lo antes de entrar no automóvel, e ele fez um aceno de despedida. Os dois retribuíram. Continuou na amurada até o automóvel desaparecer na poeirada do pátio de carga, e depois foi para o seu camarote, para pôr um traje mais adequado ao primeiro jantar a bordo, na sala de jantar privada do comandante.

Foi uma noite esplêndida, que o comandante Diego Samaritano condimentou com relatos suculentos de seus quarenta anos no rio, mas Fermina Daza teve que fazer um grande esforço para parecer entretida. Apesar de haver soado às oito o último aviso e de terem feito descer a essa hora os visitantes e recolhido a passarela, o navio não zarpou até que o comandante acabasse de jantar e subisse ao posto de comando para dirigir a manobra. Fermina Daza e Florentino Ariza ficaram debruçados na amurada do salão comum, confundidos com os passageiros ruidosos que disputavam entre si o jogo de identificar as luzes da cidade, até que o navio saiu da baía, meteu-se por canais invisíveis e pântanos salpicados de luzes ondulantes de pescadores, e resfolegou afinal a plenos pulmões no livre ar do rio Grande da Madalena. Então a banda irrompeu numa peça popular da moda, houve um alarido de prazer dos passageiros, e a dança começou em tropel.

Fermina Daza preferiu se refugiar no camarote. Não tinha dito uma palavra durante toda a noite, e Florentino Ariza a deixara perdida em suas cavilações. Só a interrompeu para se despedir diante do camarote, mas ela não estava com sono, só um pouco de frio, e sugeriu que se sentassem um pouco para olhar o rio do mirante privado. Florentino Ariza rodou duas poltronas de vime até a amurada, apagou as luzes, pôs nos ombros dela uma manta de lã e se sentou ao seu lado. Ela enrolou um cigarro da caixinha que ele lhe trazia de presente, enrolou-o com uma habilidade surpreendente, fumou-o devagar com o fogo dentro da boca, sem falar, e depois enrolou mais dois em seguida e os fumou sem pausas. Florentino Ariza tomou gole a gole duas garrafas térmicas de café forte.

O resplendor da cidade tinha desaparecido no horizonte. Vistos do mirante escuro, o rio liso e silente, e as pastagens das duas margens debaixo da lua cheia, se converteram numa planície fosforescente. De vez em quando se via uma choça de palha perto das grandes fogueiras que anunciavam que ali se vendia lenha para as caldeiras dos navios. Florentino Ariza conservava lembranças esbatidas de sua viagem de juventude, e a visão do rio fazia com que revivessem em rajadas deslumbrantes, como se fossem de ontem. Contou algumas a Fermina Daza, achando que podia animá-la, mas ela fumava em outro mundo. Florentino Ariza renunciou às suas lembranças e deixou-a só com as dela, e enquanto isso enrolava cigarros e os ia dando já acesos, até que a caixa acabou. A música cessou depois da meia-noite, o bulício dos passageiros se dispersou e se desfez em sussurros sonolentos, e os dois corações ficaram sozinhos no mirante em sombras, vivendo ao compasso do resfolegar do navio.

Depois de um longo tempo, Florentino Ariza olhou Fermina Daza ao fulgor do rio, viu-a espectral, o perfil de estátua suavizado por um tênue resplendor azul, e viu que chorava em silêncio. Mas em vez de consolá-la, ou esperar que esgotasse suas lágrimas, como queria ela, deixou-se invadir pelo pânico.

— Você quer ficar só? — perguntou.

— Se quisesse não diria a você que entrasse — disse ela.

Então ele estendeu os dedos gelados na escuridão, buscou tateante a outra mão na escuridão, e a encontrou à espera. Ambos foram bastante lúcidos para perceber, num mesmo instante fugaz, que nenhuma das duas era a mão que tinham imaginado antes de se tocar, e sim duas mãos de ossos velhos. Mas no instante seguinte já eram. Ela começou a falar do marido morto, no tempo presente, como se estivesse vivo, e Florentino Ariza soube nesse momento que também para ela soara a hora de se perguntar com dignidade, com grandeza, com desejos incontidos de viver, o que devia fazer com o amor sem dono que lhe havia ficado.

Fermina Daza parou de fumar para não soltar a mão que ele guardava na sua. Estava perdida na ansiedade de compreender. Não podia conceber marido melhor que tinha sido o seu, e no entanto encontrava mais tropeços do que complacências na evocação de sua vida, demasiadas incompreensões recíprocas, brigas inúteis, rancores mal solucionados. Suspirou de repente: "É incrível como se pode ser tão feliz durante tantos anos, no meio de tanto bate-boca, tantas chateações, porra, sem saber de verdade se isso é amor ou não." Quando acabou de desabafar, alguém tinha apagado a lua. O navio avançava com os passos contados, pondo um pé antes de pôr o outro: um imenso animal à espreita. Fermina Daza tinha voltado da ansiedade.

— Agora vá — disse.

Florentino Ariza lhe apertou a mão, se inclinou para ela, e procurou beijá-la na face. Mas ela o afastou com sua voz rouca e suave.

— Ainda não — disse: — estou com cheiro de velha.

Ouviu-o sair na escuridão, ouviu seus passos nas escadas, ouviu-o deixar de ser até o dia seguinte. Fermina Daza acendeu outro cigarro, e enquanto o fumava viu o doutor Juvenal Urbino com seu terno de linho imaculado, seu rigor profissional, sua simpatia deslumbrante, seu amor oficial, fazendo-lhe de outro navio do passado um aceno de adeus com seu chapéu branco. "Nós homens somos uns pobres criados dos preconceitos" , ele tinha dito certa vez. "Em compensação, quando uma mulher resolve dormir com um homem não há barreira que não salte, nem fortaleza que não derrube, nem consideração moral nenhuma que não esteja disposta a varar de lado a lado: não há Deus que valha." Fermina Daza continuou imóvel até a madrugada, pensando em Florentino Ariza, não como o sentinela desolado da pracinha dos Evangelhos cuja lembrança já não lhe suscitava sequer uma luzinha de saudade, e sim como era agora, decrépito e descadeirado, mas real: o homem que estivera sempre ao alcance de sua mão, sem que ela o admitisse. Enquanto o navio a carregava resfolegante rumo ao fulgor das primeiras rosas, só rogava a Deus que Florentino Ariza soubesse por onde começar outra vez no dia seguinte.

Soube. Fermina Daza deu instruções ao camareiro para que a deixasse dormir a seu gosto, e quando acordou havia na mesa da cabeceira um jarro com uma rosa branca, fresca, ainda suada de orvalho, e com ela uma carta de Florentino Ariza com tantas folhas quantas conseguira escrever depois de se despedir dela. Era uma carta tranquila, que procurava apenas exprimir o estado de ânimo que o embargava desde a noite anterior: tão lírica quanto as outras, tão retórica como todas, mas apoiada na realidade. Fermina Daza leu-a um tanto envergonhada de si mesma com os descarados galopes do seu coração. Acabava com o pedido de que avisasse ao camareiro quando estivesse pronta, pois o capitão os esperava no posto de comando para mostrar o funcionamento do navio.

Estava pronta às onze, banhada e recendente a sabonete de flores, com um vestido de viúva muito singelo de etamine cinzenta, e inteiramente refeita da tempestade da noite. Pediu um café sóbrio ao camareiro de branco impecável, que estava no serviço pessoal do comandante, mas não mandou o recado de que viessem buscá-la. Subiu só, deslumbrada pelo céu sem nuvens, e encontrou Florentino Ariza conversando com o comandante no posto de comando. Pareceu-lhe diferente, não só porque ela o via agora com outros olhos, como porque havia de fato mudado. Em lugar da fúnebre indumentária da vida inteira usava sapatos brancos muito cômodos, calça e camisa de linho de colarinho aberto e manga curta e seu monograma bordado no bolso do peito. Usava além disso um gorro escocês, também branco, e um dispositivo de vidros escuros superposto a seus eternos óculos de míope. Via-se logo que era tudo de primeiro uso e acabado de comprar com o propósito da viagem, salvo o cinto de couro marrom, muito gasto, que Fermina Daza notou ao primeiro golpe de vista como uma mosca na sopa. Ao vê-lo assim, vestido para ela de um modo tão ostensivo, não pôde impedir o rubor de fogo que lhe subiu ao rosto. Perturbou-se ao cumprimentá-lo, e ele se perturbou mais ainda com a perturbação dela. A consciência de que se comportavam como noivos perturbou-os ainda mais, e a consciência de estarem ambos perturbados acabou de perturbá-los a tal ponto que o comandante Samaritano notou tudo com um trêmulo de compaixão. Tirou-os do apuro explicando o manejo dos comandos e o mecanismo geral do navio durante duas horas. Navegavam muito devagar por um rio sem margens que se dispersava entre praias áridas até o horizonte. Mas ao contrário das águas turvas da desembocadura, aquelas eram lentas e diáfanas, e tinham um resplendor de metal debaixo do sol impiedoso. Fermina Daza teve a impressão de um delta povoado de ilhas de areia.

— É o pouco que nos vai restando do rio — disse o comandante.

Florentino Ariza, com efeito, estava surpreendido com o que havia de mudado, e mais ainda estaria no dia seguinte, quando a navegação ficou mais difícil, e percebeu que o rio pai, o Madalena, um dos maiores do mundo, não passava de uma ilusão da memória. O capitão

Samaritano explicou como o desmatamento irracional tinha acabado com o rio em cinquenta anos: as caldeiras dos navios tinham devorado a selva emaranhada de árvores colossais que Florentino Ariza sentia como uma opressão na primeira viagem. Fermina Daza não veria os bichos de seus sonhos: os caçadores de peles dos curtumes de Nova Orleans haviam exterminado os jacarés que fingiam de mortos com as fauces abertas durante horas e horas nos barrancos da margem para surpreender as borboletas, os louros com suas algaravias e os micos com seus gritos de doidos tinham ido morrendo à medida que acabavam as frondes, os peixes-bois de grandes tetas de mãe que amamentavam as crias e choravam com vozes de mulher desolada nas pontas de areia eram uma espécie extinta pelas balas blindadas dos caçadores de prazer.

O capitão Samaritano tinha um afeto quase maternal pelos peixes-bois, porque lhe davam a impressão de senhoras condenadas por algum extravio de amor, e tinha como certa a lenda de que eram as únicas fêmeas sem machos no reino animal. Sempre se opunha a que disparassem de bordo como era costume, apesar de existirem leis que o proibiam. Um caçador da Carolina do Norte, com sua documentação em regra, tinha desobedecido às suas ordens e destroçado a cabeça de uma mãe de peixe-boi com um disparo certeiro de sua Springfield, e a cria tinha ficado enlouquecida de dor chorando aos gritos sobre o corpo estendido. O comandante tinha feito subir para bordo o órfão, para cuidar dele, e deixou o caçador abandonado na praia deserta junto do cadáver da mãe assassinada. Passou seis meses no cárcere, devido a protestos diplomáticos, e quase perdeu sua licença de navegante, mas saiu disposto a repetir o feito sempre que houvesse ocasião. Contudo, aquele passou a ser um episódio histórico: o peixe-boi órfão, que cresceu e viveu muitos anos no parque de animais raros de São Nicolau das Barrancas, foi o último que se viu no rio.

— Cada vez que passo por essa praia — disse — rogo a Deus que aquele gringo volte a embarcar no meu navio, para que eu volte a deixá-lo.

Fermina Daza, que não simpatizava com ele, comoveu-se de tal modo com aquele gigante terno que desde essa manhã o pôs em lugar privilegiado de seu coração. Fez bem: a viagem mal começava, e em breve teria ocasiões de sobra para perceber que não se enganara.

Fermina Daza e Florentino Ariza permaneceram nos postos de comando até a hora do almoço, e pouco depois passaram diante do povoado de Calamar, que uns poucos anos antes vivia em festa perpétua, e agora era um porto em ruínas de ruas desoladas. O único ser que se avistou do navio foi uma mulher vestida de branco que fazia sinais com um lenço. Fermina Daza não entendeu por que não a recolhiam, se parecia tão aflita, mas o comandante explicou que era a aparição de uma afogada que fazia sinais de engano com o intuito de desviar os navios para os perigosos remoinhos da outra margem. Passaram tão perto dela que Fermina Daza a viu em todos os detalhes, e não duvidou de que na realidade não existisse, mas seu rosto lhe pareceu conhecido.

Foi um dia longo e calorento. Fermina Daza voltou ao camarote depois do almoço, para sua sesta inevitável, mas não dormiu bem com a dor de ouvido, que ficou mais intensa quando o navio trocou as saudações de rigor com outro da C.F.C. com o qual cruzou algumas léguas acima de Barranca Velha. Florentino Ariza cochilou um sonho instantâneo sentado no salão principal, onde a maioria dos passageiros sem camarote dormia como à meia-noite, e sonhou com Rosalba muito perto do lugar em que a vira embarcar. Viajava só, com suas modas da Mompox do século anterior, e era ele e não a criança que dormia a sesta na gaiola de vime pendente da viga. Foi um sonho ao mesmo tempo tão enigmático e divertido que ele guardou seu sabor durante toda a tarde, enquanto jogava dominó com o comandante e dois passageiros amigos.

O calor cessava ao pôr do sol, e o navio revivia. Os passageiros emergiam como de um letargo, recém-banhados e de roupa limpa, e ocupavam as poltronas de vime do salão à espera do jantar, anunciado às cinco em ponto por um copeiro que percorria o convés de um extremo ao outro fazendo soar entre aplausos de brincadeira uma sineta de sacristão. Durante o repasto, começava a banda sua música de fandango, e a dança não cessava até a meia-noite.

Com a dor de ouvido, Fermina Daza não quis jantar, e assistiu ao primeiro embarque de lenha para as caldeiras, numa barranca pelada onde nada havia além dos troncos amontoados, e um homem muito velho que atendia ao negócio. Não parecia haver nada mais em muitas léguas. Para Fermina Daza foi uma escala lenta e tediosa, inimaginável nos transatlânticos da Europa, e o calor era tanto que se podia sentir mesmo dentro do mirante refrigerado. Mas quando o navio zarpou de novo soprava um vento fresco recendente a entranhas de selva, e a música ficou mais alegre. Na povoação de Sítio Novo havia uma única luz numa única janela de uma única casa, e no escritório do porto não fizeram o sinal combinado de que havia carga ou passageiros para o navio, de maneira que este passou sem saudar.

Fermina Daza estivera toda a tarde perguntando a si mesma de que recursos ia valer-se Florentino Ariza para vê-la sem chamar à parte do camarote, e por volta das oito não aguentou mais as ânsias de estar com ele. Saiu ao corredor na esperança de encontrá-lo de um modo que parecesse casual, e não precisou andar muito: Florentino Ariza estava sentado num banco do corredor, calado e triste como na pracinha dos Evangelhos, há mais de duas horas se perguntando como ia fazer para vê-la. Fizeram ambos o mesmo gesto de surpresa que ambos sabiam fingido, e percorreram juntos o convés da primeira classe atulhado de gente jovem, a maioria estudantes ruidosos que se esfalfavam com certa ansiedade na última pândega das festas. Na cantina, Florentino Ariza e Fermina Daza tomaram um refresco de garrafa sentados como estudantes ao balcão, e ela se viu de repente numa situação temida. Disse: "Que horror!" Florentino Ariza perguntou em que pensava para ter semelhante impressão.

— Nos pobres velhinhos — disse ela. — Os que mataram a golpes de remo no bote.

Foram dormir quando acabou a música, depois de uma longa conversa sem tropeços no mirante escuro. Não houve lua, o céu estava nublado, e no horizonte explodiam relâmpagos sem trovões que os iluminavam por um instante. Florentino Ariza enrolou os cigarros para ela, que não fumou mais de quatro, atormentada pela dor que se aliviava por momentos e recrudescia quando o navio bramia ao cruzar com outro, ou ao passar na frente de um povoado adormecido, ou quando navegava devagar para sondar o fundo do rio. Ele lhe contou com que ansiedade a vira sempre nos Jogos Florais, no voo em balão, no velocípede de acrobata, e com quanta ansiedade esperava as festas públicas durante todo o ano só para vê-la. Também ela o vira muitas vezes, e nunca teria imaginado que ele ali estivesse só para vê-la. Contudo, há apenas um ano, ao ler suas cartas, se perguntara de repente como explicar que ele jamais houvesse competido nos Jogos Florais: sem dúvida teria ganho. Florentino Ariza mentiu: só escrevia para ela, versos para ela, e só ele os lia. Então foi ela quem buscou sua mão no escuro, não a encontrou esperando-a como esperara a dele na noite da véspera, e pegou-a de surpresa. Gelou-se o coração de Florentino Ariza.

— Como são curiosas as mulheres — disse.

Ela deu uma risada profunda, de pomba jovem, e tornou a pensar nos anciãos do bote. Estava escrito: aquela imagem havia de persegui-la sempre. Mas nessa noite podia suportá-la, porque se sentia tranquila e bem, como poucas vezes na vida: limpa de toda culpa. Teria ficado assim até o amanhecer, calada, a mão dele suando gelo em sua mão, mas não pôde suportar o tormento do ouvido. De modo que quando se apagou a música, e depois cessou a bulha dos passageiros comuns pendurando redes no salão, ela compreendeu que sua dor era mais forte que o desejo de estar com ele. Sabia que o simples dizer isso a ele ia aliviá-la, mas não o fez para não preocupá-lo. Pois já tinha então a impressão de conhecê-lo como se tivesse vivido com ele toda a vida, e acreditava que ele era capaz de mandar o navio voltar ao porto se isso pudesse curar sua dor.

Florentino Ariza previra que essa noite as coisas aconteceriam assim, e se retirou. Já à porta do camarote procurou se despedir com um beijo, mas ela lhe ofereceu a face esquerda. Ele insistiu, já com a respiração entrecortada, e ela ofereceu a outra face com uma coqueteria que ele não vira nela quando colegial. Então insistiu pela segunda vez, e ela o recebeu nos lábios, recebeu-o com um tremor profundo que procurou sufocar com um riso esquecido desde sua noite de núpcias.

— Deus meu — disse —, que louca que eu fico nos navios!

Florentino Ariza estremeceu: com efeito, e ela própria dissera, tinha o cheiro azedo da idade. No entanto, enquanto andava para seu camarote, abrindo caminho entre o labirinto de redes adormecidas, consolava-se com a ideia de que ele devia ter o mesmo cheiro, só que quatro anos mais velho, e que ela sem dúvida o sentira com a mesma emoção. Era o cheiro dos fermentos humanos, que ele percebera nas amantes mais antigas, e que elas tinham sentido nele. A viúva de Nazaret, que não guardava nada para si, tinha dito a ele de modo mais cru: "Já temos cheiro de urubu." Cada um suportava o cheiro do outro, porque estavam à mão: meu cheiro contra o seu. Em compensação, muitas vezes pensara no caso de América Vicuña, cujo cheiro de fraldas despertava nele os instintos maternais, enquanto o inquietava a ideia de que ela não pudesse aguentar o seu: seu cheiro de velho verde. Mas tudo isso pertencia ao passado. O importante era que pela primeira vez desde aquela tarde em que tia Escolástica deixara o livro de missa no balcão do telégrafo, Florentino Ariza não tornara a sentir uma felicidade como a dessa noite: tão intensa que lhe causava medo.

Começava a adormecer quando o contador do navio o despertou às cinco no porto de Zambrano para lhe entregar um telegrama urgente. Estava assinado por Leona Cassiani, com data do dia anterior, e todo seu horror cabia numa linha: *América Vicuña morta ontem motivos inexplicáveis.* Às onze da manhã soube dos pormenores através de uma conferência telegráfica com Leona Cassiani, na qual ele mesmo operou o equipamento transmissor como não voltara a fazer desde seus dias de telegrafista. América Vicuña, presa de uma depressão mortal por ter sido reprovada nos exames finais, tinha tomado um vidro de láudano roubado na enfermaria do colégio. Florentino Ariza sabia no fundo de sua alma que a notícia estava incompleta. Mas não: América Vicuña não deixara nenhuma nota explicativa que permitisse culpar quem quer que fosse de sua resolução. A família estava chegando de Porto Pai nesse momento, avisada por Leona Cassiani, e o enterro seria às cinco da tarde. Florentino Ariza respirou. A única coisa que podia fazer para continuar vivo era não permitir o suplício daquela lembrança. Apagou-o da memória, embora de vez em quando pelo restante de seus anos fosse senti-lo reviver de repente, sem qualquer razão, como a pontada súbita numa cicatriz antiga.

Os dias seguintes foram calorentos e intermináveis. O rio ficou turvo e se foi estreitando cada vez mais, e, em vez do emaranhado de árvores colossais que assombrara Florentino Ariza na primeira viagem, havia planícies calcinadas, destroços de selvas inteiras devoradas pelas caldeiras dos navios, escombros de povoados abandonados de Deus, cujas ruas permaneciam inundadas mesmo nas épocas mais cruéis da seca. Durante a noite não eram despertados pelos cantos de sereia dos peixes-bois nas pontas de areia, e sim pela baforada nauseabunda dos mortos que passavam boiando rumo ao mar. Pois já não havia guerras nem pestes mas os corpos inchados continuavam passando. O capitão foi sóbrio por uma vez: "Temos ordens de dizer aos passageiros que são afogados acidentais." Em lugar da algaravia dos louros e do escândalo dos micos invisíveis que em outros tempos aumentavam o bochorno do meio-dia, só restava o vasto silêncio da terra arrasada.

Havia tão poucos lugares onde fazer lenha, e estavam tão separados entre si, que o *Nova Fidelidade* ficou sem combustível no quarto dia de viagem. Permaneceu atracado quase uma semana, enquanto membros da tripulação se internavam por pântanos de cinzas em busca das últimas árvores dispersas. Não havia outras: os lenhadores tinham abandonado suas veredas fugindo à ferocidade dos senhores da terra, fugindo ao cólera invisível, fugindo das guerras larvadas que os governos se empenhavam em ocultar com decretos de distração. Enquanto isso, os passageiros, enfadados, faziam torneios de natação, organizavam expedições de caça, voltavam com iguanas vivas que abriam ao meio e tornavam a costurar com agulhas de ensacamento depois de extrair delas as pencas de ovos, translúcidos e moles, que punham a secar enfileirados nos parapeitos do navio. As prostitutas pobres dos povoados próximos seguiram a trilha das expedições, improvisaram tendas de campanha na barranca da margem, trouxeram música e cantina, e plantaram a pândega diante do navio encalhado.

Desde muito antes de ser presidente da C.F.C., Florentino Ariza recebia informes alarmantes da condição do rio, e mal os lia. Tranquilizava os sócios: "Não se preocupem, quando a lenha acabar já haverá navios de petróleo." Nunca se deu o trabalho de pensar no assunto, obnubilado pela paixão por Fermina Daza, e quando percebeu a verdade já não havia nada a fazer, a menos que se arranjasse um rio novo. À noite, mesmo nas épocas de melhores águas, era preciso atracar para dormir, e então se tornava insuportável o mero fato de estar vivo. A maioria dos passageiros, sobretudo os europeus, abandonavam o podredouro dos camarotes e passavam a noite andando pelas cobertas, espantando toda classe de insetos com a mesma toalha com que secavam o suor incessante, e amanheciam exaustos e inchados de picadas. Um viajante inglês de princípios do século XIX, referindo-se à viagem combinada em canoa e mula, que podia durar até cinquenta dias, tinha escrito: "Esta é uma das peregrinações piores e mais incômodas que um ser humano possa realizar." Isto deixara de ser verdade nos primeiros oitenta anos da navegação a vapor, e depois tinha voltado a ser para sempre, quando os jacarés comeram a última borboleta, e acabaram os peixes-bois maternais, acabaram os louros, os micos, as povoações: acabou tudo.

— Não há problema — ria o comandante. — Dentro de uns anos viremos pelo leito seco em automóveis de luxo.

Fermina Daza e Florentino Ariza estiveram protegidos durante os três primeiros dias pela suave primavera do mirante fechado, mas, quando racionaram a lenha e começou a falhar o sistema de refrigeração, o camarote presidencial se converteu numa cafeteira a vapor. Ela sobrevivia às noites com o vento fluvial que entrava pelas janelas abertas, e espantava os mosquitos com uma toalha, pois a bomba de inseticida era inútil com o navio encalhado. A dor de ouvido tinha ficado insuportável, e certa manhã quando ela acordou cessou de repente e por completo, feito o canto de uma cigarra arrebentada. Mas até a noite não percebeu que tinha perdido a audição do ouvido esquerdo, quando Florentino Ariza lhe falou por esse lado, e ela precisou virar a cabeça para ouvir o que dizia. Não disse nada a ninguém, resignada diante de mais um dos tantos defeitos sem remédio da idade.

No entanto, a demora do navio tinha sido para eles um percalço providencial. Florentino Ariza tinha lido certa vez: "O amor se torna maior e mais nobre na calamidade." A umidade do Camarote Presidencial afogou-os num letargo irreal em que era mais fácil amar sem perguntas. Viviam horas inimagináveis de mãos dadas nas poltronas da amurada, beijavam-se devagar, gozavam a embriaguez das carícias sem o estorvo da exasperação. Na terceira noite de torpor ela o esperou com uma garrafa de aguardente de anis, daquela que tomava às escondidas com a malta da prima Hildebranda, e mais tarde, já casada e mãe dos filhos, trancada com as amigas do seu mundo de empréstimo. Precisava de um certo aturdimento para não pensar na própria sorte com demasiada lucidez, mas Florentino Ariza acreditou que era para se dar coragem no passo final. Animado por essa ilusão, atreveu-se a explorar com a ponta dos dedos seu pescoço flácido, o peito encouraçado de varetas metálicas, as cadeiras de ossos carcomidos, as coxas de corça velha. Ela o aceitou com agrado e de olhos fechados, mas sem arrepios, fumando e bebendo aos goles espaçados. No final, quando as carícias deslizaram para seu ventre, já tinha bastante anis no coração.

— Se temos de fazer safadezas, vamos a elas — disse —, mas que seja como gente grande.

Levou-o para o quarto e começou a se despir sem falsos pudores com as luzes acesas. Florentino Ariza se estendeu de costas na cama, procurando recobrar o domínio, de novo sem saber o que fazer com a pele do tigre que tinha matado. Ela disse: "Não olhe." Ele perguntou por que sem afastar a vista do teto baixo.

— Porque você não vai gostar — disse ela.

Então ele a olhou, viu-a nua até a cintura, tal como a imaginara. Tinha os ombros enrugados, os seios caídos e as costelas forradas de um pelame pálido e frio como o de uma rã. Ela tapou o peito com a blusa que acabava de tirar, e apagou a luz. Ele então se refez e começou a se despir na escuridão, jogando nela cada peça de roupa que tirava e que ela devolvia morta de rir.

Permaneceram deitados de costas um longo tempo, ele mais e mais aturdido à medida que o abandonava a embriaguez, e ela tranquila, quase abúlica, mas rogando a Deus que não a deixasse rir sem razão, como sempre que exagerava um pouco com o anis. Conversaram para entreter o tempo. Falaram de si mesmos. De suas vidas diferentes, do acaso inverossímil de estarem nus no camarote escuro de um navio encalhado, quando o justo era pensar que já não tinham tempo senão para esperar a morte. Ela jamais ouvira dizer que ele tivesse tido uma mulher, uma que fosse, numa cidade em que tudo se sabia até mesmo antes de acontecer. Disse isso de um modo casual, e ele respondeu de pronto sem o mais leve tremor na voz:

— É que me conservei virgem para você.

Ela não teria acreditado nisso de maneira alguma, ainda que fosse verdade, porque suas cartas de amor estavam cheias de frases como essa que não valiam pelo seu sentido mas pelo seu poder de deslumbramento. Mas gostou da coragem com que ele falou. Florentino Ariza, de sua parte, perguntou de repente a si mesmo o que jamais teria ousado perguntar: que classe de vida oculta tinha tido ela à margem do casamento. Nada o teria surpreendido, por saber muito bem que as mulheres são iguais aos homens em suas aventuras secretas: os mesmos estratagemas, as mesmas inspirações súbitas, as mesmas traições sem remorsos. Mas fez bem em não lhe perguntar. Numa época em que suas relações com a igreja já andavam bastante avariadas, o confessor lhe perguntou sem que viesse à baila se alguma vez tinha sido infiel ao marido, e ela se levantou sem responder, sem terminar, sem se despedir, e nunca mais voltou a se confessar com esse confessor nem com nenhum outro. Por outro lado, a prudência de Florentino Ariza teve uma recompensa inesperada: ela estendeu a mão no escuro, acariciou-lhe o ventre, os flancos, o púbis quase sem pelos. Disse: "Você tem uma pele de neném." Depois deu o passo final: buscou-o onde não estava, tornou a buscá-lo sem ilusões, e o encontrou inerme.

— Está morto — disse ele.

Acontecia amiúde, de modo que tinha aprendido a conviver com aquele fantasma: a cada vez tinha que aprender de novo, como se fosse a primeira. Pegou a mão dela e a colocou no próprio peito: Fermina Daza sentiu quase à flor da pele o velho coração incansável batendo com a força, a pressa e a desordem de um adolescente. Ele disse: "Amor demais é tão mau para isto como falta de amor." Mas disse sem convicção: estava envergonhado, furioso consigo mesmo, ansiando por um motivo para culpá-lo do seu fracasso. Ela sabia, e começou a provocar o corpo indefeso com carícias de brinquedo, feito uma gata terna folgando na crueldade, até que ele não aguentou mais o martírio e foi para o seu camarote. Ela continuou pensando nele até o amanhecer, convencida por fim de seu amor, e à medida que o anis a abandonava em lentas ondas, ia sendo invadida pela aflição de que ele se tivesse revoltado e não voltasse nunca mais.

Mas voltou no mesmo dia, à hora insólita de onze da manhã, fresco e restaurado, e se desnudou na frente dela com uma certa ostentação. Foi um prazer vê-lo a plena luz tal como o imaginara no escuro: um homem sem idade, de pele escura, lúcida e tensa como um guarda--chuva aberto, sem pelos além dos muito escassos e espichados das axilas e do púbis. Estava de guarda alta, e ela percebeu que não deixava ver a arma por acaso e sim que a exibia como um troféu de guerra para se dar coragem. Nem lhe deu tempo de tirar a camisola que tinha posto quando começou a brisa do amanhecer, e sua pressa de principiante provocou nela um arrepio de compaixão. Que não a afetou, porque em casos como aquele não lhe parecia fácil distinguir entre a compaixão e o amor. No fim, porém, se sentiu vazia.

Era a primeira vez que fazia amor em mais de vinte anos, e o fizera embargada pela curiosidade de sentir como podia ser, em sua idade e depois de um recesso tão prolongado. Mas ele não tinha lhe dado tempo de saber se seu corpo também estava querendo. Tinha sido rápido e triste, e ela pensou: "Agora está tudo fodido." Mas se enganou: apesar do desencanto de ambos, apesar do arrependimento dele pela sua bisonhice e do arrependimento dela pela loucura do anis, não se separaram um instante nos dias seguintes. Mal saíam do camarote para as refeições. O comandante Samaritano, que descobria por instinto qualquer mistério que quisessem manter em seu navio, mandava-lhes a rosa branca todas as manhãs, armou-lhes uma serenata de valsas do seu tempo, e mandava preparar para eles comidas de brincadeira com ingredientes alentadores. Não tentaram de novo o amor até muito depois, quando a inspiração chegou sem que a buscassem. Bastava-lhes a ventura simples de estar juntos.

Não teriam sequer pensado em sair do camarote se o comandante não lhes comunicasse numa nota que depois do almoço chegariam a

Dourada, o porto final, ao fim de onze dias de viagem. Fermina Daza e Florentino Ariza avistaram do camarote o promontório de casas iluminadas por um sol pálido, e acreditaram descobrir a razão do seu nome, mas já acharam a razão menos evidente quando sentiram o calor que resfolegava como as caldeiras, e viram ferver o asfalto das ruas. Além disso, o navio não atracou ali e sim na margem oposta, onde ficava a estação terminal da estrada de ferro de Santa Fé.

Abandonaram o refúgio logo que os passageiros desembarcaram. Fermina Daza respirou o bom ar da impunidade no salão vazio, e ambos contemplaram da amurada a multidão alvoroçada que identificava as bagagens nos vagões de um trem que parecia de brinquedo. Alguém poderia pensar que chegavam da Europa, sobretudo as mulheres, cujos abrigos nórdicos e chapéus do século anterior eram um contrassenso na canícula poeirenta. Algumas traziam os cabelos enfeitados com formosas flores que começavam a fenecer com o calor. Acabavam de chegar da planície andina depois de um dia de trem através de uma savana de sonho, e ainda não tinham tido tempo de mudar de roupa para o Caribe.

Em meio à algazarra de feira, um homem muito velho de aspecto inconsolável tirava pintos dos bolsos do capote de mendigo. Tinha aparecido de repente, abrindo caminho entre a multidão com um sobretudo em farrapos que pertencera a alguém muito mais alto e corpulento. Tirou o chapéu, que pôs de abas para cima no cais caso alguém quisesse arremessar uma moeda, e começou a tirar dos bolsos punhados de pintinhos frágeis e descoloridos que pareciam proliferar entre seus dedos. Num momento estava o cais atapetado de pintos inquietos piando por todos os lados, entre os viajantes apressados que pisavam neles sem saber. Fascinada pelo espetáculo de maravilha que parecia executado em sua homenagem, pois só ela o contemplava, Fermina Daza não percebeu em que momento começaram a entrar no navio os passageiros da viagem de volta. Acabou sua festa: entre os que chegavam notou logo muitas caras conhecidas, algumas de amigos que fazia pouco a haviam acompanhado em seu luto, e se apressou em refugiar-se outra vez no camarote. Florentino Ariza encontrou-a consternada: preferia morrer a ser descoberta pelos seus numa viagem de prazer, pouco tempo depois da morte do marido. Florentino Ariza ficou tão afetado pelo seu abatimento que prometeu pensar em algum modo de protegê-la que não fosse o cárcere do camarote.

A ideia lhe veio de repente quando jantavam na sala privada. O comandante estava inquieto devido a um problema que há tempos queria discutir com Florentino Ariza, mas que ele afastava sempre com o argumento usual: "Dessas amolações Leona Cassiani cuida melhor que eu." Contudo, esta vez escutou. O caso é que os navios transportavam carga de subida, mas desciam vazios, enquanto ocorria o contrário com os passageiros. "A vantagem está com a carga, que paga mais e além disso não come", disse. Fermina Daza jantava de má vontade, aborrecida com a enervada discussão dos dois homens quanto à conveniência de estabelecer tarifas diferenciais. Mas Florentino Ariza chegou ao final, e só então soltou uma pergunta que ao capitão pareceu o anúncio de uma ideia salvadora:

— Falando por hipótese — disse — seria possível fazer uma viagem direta sem carga nem passageiros, sem tocar em porto nenhum, sem nada?

O comandante disse que só era possível por hipótese. A C.F.C. tinha compromissos trabalhistas que Florentino Ariza conhecia melhor que ninguém, tinha contratos de carga, de passageiros, de correio, e muitos mais, incontornáveis em sua maioria. A única coisa que permitia saltar por cima de tudo era um caso de peste a bordo. O navio se declarava de quarentena, içava-se a bandeira amarela e se navegava numa emergência. O comandante Samaritano tinha tido que fazê-lo várias vezes devido aos muitos casos de cólera aparecidos no rio, embora as autoridades sanitárias obrigassem logo os médicos a expedir certificados de disenteria comum. Além disso, muitas vezes na história do rio içava-se a bandeira amarela da peste para burlar impostos, para não recolher um passageiro indesejável, para impedir buscas inoportunas. Florentino Ariza encontrou a mão de Fermina Daza por baixo da mesa.

— Pois bem — disse —, façamos isso.

O comandante se espantou, mas em seguida, com seu instinto de raposa velha, viu tudo claro.

— Eu mando neste navio, mas o senhor manda em nós — disse. — De maneira que se está falando sério, me dê a ordem por escrito, e poremos mãos à obra.

Era sério, é claro, e Florentino Ariza assinou a ordem. No fim das contas todo mundo sabia que os tempos do cólera não haviam terminado, apesar dos alegres informes das autoridades sanitárias. Quanto ao navio, não havia problema. Transferiu-se a pouca carga embarcada, aos passageiros se disse que havia um percalço de máquinas, e foram passados de madrugada para um navio de outra empresa. Se coisas assim se faziam por tantas razões imorais, e até indignas, Florentino Ariza não via por que não seria lícito fazê-las por amor. A única coisa que o capitão suplicava que se fizesse era uma escala em Porto Nare, para recolher alguém que o acompanharia na viagem: também ele tinha seu coração escondido.

Assim, o *Nova Fidelidade* zarpou ao amanhecer do dia seguinte, sem carga nem passageiros, e com a bandeira amarela do cólera flutuando com júbilo no mastro maior. Ao entardecer recolheram em Porto Nare uma mulher mais alta e robusta que o comandante, de uma beleza descomunal, à qual só faltava a barba para ser contratada por um circo. Chamava-se Zenaida Neves, mas o comandante a chamava *Minha Energúmena:* uma antiga amiga sua, que costumava pegar num porto para deixar em outro e que subiu a bordo tocada pela ventania da ventura. Naquele morredouro triste, onde Florentino Ariza reviveu as saudades de Rosalba quando viu o trem de Envigado subindo a duras penas pela antiga cornija de mulas, desabou um aguaceiro amazônico que havia de continuar com muito poucas pausas até o fim da viagem. Mas ninguém se incomodou: a festa navegante tinha seu teto próprio. Aquela noite, como uma contribuição pessoal à pândega, Fermina Daza desceu às cozinhas, entre as ovações da tripulação, e preparou para todos um prato inventado ao qual Florentino Ariza deu como nome de batismo: berinjelas ao amor.

Durante o dia jogavam cartas, comiam até rebentar, faziam sestas de granito que deixavam todos exaustos, e, mal baixava o sol, davam livre curso à orquestra, e bebiam aguardente de anis com salmão até muito além da saciedade. Foi uma viagem rápida, com o navio leve e águas boas, melhoradas pelas cheias que se precipitavam das cabeceiras, onde choveu tanto aquela semana quanto em todo o trajeto. De alguns povoados lhes disparavam canhonaços de caridade para espantar o cólera, que eles agradeciam com um bramido triste. Os navios de qualquer companhia com que cruzavam no caminho mandavam sinais de condolências. Na povoação de Magangué, onde nasceu Mercedes, carregaram lenha para o resto da viagem.

Fermina Daza se assustou quando começou a sentir a sereia do navio dentro do ouvido são, mas no segundo dia de anis ouvia melhor com ambos. Descobriu que as rosas cheiravam mais que antes, que os pássaros cantavam ao amanhecer muito melhor que antes, e que Deus tinha feito um peixe-boi e o pusera na praia de Tamalameque só para que a acordasse. O comandante o ouviu, fez desviar o navio, e viram por fim a matrona enorme amamentando sua criança nos braços. Nem Florentino nem Fermina perceberam o quanto se haviam amalgamado: ela o ajudava com os clisteres, se levantava antes dele para escovar a dentadura postiça que ele punha no copo enquanto dormia, e resolveu seu problema dos óculos perdidos, pois os dele lhe serviam para ler e cerzir. Certa manhã, ao acordar, viu-o na penumbra pregando um botão de camisa, e se apressou a pregá-lo, antes que ele repetisse a frase ritual de que precisava de duas esposas. Em compensação, a única coisa que ela precisou dele foi que lhe aplicasse uma ventosa para uma dor nas costas.

Florentino Ariza, de sua parte, se pôs a revolver saudades com o violino da orquestra, e em meio dia já era capaz de executar para ela a valsa da *Deusa Coroada,* que tocou durante horas até que o fizeram parar à força. Uma noite, pela primeira vez em sua vida, Fermina Daza despertou de repente afogada num pranto que não era de raiva e sim de pena, pela lembrança dos anciãos do bote mortos a pauladas pelo remeiro. Em compensação, a chuva incessante não a comoveu, e achou demasiado tarde que talvez Paris afinal não tivesse sido tão lúgubre quanto lhe parecera, nem Santa Fé tivesse tido tantos enterros pelo meio da rua. O sonho de outras viagens futuras com Florentino Ariza se ergueu no horizonte: viagens loucas, sem tantos baús, sem compromissos sociais: viagens de amor.

Na véspera da chegada fizeram uma festa grande, com grinaldas de papel e lanternas coloridas. Estiou ao entardecer. O comandante e Zenaida dançaram muito juntos os primeiros boleros que naqueles anos começavam a estilhaçar corações. Florentino Ariza se atreveu a sugerir a Fermina Daza que dançassem sua valsa confidencial, mas ela se negou. No entanto, a noite inteira marcou o compasso com a cabeça e os saltos, e houve até um momento em que dançou sentada sem perceber, enquanto o comandante se confundia com sua terna energúmena na penumbra do bolero. Bebeu tanto do anis que foi preciso ajudá-la a subir as escadas, e sofreu um ataque de riso com lágrimas que chegou a alarmar a todos. Não obstante, quando conseguiu dominá-lo no remanso perfumado do camarote, fizeram um amor tranquilo e são, de serenos avós, que se fixaria em sua memória como a melhor lembrança daquela viagem lunática. Não se sentiam mais como noivos recentes, ao contrário do que o comandante e Zenaida supunham, e menos ainda como amantes tardios. Era como se tivessem saltado o árduo calvário da vida conjugal, e tivessem ido sem rodeios ao grão do amor. Deixavam passar o tempo como dois velhos esposos escaldados pela vida, para lá das armadilhas da paixão, para lá das troças brutais das ilusões e das miragens dos desenganos: para lá do amor. Pois tinham vivido juntos o suficiente para perceber que o amor era o amor em qualquer tempo e em qualquer parte, mas tanto mais denso ficava quanto mais perto da morte.

Acordaram às seis. Ela com a dor de cabeça perfumada de anis, e com o coração aturdido pela impressão de que o doutor Juvenal Urbino tinha voltado, mais gordo e mais moço que quando escorregou da árvore, e estava sentado na cadeira de balanço, esperando-a à porta da casa. Contudo, estava bastante lúcida para perceber que não era efeito do anis, mas da iminência da volta.

— Vai ser como morrer — disse.

Florentino Ariza se surpreendeu porque era a adivinhação de um pensamento que não o deixava viver desde o início da volta. Nem ele nem ela conseguiam se ver numa casa que não fosse o camarote comendo de modo diferente do que o faziam no navio, incorporados a uma vida que lhes seria alheia para sempre. Era, com efeito, como morrer. Não pôde mais dormir. Permaneceu deitado de costas na cama, as mãos entrelaçadas na nuca. A um certo momento, a pontada de América Vicuña fez com que se retorcesse de dor, e não pôde protelar mais a verdade: trancou-se no banheiro e chorou à vontade, sem pressa, até a última lágrima. Só então teve a coragem de confessar a si mesmo quanto a amara.

Quando se levantaram já vestidos para desembarcar, tinham deixado para trás os canais e pântanos da antiga passagem espanhola, e navegavam entre os escombros de navios e os tanques de óleos mortos da baía. Erguia-se uma quinta-feira radiante sobre as cúpulas douradas da cidade dos vice-reis, mas Fermina Daza não pôde suportar do tombadilho a pestilência de suas glórias, a arrogância de seus baluartes profanados pelas iguanas: o horror da vida real. Nem ele nem ela, sem nada dizerem, sentiram-se capazes de se render de maneira tão fácil.

Encontraram o comandante na sala de jantar, num estado de desordem que não estava de acordo com a pulcritude de seus hábitos: a barba por fazer, os olhos injetados pela insônia, a roupa suada da noite anterior, a fala transtornada pelos arrotos de anis. Zenaida dormia. Começavam a tomar o café em silêncio quando um bote a gasolina da Saúde do Porto mandou parar o navio.

O comandante, da sua ponte de comando, respondeu aos gritos às perguntas da patrulha armada. Queriam saber que tipo de peste grassava a bordo, quantos passageiros vinham, quantos estavam doentes, que possibilidades havia de novos contágios. O comandante respondeu que só traziam três passageiros, e todos tinham o cólera, mas se mantinham em reclusão estrita. Nem os que deviam embarcar na Dourada, nem os vinte e sete homens da tripulação, tinham tido qualquer contato com eles. Mas o chefe da patrulha não ficou satisfeito, e mandou que saíssem da baía e esperassem no pântano das Mercês até as duas da tarde, enquanto se preparavam os trâmites para que o navio ficasse de quarentena. O comandante soltou um palavrão de carroceiro e com um gesto da mão mandou o prático dar a volta completa e voltar aos pântanos.

Fermina Daza e Florentino Ariza tinham ouvido tudo da mesa, mas pouco pareciam importar ao comandante. Continuou comendo em silêncio, e seu mau humor era visível na maneira por que violava as leis de urbanidade que sustentavam a reputação legendária dos capitães do rio. Arrebentou com a ponta da faca os quatro ovos fritos, arrebanhou-os para seu prato com patacões de banana verde que enfiava inteiros na boca e mastigava com um deleite selvagem. Fermina Daza e Florentino Ariza o olhavam sem falar, esperando a leitura das notas finais num banco da escola. Não tinham trocado uma palavra enquanto durou o diálogo com a patrulha sanitária, nem tinham a menor ideia do que ia ser de suas vidas, mas ambos sabiam que o comandante estava pensando por eles: via-se pelo pulsar das suas têmporas.

Enquanto ele despachava a ração de ovos, a bandeja de rodelas de banana, o bule de café com leite, o navio saiu da baía com as caldeiras sossegadas, abriu caminho nos canais através dos lençóis de taruia, o lótus fluvial de flores de púrpura e grandes folhas em forma de coração, e voltou aos pântanos. A água era furta-cor devido ao mundo de peixes que boiavam de costas, mortos pela dinamite dos pescadores furtivos, e os pássaros da terra e da água voavam em círculos sobre eles com guinchos metálicos. O vento do Caribe se meteu pelas janelas com o alarido dos pássaros, e Fermina Daza sentiu no sangue as batidas desordenadas de seu livre-arbítrio. À direita, turvo e parcimonioso, o estuário do rio Grande da Madalena se espraiava até o outro lado do mundo.

Quando não havia mais nada que comer nos pratos, o comandante limpou os lábios com o canto da toalha, e falou num jargão procaz que acabou de uma vez por todas com o prestígio do bom falar dos capitães do rio. Pois não falou por eles nem para ninguém, mas apenas tentando pôr-se de acordo com a própria raiva. Sua conclusão, ao fim de uma réstia de impropérios bárbaros, foi que não descobria como sair da embrulhada em que se metera com a bandeira do cólera.

Florentino Ariza o escutou sem pestanejar. Depois olhou pelas janelas o círculo completo do quadrante da rosa náutica, o horizonte nítido, o céu de dezembro sem uma única nuvem, as águas navegáveis para sempre, e disse:

— Sigamos em linha reta, reta, reta, outra vez até a Dourada.

Fermina Daza estremeceu, porque reconheceu a antiga voz iluminada pela graça do Espírito Santo, e olhou o comandante: ele era o destino. Mas o comandante não a viu, porque estava anonadado pelo tremendo poder de inspiração de Florentino Ariza.

— Está dizendo isso a sério? — perguntou.

— Desde que nasci — disse Florentino Ariza — não disse uma única coisa que não fosse a sério.

O comandante olhou Fermina Daza e viu em suas pestanas os primeiros lampejos de um orvalho de inverno. Depois olhou Florentino Ariza, seu domínio invencível, seu amor impávido, e se assustou com a suspeita tardia de que é a vida, mais que a morte, a que não tem limites.

— E até quando acredita o senhor que podemos continuar neste ir e vir do caralho? — perguntou.

Florentino Ariza tinha a resposta preparada havia cinquenta e três anos, sete meses e onze dias com as respectivas noites.

— Toda a vida — disse.

Este livro foi composto na tipologia Bembo Std,
e impresso em papel Pólen Soft 70 g/m² na Santa Marta.